LE BAISER DE LA MORT

UN THRILLER POLICIER BRITANNIQUE

LES ENQUÊTES DU SERGENT DÉTECTIVE TOMEK BOWEN

TOME 4

JACK PROBYN

CLIFF EDGE PRESS

Copyright © 2025 Jack Probyn. Tous droits réservés.

Le droit de Jack Probyn d'être identifié comme l'auteur de cette œuvre a été revendiqué par lui conformément à la loi britannique sur les droits d'auteur, les conceptions et les brevets de 1988. Publié par: Cliff Edge Press, Essex.

Ceci est une œuvre de fiction. Les noms, personnages, lieux et incidents sont soit le produit de l'imagination de l'auteur, soit utilisés de façon fictive. Toute ressemblance avec des personnes réelles, vivantes ou décédées, des entreprises, des sociétés, des événements ou des lieux est purement fortuite.

Aucune partie de cette publication ne peut être reproduite sous forme écrite, électronique, d'enregistrement ou de photocopie sans l'autorisation écrite de l'auteur, Jack Probyn, ou de l'éditeur, Cliff Edge Press.

eBook ISBN format numérique: 978-1-80520-149-6

ISBN format numérique: 978-1-80520-150-2

Première édition

Visitez le site web de Jack Probyn à www.jackprobynbooks.com.

À PROPOS DU LIVRE

Le passé n'oublie jamais...

La mort d'un sans-abri passe presque inaperçue à Southend-on-Sea — jusqu'à ce que l'autopsie l'identifie comme Herbert Tucker, un député controversé avec un historique de création d'ennemis. Retrouvé entre les cabines de plage de Thorpe Bay, sa mort soigneusement mise en scène soulève plus de questions que de réponses.

Sous une pression croissante, le Sergent-Détective Tomek Bowen doit reconstituer les derniers jours d'un homme qui se nourrissait de la controverse. Son enquête révèle une toile de mensonges s'étendant des couloirs de Westminster aux recoins les plus sombres de l'Essex. Mais plus Bowen s'approche de la vérité, plus il réalise — ce n'était pas simplement un meurtre.

C'était un message. Et quelqu'un fera tout ce qu'il faut pour en garder la signification enterrée.

CHAPITRE
UN

Herbert Tucker n'avait jamais vraiment pensé à la mort.

Il n'en avait jamais eu besoin. Cette idée ne lui avait pas traversé l'esprit autant qu'elle aurait pu le faire pour, disons, le grand public. Pendant qu'ils attendaient dans leurs files d'attente interminables de douze heures avec le NHS, lui bénéficiait de soins privés de première classe. Pendant qu'ils choisissaient entre deux des aliments surgelés les plus transformés de la planète, lui mangeait de la viande et des légumes frais, biologiques et sains. Pendant qu'ils buvaient l'eau du robinet crasseuse, lui se payait l'eau la plus pure d'Amérique du Sud, embouteillée et expédiée avec une étiquette de prix à la hauteur.

La mort, ou l'idée de mourir, n'avait jamais vraiment effleuré l'esprit d'Herbert Tucker.

Grâce au privilège, au pouvoir et à cette chose que nous considérons tous comme sacrosainte : l'argent.

Bien que le dicton selon lequel l'argent ne pouvait pas acheter le bonheur n'était pas nécessairement toujours vrai (il constatait que, dans la plupart des cas, on avait du mal à trouver quelqu'un qui ne pensait pas que s'acheter un jet-ski *n'était pas* amusant), il avait découvert que l'argent pouvait acheter une prolongation de la vie, un report de l'inévitable. Qu'il pouvait repousser la marche lente et interminable qui nous attendait tous.

Boum.

Boum.

Boum.

Et donc, les pensées macabres sur la mort, la vie et l'existentialisme ne lui avaient jamais traversé l'esprit.

Jusqu'à ce soir-là.

Le froid mordant de janvier, l'un des plus glacials jamais enregistrés, lui pinçait les doigts comme un crabe se défendant alors qu'il plongeait les mains dans ses poches à la recherche de ses clés de voiture et de son téléphone. D'épais nuages de son haleine chargée d'alcool se formaient devant son visage, troublant presque la vue de sa précieuse Jaguar F-Type. À moins que ce ne soit les deux verres de vin qu'ils avaient bus chacun qui brouillaient sa vision.

Alors qu'il traversait le parking, déverrouillant son téléphone et composant le numéro mobile, il aperçut une silhouette de l'autre côté de la rue.

Probablement un des rats de la ville.

À cette heure de la nuit, ils étaient partout. Des bâtards, des rongeurs, certains des individus les plus pauvres et les plus solitaires des rues. Retournant en courant vers le trou d'où ils venaient.

Les rats étaient partout dans cet endroit, et c'était son travail de nettoyer les rues de ces nuisibles.

L'appel se connecta avant qu'il ne puisse accorder plus d'attention à la silhouette.

— Herbert... commença-t-elle. Qu'est-ce que tu fais ? Quelle heure est-il ?

— Sais pas, lui répondit-il sèchement, réprimant un rot qui remonta quelques instants plus tard. Il avait un goût dégoûtant et lui brûla l'arrière de la gorge.

— Il est trois heures du matin.

Mais il se fichait de l'heure. Il se fichait de tout. Pas d'elle, pas des rats, et surtout pas de cette putain d'heure.

— Je... commença-t-il, puis s'arrêta en arrivant à la Jaguar. Je veux divorcer. Sans déconner cette fois. Sans revenir sur ma parole ni rien. J'en ai fini avec toi. Je veux divorcer et je veux que tu sortes de ma vie.

Elle dit quelque chose, mais ce n'était que du bruit pour lui. Comme un autre petit rat qui couinait à son oreille.

Puis quelque chose attira son attention. Une autre silhouette, différente de la première, qui venait vers lui.

— Hé... dit-il. Que... Qu'est-ce que tu fais ici ?

Avant qu'il ne reçoive une réponse, la silhouette était sur lui, lui plaçant un tissu noir sur la tête, l'enveloppant dans une obscurité totale. Il ouvrit la bouche pour crier, mais une main épaisse et puissante l'en empêcha. Paniqué, ses respirations rapides et frénétiques inhalèrent la poussière et les particules de fibres du tissu. Puis il sentit un coup dans le dos et un autre dans les côtes, la douleur traversant chaque os avant que son attention ne soit détournée par la douleur cuisante suivante dans une autre partie de son corps, comme des feux d'artifice dans le ciel nocturne. Ses tentatives de respiration ne faisaient qu'empirer les choses. Un bras s'enroula autour de lui, enfonçant cette fois ses griffes et le soulevant du sol. Dans la lutte, il laissa tomber son téléphone, qui se fracassa sur le béton.

— Ahh ! gémit Herbert.

Mais ses cris furent instantanément interrompus alors qu'il était suspendu dans les airs, en apesanteur, les bras et le corps se débattant comme s'il apprenait à nager pour la première fois. Et pendant une fraction de seconde, il se demanda si c'était ce à quoi ressemblait le paradis.

Ce à quoi ressemblait la mort.

Puis il entendit le bruit de la portière de la voiture s'ouvrant et sentit son corps se déplacer vers elle. Celui qui le tenait le dominait presque deux contre un. C'était un combat inégal. Et il imaginait que c'était l'un des rats de la ville — peut-être même le rat qu'il avait vu de l'autre côté de la rue. Ils devenaient plus forts, plus intelligents.

Putains de rats.

Mais cela ne signifiait pas qu'Herbert avait abandonné le combat. Pas encore. Alors qu'il sentait son corps s'approcher de la portière de la voiture, il tendit les bras et donna des coups de pied, éraflant ses chaussures sur la carrosserie en essayant de se protéger, tentant d'empêcher son corps d'être jeté à l'arrière de sa Jaguar.

Pour prolonger l'inévitable, la lente marche de la mort.

Boum.

Boum.

Boum.

On l'avait prévenu que ce genre de chose pouvait arriver. On lui avait donné une formation. On l'avait assis et on lui avait expliqué tous les à-faire et à-ne-pas-faire. Et, à y penser, il n'avait pas prêté attention. Son ego s'était mis en travers, croyant qu'il pourrait se défendre alors que, manifestement, il ne pouvait même pas crier à l'aide. Des secondes précieuses avaient été perdues quand il en avait eu l'occasion, mais maintenant il les avait gaspillées.

Tardivement, il essaya. Un cri aigu jaillit de ses lèvres, mais il fut instantanément étouffé par un coup de tête en pleine figure. Un coup dur en plus. Juste sur le nez. Fracassant l'os et cognant son cerveau contre son crâne comme un rat essayant de s'échapper d'une cage.

Oh mon Dieu.

Les rats.

Ils étaient vraiment partout.

CHAPITRE
DEUX

*J*e marche. Encore. C'est toujours comme ça que ça commence. La marche. Enfin, pas vraiment marcher. Plutôt marcher, mais plus vite. Cette allure entre la marche et le jogging. Du semi-jogging. C'est ça. C'est comme ça que je l'ai appelé par le passé.

Mes petites jambes bougent aussi vite qu'elles le peuvent, mais j'ai l'impression que quelque chose les retient, quelque chose les ralentit. Une sorte de résistance.

Il fait noir. Comme toujours. Sauf que les lampadaires sont désorientants, et chaque fois que j'en regarde un, tout ce que je vois ensuite est une tache rouge et bleue devant mes yeux. Ce foutu truc m'aveugle presque, et quand je traverse la route, je ne vois pas la voiture qui fonce vers moi.

La voiture doit freiner brusquement et je dois m'excuser et filer en vitesse comme si rien ne s'était passé, même si c'est le cas et que toutes les autres voitures l'ont probablement vu et me jugent maintenant pour ma stupidité.

Mon cœur bat la chamade et j'ai l'impression qu'il va littéralement exploser hors de ma poitrine.

C'est nouveau. Tout cela est nouveau. Je ne crois pas m'en être souvenu avant. Ça semble... peu familier. Mais quand j'arrive au magasin de cuisines Magnet, tout me paraît familier à nouveau, tout reprend sa place. Je sais où je suis maintenant, je sais ce que je fais.

Mais plus important encore, je sais ce qui va se passer ensuite...

Je sais que les gamins vont être là de l'autre côté de la rue, à traîner devant l'épicerie de nuit, essayant probablement de voler quelque chose ou de faire des bêtises.

Mais je les ignore, comme d'habitude. Je n'ai pas de temps à leur consacrer. Je dois rejoindre Michał. Il m'attend. Encore.

Et tandis que j'approche du parc où il sera, le bruit des voitures s'atténue, et les routes deviennent moins fréquentées.

Et puis ça coupe.

Et puis je dévale un escalier. Celui qui descend jusqu'au Vieux Leigh. Mais cette fois, je suis plus grand, plus âgé - trente ans de plus. Mes jambes sont plus puissantes mais mon corps ne l'est pas. Il est épuisé, et je peine à me soutenir à la rambarde.

En bas, je cours le long d'une courte portion de béton avant d'arriver à un petit pont qui enjambe les voies ferrées.

Et puis ça coupe.

À l'homme sur le sol. Phillip Balham.

Son visage écrasé contre le béton. Mon corps pressé sur le sien. Le maintenant là, serrant son cou, écrasant la vie hors de son corps inutile, merdique, ce putain de salaud.

Et puis j'entends un cri.

Celui d'un homme. Nick, qui vient m'arrêter. Qui vient m'empêcher de tuer cette ordure.

Mais quand je regarde à nouveau l'homme, le corps a changé.

Au lieu de Phillip, je regarde Kasia, mon corps pressant le sien contre le béton. Je suis en train de tuer ma propre fille, de l'étouffer. Mais quand me relève, je réalise que ce n'est pas moi du tout. Que c'est son allergie aux arachides qui l'asphyxie rapidement. Elle convulse, son corps se contorsionne, ses poumons suffoquent.

« Kasia ! » je crie.

Mais c'est trop tard. Elle cesse de bouger, de respirer. Son corps gît là, parfaitement immobile, pur, serein.

C'est moi qui l'ai tuée. J'ai aspiré son dernier souffle... J'ai écrasé sa trachée et me suis assuré qu'elle ne respirerait plus jamais.
Et puis ça coupe.

Tomek coinça le stylo entre les pages de son carnet et le referma, le scellant avec la fine bande élastique qui courait le long du bord. Puis il le plaça dans le tiroir supérieur de sa table de nuit et se dirigea vers la cuisine. Il avait désespérément besoin d'un verre ; noter ses cauchemars donnait soif. C'était le premier depuis longtemps. Et ce qui était plus inquiétant, c'était son contenu. Kasia, l'incident, Phillip Balham. Les deux cauchemars se fondant en un seul.

Il était certain que la signification en était sérieuse, un reflet de sa mauvaise santé mentale et de la façon dont il traitait ce qui s'était passé cette nuit-là. Mais pour l'instant, tout ce à quoi il pouvait penser était un verre d'eau. Quelque chose pour étancher sa soif et humidifier sa bouche desséchée.

Dans la cuisine, il remplit un verre et le vida d'un trait, avant de le reposer dans l'évier. En retournant vers sa chambre, il marcha sur la pointe des pieds à travers l'appartement, attentif aux craquements du plancher, veillant à ne pas réveiller Kasia. Mais en passant devant sa chambre, il entendit un mouvement, un bruit. Au fil des années en tant que sergent-détective pour la police d'Essex, ses sens s'étaient affinés pour remarquer les petites choses, les indices de perturbation. Ils étaient devenus habitués aux sons et aux signes qui n'étaient pas à leur place. Et c'était l'un de ces cas.

Il était un peu plus de trois heures du matin, et Kasia aurait dû dormir – ils auraient dû dormir tous les deux. Mais le son suggérait qu'elle était réveillée. Et qu'elle essayait de le cacher.

Tomek s'approcha de sa porte, enroula ses doigts autour de la poignée, et l'ouvrit doucement. Tandis que la faible lumière des réverbères filtrait dans la pièce, Tomek la surprit alors qu'elle tentait de fermer les yeux.

— Tu es réveillée ? chuchota-t-il, bien qu'il n'en eût pas besoin.

— Toi aussi.

Kasia se redressa sur le lit.

— Je n'arrivais pas à dormir. Et toi ?

— Moi non plus.

Elle ramena ses genoux contre sa poitrine et les entoura de ses bras, se recroquevillant en boule. Dans les semaines qui avaient suivi l'incident, elle était devenue plus réservée, plus prudente. Et les effets psychologiques commençaient aussi à la vieillir. Elle semblait avoir quelques années de plus. Plus méfiante, plus consciente des horreurs qui existaient dans le monde.

Tomek préférait ne pas penser à combien il avait dû vieillir lui-même pendant cette période...

— Encore un cauchemar ?

Elle hocha la tête.

— La même chose ?

— Oui.

Tomek se percha au bord du lit et posa une main sur l'espace de la couette qui les séparait. Une autre chose qu'il avait remarquée depuis cette nuit-là : elle s'était éloignée de lui physiquement. Il n'y avait plus de câlins quand il rentrait ou avant qu'elle aille se coucher. Même le plus léger contact sur le bras était trop pour elle. Phillip Balham avait détruit toute la confiance qu'elle avait en quiconque et en quoi que ce soit. Et il n'avait absolument aucune idée de comment la récupérer.

— Tu veux en parler ?

— Non.

— Ça ne doit pas forcément être avec moi, poursuivit-il. Je peux te trouver quelqu'un avec qui discuter. Comme on en a parlé.

— Je sais. Mais non. Je ne veux pas... Je ne veux pas. Pas toute seule. Pas à moins que tu ne m'accompagnes.

— Tu veux que je sois là pendant que tu l'expliques à quelqu'un ?

Elle secoua la tête.

— Pas comme ça. À propos de *tes* cauchemars. Ceux que tu fais depuis plus longtemps que moi.

Tomek n'aimait pas ce qu'il entendait. Il était déjà passé par là. Il avait fait quelques séances avec un conseiller après la mort de son frère, et n'y avait trouvé aucun résultat positif. Il avait son journal de cauchemars ; c'était largement suffisant. Qu'avait-il besoin de l'aide d'un professionnel ?

— J'y réfléchirai, lui dit-il.

Avant que Kasia puisse en dire plus sur le sujet, son téléphone sonna dans l'autre pièce. Le bruit de la vibration sur la table résonna dans tout l'appartement.

Sauvé par le gong.

S'excusant, il quitta la chambre de Kasia et se précipita vers la sienne.

— Allô ? répondit-il.

— Désolé de vous déranger, chef, fit la voix du DC Martin Brown à l'autre bout de la ligne. Mais il y a eu un problème.

— C'est généralement le cas à cette heure du matin.

— Herbert Tucker a été signalé disparu, chef.

— Qui ?

— Herbert Tucker.

— Je suis censé savoir qui c'est ?

— Eh bien...

Tomek n'avait aucune idée de qui Martin parlait. Et il ne pensait pas que cela ferait une différence s'il le savait. Tout ce qu'il savait, c'est que ce nom lui rappelait un personnage de *The Thick Of It*. Il dit au constable qu'il serait là dès que possible, puis raccrocha et retourna dans la chambre de Kasia.

— Je dois y aller, dit-il. Mais on continuera cette discussion plus tard ?

— D'accord.

Sauvé par le gong.

Ce n'était pas souvent, mais parfois être le sergent d'astreinte avait ses avantages.

CHAPITRE
TROIS

DC Martin Brown, l'homme qui avait de loin les plus beaux cheveux de l'équipe — une longue queue de cheval brillante qui semblait être lavée quotidiennement avec un shampooing professionnel — attendait Tomek sur le parking du commissariat. Non pas qu'il voulait assurer la sécurité de Tomek jusqu'à la scène de crime, mais parce que celle-ci se trouvait à moins d'une centaine de mètres. Dans le parking des bureaux du conseil municipal de Southend, juste à côté du leur.

Tomek ne savait pas si c'était dû à sa fatigue ou à son incapacité à fonctionner correctement à trois heures du matin, mais il avait complètement raté les gyrophares qui se reflétaient sur le bâtiment en béton et les arbres environnants. Sans parler de la petite armée d'agents en uniforme postés autour de la scène de crime.

— Je ne crois pas avoir vu autant de monde ici depuis cette histoire où Jamie Oliver a supprimé les Turkey Twizzlers des menus scolaires.

— Que s'est-il passé ? demanda Martin.

— Tu ne te souviens pas ? Le chef...

— Non, je sais ce qui s'est passé avec *ça*. Je voulais dire, qu'est-ce qui s'est passé ici ?

— Ça a dégénéré. Les gens ont commencé à manifester devant le bâtiment, nous demandant d'aller arrêter ce pauvre type. Comme si on allait faire quoi que ce soit. Mais, pour être honnête, j'avais mangé des Turkey Twizzlers à l'école et je les trouvais délicieux, alors c'était un peu difficile de les contredire.

Martin grogna puis inclina la tête vers le grand fourgon blanc de la police scientifique au loin.

— Je pense que cette affaire pourrait être un peu plus médiatisée que Jamie Oliver.

— Ah bon ?

— Ouais.

— Tu as dit que c'était qui, déjà ?

— Herbert Tucker. Le dédain de devoir se répéter était évident dans la voix de Martin.

Tomek fit une pause pendant qu'il passait le nom en revue dans son esprit.

— Ça ne me dit toujours rien, dit-il, lui offrant un regard vide.

— Herbert Tucker... Le député conservateur de Southend.

— Ah, ce connard.

— Je croyais que tu ne le connaissais pas ?

— Je ne le connais pas, répondit Tomek. Je suppose juste qu'il en est un, d'après les événements historiques récents. Et le fait qu'il soit un politicien. Puis il se tourna vers la scène de crime. Au moins, il a probablement fait la chose la plus honorable de sa vie en disparaissant juste à côté du commissariat ; ça rend les allers-retours sur la scène de crime beaucoup plus faciles.

Martin n'a pas trouvé ça drôle, mais c'était probablement parce qu'il était équipé de jambes anormalement longues et d'un torse court comme M. Sauterelle de *James et la Pêche Géante*, donc se rendre sur la scène de crime n'était pas autant un problème pour lui que pour certains autres au bureau.

Tomek n'avait jamais vraiment aimé les politiciens. Remarquez, il ne les avait jamais vraiment *dé*testés non plus. Il les considérait souvent comme des mouettes sur la plage. Ils existaient, tout comme lui, et tant qu'ils ne lui cassaient pas les pieds ou n'essayaient pas de lui voler quoi que ce soit, alors il était content. Mais quelque chose lui donnait l'impression qu'Herbert Tucker était une race différente de mouette. Le genre à voler vos frites ou à chier sur votre sandwich même après que vous lui ayez poliment demandé d'aller se faire foutre.

La scène de crime se situait à l'extrémité du parking, aussi loin que possible des bureaux du conseil et des autres voitures. C'était un endroit calme et isolé, hors de portée des caméras de surveillance, avec une clôture métallique longeant l'arrière pour un niveau de protection supplémentaire. Un groupe de cinq officiers de la police scientifique tournait autour de l'espace, à quatre pattes, fouillant le gravier et le goudron sous de puissantes lumières LED qui les surplombaient, illuminant le sol d'une lueur blanche. À gauche de l'espace, trois des cinq officiers examinaient un endroit particulier sur le sol.

Tomek décida d'enfiler une combinaison de protection et de les rejoindre.

— Qu'est-ce qui se passe ici ? dit-il, regrettant de ne pas avoir apporté ses lunettes de soleil.

— Du sang, répondit fermement l'un des agents de la police scientifique.

— Bon début.

— Incertain s'il s'agit de celui de la victime ou de l'agresseur.

Tomek acquiesça. Avant que l'agent puisse continuer, un arôme imprégna l'air et grimpa dans ses narines. Il renifla. Fort. Fermant les yeux alors qu'il essayait de déchiffrer la trace de l'odeur.

— Est-ce que c'est de la pisse ? demanda-t-il, puis il se tourna vers une petite tache sombre sur le béton, juste à l'endroit où auraient dû se trouver les portes passager.

— On dirait bien, répondit un autre des agents sans visage.

— Ça *sent* plutôt comme ça, remarqua Tomek.

— Le pauvre type s'est probablement aussi chié dessus, dit quelqu'un.

— Rappelez-moi de ne pas être dans les parages quand on retrouvera son pantalon.

Puis Tomek partit parler à l'agent en uniforme qui était arrivé le premier sur les lieux. L'homme était au début de la trentaine et semblait avoir consommé suffisamment de boissons énergisantes pour tenir les dernières trente-six heures. Il parlait rapidement et ses doigts et ses mains tremblaient, comme s'il subissait les effets secondaires d'un médicament non testé.

— J'ai reçu l'appel il y a environ une demi-heure et je suis immédiatement venu. Je savais que quelque chose n'allait pas alors je devais être ici. Heureusement, je n'avais pas très loin à aller. Mais quand je suis arrivé, il ne restait rien. La voiture avait disparu, et le seul signe que quelque chose s'était mal passé était l'odeur et les traces de sang sur le sol. Au début, j'ai pensé qu'il s'agissait d'un délit de fuite, mais ensuite je me suis rappelé que c'était peu probable si la voiture manquait.

— Super. Ouais. Et vous n'avez rien vu ?

L'homme secoua la tête. — Il faisait noir comme dans un four. C'est toujours le cas.

Sans blague, pensa Tomek, mais garda cette réflexion pour lui-même.

— Savez-vous qui a signalé l'incident ? demanda Tomek, dirigeant la question à la fois vers l'agent et Martin.

— Sa femme, répondit Martin, avançant d'un ou deux centimètres. D'après ce que je comprends, elle était au téléphone avec lui quand c'est arrivé.

Au téléphone à trois heures du matin ? Tomek ne connaissait pas grand-chose de l'homme, mais il ne pensait pas qu'il était probable qu'il ait été en train de glousser joyeusement au téléphone avec sa femme comme un couple d'adolescents à cette heure matinale.

— Donc personne n'a vu ce qui s'est passé ?

— Non, répondirent les deux hommes à l'unisson.

— Et sait-on d'où il venait ?

Martin se tourna alors vers le bâtiment derrière eux.

— D'accord. Question idiote. Il finissait tard. Tomek leva les yeux vers le bâtiment en béton si déprimant qu'il évoquait des souvenirs de la piscine municipale où il allait enfant avec ses deux frères aînés. Est-ce qu'il y a encore quelqu'un au bureau à qui nous pourrions parler ?

Martin secoua la tête.

— C'est un non, ou tu ne sais pas ?

— Les deux, sergent. C'est un « non, je ne sais pas ».

— Brillant.

Mais un rapide coup d'œil au parking vide autour d'eux répondit à la question de Tomek. Son vide, cependant, fut de courte durée lorsqu'une autre voiture s'arrêta et que le DCI Nick Cleaves en sortit, ou « Méchant Nick » comme Tomek et les autres au bureau l'appelaient. Malgré l'heure, il s'était habillé dans son uniforme complet de police et se dandina vers eux. Nick était un homme d'une cinquantaine d'années, approchant l'âge de la retraite. Mais il n'allait pas laisser cela le ralentir, comme en témoignait la vitesse à laquelle il fonçait vers le petit groupe d'hommes.

— Bonjour, monsieur, dit Tomek. Ou est-ce le soir ? Je ne vous ai jamais vu bouger aussi vite.

— Va te faire foutre. Ce n'est vraiment *pas* le moment.

Nick enleva sa casquette de police et révéla un crâne chauve impeccable qui scintillait sous le clair de lune et l'éclairage artificiel de l'autre côté du parking. Tomek grimaça devant le reflet de la tête de l'homme.

— Ne dis pas un putain de mot, dit Nick, agitant un doigt vers Tomek. Je sais à quoi tu penses, et n'ose même pas.

Tomek leva les mains en fausse reddition. — Je ne pensais à rien, chef. Juré !

— Des conneries. Et pour ça, pour être un tel connard si tôt le matin, tu peux aller chez Herbert et parler avec sa femme. Anna devrait déjà y être.

— Et le reste des renforts ?

— En route.

— Déjà ?

— Oui, répondit Nick lentement, l'air presque abattu en se tournant vers l'endroit où la voiture d'Herbert Tucker s'était trouvée. Nous devons retrouver cet homme aussi vite que possible. Sinon, nous aurons tous des comptes à rendre.

CHAPITRE
QUATRE

Herbert Tucker et sa famille habitaient dans une rue appelée Poors Lane. Pourtant, avec une piscine dans presque chaque jardin et un Range Rover Sport d'usage posé sur chaque allée, les habitants n'avaient rien de pauvre. Et avec des prix immobiliers estimés à plusieurs millions, Tomek se demandait quel genre de personnes fortunées se considéraient comme les voisins d'Herbert Tucker.

L'accès à cette demeure de six chambres, quatre salles de bains, deux salons et une salle de divertissement n'était possible que par une route étroite et non goudronnée. Lorsqu'il s'engagea dans l'allée des Tucker, un sol pavé d'une manière impeccable qui s'étendait presque sur la même longueur que le parking des bureaux municipaux, il trouva l'agent Anna Kaczmarek qui l'attendait, debout à côté de sa voiture garée. Des nuages de vapeur s'échappaient de sa bouche tandis qu'elle se serrait contre le froid mordant de la nuit. Elle tremblait visiblement sous son épais manteau, son écharpe, ses gants et son bonnet.

— Tu es sûre que tu es polonaise ? lui demanda-t-il en sortant de sa voiture, pointant sa tenue du doigt.

— *Spierdalaj*, répondit-elle, l'envoyant se faire foutre. Je n'ai jamais bien supporté le froid.

— Et tu as pensé que l'Angleterre ensoleillée serait l'endroit idéal pour mieux le supporter ?

— La ferme. Tu sais bien pourquoi je suis venue ici, dit-elle, puis soupira profondément. Tu peux être un vrai con parfois.

Tomek savait pertinemment que son sarcasme pouvait agacer les gens, mais c'était tout ce qu'il avait toujours connu. Un mécanisme de défense qui avait pris de l'ampleur et était devenu une partie intégrante de son identité. Il était trop tard pour faire marche arrière maintenant.

— Où est-elle ? demanda-t-il.

— Dans le salon, avec sa fille cadette.

— Et l'aînée ?

— Chez son petit ami.

— Comment vont-elles ?

— Vois par toi-même...

Ce qu'il fit. Sans rien ajouter, Anna le conduisit à l'intérieur. Dès qu'il franchit le seuil, il fut frappé au visage par un mur d'air chaud, si épais et dense qu'on aurait dit qu'il quittait la fraîcheur d'un centre commercial pour entrer dans la chaleur désertique du Moyen-Orient. Une fine couche de sueur commença immédiatement à se former dans son dos, et il fut contraint d'ôter son manteau et sa veste, de peur que sa chemise ne soit trempée quelques minutes après son arrivée.

La porte de la maison s'ouvrait sur un espace modeste avec un escalier en bois moderne qui s'enroulait le long des murs. Avant qu'il ne puisse prendre en compte le reste du hall d'entrée, son attention fut attirée par le ficus lyre qui lui arrivait à la poitrine, niché dans un pot blanc sur pieds, juste à sa droite. Il tendit la main vers une feuille et commença à la frotter du bout des doigts, massant ses nervures.

— Vous pouvez le prendre si vous voulez, fit une voix qui le fit sursauter.

Tomek leva les yeux pour voir une femme debout dans l'encadrement de la porte du salon. Elle portait un jean, un chemisier léger et des chaussures à plateforme. Son visage était fortement maquillé, ses cheveux bouclés, et ses joues et sa mâchoire aussi ciselées que celles d'un mannequin de défilé. On aurait dit qu'elle avait passé plusieurs heures à se préparer pour leur visite. Soit ça, soit elle avait la chance de se réveiller en ayant l'air qu'elle avait. En la regardant, avec sa silhouette mince, presque décharnée, Tomek se dit qu'elle ne serait pas déplacée dans un épisode des *Real Housewives of Beverly Hills* ou n'importe quelle autre émission de merde que Kasia insistait pour regarder sur ITV. C'était peut-être ce qu'elle espérait.

The Real Housewives of Essex.

La dernière chose dont le comté avait besoin était une autre émission de téléréalité pour ternir sa réputation.

— Pardon ? répondit Tomek.

— La plante. Vous pouvez la prendre si vous voulez. Mon mari les adorait. Mais on peut toujours en acheter une autre si besoin. Ça ne le dérangera pas.

Tomek fut pris au dépourvu. Tant de choses à décortiquer dans cette seule phrase. Si peu de temps pour le faire.

— Un homme selon mon cœur, dit-il finalement. Mais je dois refuser pour cette fois. Peut-être que j'accepterai votre offre une autre fois.

Affichant un sourire plaisant et forcé, la femme s'approcha de lui et se présenta.

— Nora Tucker.

— Tomek Bowen. Sergent, ajouta-t-il.

— Allons-y ?

Sans attendre de réponse, Nora lui tourna le dos et se dirigea vers le salon.

Au centre de la pièce se trouvait une petite table basse en bois avec un jeu d'échecs posé dessus. Le jeu semblait plus décoratif que fonctionnel, tout comme la majeure partie du reste du mobilier : une méridienne face à un grand canapé dix places, un poêle à bois contre le mur du fond. Même l'écran de télévision de 127 centimètres semblait trop cher pour être touché, et encore moins utilisé.

Nora se dirigea directement vers l'autre côté de la pièce où elle se percha à côté de sa fille adolescente qui semblait avoir à peu près le même âge que Kasia. Peut-être un an ou deux de plus.

— Voici Eleanor, expliqua Nora, mais l'adolescente leur prêta peu d'attention. Au lieu de cela, elle se déplaça vers le coin du canapé et se cala entre les coussins, son doigt faisant défiler l'écran de son téléphone. Mon autre fille est chez son petit ami.

— J'ai entendu, dit Tomek en cherchant une place sur le canapé. Il était gâté par le choix et finit par s'asseoir aussi loin que possible de Nora ; on aurait dit qu'ils étaient aux extrémités opposées de la pièce. Et est-ce que votre autre fille... ?

— Whitney.

— Et est-ce que Whitney sait ce qui se passe ?

Nora secoua la tête. — Je ne veux pas la déranger. Je pense que vous devriez attendre demain matin avant de le lui dire.

— Nous ?

Le regard de Nora passa de Tomek à Anna.

— Eh bien, oui. Je pensais que cela faisait partie de votre travail. Je...

— Je veux dire, nous pouvons, et nous le faisons, mais c'est seulement s'il n'y a personne d'autre pour le faire, répondit Anna. Mais si vous le souhaitez, alors bien sûr, nous pouvons le faire pour vous.

Un autre de ces sourires hypocrites traversa le visage de Nora. — Super. Merci. J'apprécie vraiment. Ça m'évite la migraine de devoir aller jusque là-bas et revenir.

Tomek se faisait rapidement une impression de Nora, et pas une bonne. Elle semblait superficielle, égocentrique et uniquement préoccupée par elle-même. Et dire qu'il pensait avoir eu une enfance difficile. Il ne pouvait qu'imaginer à quoi avait dû ressembler l'enfance des deux filles Tucker.

Il ouvrit la bouche plusieurs fois en cherchant quelque chose à dire, mais chaque fois la pensée disparaissait de son esprit et il restait là, l'air d'un poisson hors de l'eau.

— Nous comprenons que c'est une période très stressante pour vous, commença Anna, venant à son secours. Nous avons actuellement une équipe au bureau qui recherche votre mari. Ce que nous devons faire, c'est comprendre de votre point de vue ce qui aurait pu se passer. Pouvez-vous répondre à quelques questions sur l'appel téléphonique que vous avez eu tous les deux ?

— Bien sûr.

Les deux détectives attendirent qu'elle continue, mais comme rien ne venait de sa propre initiative, Tomek l'encouragea à commencer.

— Désolée, oui, commença-t-elle en se redressant, pinçant les lèvres, replaçant une mèche de cheveux derrière ses épaules comme si elle s'apprêtait à répondre à une question lors d'un entretien d'embauche. Herbert finit toujours tard. Ça fait partie du métier, alors nous sommes habitués à ce qu'il ne soit pas à la maison. Mais ce n'est pas si souvent qu'il rentre si tard le matin. Je dormais quand il a appelé.

— À quelle heure exactement ?

Nora haussa les épaules, puis prit son téléphone et le tint devant le visage d'Eleanor. L'adolescente semblait comprendre ce que sa mère lui demandait car elle prit l'appareil et en quelques secondes répondit à sa place.

— Trois heures douze du matin, dit-elle, puis revint rapidement à son propre téléphone.

Tomek la remercia et continua son interrogatoire à l'intention de Nora. — Comment avait-il l'air au téléphone ?

— Agacé.

— Comme s'il venait de se cogner le petit orteil ou de perdre un million de livres au casino ?

Nora réfléchit un moment. — La première option...

— A-t-il dit pourquoi il était en colère ?

— Pas particulièrement.

— Et que vous a-t-il dit *exactement* ?

— Oh, vous savez. Juste qu'il était désolé d'être en retard et qu'il était sur le chemin du retour.

— Est-ce qu'il vous réveille habituellement à cette heure du matin pour vous informer de ce genre de chose ?

Elle haussa les épaules. — Parfois.

Tomek inspira profondément. Il ne pensait pas avoir jamais entendu quelqu'un avoir l'air si désintéressé ou si peu inquiet du fait que son mari ait disparu, possiblement mort. Il avait rencontré des chiens qui étaient plus inquiets de voir leurs maîtres les laisser seuls deux secondes que cette femme ne l'était.

— Qu'est-ce qui vous a fait comprendre que quelque chose n'allait pas ? demanda Anna, venant à nouveau au secours de Tomek. À présent, elle s'était habituée à la chaleur et s'était graduellement débarrassée de ses couches supplémentaires pour ne porter qu'une chemise élégante sous son manteau.

— Eh bien... commença lentement Nora. Il me parlait, et la minute d'après, ce n'était plus le cas. Je crois qu'il a remarqué que quelqu'un était là parce qu'il a dit : « Qu'est-ce que vous faites ici ? » et puis après, il s'est arrêté. Il y a eu des bruits de bagarre à l'autre bout du fil et puis l'appel a coupé.

— Et c'est à ce moment-là que vous avez réalisé que quelque chose n'allait pas ? demanda Tomek.

— Évidemment.

Oui, parce que c'était aussi évident que son inquiétude pour son mari.

— Vous avez dit qu'il avait dit : « Qu'est-ce que *vous* faites ici ? » juste avant d'être attaqué. Pensez-vous qu'il connaissait la personne qui lui a fait ça ?

Nora secoua la tête, et pour la première fois sembla sûre de sa réponse. — Je ne pense pas, répondit-elle. Il se plaint toujours des gens qui se promènent dans le parking ou qui sont là quand ils ne devraient pas. Surtout la nuit. Des petits rats, comme il les appelle. Il craint qu'ils ne fassent quelque chose à sa voiture. Il a toujours été très protecteur envers elle. C'est sa fierté. Nous plaisantons en disant qu'il l'aime plus que les enfants.

— D'accord, répondit Tomek. Parce que cela avait tout son sens, et il était clair à voir la réaction impassible d'Eleanor que la plaisanterie n'était définitivement pas partagée et que ce n'était pas la première fois qu'elle l'entendait. Y a-t-il autre chose dont vous vous souvenez à propos de cet appel téléphonique ? Des bruits étranges ? D'autres voix ?

Nora secoua de nouveau la tête, avec la même assurance.

— Très bien, dit Tomek. Eh bien, quand nous écouterons l'appel téléphonique, nous aurons quelques experts qui pourront déceler n'importe quoi s'il y a quelque chose.

— Vous pouvez faire ça ? demanda Nora, l'inquiétude perçant dans sa voix.

Tomek sourit aussi hypocritement qu'elle. — Nous pouvons faire beaucoup de choses. Notre équipe est vraiment très bonne. Mais ne vous inquiétez pas, nous ferons tout notre possible pour aider à découvrir où est votre mari et qui lui a fait ça.

Nora ne dit rien. Au lieu de cela, elle s'agita sur le canapé et se tourna vers sa fille, qui était maintenant à nouveau plongée dans son téléphone. Tomek redoutait de penser à quel genre de personnes étaient en ligne à cette heure du matin.

Probablement le même genre de personnes qui avaient enlevé Herbert Tucker.

— En parlant de ça... commença Tomek, puis s'arrêta quand il réalisa que les autres personnes dans la pièce n'étaient pas au courant de ses pensées. Nous... je... D'après ce que je comprends, votre mari était une figure assez influente, continua-t-il, trébuchant sur ses mots. Ce qui signifie que, dans ce genre de situation, nous pouvons nous attendre à entendre des ravisseurs avec une rançon ou une demande quelconque.

Nora hocha lentement la tête, comme si elle n'écoutait qu'à moitié. Pendant que l'autre moitié d'elle pensait à ce que Tomek et l'équipe pourraient entendre durant sa conversation téléphonique avec son mari.

— Tout d'abord, je pense que vous devez vous préparer à cette possibilité, et au fait qu'il pourrait y avoir des décisions difficiles à prendre. En attendant, nous aurons Anna installée en permanence ici pendant que nous essayons de le retrouver, au cas où des demandes arriveraient par le téléphone, votre mobile, ou l'un des téléphones de vos filles. Il vaut mieux être préparé que pas du tout, n'est-ce pas ?

Cette fois, Nora hocha la tête plus énergiquement.

— Dans cette optique, continua-t-il, conscient qu'il avait maintenant toute son attention. Y a-t-il quelqu'un à qui vous pouvez penser, que ce soit dans le passé ou le présent, qui aurait pu faire cela ?

CHAPITRE
CINQ

La réponse courte était : tout le monde.

Presque tous ceux qui avaient croisé Herbert Tucker avaient souhaité sa mort au moins une fois.

— Mon Dieu, même moi j'ai voulu sa mort à plusieurs reprises, leur avait expliqué Nora avec franchise, juste après leur avoir dit qu'aucun nom précis ne lui venait à l'esprit. C'était simplement sa façon d'être. Exaspérant. Tenace. Narcissique. Il se croyait toujours au-dessus du petit peuple, et la plupart du temps, il avait raison. On ne devient pas aussi prospère en étant gentil. Bien sûr, il a bousillé la vie de pas mal de gens dans sa carrière, mais il a toujours maintenu que ce n'était que des affaires. Que ce n'était jamais personnel.

Lorsque Tomek avait quitté la maison, un peu plus d'une heure après son arrivée, il avait eu l'impression que quelqu'un avait décidé que c'était maintenant personnel, que le moment était venu pour Herbert Tucker de goûter à la vie du petit peuple.

Tomek fit le long trajet de Benfleet au commissariat rapidement. À son retour au bureau, une salle d'opérations avait été mise en place, et le bureau était rempli de collègues qui arpentaient l'espace, se parlant frénétiquement tout en échangeant informations et instructions. Tomek s'attarda dans l'embrasure de la porte, à moitié tenté de reculer doucement pour échapper au chaos et retrouver la sérénité du couloir.

Mais sa brève velléité de désertion fut interrompue par DC Rachel Hamilton, qui l'appela par son nom.

— Tout le monde sur le pont, sergent, cria-t-elle. Ça te concerne aussi.

Tomek regarda ses paumes, les plis et les vaisseaux sanguins rouges qui apparaissaient sous la peau. — Ces merveilles sont trop précieuses pour s'approcher de *ce* pont. Tu as vu le genre de saletés qu'on ramène ici, non ?

— On déroulera le tapis rouge pour toi la prochaine fois, Votre Altesse.

— Il n'y a pas assez de crème hydratante dans le monde pour nettoyer la crasse de ce sol.

— Il n'y a pas assez de crème hydratante dans le monde pour masquer ton front...

La remarque surprit Tomek. Non pas qu'il en fût offensé, mais parce qu'elle venait de la source la plus improbable. DC Nadia Chakrabarti, la trentenaire de trente-six ans, lourdement enceinte, qui avait envie de biltong presque à chaque instant de chaque journée depuis le début de sa grossesse.

— Qu'est-ce que tu viens de dire ? demanda Tomek.

—Je... je n'ai pas...

— Non. Vas-y. Dis-le. Explique-toi.

Nadia balbutia. Pendant ce temps, de petits éclats de rire s'échappaient des lèvres de ses collègues.

— Je viens juste... C'est juste que... À cet instant, j'ai réalisé à quel point ton front est grand. Est-ce que quelqu'un t'a déjà dit que tu avais un grand front ?

— Non. Et maintenant tu me fais complexer. Alors merci pour ça.

Alors que Tomek se dirigeait vers son bureau, Nadia l'appela et tendit la main vers lui, mais il l'évita et continua vers l'autre côté de la pièce.

Avant qu'aucun d'entre eux ne puisse poursuivre la conversation, une porte s'ouvrit, suivie du bruit de pas lourds traversant la moquette. Le silence s'abattit sur le reste du bureau tandis que tous les regards se tournaient vers Nasty Nick, qui ne portait désormais qu'une chemise et une cravate sur le haut du corps.

— Qu'est-ce qui est si drôle qu'on a tous arrêté de travailler ?

Personne ne répondit. Du moins, pas tout de suite. Ils savaient tous que la question était rhétorique, mais il y avait suffisamment de personnalités dans le bureau qui avaient l'envie puérile de répondre. Et l'une d'elles était Tomek.

— Ils parlent de mon front, monsieur, dit-il en tirant sa chaise de son bureau. Apparemment, il est assez grand.

— Sérieusement ? Notre député disparaît et vous êtes... Les sourcils de Nick se froncèrent tandis que ses yeux se fixaient sur le front de Tomek. Il s'avança, s'approchant. — Tu sais quoi ? Je ne l'avais jamais remarqué avant, tu as vraiment un assez-

Tomek se frappa le front, le couvrant de ses mains. — Est-ce qu'on pourrait arrêter de parler de mon front gigantesque, bordel ! On n'a pas une enquête à mener ?

En effet. Et avant que Tomek ne puisse s'asseoir, lui et le reste de l'équipe furent convoqués dans la salle d'enquête principale par Nick. Quelques instants plus tard, ils s'étaient tous installés dans la pièce et avaient trouvé un siège chacun. Peu après le nouvel an, et après son retour d'un congé personnel, Nick avait approuvé la demande de Tomek de placer une table au milieu de la pièce. Un endroit où ils pourraient s'asseoir et discuter comme des adultes, sans avoir l'impression d'être dans une salle de classe. Nick avait laissé l'achat et toutes les mesures à la charge de Tomek, mais grâce à une erreur d'addition (qui n'était absolument, catégoriquement pas de sa faute, mais de celle de tous les autres), la table carrée faite sur mesure était trop grande, et il y avait très peu d'espace pour manœuvrer de part et d'autre. Ce n'était ni pratique ni fonctionnel, mais cela avait coûté une fortune, alors elle restait là.

— Combien de temps encore devrons-nous garder la table Enterprise, sergent ? demanda Chey.

— Jusqu'à ce qu'on trouve quelqu'un d'assez idiot pour la vouloir, répondit Tomek.

— Peut-être que les gens des bureaux du conseil municipal la voudraient ? J'ai entendu dire qu'ils passent leur temps en réunions à discuter de rien.

— Comme nous, tu veux dire ?

— Ouais, mais au moins ils auront le budget et une pièce assez grande pour l'accueillir.

Tomek allait répondre quand il aperçut l'expression profondément mécontente de Nick qui le regardait de haut, les bras croisés sur son ventre. À côté de lui se tenait l'inspectrice Victoria Orange, qui avait coloré ses joues d'une nuance de rose différente aujourd'hui. Un nouveau set de maquillage qu'elle essayait.

— Tout le monde a terminé ? Parce que je ne suis pas sûr que vous réalisiez la gravité de ce qui s'est passé, aboya-t-il. Un député, *notre* député, a disparu, et nous devons faire tout ce qui est en notre pouvoir pour le retrouver au plus vite. Je veux tous les yeux, les doigts et les cerveaux sur cette affaire. Nous *devons* le retrouver.

— Pourquoi, monsieur ? demanda Tomek, puis réalisa immédiatement à quel point la question devait sembler déplacée pour quiconque n'était pas dans sa tête.

— Que veux-tu dire par *pourquoi* ?

— Pas comme ça, répondit Tomek. C'est juste que nous semblons mettre *beaucoup* d'importance à retrouver Herbert Tucker le plus rapidement possible. Alors que si c'était n'importe qui d'autre, si c'était le petit David dans la rue, je ne suis pas sûr que vous nous demanderiez de tout laisser tomber pour le retrouver.

Nick prit son temps pour répondre. Intérieurement, Tomek savait que l'homme bouillonnait, mais à l'extérieur rien ne transparaissait ; la seule manifestation de la fureur de Nick fut le long et profond soupir qui s'échappa de ses narines.

— Je ne pense pas que ce soit le moment de discuter de morale et d'éthique, Tomek, répondit Nick. Mais peut-être pourrions-nous rester tard ensemble une fois et régler ça entre nous, qu'en dis-tu ?

Tomek n'aimait pas cette idée, ni celle d'être dans une pièce calme seul avec son patron – les autres pourraient commencer à jaser – alors il secoua la tête et resta silencieux.

— Ou peut-être pourrions-nous parler de comment les médias semblent déjà être au courant de la disparition d'Herbert ?

Tomek fronça les sourcils. — Tu dis ça comme si je connaissais la réponse, monsieur.

— C'est parce que je pense que c'est le cas.

Il ricana. — Comment en es-tu arrivé à cette conclusion ?

— Toi et ton amie...

Tomek savait exactement à qui il faisait référence. Abigail Winters, journaliste pour le *Southend Echo*. Celle qui essayait d'obtenir un rendez-vous avec lui depuis aussi longtemps qu'ils se connaissaient.

— Je rejette cette accusation, monsieur. Je ne lui ai pas parlé d'Herbert ni de quoi que ce soit.

— Quoi qu'il en soit, ils sont dehors et ils veulent une déclaration. Et je vais devoir leur donner quelque chose, alors j'ai besoin de savoir ce que tu sais.

Pendant les dix minutes qui suivirent, l'équipe discuta des informations qu'ils avaient recueillies jusqu'à présent. Cependant, la réponse n'était pas très fournie. En fait, moins que ça. Le grand zéro. La meilleure piste ou chance qu'ils avaient de retrouver Herbert était par les caméras de surveillance, une tâche dirigée par DC Chey Carter.

— Le seul problème, patron, c'est qu'il n'y a pas de caméra de ce côté du parking, expliqua le jeune agent. J'ai regardé les images de l'extérieur des bureaux du conseil au moment où Herbert a quitté le bâtiment, et je le vois aller vers sa voiture, mais avant qu'il n'y arrive vraiment, il sort du champ de la caméra et disparaît.

— Qu'est-ce que ça signifie ? demanda Nick.

— Ça signifie que sa voiture était garée dans un angle mort.

— Pourquoi aurait-il garé sa voiture là ?

— D'après ce que je comprends, c'était *sa* place, et il devait savoir qu'elle était dans un angle mort, donc il a dû la garder là pour une raison.

— C'est peut-être *parce que* c'était hors de vue qu'il la gardait là... ajouta DC Martin Brown, sa voix se brisant au milieu de sa phrase. Comme s'il essayait de cacher quelque chose.

Cela donna à tout le monde une raison de faire une pause. Bien que ce qu'Herbert Tucker cachait exactement en gardant sa voiture dans un angle mort, aucun d'entre eux ne le savait.

— Qu'en est-il de son ravisseur ? demanda Nick, faisant avancer la conversation. Avons-nous des images de vidéosurveillance de lui ?

Chey secoua la tête. — Son agresseur a dû venir du côté de la rue, monsieur. Je ne le trouve nulle part.

— Donc tu n'as rien vu du tout ? La véhémence et l'agressivité dans la voix de Nick étaient évidentes. — Et la voiture quand elle est partie ? Tu as bien dû voir le véhicule quitter le parking ?

Le jeune agent prit son temps avant de répondre, tandis que tout le monde se préparait à la colère qu'ils savaient imminente.

— Ils l'ont conduite par-dessus le trottoir et se sont dirigés vers le sud sur Victoria Avenue.

— Super, donc on a un-

Chey leva un doigt pour faire taire l'homme, qui s'arrêta lentement de parler quand il réalisa ce que Chey faisait.

— Seul problème cependant, patron, poursuivit l'agent, c'est que la plaque d'immatriculation était couverte.

— Couverte ? Avec quoi ?

— Du ruban adhésif noir, monsieur.

Nick lança ses mains en l'air et soupira profondément. — Donc l'agresseur débarque de la rue, sans prévenir, attaque Tucker, change les plaques, et s'en va comme une fleur ?

— En fait, à cette heure du matin, ce serait plutôt le lever du soleil, monsieur, interrompit Oscar, aussi connu sous le nom de Capitaine En Fait dans l'équipe. Et même là, c'est encore à quelques heures près...

Nick lui lança un regard d'incrédulité. — Est-ce que ça te semble être le putain de moment pour me corriger ?

L'embarras traversa le visage d'Oscar. Son réflexe de corriger les gens était si ancré qu'il ne savait même pas qu'il le faisait parfois.

Après ses excuses, Tomek intervint. — Voyons le bon côté des choses, patron, au moins on pourra relever des empreintes sur la voiture quand on la trouvera.

— A-t-on lancé une alerte pour une Jaguar F Type avec des plaques

d'immatriculation masquées ? demanda rapidement Victoria, essayant de mettre son grain de sel dans la conversation.

— Oui, madame, répondit DS Sean Campbell, presque aussi vite. J'ai envoyé une alerte à tous les policiers en uniforme et aux véhicules de patrouille pour qu'ils gardent un œil ouvert et nous informent immédiatement s'ils trouvent quelque chose de suspect ou qui correspond vaguement à la description du véhicule.

Un sourire se forma sur le visage de Victoria et elle lui fit un signe de tête entendu.

Sean était le plus ancien ami de Tomek dans l'équipe, dépassant de peu Nick pour la première place de quelques mois, et pendant les treize dernières années, ils avaient été presque inséparables l'un de l'autre, comme le frère que Tomek n'avait jamais vraiment eu en grandissant. Mais ces derniers mois, depuis que Kasia était entrée dans sa vie, la fille dont il venait de découvrir l'existence, ils s'étaient éloignés, une crevasse s'était creusée entre eux. Cet écart avait récemment été exacerbé par l'implication de Sean avec l'inspectrice. Bien que tout le monde dans le bureau fût au courant de leur relation (Tomek avait eu beaucoup de plaisir à les entendre expliquer cela à Nasty Nick) et qu'ils essayaient de la garder en dehors du bureau autant que possible, elle parvenait quand même à transparaître dans leurs actions et leurs petits regards échangés. Sans oublier leurs petites tapes dans le dos et leurs regards complices comme ils venaient de le faire à l'instant.

— Donc nous ne savons pas *où* il est, commença le commissaire principal. Mais nous savons *ce qui* lui est arrivé – à peu près. Cela signifie que l'autre question à laquelle nous devons répondre est *qui* aurait pu lui faire ça. Tomek, qu'as-tu retiré de ton entretien avec sa femme ?

Tomek se redressa avant de répondre. — Pas grand-chose, monsieur. À part le fait que presque toutes les personnes qui ont croisé Herbert Tucker ont, à un moment ou un autre de leur vie, souhaité sa mort. Donc... ça devrait réduire un peu le champ des possibilités.

— En quoi ça réduit le champ des possibilités, putain ?

— Eh bien, on peut probablement exclure un enlèvement de type tiger kidnapping. D'après ce qu'a dit Nora Tucker, on peut supposer qu'il ne s'agit pas d'une attaque aléatoire, que c'est plus vraisemblablement quelqu'un qui le connaissait, quelqu'un qui voulait lui faire du mal. Donc ça réduit le champ des possibilités de quelques centaines de milliers d'habitants dans la région à quelques milliers de personnes qu'il a rencontrées dans sa carrière.

— *En fait...* vint la réponse lente et irritante du Capitaine à nouveau. La personne moyenne rencontre jusqu'à quatre-vingt mille personnes au cours de sa vie. Considérablement plus pour des gens comme nous. Et encore plus pour quelqu'un comme Herbert Tucker – pense aux rassemblements de relations publiques et aux réunions qu'il a dû faire dans sa vie.

Maintenant, il savait ce que Nick avait ressenti. — Merci pour ça, Capitaine. Mais ça ne m'aide pas vraiment quand je dis qu'on peut réduire le champ, n'est-ce pas ?

Le Capitaine En Fait haussa les épaules. — Je veux juste m'assurer que tu es factuel.

— As-tu déjà pensé à participer à *Qui veut gagner des millions* ? Parce que tu serais bon. Vraiment bon.

— Je n'y crois pas.

— Tu ne crois pas à quoi ?

— Aux jeux télévisés.

— Tu n'aimes pas l'idée de gagner beaucoup d'argent en répondant à quelques questions ?

— Exactement.

Tomek secoua la tête avec incrédulité. En temps normal, il aurait eu une réponse à un commentaire comme celui-là, mais là, il n'y avait rien. C'était comme si son esprit était tellement pris de court qu'il ne pouvait penser à rien d'autre qu'à se rappeler d'inspirer et d'expirer.

— Qu'est-ce que sa femme a dit d'autre ? demanda Nick, sortant Tomek de sa rêverie.

— Pas grand-chose, répondit Tomek. Je dois y retourner dans quelques heures pour ramener la fille à la maison et lui annoncer la mauvaise nouvelle. Vous voulez que je transmette quelque chose ?

CHAPITRE
SIX

Tomek remarqua d'abord le froid en sortant par la porte arrière du commissariat. Zéro degré. Le point de congélation.

— Putain de bordel, dit-il dès qu'il sentit la morsure du froid engourdir ses doigts, puis il se dirigea vers sa voiture. Il avait à peine atteint le bas des petites marches quand il entendit son nom.

— Nom d'une pipe ! s'écria-t-il alors qu'une silhouette émergeait de derrière un arbre.

La silhouette était petite, mince, et vêtue d'un manteau épais et rembourré avec une capuche en fourrure qui lui couvrait la tête. Sous la capuche se trouvait un joli visage, légèrement maquillé avec des lunettes noires posées sur son nez.

— Tu as la bouche bien fleurie aujourd'hui, n'est-ce pas ? demanda-t-elle en s'approchant.

— C'est ce qui arrive quand tu me flanques la trouille, répondit-il en enfouissant ses mains dans ses poches. Qu'est-ce que tu fais ici, Abi ?

— Je suis venue te voir, évidemment.

Le visage de Tomek s'assombrit.

— En fait, je suis venue te voir pour deux raisons.

— Non, et non.

Tomek se dirigea vers sa voiture, mais la journaliste le suivit quand même, accrochée à ses talons, s'agrippant presque à lui pour rester à sa hauteur.

— C'est à propos d'Herbert Tucker, dit Abigail.

— Je sais de quoi il s'agit. Mais ce que je veux savoir, et ce que nous voulons tous savoir, c'est comment *tu* es au courant pour Herbert Tucker. On dirait que c'est moi qui me fais accuser par Nick parce que ton équipe est au courant !

— Bien sûr que nous le sommes, répondit-elle, ses joues rougissant progressivement à mesure qu'ils restaient dehors. C'était soit le froid, soit le flirt ardent et le désir qu'elle ressentait pour lui.

Tomek pensait que c'était un mélange des deux.

— Comment ? demanda-t-il.

— Nous sommes journalistes. C'est notre boulot de savoir.

Tomek la regarda d'un air renfrogné, attendant qu'elle développe.

— D'accord, marmonna-t-elle en roulant des yeux. L'autre semaine, notre patron nous a dit de nous poster plus souvent devant le commissariat. Au cas où quelque chose se produirait.

— Donc vous nous avez espionnés ?

Tu m'as espionné ?

— Ne te fais pas d'idées, répondit-elle comme si elle avait entendu ses pensées. C'était juste pour avoir une exclusivité sur quelque chose, c'est tout.

— D'accord. Et tu n'aurais pas vu par hasard qui a enlevé le maire hier soir ?

— Maire ? C'était un député.

— Ah oui. Pardon. C'est la même chose pour moi. Les deux commencent par un D, et je parie que leurs rôles sont pratiquement identiques.

Abigail n'avait pas l'air impressionnée par son manque de connaissances sur le fonctionnement de la politique locale, mais à vrai dire, il s'en fichait.

— Alors... commença-t-elle lentement, pleine d'espoir. Qu'est-ce que tu peux me dire ?

— Plein de choses. Il se gratta pensivement la joue, comme s'il canalisait son philosophe grec intérieur. L'eau mouille. Les ours font caca dans les bois. Et il ne faut *jamais* croiser les flux...

À sa surprise, Abigail apprécia la plaisanterie et lui donna une tape amicale sur le bras. Et pendant un instant, quelque chose passa entre eux. Quelque chose qu'ils n'avaient pas ressenti depuis un moment. En fait, une seule fois auparavant. La nuit où ils s'étaient embrassés sous l'effet de l'alcool. Une attraction magnétique brute et sans filtre. Tomek pensa que cela allait se reproduire.

Un autre moment.

— Tu peux être un vrai con parfois, dit-elle, brisant finalement l'impasse.

— Je fais de mon mieux, répondit-il en lui adressant un sourire espiègle. Mais sérieusement, tu en sais probablement autant que nous sur ce qui lui est arrivé et où il se trouve.

Une expression de confusion traversa lentement le visage d'Abigail. Comme s'il venait de lui donner la réponse à la vie, l'univers et tout le reste, et qu'elle ne comprenait toujours pas.

— Donc vous ne savez rien ? demanda-t-elle.

— Tu comprends vite.

Une autre tape ludique, cette fois plus forte – et un peu plus méritée.

— Tu me dois toujours quelque chose d'ailleurs, dit-elle. Ne crois pas que j'ai oublié.

— Je te dois quoi ?

— Ne fais pas l'idiot.

— L'idiot à propos de quoi ? Tomek regarda autour du parking comme s'il pouvait y trouver la réponse.

— Quand est-ce que tu m'emmènes sortir ?

Les rires et la légèreté s'arrêtèrent et furent emportés par une forte bourrasque de vent qui sifflait entre les arbres. Depuis un mois environ, Abigail n'avait cessé de lui rappeler et de l'interroger sur le rendez-vous qu'il avait accepté de lui accorder. Mais chaque fois qu'il avait manqué un appel ou oublié de répondre à un SMS, cela avait été au téléphone et il avait trouvé une excuse. Mais maintenant, c'était en personne, une confrontation, il n'avait nulle part où aller. Nulle part où se cacher.

Il hésitait pour deux raisons. D'une part, il pensait qu'elle était légèrement obsédée par lui au point que cela frisait l'obsession, et après avoir vécu quelque chose de similaire dans une relation précédente, il s'était rendu compte qu'il ne voulait pas se retrouver dans une situation pareille à nouveau. Et d'autre part, cela pouvait potentiellement compromettre leur relation professionnelle. En tant que membres de la même équipe (officieusement), ils comptaient souvent l'un sur l'autre pour des informations et l'accès aux contacts de l'autre (même s'il prenait certainement plus qu'il ne donnait), et elle l'avait aidé plusieurs fois par le passé et il savait qu'il aurait encore besoin de compter sur elle à l'avenir.

Mais l'autre partie de lui, celle qui était curieuse et largement motivée par la libido, se demandait ce que cela donnerait de voir comment leur relation évoluerait.

— Quand es-tu libre ? demanda-t-il.

La question la prit au dépourvu, comme si elle ne s'y attendait pas du tout.

— Demain soir, si ça te va ?

— Pour l'instant, oui. Ça dépend de ce qui se passe avec M. Tucker.

— Bien. Je savais que je finirais par t'user, dit-elle en lui faisant un clin d'œil.

Et c'était exactement ce qui l'effrayait. Qu'elle finisse par user toutes ses barrières et fasse ressortir le vrai Tomek Bowen.

— Où m'emmènes-tu ?

— J'ai quelques idées en tête, dit-il en se dirigeant vers sa voiture sans avoir absolument aucun restaurant à l'esprit.

— Quelque part de nouveau, s'il te plaît.

— Nouveau ?

— C'est-à-dire, un endroit où tu n'as jamais emmené une fille avant.

— Euh.

— Oh, ça va être difficile, c'est ça ?

— Non. C'est juste un peu...

— Je ne pense pas que ce soit bizarre de demander d'aller quelque part où tu n'as pas emmené une autre fille avant, merci bien. Je ne veux pas que tu penses à elle alors que tu es censé passer la soirée avec moi.

— Peut-être qu'on croisera une de mes ex, dit-il, et elle tendit le bras pour le frapper à nouveau, mais il s'écarta et elle le manqua de peu.

Puis il s'arrêta près de sa voiture et monta à l'intérieur, laissant la portière ouverte.

— Peut-être qu'on se fera paparazzier au restaurant. Les gens penseront qu'on est des célébrités locales. Ou le nouveau Charles et Diana.

— Je préférerais éviter, dit-elle en s'éloignant d'un pas de la portière. Pas avec la façon dont ça s'est terminé...

CHAPITRE
SEPT

Tomek ne pensait pas que lui et Abigail avaient la moindre chance de devenir le prochain Charles et Diana, mais il était certain qu'un couple en particulier en était encore plus loin.

Herbert et Nora Tucker.

Après sa rencontre avec Abigail, Tomek s'était rendu chez le petit ami de Whitney, qui s'appelait fort à propos Charlie, pour la récupérer après sa nuit passée là-bas. Avant de lui claquer la porte au nez, Whitney avait demandé si Charlie pouvait les accompagner, et Tomek avait haussé les épaules en acceptant. Un soutien émotionnel, avait-elle dit. Cela ne le dérangeait pas ; au moins, il n'aurait pas à faire la conversation et pourrait les laisser bavarder à l'arrière.

Mais cette bénédiction n'avait pas duré longtemps. Pas quand Whitney avait commencé à lui poser une multitude de questions inquiètes.

— Pouvez-vous me dire ce qui s'est passé ?

— Est-ce qu'il va bien ?

— Allez-vous le retrouver ?

Whitney Tucker était une femme d'une vingtaine d'années, mais ses manières et son comportement – sa voix douce et enfantine, ses épaules tombantes, sa manie de se ronger constamment les ongles et de s'enrouler les cheveux autour des doigts – suggéraient qu'elle avait plusieurs années de retard, comme une adolescente s'accrochant encore à ces années antérieures, pour une raison quelconque. Pourtant, malgré tout cela, elle était élégante et séduisante, quelqu'un qui consacrait manifestement beaucoup de temps, et beaucoup de l'argent de papa, à se présenter sous le meilleur jour possible. Une version miniature de sa mère en devenir.

— Nous faisons tout notre possible pour retrouver votre père, expliqua Tomek depuis le siège avant. Nous avons une équipe qui le recherche, mais nous aurons besoin de votre soutien et de votre entière coopération pour le retrouver et le ramener chez lui rapidement.

— D'accord, dit-elle, ce qui sembla apaiser certaines de ses craintes. Avez-vous déjà parlé à ma mère ?

— Oui. C'est elle qui a appelé pour signaler sa disparition.

— Et elle ne m'a pas appelée ?

Tomek ne répondit pas. Il espérait que la question était rhétorique.

— C'est tellement typique d'elle, ajouta Whitney.

— Je pense qu'elle essayait de vous protéger. Elle ne voulait pas perturber votre soirée.

— Comme c'est audacieux de sa part.

Un bref moment de silence s'installa dans la voiture, et Tomek attendit qu'il se dissipe avant de poser la question qui lui était venue à l'esprit.

— Comment décririez-vous le mariage de vos parents ?

Si Whitney fut offensée par la question, elle n'en montra rien. En fait, elle semblait l'avoir attendue. Tomek se prépara à sa réponse.

— Ils se détestent, dit Whitney, son regard dérivant vers la fenêtre. Pendant ce temps, Charlie était assis à l'arrière, en marge de la conversation, regardant par la fenêtre. Ils sont constamment à couteaux tirés.

Intéressant.

— Sans Whit et Eleanor, je ne pense pas qu'ils seraient encore ensemble, dit Charlie. L'intonation de sa voix suggérait qu'il essayait de s'immiscer dans la conversation. Et il en avait bien l'air. Un beau gosse, quelqu'un qui avait été entouré de gens toute sa vie, habitué à être le centre d'attention et qui n'aimait pas en être exclu.

— Je me pose souvent la même question, dit Whitney en serrant la main de son petit ami.

Tomek savait ce qu'elle ressentait, il était passé par là lui-même. Il se demandait souvent si, sans *lui*, ses parents auraient tous été plus heureux. Sa mère, son père, Dawid. Tous. Cette conviction avait commencé après que ses parents, en particulier sa mère polonaise, l'avaient blâmé pour la mort de Michał. Aux yeux de ses parents, il n'avait pas su protéger son frère. Leur relation, suite à cet événement cataclysmique, était devenue fracturée et distante depuis. Bien qu'elle se soit améliorée ces dernières semaines et ces derniers mois, grâce à l'arrivée de Kasia dans leur famille, il restait encore beaucoup de chemin à parcourir.

Tous les trois arrivèrent au domicile familial des Tucker vingt minutes plus tard. Anna leur ouvrit la porte, avec une nouvelle paire de cernes sous les yeux. Avant d'entamer un nouveau cycle de questions, Tomek et Anna laissèrent à la famille un moment pour se retrouver, faire leur deuil, digérer. Les trois femmes Tucker s'étreignirent tandis que Tomek, Anna et Charlie observaient depuis la périphérie, à côté du ficus à feuilles de violon, que Tomek avait secrètement décidé d'appeler l'Habile Violoniste, car ce nom lui rappelait le Finaud dans *Oliver Twist* de Charles Dickens.

En observant les retrouvailles familiales, Tomek étudia le comportement des femmes : l'interaction de Nora avec Whitney fut brève, presque microscopique, mais celle de ses filles entre elles fut bien plus longue, une étreinte qui suggérait qu'elles ne s'étaient pas vues depuis des mois, voire des années. Une étreinte qui laissait Nora en marge de sa propre famille.

Lorsque Whitney s'écarta de sa sœur, elle prit le visage d'Eleanor et essuya les larmes de ses yeux. — Ça va aller, lui dit-elle. Tout ira bien.

Eleanor acquiesça faiblement, dans une émotion complètement différente de celle qu'elle avait manifestée envers sa mère quelques heures auparavant. À ce moment-là, elle avait été distraite, distante, presque agressive. Mais maintenant, elle était vulnérable, fragile. Tout cela pour sa sœur aînée. C'est alors que Tomek réalisa qu'il observait un lien entre les sœurs plus profond que n'importe quelle tranchée. Et il eut l'impression que c'était elles contre le monde entier.

— Madame Tucker, commença Tomek. Pourrions-nous parler en privé dans l'autre pièce ? Vos filles peuvent-elles monter à l'étage ou aller dans la cuisine peut-être ?

— Je... je ne pense pas...

— Ça va, interrompit Whitney, et elle prit la main de sa sœur pour l'entraîner avec Charlie dans l'escalier en bois. On sera dans ma chambre.

— Parfait, dit Tomek avec un sourire. Merci.

Un instant plus tard, ils étaient partis et les trois adultes s'étaient installés dans le salon, occupant les mêmes sièges que quelques heures auparavant. Tout était identique à l'exception d'un petit détail qui avait été ajouté depuis sa dernière visite : une boîte de mouchoirs posée à côté de Nora Tucker.

— Vous ne l'avez toujours pas retrouvé alors ? demanda-t-elle, d'emblée.

— Qu'est-ce qui vous fait dire ça ?

— Cette expression déprimée et solennelle sur vos visages, dit-elle. On dirait que vous n'êtes pas venus m'apporter de bonnes nouvelles.

— Malheureusement, il n'y a eu aucun changement depuis ce matin, expliqua Tomek.

— Je vois. Et comment *elle* l'a pris ?

Il fallut un moment à Tomek pour comprendre de qui elle parlait.

— Elle semblait aller bien, je suppose. Bien que je n'aie aucun point de référence pour les réactions de votre fille. Je n'ai rien à quoi les comparer. Mais elle a mentionné quelque chose dont j'aimerais discuter avec vous, si vous le permettez.

Le dos de Nora se raidit légèrement. Elle joignit ses mains sur ses genoux.

— Continuez..., dit-elle, une légère appréhension dans la voix.

— D'après ce que je comprends, il y a beaucoup de disputes dans votre mariage.

— N'est-ce pas le cas dans tous les mariages ? répliqua-t-elle sèchement. Cela ne signifie pas que j'ai quoi que ce soit à voir avec sa disparition.

— Je n'ai pas dit cela. Je voulais simplement vous interroger sur votre mariage, c'est tout.

Avant de répondre, Nora inspira profondément et retint son souffle. Tandis qu'elle laissait l'air s'échapper de sa poitrine, elle commença : — Ça a été difficile, je ne le nie pas. Nous avons eu nos désaccords, comme tous les couples, et nous les avons surmontés. Mais nous faisons avec. Bien sûr, il n'y a plus beaucoup d'amour entre nous, mais je pense que c'est naturel pour des gens comme nous...

— Qu'est-ce qui vous fait dire ça ?

— Quelle partie ?

— Pourquoi il n'y a plus d'amour entre vous deux ?

Elle haussa les épaules, comme si la réponse était évidente. Tomek décida d'approfondir.

— Que s'est-il vraiment passé ce matin quand votre mari vous a appelée ? Pourquoi vous a-t-il appelée à trois heures du matin ? Parce que ça me tracasse, et je ne pense pas que c'était simplement pour vous informer qu'il rentrait à la maison.

Nora mit longtemps à répondre. Mais avant de le faire, elle tendit le cou vers le plafond, puis se dirigea vers les portes du salon. Elle les ferma délicatement, comme si le bruit risquait de faire s'effondrer la maison, et revint à sa place transformée. Cette fois, elle était plus défiante, plus résistante, la façade de l'épouse éplorée semblant disparaître en un instant.

— Il m'a dit qu'il voulait divorcer.

Tomek soupira lentement. — Pourquoi nous avoir menti ?

— Parce que je ne voulais pas qu'Eleanor l'apprenne.

— Était-ce la première fois que vous en discutiez ?

Nora secoua la tête, puis commença à jouer avec ses boucles d'oreilles en diamant, exhibant les nombreuses autres pièces coûteuses, bagues et bracelets incrustés de diamants, qu'elle portait aux mains.

— Il me l'a dit il y a quelques mois. Il a dit qu'il n'était pas heureux et qu'il voulait quitter notre relation.

— Mais vous êtes toujours ensemble... Qu'est-ce qui a changé ?

— Nous étions tous les deux si occupés à faire nos propres choses, à vivre nos vies séparément, que ça ne s'est jamais concrétisé. J'étais plus qu'heureuse de rester avec lui, avec la maison, avec les enfants, alors je n'ai plus jamais abordé le sujet.

Et les bijoux en diamant. Et la voiture de sport garée dans l'allée. Et les manucures et pédicures et soins capillaires et les cours de yoga.

Tout sur la carte de crédit de quelqu'un d'autre.

Tomek pariait qu'elle ferait tout ce qu'elle pourrait pour rester dans cette relation.

— Alors qu'est-ce qui était différent dans l'appel de ce matin ? Qu'est-ce qui l'avait poussé à aborder à nouveau le sujet ?

Elle haussa à nouveau les épaules. — Vous devrez le lui demander.

Pour une raison quelconque, Tomek pensait que ce serait la dernière chose à l'esprit d'Herbert Tucker quand ils le retrouveraient.

Si ils le retrouvaient.

CHAPITRE
HUIT

Albert Patterson est tombé amoureux de la plage il y a plus de soixante ans. Ses parents l'avaient emmené avec Roger en bus à Southend pour des vacances, les premières de leur vie, et parmi les rares qu'ils passeraient en famille. Ils avaient passé l'après-midi sur la plage, à jouer dans le sable, à construire des châteaux et à courir dans l'eau pour nettoyer la saleté de leurs pieds, pour ensuite se rendre compte qu'ils allaient se salir à nouveau immédiatement après. Ils avaient partagé des glaces et avaient apporté un pique-nique dans un petit panier. Des sandwichs au thon faits maison. Les préférés d'Albert.

Mais le meilleur moment de la journée, son préféré, avait été sa petite découverte.

La marée s'était retirée, et lui et Roger jouaient dans la boue, leurs pieds s'enfonçant dans cette substance sale et répugnante. Ils se pourchassaient l'un l'autre, un innocent jeu de *chat*.

Jusqu'à ce qu'Albert trébuche et atterrisse face contre terre dans la boue. Couvert et aspirant un peu de terre, il avait appelé son frère à l'aide. Roger avait accouru vers lui, et alors que son frère le tirait du trou dans lequel il commençait à s'enfoncer, un petit éclat scintillait sous la substance brunâtre.

Une pièce de monnaie.

Ancienne, crasseuse, couverte de siècles de saleté et de crasse.

Il ne savait pas exactement ce que c'était, ni d'où elle venait. Il savait seulement qu'elle avait été importante pour quelqu'un et qu'il en avait besoin.

Qu'il la voulait pour lui-même.

Mais cela n'avait pas été possible. Sur le chemin du retour, Albert avait gardé son trésor secret, caché dans la poche de son short mouillé et sableux. Ce n'est qu'une fois arrivés à la maison qu'il avait partagé sa trouvaille avec sa famille. Au début, ils avaient été furieux, déçus qu'il ait volé quelque chose qui ne lui appartenait pas. Mais après qu'il eut expliqué où il l'avait trouvée et ce qu'il prévoyait d'en faire, ils s'étaient excusés et avaient compris.

Ce qui s'était passé ensuite les avait tous sidérés. Son père avait apporté la pièce à un collectionneur, qui avait examiné le trésor et l'avait estimé à plus de deux mille livres. C'était une vieille pièce romaine, appartenant peut-être à un navire perdu qui avait jadis navigué sur la Tamise et son estuaire, échouée sur le rivage après tous ces siècles.

Les parents d'Albert avaient ensuite vendu la pièce, ce qui leur avait permis de sortir de la pauvreté et d'emménager dans une jolie propriété au bord de la mer à Southend où, depuis cinquante ans, Albert patrouillait les plages à la recherche d'une autre découverte qui changerait sa vie.

Mais jusqu'à présent, il n'avait rien trouvé.

À part une bague en diamant, qu'il avait rapidement rendue à la femme inconsolable qui l'avait apparemment perdue seulement une heure auparavant, la majorité de ses trouvailles étaient de vieilles capsules de bouteilles, des aimants et d'autres morceaux de ferraille.

Cinquante ans à patrouiller les plages de Leigh-on-Sea, Chalkwell, Southend et Thorpe Bay avec son détecteur de métaux, espérant que chaque nouvelle marée apporterait avec elle une autre pièce d'or brillante.

Cinquante ans à errer de long en large, s'accrochant toujours à l'excitation qu'il avait ressentie lors de sa toute première découverte.

Et aujourd'hui, ce n'était pas différent.

Il avait passé la matinée à l'autre bout de la côte de l'Essex à Leigh-on-Sea et approchait de la fin de sa matinée à Thorpe Bay. Là, la plage était principalement composée de cailloux et de galets lisses qui avaient été érodés par des années d'eau salée. C'était généralement l'endroit le moins propice aux découvertes. Il y avait souvent très peu à Thorpe Bay, mais il aimait cet endroit malgré tout. En fait, c'était l'un de ses préférés, grâce aux cabanes de plage qui longeaient la promenade. Des cabanes de plage de plusieurs couleurs, qui étaient toujours fréquentées et utilisées en été. Il avait entendu dire une fois qu'elles valaient plus de cent mille livres. Beaucoup trop d'argent à son avis. Mais c'était l'une des premières choses sur sa liste d'achats s'il trouvait un jour une autre pièce romaine en or. Ça et un tout nouveau détecteur de métaux.

Alors qu'il commençait à terminer sa journée, il remonta la promenade devant les cabanes de plage, gardant toujours les yeux et le nez au sol, à la recherche du moindre éclat, du plus doux des scintillements.

Lorsqu'il atteignit le milieu de la rangée de cabanes de plage, il s'arrêta. Une odeur nauséabonde et fétide s'était coincée dans son nez. Mais elle ne provenait pas des algues ou des déchets qui avaient été balayés sur le rivage ; il avait patrouillé les plages assez longtemps pour connaître la différence.

Non, c'était autre chose. L'odeur de quelque chose de bien plus nauséabond.

Et il décida donc d'inspecter.

Il ne lui fallut pas longtemps pour comprendre d'où provenait cette odeur et ce qui l'avait causée.

Un sans-abri qui avait cherché un abri entre deux cabanes de plage. Un sans-abri qui s'était vraisemblablement uriné dessus pour se tenir chaud pendant la nuit. La silhouette était enveloppée dans une couette et portait une vieille paire de chaussures de randonnée criblées de trous.

— Quelle tristesse, dit Albert en secouant la tête, tandis qu'il continuait à marcher, laissant l'homme là.

Il détestait voir ça, mais comme beaucoup de gens, il n'était jamais assez disposé à changer les choses ou à faire quoi que ce soit à ce sujet. Il se considérait comme impuissant, une voix inefficace et presque inutile dans la lutte contre quoi que ce soit. La seule chose dans la vie sur laquelle il avait un contrôle, c'était lui-même et son détecteur de métaux.

C'était juste dommage qu'il n'ait pas de contrôle sur le rivage et les secrets qui gisaient en dessous.

Mais alors, juste au moment où il était sur le point de partir et d'abandonner tout espoir, quelque chose attira son regard. Quelque chose qui brillait. Quelque chose d'intéressant.

L'excitation montant en lui, Albert se pencha au niveau du sol et commença à balayer les petits cailloux autour de l'objet, jusqu'à ce qu'il découvre finalement une alliance. En or, massive, lourde.

D'une grande valeur. Peut-être pas assez pour une cabane de plage à Thorpe Bay, mais certainement assez pour le nouveau détecteur de métaux qu'il avait repéré sur eBay.

CHAPITRE
NEUF

Le temps s'était considérablement dégradé. Le froid était plus féroce, et le vent portait en lui un sentiment de vengeance. Et pour empirer les choses, il avait commencé à pleuvoir. Pas abondamment, mais pas légèrement non plus. Ce genre de pluie intermédiaire où l'on se retrouve trempé quelques minutes à peine après avoir quitté la maison. Et c'est exactement ce qui arriva à Tomek dès qu'il quitta le commissariat pour rejoindre sa voiture.

L'appel était arrivé moins de dix minutes auparavant. Un corps avait été découvert à Thorpe Bay. Sur le front de mer. Coincé entre la célèbre rangée de cabines de plage.

Nick l'avait pris à part et avait demandé à Tomek de se rendre sur la scène de crime. — Je ne fais pas de favoritisme, avait expliqué Nick dans son bureau. Je m'assure simplement qu'*elle* n'en fasse pas.

Elle, c'était l'inspectrice Victoria.

Elle, qui entretenait une relation avec un sergent-détective.

Il était clair que Nick n'aimait pas l'idée qu'ils soient ensemble, que cela puisse interférer avec leur concentration et leur capacité à gérer une enquête pour meurtre complexe et médiatisée. Et Tomek ne pouvait guère lui en vouloir.

Durant le court laps de temps où Herbert Tucker avait été porté disparu, son nom avait atteint plus de dix mille mentions sur Twitter, et plus de deux douzaines d'articles avaient été écrits à son sujet, l'équipe les passant au crible ainsi que les sections commentaires à la recherche d'indices ou de mises à jour.

Tomek se demandait si c'était la façon de Nick de les punir en quelque sorte. Et si c'était le cas, ça ne le dérangeait pas trop, car il était actuellement celui qui en profitait.

À ses côtés dans la voiture se trouvait le capitaine, avec sa barbe de trois jours impeccablement entretenue et ses lunettes de designer parfaitement posées sur son nez. Le DC Oscar Perez était un homme de classe et de charisme, mais il aimait rester discret, sous les radars. Il en allait de même pour sa personnalité. Au bureau, il était souvent silencieux et réservé. Sauf, bien sûr, quand l'occasion de corriger quelqu'un se présentait devant lui et qu'il considérait comme son devoir de le faire. Tomek travaillait avec lui depuis près de dix ans, mais pendant tout ce temps, il n'avait jamais vu cet homme avec un livre à la main ou un documentaire vidéo sur son téléphone. C'était donc un mystère de savoir comment il en savait autant.

— D'où tiens-tu toutes tes connaissances inutiles ? demanda Tomek alors qu'ils se dirigeaient vers Thorpe Bay. Le trajet était court – cinq minutes tout au plus, faisable à pied en réalité – mais aucun des deux hommes n'avait envie de braver les éléments.

— Mes parents, expliqua Oscar, avec son doux accent hispanique.

— Comment ?

— Des livres.

— Quoi, ils t'immobilisaient et te forçaient à avaler les pages ?

Oscar rit. — Non. Je lisais dès mon plus jeune âge. Des trucs assez avancés, en fait. Et puis mon père m'a donné une encyclopédie. Tu en as déjà entendu parler ?

— Petit veinard. Bien sûr que j'en ai entendu parler. Ce sont les livres avec toutes les recettes de cuisine, c'est ça ?

— Presque. Bref, j'ai lu les premières pages et tout semblait avoir du sens pour moi. Comme si quelque chose avait fait clic. J'aime simplement apprendre des choses.

— Et corriger les gens, n'oublie pas.

— C'est ce qui me fait vivre, dit Oscar avec calme. Ça, et trouver des criminels.

— Eh bien, Capitaine, dit Tomek en arrêtant la voiture sur l'esplanade à courte distance des cabines de plage. Ton vaisseau vient d'accoster en territoire ennemi. Règle tes armes sur neutralisation, et prépare-toi à ce qui pourrait–

— Phaseurs.

— Quoi ?

— Phaseurs. C'est « règle tes phaseurs sur neutralisation », en fait.

Tomek lui lança un regard dur. — Ta gueule et sors de la voiture, répondit-il avec jovialité.

Ici, le long de l'esplanade, le vent et la pluie avaient empiré. L'eau le mitraillait comme des balles de tous les côtés, tandis que le vent le déséquilibrait lorsqu'il montait sur le trottoir. Les rues étaient désertes. Personne en vue à part les policiers et les agents de la police scientifique au milieu de la route. La rue avait été bouclée et une tente médico-légale blanche avait été dressée au-dessus des cabines de plage. Tomek avait lu quelque part qu'elles coûtaient parfois le prix d'un appartement, selon leur état. Et Tomek ne voyait rien de pire que de dépenser une petite fortune pour quelque chose qui ne serait utilisé que quelques mois par an, et pendant ces mois d'été chargés, il serait forcé de partager la plage avec tous les autres pauvres types qui insistaient pour visiter en même temps que lui. C'était peut-être le Polonais en lui, ce cynisme, mais il pouvait penser à de meilleures façons de dépenser cent mille euros.

Peu après leur arrivée, Tomek et Oscar enfilèrent chacun une combinaison médico-légale et descendirent les marches menant à la plage. Puis ils marchèrent entre le mur de protection et l'arrière des cabines de plage, évitant les ordures et les détritus que les racailles de Southend avaient jetés là (une autre raison pour laquelle il ne voulait pas acheter de cabine de plage). Coincé entre le mur et les petites cabanes en bois, le vent avait considérablement diminué, et la pluie peinait à s'infiltrer dans les interstices autant qu'à l'air libre.

La masse de silhouettes blanches n'était qu'à quelques mètres, et en s'approchant, ils se retrouvèrent abrités sous la tente qui avait été érigée, on ne sait comment, au-dessus de trois cabines, les protégeant des éléments. Cinq agents de la police scientifique au total, avec un responsable de scène de crime à leur tête. Puis Tomek aperçut Lorna Dean, la pathologiste du ministère de l'Intérieur, avec ses cheveux roux flamboyants qui semblaient brûler à travers la combinaison en papier blanc.

— Bonjour, lança Tomek à personne en particulier. Un temps idéal pour ça.

Puis il baissa les yeux vers l'espace étroit entre les deux cabines. Vers le corps qui gisait là, abrité sous une couette.

— Qui est-ce ? demanda Tomek à Lorna, de l'autre côté du corps.

— Je ne sais pas encore, répondit-elle. Il n'y a pas d'identification sur lui. Pas de portefeuille, pas de téléphone.

Tomek se tourna vers Oscar. — Tu as l'imprimé ?

— Un instant, répondit Oscar, puis il baissa la fermeture éclair de sa combinaison et fouilla dans la poche de son manteau.

— C'est assez calme ici, remarqua Tomek en attendant. On peut vraiment s'entendre penser.

Puis la main d'Oscar apparut, et Tomek prit le document. Alors qu'il s'accroupissait près du visage de la victime, il déplia le papier et le tint près de la tête de l'homme.

— Qu'est-ce que tu en penses ? demanda Tomek à Oscar. C'est le même type ?

— Je veux dire... sa bouche est un peu rouge, et son nez est un peu cassé, mais oui, je dirais que c'est le même gars.

— Qui ? intervint Lorna.

— Notre estimé membre du Parlement et du conseil local, M. Herbert Tucker, répondit Tomek avec une pointe de sarcasme dans la voix.

— Qui ça ?

— Exactement. Je ne le connaissais pas non plus. D'où la photo. Tomek agita l'imprimé. Apparemment, c'est toute une célébrité locale.

— Vraiment ?

— Non, répondit Oscar. C'est juste que Nick et Martin s'attendent à ce que nous sachions tous qui il est.

— D'accord. Ça a tout son sens.

Tomek les ignora et continua d'examiner l'homme mort devant lui. Herbert Tucker ne ressemblait en rien à la photo que Tomek avait téléchargée d'internet. Herbert Tucker avait maintenant le nez cassé, et une rivière de sang séché couvrait ses narines et ses joues, mais l'anomalie la plus importante était le gonflement rouge et les lésions autour de sa bouche. On aurait dit qu'il avait embrassé quelqu'un et qu'il s'était retrouvé à porter son rouge à lèvres. Mais ce qui était plus préoccupant, et déroutant, c'étaient les vêtements que Herbert portait. Tomek avait vu les images de vidéosurveillance de Herbert Tucker quittant les bureaux du conseil à trois heures du matin, et Herbert portait un costume, une chemise et une paire de chaussures élégantes. Une tenue formelle. Une tenue de bureau. Quelque chose qui suggérait qu'il travaillait pour l'administration locale. Maintenant, cependant, il avait été habillé d'un manteau marron humide, d'un jean déchiré et d'une paire de chaussures salies et trouées.

Il avait été habillé pour ressembler à un sans-abri.

Et fait pour sentir comme tel également.

L'odeur de pisse et d'ammoniaque était omniprésente entre les cabines de plage, et Tomek se demandait si elle provenait de Herbert ou si elle était incrustée dans la construction des cabines elles-mêmes, imprégnée dans le bois par des personnes urinant constamment à cet endroit précis. Puis il se rappela l'odeur sur la scène de crime dans le parking et la flaque qui l'accompagnait.

— Qui l'a trouvé ? demanda Tomek, prenant un moment pour assimiler ce qu'il voyait.

— Un retraité lors de sa promenade matinale. Il a dit qu'il a failli avoir une crise cardiaque.

Tomek se demandait depuis combien de temps Herbert Tucker était allongé là, décédé, exposé aux éléments, couvert de sa propre urine. Il se demandait combien d'autres personnes l'avaient ignoré dès qu'elles avaient remarqué la couette et les vêtements sales.

Le tueur avait déguisé Tucker pour une raison – pour distraire et retarder – ce qui signifiait que la personne à laquelle ils avaient affaire était intelligente et calculatrice. Et, plus important encore, avait planifié l'enlèvement et le meurtre à l'avance. Ce n'était pas le genre de décision prise sur un coup de tête. Une réflexion précise et minutieuse avait présidé à sa mort.

Tomek avait vu tout ce dont il avait besoin. Il se leva et, avec Oscar qui le suivait de près, retourna au cordon de police. Là, il trouva la pauvre âme malheureuse dont le travail était de monter la garde et d'enregistrer les présences dans le registre des entrées et sorties. Il était vêtu d'un imperméable complet et d'une casquette étanche, mais cela faisait peu pour le protéger des éléments. Tomek salua l'homme avec un sourire chaleureux en se désinscrivant du registre, puis lui donna une tape dans le dos en partant.

En se dirigeant vers la voiture, il aperçut un véhicule de police garé sur le bord de la route, deux personnes visibles sur la banquette arrière derrière la vitre. Tomek s'approcha et frappa à la vitre, faisant sursauter l'homme aux cheveux blancs devant lui. Il ouvrit la porte.

— Bon sang, l'ami, s'exclama-t-il. J'ai déjà eu une frayeur cardiaque, je n'en veux pas une autre. Vous essayez de me tuer ?

— Pas intentionnellement, monsieur.

Tomek passa la tête autour du monsieur et vit l'agent en uniforme derrière lui.

— Vous vous mettez à l'abri de la pluie ? demanda-t-il.

— Je prends la déposition d'un témoin, répondit l'agent.

— Donc, vous êtes le malheureux qui a trouvé la victime ? dit Tomek au monsieur âgé.

— Oui.

— Votre nom ?

— Laurence Lowell.

— Ravi de vous rencontrer, Laurence Lowell. Je suis le Sergent-Détective Tomek Bowen. Si vous avez besoin de quoi que ce soit, n'hésitez pas à me le faire savoir, à moi ou à mes collègues.

L'homme sembla se détendre un peu. — Bien sûr.

— Avant que je vous laisse, puis-je vous demander il y a combien de temps vous avez découvert le corps ?

L'agent répondit en premier, consultant ses notes. — Il y a une heure, chef. Quinze heures douze.

Tomek acquiesça.

Cela signifiait qu'il y avait une fenêtre de douze heures entre l'enlèvement d'Herbert Tucker et sa découverte.

Une fenêtre de douze heures durant laquelle ils devaient trouver leur tueur.

CHAPITRE
DIX

Toute enquête pour meurtre nécessitait de répondre à six questions.

Qui ?

Quoi ?

Où ?

Quand ?

Pourquoi ?

Et comment ?

Six questions universelles applicables à tout.

Qui était impliqué ?

Que s'est-il passé ?

Où cela s'est-il produit ?

Quand cela s'est-il produit ?

Pourquoi cela s'est-il produit ?

Comment ?

L'important à retenir, cependant, était la signification de chaque réponse.

Quand cela s'est-il produit ? Pourquoi à ce moment précis ? Pourquoi pas plus tôt, plus tard ?

Le terrier de questions qui en découlait était énorme, mais c'étaient ces terriers qui menaient finalement à une bonne piste ou à l'arrestation d'un suspect potentiel. Et, presque immédiatement, Tomek soupçonnait que le labyrinthe de la vie d'Herbert Tucker serait encore plus vaste et encore plus difficile à suivre.

Lui et Oscar étaient retournés au commissariat aussi vite que possible, plus pour échapper à la pluie et se mettre au chaud que pour partager de bonnes nouvelles. Et quelques instants après leur retour, ils avaient été bombardés de questions, notamment par Nick qui était désespérément en quête d'une mise à jour.

— C'est lui ? C'est Tucker ?

Tomek se sentait comme cette fois où il s'était fait harceler sur l'avenue principale de Southend par quelqu'un qui tentait de lui faire signer un prélèvement mensuel pour une œuvre de charité. Il n'y avait pas d'échappatoire.

— Du calme, chef, répondit-il. Laissez-moi au moins enlever mon manteau.

Quelques secondes n'allaient pas faire une différence dans l'ordre général des choses, mais pour Nick, c'était le cas. Il traquait Tomek, respirant bruyamment dans son cou.

Une fois son manteau accroché, Tomek se retourna pour voir le crâne chauve de Nick flotter à quelques centimètres de son menton.

— Alors ?

— Oui.

— C'est lui ?

— Oui.

— Tu en es sûr ?

— J'ai utilisé la photo.

— Quelle photo ?

— Je ne savais pas à quoi il ressemblait, alors j'en ai imprimé une et je l'ai mise à côté de son visage.

— Putain, Tomek, soupira bruyamment Nick. On devra quand même faire confirmer son identité par sa femme.

Même si Tomek était sûr à quatre-vingt-dix-neuf pour cent qu'il s'agissait d'Herbert Tucker.

— Pourquoi tu n'as pas vérifié son portefeuille ou son permis de conduire ? demanda Nick.

— Il n'avait pas de pièce d'identité sur lui, en fait, monsieur, répondit Oscar de l'autre côté de la pièce.

— Qu'est-ce que tu veux dire ? demanda Nick.

— Probablement que le tueur l'a volée. Il était habillé comme un sans-abri.

Un profond silence tomba sur la pièce tandis que l'équipe assimilait l'information. Le moment dura un certain temps – dix secondes, vingt, trente – avant que Nick ne secoue la tête avec incrédulité et ne convoque une réunion urgente dans la salle des incidents majeurs.

Une minute plus tard, l'équipe était assise, à l'exception de Nick qui se tenait à l'avant de la salle, faisant les cent pas avec impatience. Pendant que Tomek et Oscar étaient absents du commissariat, ils avaient travaillé à répondre à la question du *qui*. Qui avait fait ça à Herbert ? Qui, dans sa vie, avait-il à ce point lésé pour qu'ils pensent que c'était la seule façon d'obtenir vengeance ?

Mais maintenant que l'équipe savait qu'Herbert avait été habillé comme un sans-abri dans les moments précédant ou suivant sa mort, cela ajoutait une dimension différente à l'enquête.

La question devenait maintenant : qui avait-il tant offensé, et *pourquoi* cette personne aurait-elle voulu l'habiller ainsi ?

Tomek avait quelques idées initiales, mais voulait attendre d'entendre les informations avant d'en consolider une dans son esprit.

— Dites-nous tout ce que vous savez sur la scène de crime, ordonna Nick, direct et pragmatique.

Se sentant comme s'il allait lire à haute voix devant la classe, Tomek s'éclaircit la gorge. Puis il leur expliqua ce qu'ils avaient découvert après avoir parlé avec le témoin principal, Laurence Lowell, et l'agent de police en uniforme. Que Laurence avait découvert le corps seulement une heure auparavant. Qu'Herbert Tucker avait été habillé comme un sans-abri et abandonné entre les cabanes de plage. Qu'il avait été recouvert d'une couette. Qu'il avait des marques rouges autour de la bouche.

— Des marques rouges ? demanda Nick.

— Comme s'il avait embrassé quelqu'un portant *beaucoup* de rouge à lèvres.

— D'autres signes visibles d'agression ? Cause possible de décès ?

— À déterminer pour l'instant, monsieur. Lorna l'inscrit pour cet après-midi.

— Parle correctement, s'il te plaît, Tomek, pour l'amour du Christ. Nick soupira si lourdement que Tomek pouvait le sentir à l'autre bout de la table. Quoi d'autre ?

— C'est presque tout ce que nous savons pour l'instant. Sauf qu'il n'y a pas de caméras de vidéosurveillance dans cette zone, j'ai vérifié.

— Et le témoin principal ? Tu soupçonnes qu'il ait pu être impliqué ?

— Si nous cherchons un homme dans la soixantaine, alors oui. Mais malheureusement, je ne pense pas que ce soit le cas. La personne qui a fait ça a dû transporter le corps de Tucker jusqu'à la plage et le déshabiller à un moment donné. Je ne sais pas pour vous, mais même moi, j'aurais du mal avec quelqu'un de sa corpulence.

— Mais tu n'as jamais été le plus fort, lança Sean.

Tomek sourit narquoisement. — J'ai le corps d'un athlète. Dommage que ce soit celui d'un joueur de fléchettes.

Et ce n'était pas une blague. Depuis l'arrivée de Kasia dans sa vie, les chiffres de son tour de taille et les lettres de ses tailles de vêtements avaient tous commencé à changer et à le contrarier. Il ne se souvenait pas de la dernière fois où il était allé courir, mais il pouvait se rappeler la dernière fois qu'il avait commandé un plat à emporter. Pour Kasia, cela n'avait pas d'importance, la petite coquine était bénie d'un merveilleux métabolisme qui la maintenait mince et en bonne santé. Alors que Tomek aurait échangé un membre pour récupérer le sien.

— Sean, Tomek, fermez vos gueules, gémit Nick. Ce n'est ni le moment ni l'endroit. Si vous voulez avoir vos petites conversations amusantes, faites-le sur votre propre temps et pas dans mon putain de bâtiment.

Maintenant, Tomek se sentait comme un enfant qui venait de se faire crier dessus par l'enseignant.

La scène de crime ayant été traitée, la conversation se tourna rapidement vers le reste de l'équipe et ce qu'ils avaient découvert dans leurs efforts pour démêler les couches de la vie d'Herbert Tucker.

— C'était une vraie ordure, un vrai connard, commença la DC

Rachel Hamilton. Et c'est mon point de vue impartial. Herbert Tucker s'est d'abord fait un nom dans le métal. Il achetait de l'acier et d'autres métaux à vil prix à des gens qui voulaient s'en débarrasser, puis il les nettoyait et les revendait au plus offrant. Il a commencé quand il avait vingt ans et a continué pendant dix ans avant de finalement se lancer dans l'immobilier.

— Tout le monde est propriétaire ou magnat de l'immobilier de nos jours, dit Anna. C'est ridicule. Ça empêche ma famille et moi d'acheter une maison.

Sa réaction fut accueillie par des cris de ralliement d'accord.

— À partir de là, il est devenu assez riche et assez connu. Comme s'il commençait à se frotter et à aligner ses allégeances avec l'élite conservatrice. Il s'est fait beaucoup d'amis haut placés, et chaque fois qu'il demandait des subventions ou des bourses ou n'importe quel type de permis de construire, c'était accéléré et traité beaucoup plus rapidement que ça ne l'aurait été pour n'importe qui d'autre.

— Bien sûr, répondit Nick.

— Vous sentez ça ? demanda Tomek. Ça sent la corruption. Et ce n'est pas la seule odeur.

— De quoi parles-tu ? Cette fois, c'était au tour de Victoria d'intervenir. Tomek avait remarqué qu'elle avait eu très peu à dire et à faire depuis le début de l'enquête, ce qui ne lui ressemblait pas. Peut-être que Nick lui avait finalement rappelé les problèmes potentiels entourant sa relation avec Sean.

— J'ai oublié de mentionner, commença Tomek. Herbert Tucker s'était pissé dessus quand il est mort. Soit avant, soit pendant.

— Pas après ? demanda Nick sarcastiquement.

— C'est possible, en fait, dit Oscar. Puis il se souvint d'ajouter « Monsieur » à la fin.

Nick soupira involontairement, puis ramena la conversation à Rachel, qui continua à expliquer l'histoire de la vie de leur victime avec une précision et un détail surprenants.

— Il a étudié l'économie à Cambridge, mais a fini par partir quand il a réalisé que ce n'était que de la théorie et que les aspects pratiques se trouvaient dans le monde réel. Et actuellement, il possède quatre entreprises. La société de travaux métalliques, l'entreprise immobilière, une société de vente au détail en ligne et une société offshore enregistrée sur l'île de Jersey.

— Politicien classique, commenta Sean.

— Essayons de garder la politique en dehors de ça, voulez-vous ?

— Cela pourrait s'avérer un peu difficile, monsieur. Mais je ferai de mon mieux.

Sentant que la conversation avait besoin d'être orientée dans une direction différente avant qu'elle ne se transforme en deux hommes aux opinions politiques opposées se disputant, Tomek demanda : — Comment sais-tu tout cela ?

Rachel fit alors pivoter son écran d'ordinateur portable. On y voyait une page Amazon pour un livre intitulé « C'est mieux au sommet » disponible sur Kindle et en version papier. Sur la couverture se trouvait Herbert Tucker, instantanément reconnaissable, regardant vers le bas, sans doute vers ceux qui étaient en dessous de lui, montrant son double menton.

— Cet abruti a écrit un mémoire ?

— Plus un livre d'entreprise, mais il parle *beaucoup* de lui-même.

— Bien sûr. Tomek leva les yeux au ciel. Tu as tout lu en quelques heures ?

— J'ai survolé la plupart. Ce n'est pas très long. Je pense que j'ai peut-être acheté le seul exemplaire.

— Sa fan numéro un. Est-ce qu'il cite des noms ?

Rachel secoua la tête.

— Évidemment. Politicien classique.

— Qu'est-ce que j'ai dit ? siffla Nick.

— Vous dites beaucoup de choses, monsieur.

— Tu ne te souviens pas de ce que j'ai dit il y a cinq minutes ? À propos de fermer ta putain de gueule ?

Le rire et le sourire disparurent du visage de Tomek alors que Nick se retournait vers Rachel.

— Avait-il des ennemis dans le monde des affaires ? Quelqu'un qu'il aurait arnaqué et qui pourrait vouloir se venger ?

Rachel fit pivoter l'ordinateur portable pour qu'il lui fasse à nouveau face. — Je n'en suis pas encore sûre, mais je suis certaine qu'au cours de sa carrière de trente ans dans les affaires et des dix dernières années en politique, il y a forcément quelqu'un. C'est juste quelque chose que je dois étudier avec un peu plus de temps.

Un silence tomba sur la pièce alors qu'ils attendaient que Nick choisisse quelqu'un d'autre pour parler. L'inspecteur en chef posa ses doigts sur la table et se tourna lentement vers Chey.

— Donc nous connaissons sa vie professionnelle. Que peux-tu nous dire sur sa vie politique ?

L'expression excitée sur le visage de Chey semblait suggérer que le jeune constable avait attendu toute la matinée pour ce moment, son occasion de présenter tout ce qu'il avait appris, et il avait l'air d'avoir répété sa phrase d'introduction plusieurs fois dans sa tête pendant qu'il attendait patiemment.

— Je ne m'intéresse pas à la politique, commença-t-il. Je ne distingue pas Angela Merkel de Nicola Sturgeon. Et si je devais le dire, je me préoccupe davantage de l'odeur des pets d'un kangourou que de ce qui se passe au gouvernement. Mais ce que je *sais*, c'est que cet homme avait des ennemis. Beaucoup d'ennemis. Neuf sur dix sur l'échelle des connards. Probablement la personne la moins aimée du comté si l'on en croit les sondages, et je me risquerais même à dire qu'il est la personne la moins aimée dans son foyer. Comment je sais ça, me demanderiez-vous ?

Chey attendit que quelqu'un pose littéralement la question. Lorsque personne ne le fit, une parcelle de déception traversa son visage et il continua.

— Eh bien, mesdames et messieurs, Internet. Une recherche rapide de son nom fait apparaître plusieurs vidéos de personnes le harcelant et même l'attaquant dans la rue. Ma préférée est celle où on lui lance un œuf et le gifle alors qu'il traverse une foule.

— Comme John Prescott, appela quelqu'un.

Chey haussa les épaules, semblant n'avoir absolument aucune idée de qui était John Prescott. — Bien sûr, dit-il, puis il continua.

— Il s'avère qu'au début de sa carrière politique, il était un grand défenseur de la lutte contre les drogues, pas de leur consommation. Il était également très actif dans le domaine des sans-abri et promettait monts et merveilles en matière de soutien et de logement pour les sans-abri. Et depuis qu'il est au pouvoir ces deux dernières années, il n'a tenu absolument aucune de ses promesses, et le consensus général est qu'il a fait marche arrière sur une grande partie de ce qu'il avait dit qu'il ferait et qu'il a ramené le comté aux années quatre-vingt. Il a même qualifié « l'itinérance de choix de vie ».

— Enculé, commenta quelqu'un d'autre que Tomek ou Sean.

— Une des dernières choses qu'il a faites – supposément une des meilleures aussi, selon sa modeste opinion – c'est d'augmenter les prix des parkings publics le long du front de mer.

— C'est pour ça que ça m'a coûté plus de douze livres pour un après-midi l'autre jour ? demanda Tomek.

Lui et Kasia étaient allés se promener le long du front de mer et entrer dans certaines salles d'arcade pour s'amuser ; ça s'était avéré être un après-midi coûteux.

— Oui, il en est responsable, répondit Chey.

— Trou du cul, murmura Tomek.

— Bien que vous serez heureux d'apprendre qu'ils remettent les tarifs à la normale dans quelques semaines. Apparemment, les parkings ne sont plus aussi fréquentés qu'avant.

— Je me demande pourquoi…

— Pouvons-nous revenir au sujet, s'il vous plaît ? claqua Nick, frappant la table du poing avec frustration. Comment cela nous aide-t-il de quelque manière que ce soit ?

— Ça n'aide pas, répondit honnêtement Chey, un peu trop honnêtement. Ça nous indique juste qu'il avait beaucoup d'ennemis. Et potentiellement beaucoup de gens qui voulaient sa mort.

CHAPITRE
ONZE

Bien qu'Herbert Tucker ait pu avoir de nombreux ennemis, la dernière personne à l'avoir vu vivant n'en faisait certainement pas partie. Sarah Jewell était une femme d'une quarantaine d'années aux cheveux châtain, avec une dentition parfaite et un sourire tout aussi éclatant. Elle portait une longue robe jaune moulante à motifs floraux qui n'aurait pas détonné aux Jardins de Kew. Tomek ne pensait pas que cette tenue correspondait à la saison, mais que savait-il de la mode ? Il portait encore la même paire de chaussures qu'il possédait depuis sept ans. Et il ne voyait aucune raison de les changer. Oui, elles sentaient peut-être terriblement mauvais – si l'on écoutait Kasia – mais elles étaient toujours fonctionnelles et, plus important encore, elles restaient confortables.

D'ailleurs, il ne pouvait pas justifier de dépenser encore cent cinquante livres pour une paire de chaussures, même s'il comptait les garder pendant huit ans de plus.

Sarah ouvrit la porte d'une petite salle de réunion. À l'intérieur se trouvaient une table, quatre chaises ergonomiques Herman Miller haut de gamme coûtant plus de mille livres chacune, un téléviseur à écran plat accroché au mur et un tableau blanc fixé sur le mur adjacent. Tomek ne put s'empêcher de remarquer à quel point tout semblait propre et neuf. Et comment aucune dépense n'avait été épargnée quand il s'agissait de l'argent des contribuables qui finançait tout cela.

Il se demanda également quels autres luxes le conseil municipal de Southend s'offrait avec son argent.

Sarah tira une chaise de l'autre côté de la table et s'assit. Tomek et Rachel prirent place en face d'elle. Avant de commencer, Tomek prit un moment pour étudier la femme. Son maquillage était complet, sauf qu'il avait coulé là où elle avait manifestement pleuré, et ses yeux étaient gonflés. Glissé dans sa manche, dépassant légèrement, se trouvait un mouchoir, et tandis qu'elle attendait, elle commença à jouer avec, frottant le tissu entre son pouce et son index. Ce n'était que subtil, le plus léger des mouvements, mais Tomek remarqua également que son corps tremblait. Qu'elle agite nerveusement sa jambe sous la table ou qu'il s'agisse d'une réaction physique à l'annonce de la disparition d'Herbert, et de sa mort, il ne le savait pas. Mais finalement, il supposa que c'était une combinaison des deux.

— Madame Jewell, commença Tomek.

— Mademoiselle, corrigea-t-elle. Mariée une fois, mais jamais plus.

— Bien, répondit Tomek avec un sourire d'excuse. Mademoiselle Jewell. Tout d'abord, merci de prendre le temps de vous asseoir avec nous. Comme vous le savez certainement, nous enquêtons sur la disparition de votre patron, Herbert. Mais c'est avec regret que je dois vous informer que son corps a été retrouvé il n'y a pas si longtemps.

Sarah porta la main à sa bouche pour couvrir le halètement audible qui s'échappa de ses lèvres.

— Il est mort ?

— Oui.

Et puis les larmes sont venues. Beaucoup. Au moins trois minutes entières. Sanglots et hyperventilation ininterrompus. Tomek resta assis patiemment, attendant qu'elle surmonte le choc initial, mais c'est Rachel qui s'occupa de la femme. Elle était la plus attentionnée et émotive des deux, et il était logique qu'elle console la femme désespérée de toutes les manières possibles. La seule contribution de Tomek fut d'aller chercher une autre boîte de mouchoirs sur son bureau.

Quand elle eut enfin fini, Tomek commença. Tandis qu'il parlait, elle continuait à tamponner ses yeux, et tout souci pour son maquillage soigneusement appliqué était parti par la fenêtre.

— Nous soupçonnons qu'il a pu être assassiné par la personne qui l'a enlevé, lui dit Tomek.

— J'ai appris la nouvelle ce matin. J'ai reçu un SMS de Keith disant qu'il avait entendu de la sécurité qu'Herbert avait disparu.

— Keith ?

Tomek fouilla dans sa poche pour son stylo et son carnet, prêt à griffonner les prochains mots de Sarah.

— Keith Ferguson. Il travaille avec Herbert. Ils sont assez proches.

Tomek nota le nom et le souligna plusieurs fois.

— Depuis combien de temps travailliez-vous pour M. Tucker ? demanda Tomek, désireux de faire avancer la conversation.

Elle sortit un autre mouchoir de la boîte et le tint sous son nez.

— Nous nous connaissons depuis dix ans. J'étais assistante administrative, j'ai rejoint le programme pour diplômés du conseil municipal quand j'ai eu trente-cinq ans. J'ai étudié la politique tardivement, après avoir réalisé que je voulais entrer dans ce monde. J'ai rencontré Herbert le premier jour. Il était si gentil, si aimable et accueillant. Il m'a fait visiter les lieux et m'a dit où aller si j'avais besoin de quoi que ce soit.

— Et puis vous avez décidé de devenir sa secrétaire ?

Elle hocha la tête, gardant ses yeux pleins de larmes fixés sur Tomek.

— Je savais que je n'allais pas le dépasser, alors j'ai abandonné cette idée. Je ne serais jamais devenue députée, alors j'ai mis toute mon énergie à l'aider.

— C'est très noble et altruiste de votre part.

Tomek ne se souvenait pas de la dernière fois qu'il avait fait quelque chose comme ça. Ou même s'il avait déjà mis sa vie entière entre parenthèses. Ça ne comptait pas vraiment avec Kasia, puisqu'il poursuivait toujours sa carrière et ses rêves. Mais cela soulevait un point intéressant : s'ils devaient un jour déménager ou changer quelque chose dans leur vie, serait-il prêt à abandonner la carrière qu'il avait connue pendant les vingt dernières années de sa vie ? Il n'en était pas si sûr. Et avec un peu de chance, il n'aurait jamais à le découvrir.

Pendant les dix minutes qui suivirent, les trois personnes continuèrent à discuter de la carrière de Sarah et de l'impact qu'Herbert Tucker avait eu sur sa vie, comment il lui avait appris des choses qu'elle pensait connaître, mais qu'elle n'avait pas entièrement comprises. Comment il lui avait appris à progresser dans le monde des affaires, et même à créer sa propre petite entreprise, une boutique en ligne vendant des figurines au crochet de personnages populaires de films et de séries télévisées. Quand elle avait le temps, bien sûr.

Pendant ce temps, les larmes s'étaient lentement taries, tout comme les reniflements, qui rendaient Tomek fou, et elle avait commencé à se détendre. Ses épaules s'étaient affaissées et dans une profonde inspiration, tout son stress et sa frustration semblaient avoir disparu.

— Hier soir... commença Tomek, en préfaçant le prochain sujet de conversation pour qu'il ne lui paraisse pas surprenant. À quelle heure avez-vous quitté le bureau ?

— Peu après trois heures du matin.

— Et Herbert était encore ici ?

Elle hocha la tête.

— Comment êtes-vous rentrée chez vous ?

— À pied. J'habite juste au coin de la rue. À cinq minutes à pied.

— Herbert ne vous a pas proposé de vous raccompagner ?

Elle secoua la tête.

— Ça ne me dérange pas de marcher, répondit-elle. Je le fais tout le temps. J'y suis habituée, et ce n'est pas si loin. D'ailleurs, les rues ne sont pas aussi dangereuses que les médias voudraient nous le faire croire.

— Ça doit être agréable de vivre si près du travail. Je parie que vous devez sortir du lit le plus tard possible par rapport à votre heure de début ?

Il ne posait cette question que parce qu'il savait que c'était exactement ce qu'il aurait fait s'il en avait eu la possibilité.

— On pourrait le penser, mais malheureusement non. Je suis ici presque toute la journée. De sept heures du matin à minuit.

— Et au-delà... ajouta Rachel. Comme c'était le cas hier soir.

— Oui. Absolument. Oui. C'était le cas. C'est intensif, mais ça me tient occupée et il n'y a jamais un jour ennuyeux. J'adore ça.

Rachel hocha lentement la tête, les yeux plissés. Tomek travaillait avec elle depuis assez longtemps pour savoir qu'elle avait une série de questions à poser et qu'il n'allait pas se mettre en travers de son chemin. Ils ne travaillaient ensemble que depuis quelques mois, mais leur relation professionnelle devenait presque télépathique.

— Que faisiez-vous ici si tard ? demanda-t-elle, d'un ton monotone, passif.

Sarah hésita avant de répondre, calculant sa réponse. Elle continuait à jouer avec le mouchoir entre ses doigts. Tomek baissa les yeux et remarqua pour la première fois ses ongles rouge vif.

— Vous savez, commença-t-elle. Les choses habituelles. Éteindre des incendies. Herbie avait contrarié quelqu'un et nous devions trouver une réponse ou une façon de gérer la situation.

— C'est un événement courant alors ?

— Plus que nous ne voulons l'admettre. Mais vous n'êtes pas journalistes, donc ça va.

— Et pour le reste de la soirée ? demanda Rachel, sondant, sondant.

— Herbie avait un grand discours à venir. Il devait se rendre à la Chambre des communes et nous devions rédiger quelque chose à présenter au Premier ministre, alors nous avons passé notre soirée à rédiger cela.

— Et puis vous avez décidé d'appeler ça une journée ? Le ton accusateur dans la voix de Rachel continuait de monter.

— Nous nous endormions tous les deux à nos bureaux, répondit Sarah, son corps se tendant légèrement, et son dos commençant à se raidir. Je suis à peu près sûre qu'Herbie m'a surprise en train de ronfler à un moment donné, alors il a dit qu'il valait probablement mieux que nous rentrions chez nous.

Où un seul d'entre eux était arrivé. Tandis que l'autre était mis dans un sommeil permanent.

Un bref silence s'installa entre eux, et Tomek appela une pause. Il avait désespérément besoin d'eau et se dirigea vers la fontaine à eau. Alors qu'il suivait les instructions de Sarah, il observa le bureau du troisième étage. Il était aussi terne que le leur, avec quelques améliorations modernes. Et pourtant, il débordait de vie. Au moins trente personnes étaient assises à leur bureau, tapant, cliquant, parlant et criant à travers la pièce. C'était frénétique, mais pas aussi frénétique que le commissariat de police au milieu d'une enquête pour meurtre, et Tomek savait lequel il préférait. Quelques instants plus tard, il réussit à trouver le distributeur d'eau ; un gros appareil moderne avec plus de boutons et de cadrans qu'un vaisseau spatial. L'ensemble dérouta immédiatement Tomek. À tel point qu'il fit signe à la personne la plus proche de lui – une rousse d'une vingtaine d'années avec une bosse près de l'œil.

— Comment fonctionne ce truc ? lui demanda Tomek. Je veux juste de l'eau, pas accéder aux codes de lancement nucléaires.

La femme gloussa, prit le gobelet de ses mains, se pencha et appuya sur un bouton. L'eau commença immédiatement à couler du robinet et quelques secondes plus tard, c'était fait.

— C'est facile quand on sait comment faire, dit-elle. Puis en partant, elle ajouta : Mais si jamais vous trouvez ces codes de lancement, venez me chercher. J'adorerais les voir.

Tomek se détourna d'elle, son ego légèrement boosté, et retourna à la réunion, suivant cette fois un chemin différent. En se frayant un chemin entre les bureaux, il observa les membres du personnel. Ils semblaient tous inconscients de sa présence, comme s'il n'était qu'un des leurs, un nom et un visage qu'ils ne s'étaient pas donné la peine de retenir. Ce qui le surprit le plus, c'était à quel point ils semblaient tous... normaux. Que leur membre le plus haut placé n'était pas mort. Qu'ils n'avaient pas du tout entendu la nouvelle de sa disparition. Il n'y avait aucune solennité dans l'air, aucun sentiment de désespoir.

Soit ils ne savaient pas. Soit ils le savaient, et ils s'en fichaient simplement.

Et d'après ce que Tomek avait entendu sur l'homme jusqu'à présent, il présuma que c'était la seconde option.

Peu après son retour dans la salle de réunion, le sentiment de désespoir revint.

— Vous avez mentionné que vous deviez souvent éteindre beaucoup d'incendies, dit Rachel une fois qu'il se fut installé.

— Oui.

— Pouvez-vous développer ?

— De quelle manière ?

— Quels types de problèmes deviez-vous gérer ? Des menaces ? Quelqu'un qui aurait pu vouloir nuire à Herbert ?

— Vous voulez une liste de noms ? Parce que j'en ai une.

Le visage de Tomek s'illumina.

— Vraiment ?

— Oui. Et en haut de cette liste se trouve Aaron Howell-Jones.

— Pourquoi ?

— Il envoie régulièrement des menaces de mort à Herbie. Il a envoyé une balle par la poste une fois.

— Vraiment ?

— Oh, oui. Aaron ne l'aimait vraiment pas.

Il y avait ne pas aimer quelqu'un, puis il y avait menacer de le tuer.

— Pourquoi pas ?

Sarah fit une pause avant de répondre.

— Je... Il... Aaron n'était pas d'accord avec sa politique sur les sans-abri.

— Celle sur laquelle il est revenu ?

Sarah balbutia, incapable de répondre. Sa bouche s'ouvrait et se fermait rapidement, et maintenant Tomek comprenait pourquoi elle n'aurait jamais fait carrière comme politicienne.

— Êtes-vous déjà allée voir la police à ce sujet ? demanda Tomek. C'est la première fois que j'en entends parler.

En soupirant, Sarah baissa la tête.

— J'ai essayé. Honnêtement, je l'ai fait. J'ai essayé de le convaincre de le signaler tant de fois, mais à chaque fois il disait non. Il m'a dit de les garder toutes comme preuve, et que s'il lui arrivait quelque chose, j'étais censée vous les montrer. Mais il ne voulait rien faire à ce moment-là. Ce n'était pas seulement pour les menaces de Jones, c'était comme ça avec chacune qu'il recevait.

— Pourquoi ne voulait-il pas les signaler ? Pour quelqu'un qui semble être assez intelligent, il n'était pas très malin.

Sarah gloussa, puis s'arrêta rapidement.

— Je sais. Il était stupide à cet égard. Mais c'était parce qu'il croyait qu'il était intouchable, que rien ne lui arriverait jamais, que tout n'était que des mots et des menaces en l'air et que personne ne passerait jamais à l'acte.

Eh bien, quelqu'un l'avait fait. Et maintenant il était à une enquête pour meurtre de se retrouver sous terre.

— Donc c'était un politicien avec un complexe de Dieu, remarqua Tomek, plus pour lui-même que pour quelqu'un d'autre. Ça ne pouvait jamais bien finir.

Puis il s'éclaircit la gorge et se repositionna sur son siège.

— Nous allons avoir besoin de cette liste, et nous allons également avoir besoin de voir les preuves que vous avez conservées.

Sarah hocha vigoureusement la tête.

— Bien sûr. Oui. Tout ce dont vous avez besoin. Y aura-t-il autre chose ?

— En fait, oui. Je crois que je viens de passer devant son bureau. Est-ce que quelqu'un y est entré ce matin ?

— Pas que j'aie vu, et j'étais l'une des premières arrivées.

— Ça vous dérange si nous y jetons un coup d'œil ?

Haussant les épaules, Sarah répondit :

— Je ne vois pas pourquoi ce serait un problème.

CHAPITRE
DOUZE

Un parfum masculin coûteux imprégnait l'air du bureau d'Herbert Tucker, comme s'il avait été frotté dans les murs et les tapis et s'évaporait maintenant lentement dans l'atmosphère. Du Chanel pour homme ou une autre marque onéreuse dont Tomek ne connaissait ni ne reconnaissait l'odeur. Ils sentaient tous la même chose quand on les côtoyait assez longtemps.

Épaisse. Moite. Et écœurante de douceur.

Mais c'était au moins une amélioration par rapport à l'odeur d'urine qu'il avait fini par associer au député.

Le bureau était dans un état presque impeccable. Pas une chose qui ne soit à sa place. Au centre de la pièce se trouvait un bureau, face à la porte. Dessus, un ordinateur, positionné bien au milieu, avec un bac d'entrée d'un côté et un bac de sortie de l'autre. Les deux étaient remplis à ras bord de documents nécessitant sa signature ou de choses qu'il devait lire.

La souris et le clavier, de marques et modèles différents de ceux que Tomek avait repérés dans le bureau principal, étaient parfaitement positionnés et formaient un angle précis avec l'écran d'ordinateur. La pièce criait le nom de quelqu'un de maniaque à l'extrême.

Au-delà de la table, sur le côté gauche du mur, se trouvait une petite étagère de classeurs à anneaux, de dossiers à levier et de documents, étiquetés par ordre alphabétique et codés par couleur pour indiquer chaque aspect de son rôle. Sur le côté droit, il y avait un espace pour la garde-robe d'Herbert. Une rangée de patères était fixée au mur, sur laquelle pendaient plusieurs manteaux Barbour et Tommy Hilfiger. En dessous se trouvait un petit porte-chaussures contenant une variété de souliers pour diverses occasions.

— Les baskets Nike pour quand il est d'humeur décontractée, expliqua Sarah. Les chaussures en daim Edward Green pour quand il va à un événement. Les bottines Chelsea en cuir Berluti pour les rassemblements formels. Et les Richelieu Dior pour les réunions importantes.

La bouche de Tomek s'ouvrit en écoutant les mots qui sortaient de la bouche de Sarah. Il n'avait aucune idée de ce que signifiait chacun de ces noms, il savait juste qu'ils sonnaient incroyablement cher.

— Je parie que certaines coûtent plus cher que mon téléphone, dit-il.

— Je parie qu'elles coûtent plus cher que mon loyer, ajouta Rachel.

— Il était un grand collectionneur, dit Sarah. Il avait une grande garde-robe chez lui. Il me l'a montrée une fois.

Tomek cessa de l'écouter et enfila la paire de gants en latex que Rachel lui avait donnée. Puis il commença à fouiller la pièce, inspectant les tiroirs et les plateaux sur les bureaux, avant de passer aux dossiers sur les étagères et au contenu des poches du manteau d'Herbert. Il y avait beaucoup trop de choses à examiner sur place, donc tout devrait être inspecté manuellement par l'équipe et par quelques membres chanceux (ou malchanceux) du personnel en uniforme, mais cela donna à Tomek une bonne idée du type d'homme auquel ils avaient affaire.

Il était clair qu'Herbert Tucker appréciait les belles choses de la vie, qu'il avait été raisonnable avec son argent et ne l'avait pas dépensé pour des achats inutiles. Oui, les quatre paires de chaussures pouvaient sembler un peu excessives, mais d'après le peu que Tomek avait vu de la maison de l'homme, il n'avait pas l'impression qu'elle était remplie des derniers produits à la mode, qu'il avait été plutôt avisé dans ses dépenses.

Ce qui amenait Tomek à se demander où était passé le reste. Et à qui il était allé.

Et comment cela avait pu avoir un impact sur sa disparition et sa mort.

En une demi-heure, Tomek et Rachel, ainsi qu'une équipe de la police scientifique qu'elle avait appelée, avaient réussi à emballer les effets personnels du bureau d'Herbert comme preuves, y compris son ordinateur de bureau et son portable qui avaient été trouvés dans le premier tiroir.

Tomek fut le dernier à quitter le bureau, et lorsqu'il ferma la porte derrière lui, quelque chose le heurta. Ça ressemblait à un petit cheval, mais c'était, en fait, un être humain. Un être très surpris et agité (quoique pas trop différent d'un vrai cheval, nota Tomek).

— Doucement, mon grand, dit-il, vous courez comme un chien avec une fusée dans le derrière. Je ne savais pas que la politique était si excitante.

— Je... euh... désolé pour ça, dit l'homme, se grattant l'arrière de la tête. Il plaça ensuite une main sur le bras de Tomek et commença à le palper.

Tomek saisit la main de l'homme et l'abaissa lentement.

— Je vais *bien*, dit-il. Votre inquiétude est appréciée mais veuillez ne plus me toucher.

Un regard d'horreur stupéfaite apparut sur le visage de l'homme comme si Tomek venait de le gifler.

— Je suis désolé. C'est juste... Herbert. Je suis un peu... vous savez. Désolé.

— Vous le connaissiez ?

— Nous le connaissions tous. Mais je pense que je le connaissais depuis plus longtemps que les autres.

C'est alors que Tomek réalisa qu'il se trouvait face à Keith Ferguson.

— Cela vous dérange si nous discutons ? demanda poliment Tomek. Il était déjà parti à la recherche d'une salle avant que Keith ne puisse répondre.

L'homme entra avec hésitation dans une petite pièce sans caractère particulier et se trouva un siège à la table. Tomek ferma la porte et le rejoignit.

Comme Herbert Tucker, Keith Ferguson était un homme dans la

cinquantaine, mais paraissait considérablement plus jeune. Il avait d'épais cheveux noirs qui avaient été plaqués en arrière à l'aide d'un peigne et d'une quantité copieuse de produit capillaire, et ses dents étaient d'un blanc criard. Tomek avait vécu quelque chose de similaire quand il avait rencontré l'agent immobilier qui lui avait vendu son appartement. Des dents turques, qu'on les appelait. Bon marché, attrayantes et aussi brillantes que le soleil qui embrassait le pays durant les mois d'été.

Assis là, Keith gigotait sur son siège. Il était mal à l'aise, c'était clair comme de l'eau de roche, mais il y avait quelque chose d'autre dans le comportement de l'homme qui inquiétait Tomek. Il était à la fois attentif et alerte, mais distrait et peu concentré. Ses mouvements étaient erratiques et saccadés. Et son genou rebondissait aussi vite que son cœur.

L'homme était sous l'influence de quelque chose, et Tomek ne pensait pas que c'était destiné à réduire son cholestérol.

— Dites-moi comment vous connaissez Herbert Tucker, commença Tomek.

— Nous étions partenaires commerciaux à l'époque. J'ai travaillé avec lui lors de son aventure dans la vie entrepreneuriale et je l'ai aidé à créer son entreprise métallurgique.

Tomek ne se souvenait pas que le nom de Keith ait été mentionné du tout dans le livre de Tucker.

— Et puis nous sommes restés ensemble. Je l'aidais avec son entreprise. Il m'aidait avec la mienne. Nous avions à peu près le même âge, nous nous sommes mariés à des périodes similaires, et il a fondé une famille avec Nora en même temps que je fondais la mienne avec ma femme. Nous sommes devenus proches. Nous faisions littéralement presque tout ensemble.

— Ça en a l'air. *Littéralement*, répondit Tomek, mettant l'accent sur le mot qu'il détestait le plus. Vous vous êtes toujours bien entendus dans vos relations professionnelles et personnelles ?

Keith secoua la tête.

— Bien sûr que non. C'est comme un mariage, et lequel d'entre eux n'est que soleil et arcs-en-ciel ? Non, nous avons eu nos disputes, nos désaccords, mais rien d'assez fort pour nous séparer.

Tomek hocha la tête d'un air pensif. Il ne pouvait s'empêcher de penser que tout cela semblait un peu trop beau pour être vrai. La relation d'affaires parfaite et harmonieuse qui avait duré si longtemps ?

— Avez-vous déjà lu le livre qu'il a publié ? Son livre sur les affaires ?

— Oui. Il m'a demandé de le relire.

— Et vous n'étiez pas contrarié par le fait que votre nom n'y soit pas mentionné du tout ?

Keith ouvrit la bouche mais la referma tout de suite après. Il prit son temps pour répondre, les calculs pour une réponse se jouant sur son visage. Et pendant le temps qu'il lui fallut pour trouver quelque chose, son agitation angoissée s'aggrava. Les drogues dans son système s'estompaient.

— Pourquoi dites-vous ça comme ça ? demanda Keith, temporisant.

— Comme quoi ?

— Comme si j'avais quelque chose à voir avec ce qui lui est arrivé.

Tomek pinça les lèvres et secoua la tête.

— Rien de tel n'est sorti de ma bouche.

— Pas littéralement, mais c'était sous-entendu.

— Littéralement sous-entendu, ou sous-entendu littéralement ?

L'expression de choc fut remplacée par la confusion.

— J'ai demandé à ce que mon nom soit gardé hors du livre, si vous voulez savoir.

— Je le veux. Choix intéressant. Pourquoi ?

— Parce que c'était une célébration de tout ce qu'Herbert avait accompli dans sa vie, et je ne voulais pas en détourner l'attention. J'étais heureux de le voir publié. Et il m'en a même donné un exemplaire dédicacé, expliqua Keith avec l'assurance de quelqu'un qui avait répété cette phrase particulière plusieurs fois.

— Même si vous aviez joué un rôle déterminant pour l'amener là où il était ?

Keith acquiesça, mais Tomek n'était pas convaincu. Et à en juger par l'inclinaison peu enthousiaste de la tête, l'homme lui-même ne l'était pas non plus.

— Alors comment vous êtes-vous retrouvés tous les deux dans le monde de la politique ?

Keith vérifia l'heure, puis massa son poignet avec son pouce, comme s'il avait soudainement un endroit où il devait se rendre de toute urgence.

— Nous avons réalisé qu'il y avait beaucoup de choses qui devaient changer dans la ville et que nous étions suffisamment riches et influents pour pouvoir le faire.

— Donc vous avez conquis le monde des affaires, et ensuite vous avez pensé pouvoir conquérir le monde politique.

Keith remarqua le sarcasme dans la voix de Tomek et se hérissa à cette remarque. Il fit un geste autour de la pièce.

— Je veux dire, ça a fonctionné, non ?

— Pour l'un d'entre vous, oui.

Keith ne répondit pas à cela, mais il était évident de voir sur le visage de l'homme qu'il y avait une pointe de jalousie, une trace d'envie. Quand seul l'un des amis pouvait devenir député de Southend, le terrain de jeu et les niveaux de respect l'un pour l'autre devenaient rapidement inégaux.

— Est-ce que cela vous a contrarié ? demanda Tomek.

— Quelle partie ?

— Être second par rapport à l'un de vos amis les plus proches ? Être relégué au second plan ?

— Ça ne me dérangeait pas, pour être honnête, dit Keith avec assurance, bien que l'intonation et le léger tremblement dans sa voix ne trompaient personne, surtout pas Tomek. Il était l'homme le mieux qualifié pour le poste. Il le méritait et il faisait beaucoup de travail fantastique.

En l'écoutant, Tomek eut l'impression que c'était un mensonge particulier que Keith s'était raconté tant de fois qu'il avait commencé à y croire.

— Il est juste de dire que vous connaissez assez bien Herbert Tucker, n'est-ce pas ? demanda lentement Tomek.

— Oui... répondit Keith, la prudence et l'inquiétude dans sa voix.

— Alors je me demande, savez-vous qui aurait pu avoir quelque chose à voir avec sa mort ? Quelque chose que vous auriez pu entendre ? Quelqu'un qui vous vient à l'esprit et qui aurait pu vouloir sa mort ?

Keith fit une pause, et le silence descendit sur la pièce. À l'extérieur des murs minces de la salle de réunion, le son de la conversation et des rires se répercutait. L'atmosphère sobre qui accompagne généralement le deuil et le décès d'un parent ou d'un collègue continuait d'éviter le bâtiment. Et il était clair que les seules personnes qui semblaient troublées par la mort d'Herbert Tucker étaient celles à qui Tomek avait déjà parlé.

— Personne ne me vient à l'esprit... dit Keith, prenant son temps pour articuler chaque mot. Il secoua doucement la tête, la balançant d'un côté à l'autre. Pendant ce temps, les tremblements qui avaient affligé son corps étaient devenus plus féroces, plus agressifs.

— Vous vous sentez bien ? demanda Tomek.

— Bien. Absolument bien. À part être bouleversé par Herbert, bien sûr. Ça... ça fait réfléchir, n'est-ce pas ? Que ça pourrait arriver à n'importe qui, n'importe quand.

Tomek fronça le nez.

— Statistiquement, la probabilité que quelque chose comme ça arrive au hasard est si faible que vous avez plus de chances d'être renversé deux fois par la même voiture, répondit-il, canalisant son Oscar Perez intérieur (et entendant la voix du Capitaine dans sa tête alors qu'il le disait).

— Eh bien... oui. Je vois ce que vous voulez dire.

— Ces choses impliquent toujours généralement quelqu'un que la victime connaît, et le plus souvent se produisent parce qu'ils les ont énervés d'une manière ou d'une autre. Énervés jusqu'au point de rupture, décida Tomek de laisser le commentaire flotter dans l'air, laissant Keith mijoter dans sa propre flaque tremblante de sueur.

— Certaines personnes n'aiment vraiment pas les politiciens.

Amen à cela, pensa Tomek.

Un autre coup d'œil à la montre, cette fois plus évident. Tout comme le soupir qui l'accompagna.

— Je vous empêche de faire quelque chose ? demanda Tomek.

— Quoi ? Non. Bien sûr que non.

— Impatient de sortir de la pièce ?

— Pardon ? Non. Je veux dire, non. Je... Je suis désolé. Je ne voulais pas vous offenser.

— Que faisiez-vous hier soir ? Tomek avait compris très tôt dans sa carrière que changer la direction de la conversation avait un impact bien plus grand sur son issue que de suivre un chemin linéaire. Et la question, la question la plus importante qu'il venait de lancer vers Keith, avait presque fait tomber l'homme de sa chaise.

— Hier soir ? répéta-t-il, balbutiant comme un enfant. Qu'est-ce qui s'est passé... Oh, ça... J'étais, vous savez... Je suis juste allé... Je suis rentré chez moi auprès de ma femme et mes enfants. Nous... euh, nous sommes restés tard, tous les trois. Moi, Sarah et Herbert. Nous faisions des trucs. Des parties de discours. Et puis j'ai appelé ça une nuit vers minuit environ, je pense que c'était ça. Je... Je ne connais pas l'heure exacte. Puis je suis rentré chez moi.

— Et où se trouve votre domicile ?

— Rochford.

Un trajet de dix minutes. Pas loin du tout. Surtout au milieu de la nuit.

— Quelqu'un peut-il corroborer votre présence ?

— Oui. Bien sûr. Ma femme.

Tomek prit note de son nom, de l'adresse de Keith et du reste des détails qu'il lui avait donnés avant de promettre à l'homme drogué qu'il le recontacterait.

CHAPITRE
TREIZE

Tomek fixait la bouilloire bien après qu'elle eût terminé de chauffer l'eau. Ce n'est que lorsque la porte de la petite cuisine s'ouvrit que son esprit revint à lui. Et même à ce moment-là, il fonctionnait à cinquante pour cent de sa capacité. Dans l'encadrement de la porte se tenait le sergent Sean Campbell, sa carrure imposante occupant presque tout l'espace. Plus grand que nature, et plus grand que quiconque Tomek avait rencontré, le sergent portait un simple t-shirt recouvert d'une élégante veste verte. C'était une nouvelle tenue pour son ami et, à en juger par le reste – le jean sur mesure et les chaussures élégantes – c'était une garde-robe entièrement renouvelée.

— J'aime bien ça, dit Tomek en pointant la veste de Sean.

— Merci, répondit-il en se regardant de haut en bas. On appelle ça un « shacket ».

— Un quoi ?

— Un shacket.

— Ça veut dire quoi ? Veste de merde ?

— Non. Enfin, oui. Tu pourrais probablement l'appeler comme ça, mais je préférerais que tu ne le fasses pas. Ça veut dire shirt jacket, une chemise-veste.

— Une chemise qui ressemble à une veste ?

— Ouais...

— Original. Où tu l'as achetée ?

— M&S.

— Ben voyons. Tu en es déjà à cet âge-là ?

— Va te faire foutre.

— Je ne me moque pas. Ils font de bonnes choses. De très bonnes choses, en fait. Confortables et stylées aussi. Bienvenue au club.

— Ça veut dire que je suis vieux ? demanda Sean tandis que ses épaules s'affaissaient.

— Seulement plus vieux que tous ceux sur la planète qui sont plus jeunes que toi.

— Brillant. On voit que tu as passé du temps avec le Capitaine.

Tomek haussa les épaules. — Peut-être que je suis en train de devenir le Capitaine 2.0.

— C'est la dernière chose dont le monde a besoin.

Un sourire malicieux effleura les lèvres de Tomek. — Ou peut-être que c'est *exactement* ce dont le monde a besoin.

— C'est donc ton devoir solennel d'informer et d'éduquer tout le monde maintenant ?

— Seulement ceux qui font leurs courses chez M&S.

— Putain.

Putain, en effet. Tomek n'avait pas ri et plaisanté avec Sean comme ça depuis un moment. Les choses avaient été instables récemment, et il était heureux que ce soit un de ces moments agréables, bien que peu fréquents.

— Le reste de l'ensemble vient aussi de M&S ?

— Oui.

— Qu'est-ce qui t'a poussé à l'acheter ?

— Victoria.

— Wow. Les choses doivent être sérieuses. Ne la laisse pas changer qui tu es, mon pote. Ne la laisse pas te faire faire des choses que tu ne veux pas faire.

Sean n'a pas aimé ce commentaire. Ne l'a pas apprécié. Tomek a réalisé qu'il n'aurait probablement pas dû le dire, peu après. Mais c'était trop tard maintenant. La cartouche était sortie du pistolet, et ce qui avait été une conversation agréable, positive et amicale venait de descendre de quelques niveaux.

— Et toi et Abigail ? demanda Sean, détournant la conversation loin de lui pour un moment.

— Il n'y a pas de moi et Abigail. On doit sortir dîner demain soir. Mais c'est uniquement parce qu'elle me supplie depuis deux semaines et j'espérais qu'elle pourrait me donner quelques informations sur Herbert Tucker.

— Ça semble un peu… *transactionnel*.

Transactionnel. Tomek répéta le mot dans sa tête plusieurs fois jusqu'à ce qu'il ne devienne qu'une combinaison de lettres et de sons.

— Tout ce que je dis, commença Sean, et Tomek sentait que c'était maintenant son tour d'être la cible d'un coup bas, c'est qu'une relation fondée sur des transactions ne semble pas être une bonne relation.

— D'accord, répondit Tomek, volontairement sec. Merci.

Sean se dandina inconfortablement sur ses pieds. — Prends-le de quelqu'un qui a de l'expérience, dit-il.

— D'accord. Bien sûr. Je le ferai.

Alors que Tomek s'apprêtait à quitter la cuisine, Sean s'écarta. Au moment où il atteignit la porte, son ami le rappela.

— Hé, tu es toujours partant pour le match ce week-end ?

— Ouais, répondit Tomek. Je devrais l'être.

Puis il partit.

— Tomek… Tomek… l'appela Sean, mais il l'ignora et continua à marcher. — Tu as oublié de finir de faire ton café !

―――

Peu après, Nick avait convoqué une autre réunion dans la salle des incidents majeurs. Alors que Tomek se trouvait un siège, Sean lui apporta une tasse de café fumante et la posa devant lui.

— Tu deviens sénile avec l'âge, dit Sean, dévoilant ses dents dans un sourire. D'abord M&S, maintenant ça.

Tomek regarda la boisson. Il n'en voulait pas particulièrement – il était dix-sept heures, trop tard, et il n'en voulait pas vraiment au départ – mais il était trop poli pour refuser.

— Si je suis un exemple, tu suivras mes traces dans quelques années.

— Je l'espère pas, putain, dit Sean en s'asseyant à côté de Tomek.

— Quelques années, mon pote, je te le dis. Quelques années... Tu verras que certaines choses deviennent plus faciles avec l'âge.

— Comme quoi ?

— S'endormir. Ton canapé devient ton meilleur ami, et parfois ton nouveau lit.

Sean ouvrit la bouche pour répondre mais fut interrompu par Nick qui venait d'entrer dans la pièce et claqua la porte derrière lui.

— Bien, bande de vauriens, dit-il, se précipitant vers la tête de la salle. Cela fait quelques heures, et j'ai besoin d'une mise à jour. Qu'avez-vous trouvé ? Des nouvelles de l'autopsie ?

— Non, chef, répondit Nadia.

— Bien. Pouvez-vous la relancer immédiatement ?

— Absolument.

Nadia baissa la tête et commença à taper un message sur son téléphone. Nick fit avancer la conversation.

— Quoi d'autre ? demanda-t-il.

Tomek ouvrit la bouche pour parler en premier mais fut devancé par Chey.

— J'ai trouvé la voiture d'Herbert Tucker, dit le jeune détective.

— Vous l'avez trouvée personnellement ?

— Non. Pas tout à fait. Quelqu'un d'autre l'a fait et l'a signalée. J'ai juste suivi ses mouvements une fois que j'ai su où elle était.

— Et où était-elle ?

— Dans le parking le long de Thorpe Bay.

La tête de Nick se tourna brusquement vers Tomek avant de revenir vers Chey. — Vous voulez dire qu'elle était garée à quelques mètres de la scène de crime depuis le début et que personne ne l'a trouvée ? Pas même notre propre sergent Bowen et lieutenant Perez ?

— Je... je veux dire... Je ne veux pas balancer qui que ce s-

— C'était un oubli, monsieur, dit Tomek, volant à sa défense et à celle de son collègue. Nous étions impatients de retourner au bureau dès que possible avec la nouvelle que le corps d'Herbert avait été retrouvé.

Et pour sortir de la pluie. Mais Nick n'avait certainement pas besoin de le savoir.

— Nous sommes au vingt-et-unième putain de siècle, Tomek. Vous avez un portable, tout comme chaque personne dans cette pièce. Peut-être que si vous aviez utilisé votre putain de cerveau, vous auriez pu appeler pendant que vous cherchiez la voiture. Nick laissa échapper un long soupir audible. Ses épaules s'affaissèrent et il secoua la tête avec dérision. — Chey, que se passe-t-il ensuite, s'il vous plaît ?

— Les experts ont la voiture en stockage et l'examinent dès que possible. Leur préoccupation actuelle est la perte de preuves due à la pluie et au vent, mais ils ont l'intérieur qu'ils pensent être suffisant. Ils sont confiants que nous y trouverons beaucoup d'ADN.

— Super. Et qu'en est-il de sa provenance ?

— Je suis content que vous demandiez, monsieur. Chey avait apporté son ordinateur portable avec lui, et en quelques clics il avait réussi à projeter l'écran de son ordinateur sur la télévision accrochée au mur. On y voyait une petite carte de Southend. La zone avait été largement grisée à l'exception d'une épaisse ligne rouge qui serpentait à travers les rues de la ville jusqu'à s'arrêter le long de la plage de Thorpe Bay. — Le véhicule a suivi cet itinéraire. Environ vingt minutes de trajet en tout.

— À quelle heure était-ce ? demanda Nick.

— Je dirais entre trois heures quatorze et trois heures vingt-quatre du matin, chef.

— N'y a-t-il pas de séquences de vidéosurveillance à l'intérieur du parking du front de mer ? demanda Sean, se penchant en avant sur sa chaise comme s'il entrait physiquement dans la conversation.

Chey, toujours à la tête de la salle, fit un bruit de pet avec ses lèvres. — Ne sois pas bête. Ce serait trop facile.

— Ils ont récemment augmenté les prix. Je pensais qu'ils auraient été partout et qu'ils auraient mis des caméras partout pour attraper les gens ?

— C'est pour ça qu'ils ont des agents de contrôle de la circulation, mon pote.

Connus de beaucoup comme les pires personnes vivantes.

— Avez-vous vu le conducteur dans l'une des séquences ?

— Malheureusement non, répondit Chey. Beaucoup des caméras par ici sont, franchement, à chier. J'ai vu de meilleures images de l'espace que de ces putains de trucs. Mais bon, c'est juste l'une des nombreuses difficultés auxquelles je dois faire face dans le cadre de mon travail. Et tout ça grâce au conseil municipal. Ce sont eux qui sont censés maintenir la technologie à jour.

— Et après que le véhicule soit arrivé au parking ? demanda Nick, revenant dans la conversation. Y a-t-il quelque chose qui suggère qu'il ait été emmené dans une maison ou un bâtiment avant d'être tué ?

— Pas encore, monsieur.

— Où est allé le tueur après, Chey ? Avez-vous vu des séquences d'une voiture quittant la scène ?

Chey secoua lentement la tête, prudent de ne pas contrarier l'inspecteur en chef. — Rien que j'aie vu jusqu'à présent, monsieur. Mais, bien sûr, je continuerai à chercher.

Nick soupira à nouveau, cette fois plus lourdement. — Donc nous n'avons pas de séquences du crime en train de se produire ou de la voiture entrant dans le parking où le corps a été trouvé. Nous n'avons aucune preuve du visage du conducteur-

— Je veux dire, il y a une capture d'écran, interrompit Chey. Mais c'est aussi flou qu'une nuit d'ivresse.

— Peu importe. On peut quand même l'utiliser. Quelqu'un a-t-il de bonnes nouvelles ?

C'était maintenant au tour de Tomek. Il s'éclaircit la gorge avant de commencer et expliqua, avec l'aide de Rachel, les réunions qu'ils avaient eues avec Sarah Jewell et Keith Ferguson.

— Qu'en pensez-vous ? demanda Nick. L'un d'eux a-t-il quelque chose à voir avec ça ?

— Les deux me font des signaux d'alarme, répondit Rachel.

— Qu'est-ce que cela signifie, pour la génération plus âgée ? demanda Nick.

— Comme des signaux d'alarme dans une relation. Des signes avant-coureurs.

— Hmm. Très bien. Quels signaux d'alarme vous donnent-ils ?

— Eh bien, dit Rachel, ses yeux jetant un coup d'œil rapide à Tomek comme pour approbation. Il la donna avec un mouvement de tête. — Sarah connaît Herbert Tucker depuis des années. Pendant ce temps, elle a travaillé *avec* lui, et maintenant elle travaille *sous* ses ordres.

— Et je parie qu'elle fait beaucoup plus *sous* lui, ajouta Tomek.

— Comment ça ? demanda Victoria. Jusqu'à présent, l'inspectrice était restée en marge de la conversation, se fondant presque dans l'arrière-plan de la pièce, et Tomek avait oublié qu'elle était même présente.

— Sarah l'appelle Herbie. Quand je suis allé rendre visite à sa femme, elle ne l'a jamais appelé par un surnom aussi mignon.

— Et tous les surnoms mignons que tu as pour nous ? demanda Nadia.

— Complètement différent, répondit Tomek. Les miens sont des termes d'affection. Alors que je pense que les leurs sont largement réservés à la chambre à coucher.

— Tu penses qu'ils ont une liaison ?

— Ça ne me surprendrait pas. Vous savez comment sont ces politiciens.

— Stop, dit Nick, levant la main pour empêcher Tomek de continuer. Arrêtez de parler tout de suite et parlez-moi du complice politique de Tucker, Keith...

Tomek garda délibérément la bouche fermée, comme on le lui avait ordonné, jusqu'à ce que Nick n'en voie plus le côté amusant. Ce qui, en fait, n'avait jamais été le cas.

— M. Ferguson était certainement sous l'emprise de quelque chose quand je lui ai parlé plus tôt. Il était nerveux, transpirant et mal à l'aise. Principalement en raison de ses inquiétudes qu'il pourrait être le prochain parce que, selon lui, les politiciens ne sont pas populaires. Je ne sais pas d'où lui vient cette idée. Mais je pense que la paranoïa pourrait avoir quelque chose à voir avec les drogues dans son système. À part ça, il prétend avoir quitté le bâtiment à minuit et être rentré chez lui auprès de sa femme, mais il habite seulement à dix minutes en voiture, alors il aurait pu revenir à trois heures du matin et tuer Herbert Tucker.

— Des motivations ? Qu'est-ce qu'il a ?

— Toujours être le second ? Mis de côté pendant que son meilleur ami récoltait toute la gloire ? Je pense que ça aurait pu m'énerver un peu.

Tomek ne savait pas si c'était involontaire ou conscient, mais Sean l'avait regardé. Il avait remarqué le mouvement minuscule du coin de l'œil. Et il sentait l'inquiétude sur le visage de son ami, que peut-être quelque chose de similaire se produisait entre eux. Ce n'était un secret pour personne que tous deux voulaient une promotion au poste d'inspecteur, mais avec l'un d'eux dans les sous-vêtements du détenteur actuel du poste, il ne fallait pas être un génie pour deviner qui avait le plus de chances de l'obtenir en premier. Et si c'était le cas, alors Tomek espérait juste qu'il ne finirait pas par tuer son meilleur ami et se tourner vers une vie de drogue et un travail politique ennuyeux.

— Autre chose ? demanda Nick.

— Oui, appela Nadia, distrayant tout le monde. Je viens de recevoir un email de Lorna. Elle a dit de vérifier la porte.

— Qu-?

Avant que Nick ne puisse finir, on frappa à la porte, et Lorna Dean, la médecin légiste du ministère de l'Intérieur, entra. Ses cheveux rouge flamme étaient détachés et elle portait un fin pull gris tricoté qui montait jusqu'à son cou.

— Parle d'une entrée, dit Tomek.

— Rien de tel qu'un peu de théâtre, mon chou. Je voulais juste vous faire savoir que l'autopsie est terminée. Herbert Tucker – ou Herbert le Pervers, comme certains gars de l'hôpital l'appelaient – a été ouvert, examiné et est prêt pour votre évaluation.

Tomek avait toujours trouvé les conversations et les expériences avec Lorna chaotiques et simultanément fascinantes. Elle était plus loin sur le spectre de la folie que le reste d'entre eux, mais elle devait l'être pour faire le travail qu'elle faisait : regarder des cadavres toute la journée, retirer leurs organes, les peser, les examiner. Il devait y avoir quelques vis qui se déplaçaient là-haut.

— Allez-y alors, dit Nick, laissant un autre soupir s'échapper de ses narines. Qu'avez-vous trouvé ?

— Quelques choses qui pourraient vous plaire, commença-t-elle, absorbant le théâtre de la situation et l'attention du public. La première est qu'Herbert Tucker avait le nez cassé. Récemment, aussi. Possiblement d'un poing ou d'un front, mais étant donné la taille et la densité de la fracture, je dirais qu'elle provient d'un front. Il a peut-être reçu un coup de tête.

— Un baiser de Glasgow, dit Tomek sans réfléchir.

— Qu'est-ce que c'est ? demanda Nick.

— Un baiser de Glasgow. C'est comme ça qu'on l'appelle à Glasgow.

— Sans blague. Mais tu n'es ni écossais ni de Glasgow, alors qu'est-ce que ça a à voir avec quoi que ce soit ?

Tomek n'aimait pas cette version de Nick. La version agressive, odieuse. Certes, l'homme venait de revenir de plusieurs semaines de congé après que sa fille ait été hospitalisée par un schizophrène paranoïaque. Et, certes, il allait sans doute recevoir une pression démesurée des médias, de la hiérarchie policière et d'autres membres de l'élite politique pour essayer de trouver le meurtrier d'Herbert, mais cela ne signifiait pas qu'il devait être un tel connard à ce sujet.

Tomek était sûr que son commentaire était pertinent. Il ne savait juste pas encore pourquoi.

— Rien, monsieur. Juste mon cerveau qui me joue encore des tours.

— Quoi qu'il en soit, continua Lorna avant qu'une dispute n'éclate. Comme je le disais, à mon avis, ce serait un coup de tête – un baiser de Glasgow. Lorna lança un rapide sourire à Tomek avant de continuer. — Maintenant, passons à la cause du décès. Vous allez aimer celle-là. Enfin, peut-être pas. Quoi qu'il en soit, de l'ammoniac.

— De l'ammoniac ? répéta Nick.

— Oui. Je crois qu'on le trouve communément dans les produits de jardinage, les engrais et autres, et aussi dans les produits de nettoyage. C'est très irritant et très dangereux quand ça touche votre peau, un peu comme notre M. Bowen ici présent.

La tentative de Lorna pour détendre l'atmosphère fonctionna, car quelques-uns de ses collègues l'acclamèrent, puis l'ambiance retomba rapidement.

— De l'ammoniac a été trouvé autour de sa bouche, dans sa gorge et dans ses poumons. Tout cela me porte à croire qu'on lui a versé dans la gorge.

— C'est pour ça qu'il sentait la pisse ? demanda Martin. Lui, comme Victoria, jusqu'à présent avait été presque inutile dans la conversation.

— Oui. Mais dans le grand ordre des choses, c'est l'une des odeurs les plus agréables que l'on puisse avoir sur un cadavre.

— Bien sûr.

Tomek avait une question, mais au lieu de la poser à haute voix, il leva la main et attendit patiemment que Lorna le choisisse. — Vous avez dit que c'était autour de son visage... Est-ce pour ça qu'on aurait dit qu'il avait embrassé quelqu'un avec du rouge à lèvres ?

— Oui ! Exactement. Et c'est une brillante transition pour m'amener à mon point suivant, alors merci. Elle lui fit un signe de pistolet avec les doigts. — Quand le corps d'Herbert Tucker a été trouvé, il était enveloppé dans une couette. Cela nous a permis, pour la plupart, de préserver beaucoup de l'ADN sur son corps, et l'une des choses que j'ai trouvées était un petit morceau de rouge à lèvres sur sa main gauche. Donc quelqu'un l'avait certainement embrassé la nuit dernière.

Et il n'y avait qu'une seule personne que cela pouvait être.

CHAPITRE
QUATORZE

Sarah Jewell était assise dans la salle d'interrogatoire depuis près de vingt minutes, attendant que l'agent Martin Brown et l'agent Oscar Perez descendent la rejoindre, tandis que Tomek et le reste de l'équipe observaient depuis la salle des incidents majeurs.

Elle était assise, jambes et bras croisés. Tomek avait essayé de faire de la psychanalyse — peut-être qu'elle se protégeait, qu'elle avait peur de ce qui allait se passer — mais ses tentatives précédentes s'étaient révélées tellement à côté de la plaque qu'il cessa dès que Martin et Oscar entrèrent dans la pièce sans fenêtre.

— Désolé pour l'attente, lui dit Martin.

— Est-ce que... est-ce que tout va bien ?

— Oui. Nous avions juste quelques détails à finaliser.

— Non, je voulais dire à propos d'Herbie. À propos de ma présence ici. Je ne suis pas sûre de comprendre pourquoi...

— Nous avons simplement quelques questions supplémentaires concernant hier soir, poursuivit Martin. Ses cheveux étaient plus longs et plus brillants que ceux de Sarah, et pour cet interrogatoire, il les avait attachés en chignon sur le haut de sa tête.

— Oui, votre collègue me l'a dit. Mais je ne sais pas quoi vous dire de plus.

— Que diriez-vous de commencer par nous dire la vérité ? lança Oscar d'un ton autoritaire.

On pouvait voir Sarah déglutir à l'écran. — La vérité ? Je ne sais pas ce que vous... Je...

— Portez-vous du rouge à lèvres, Sarah ? demanda Martin.

— Du rouge à lèvres ?

— Oui. Comme celui que vous portez maintenant. En portez-vous souvent ?

— Oui, je... j'en ai quelques marques dans ma trousse de maquillage au bureau.

— Pourquoi en portez-vous ?

Sarah inclina la tête sur le côté, déconcertée par la question. Et Tomek devait admettre qu'il avait fait de même pour la même raison.

— Que voulez-vous dire par « pourquoi j'en porte » ? Pourquoi portez-vous les vêtements que vous portez ? Pourquoi avez-vous les cheveux longs ? Pourquoi les attachez-vous en man bun ?

— Répondez à la question, s'il vous plaît, dit Martin d'une voix neutre et placide.

Son soupir était audible à travers les haut-parleurs. — J'en porte parce que ça me fait me sentir mieux dans ma peau.

— D'accord, poursuivit Oscar. Et en portiez-vous hier soir ?

— Je... je crois que oui. Pourquoi ? Quelle est cette fascination pour mon rouge à lèvres ?

— Simple question de routine.

— Ça ne semble pas très routinier. Vos collègues ne m'ont pas posé ces questions plus tôt.

Sarah devenait de plus en plus agitée et frustrée, ce qui inquiétait Tomek. Il se demandait ce qu'elle avait à cacher. C'était dans ces moments-là qu'il aurait aimé être dans cette pièce, mais comme il avait choisi de gravir les échelons, les occasions de faire ce genre de choses étaient de plus en plus rares. C'était généralement un rôle laissé aux agents de bureau.

— Je vais vous demander à nouveau, Sarah, commença Martin. Pouvez-vous nous dire ce qui s'est réellement passé hier soir ?

— Je vous l'ai dit. Nous travaillions tard.

— Jusqu'à trois heures du matin ?

— Oui.

— Juste vous deux ?

— Keith était là.

— Pas après minuit. Ce qui vous laisse tous les deux seuls pendant trois heures.

— Et alors ?

— Et nous avons trouvé du rouge à lèvres sur sa main et du sperme dans son pantalon.

Et là, elle comprit enfin. La bouche de Sarah s'ouvrit et son regard tomba sur la table, désemparé.

— Avez-vous eu des relations sexuelles avec Herbert Tucker hier soir ? demanda Oscar.

— O-oui, répondit Sarah, la voix brisée.

— Était-ce consensuel ?

— Oui ! Bien sûr. Oh mon Dieu, oui, c'était consensuel. Il ne m'a pas forcée ni rien.

— Était-ce la première fois que cela se produisait entre vous deux ?

Cette fois, Sarah hésita longuement. Une hésitation qui leur donnait pratiquement la réponse.

— Non, répondit-elle doucement, avalant péniblement sa salive.

— Serait-il juste de dire que vous entreteniez une liaison ?

— Je... Nous... Oui. Oui, nous avions une liaison.

— Depuis combien de temps ?

— Environ... juillet, août, septembre... six mois, répondit-elle en comptant sur ses doigts.

— Quelqu'un d'autre était-il au courant ?

Sarah secoua la tête. — Sa femme ne l'était pas. Du moins, je ne pense pas qu'elle l'était. Elle ne m'a jamais confrontée à ce sujet en tout cas. Mais Keith le savait... il nous a surpris une fois. Au bureau après que tout le monde soit parti. Mais il a promis de ne rien dire. Et je pense qu'il a tenu parole. Sinon, ça aurait fait un scandale si cela s'était su, comme la dernière fois...

— La dernière fois ? demanda Oscar. Est-ce déjà arrivé auparavant ?

— Je... je ne sais pas si je devrais vraiment le dire.

— Mademoiselle Jewell, commença Martin. Ceci fait partie d'une enquête pour meurtre. Si vous savez quoi que ce soit, aussi insignifiant que cela puisse paraître, nous avons besoin que vous nous le disiez. S'il vous plaît, répondez à la question de mon collègue.

— Oui. C'était déjà arrivé. Je... je ne connais pas son nom, mais Herbert avait eu une liaison avec elle pendant un certain temps, et il y avait même des rumeurs selon lesquelles ils auraient eu un enfant ensemble.

Tomek dressa l'oreille.

— Où sont la mère et l'enfant maintenant ?

Sarah secoua la tête. — Je ne sais pas. Je crois qu'ils ont quitté la ville ou quelque chose comme ça.

Pour ne plus jamais réapparaître. Probablement achetés avec une grosse somme d'argent. Herbert Tucker s'avérait être une belle ordure. D'abord une liaison avec une femme. Puis la mettre enceinte. Puis ne rien avoir à faire avec l'enfant, tout en jouant à la famille heureuse avec Nora, Whitney et Eleanor, avant d'avoir une autre liaison.

Herbert Tucker était le pire type d'homme. Et pourtant, les femmes continuaient à se jeter à ses pieds.

— Sa femme était-elle au courant de la liaison ? demanda Martin.

— Je... je crois que oui. Mais apparemment, elle l'a accepté, elle lui a pardonné et puis ils ont arrangé les choses. Il n'aimait pas trop en parler...

Tomek ne pouvait imaginer rien de plus refroidissant que d'expliquer votre précédente liaison extra-conjugale à la femme avec qui vous trompiez actuellement votre épouse. Ça l'aurait certainement empêché, *lui*, de monter au créneau.

— Donc, pour que ce soit bien clair, commença Oscar, parlant distinctement et posant ses deux mains sur le bureau. Herbert Tucker avait couché avec quelqu'un par le passé, l'a mise enceinte, elle a eu l'enfant, il n'a pas voulu s'en occuper, et sa femme lui a pardonné. Puis, il y a six mois, vous avez entamé une liaison secrète tous les deux, Keith Ferguson est la seule personne à être au courant, et vous avez couché ensemble hier soir ?

— Oui.

— Et puis vous lui avez embrassé la main ?

— Oui.

— Pourquoi ?

Sarah traça le contour de ses lèvres avec son doigt, gagnant du temps.

— C'était ce qu'il aimait.

— Pardon ? demanda Martin, stupéfait.

— Vous savez, après que nous... après que nous ayons... *fait l'amour*, il me demandait de lui embrasser la main. Au début, je trouvais ça un peu bizarre, mais je m'y suis habituée. C'était juste l'un de ses petits fétiches, vous savez. Un homme comme lui est susceptible d'en avoir. Mais il ne m'a jamais forcée à le faire si je ne voulais pas.

— Donc vous lui embrassiez la main après chaque rapport sexuel ?

— Oui.

Comme s'il était le roi, se prélassant dans sa propre grandeur et sa suffisance.

— Et avec le rouge à lèvres que vous portiez hier soir ?

— Il me l'avait acheté spécialement, répondit-elle. Il me l'a offert en cadeau. Il aimait que je le porte chaque fois que nous... vous savez.

Comme si elle était la servante qu'il soudoyait avec des cadeaux.

— Pouvez-vous me dire la marque du rouge à lèvres ?

— Il s'appelle Strawberry Surprise de Christian Dior. Il était parfumé et avait de petites paillettes. Il disait qu'il aimait le sentir sur sa main après, que ça lui rappelait notre moment ensemble.

Tomek avait fait des choses bizarres dans sa vie, il avait vécu quelques étrangetés lors de ses rencontres sexuelles, mais rien d'aussi bizarre et pervers que ça.

Peut-être que ce n'était pas Sarah qui avait besoin d'être psychanalysée après tout. C'était plutôt l'homme mort qui ne pouvait pas répondre aux nombreuses questions que Tomek avait pour lui.

CHAPITRE
QUINZE

Tomek était épuisé. Cette journée lui avait semblé interminable, et il restait encore quelques heures pendant lesquelles il devait garder toute sa lucidité.

Avant, avant que Kasia n'entre dans sa vie, quand il finissait tard, il rentrait chez lui, réchauffait quelque chose au micro-ondes ou mangeait les restes de la veille, puis s'effondrait sur le canapé, parfois à peine une demi-heure après son retour. Mais maintenant qu'il avait une fille à s'occuper et à nourrir, ce n'était plus un luxe qu'il pouvait se permettre. Kasia réclamait son temps et son attention.

Ce soir ne faisait pas exception.

Il la trouva assise à la table du salon, la tête plongée dans un cahier d'exercices.

— Qu'est-ce que tu apprends maintenant ? demanda-t-il en enlevant ses chaussures près de la porte d'entrée et en déposant ses clés et son portefeuille dans un petit plateau.

— Le sarcasme.

— Quoi ? Je posais une vraie question.

Kasia secoua la tête et posa son stylo. — Non, papa. On apprend à lire le sarcasme... pour le cours de langue.

— Apprendre à lire ? Pas lire pour apprendre ?

Tomek sourit en plaisantant, mais son sourire ne fut pas réciproque.

— Je savais que tu aurais quelque chose à dire.

— C'est un truc de père.

— Ou juste un truc de *toi*.

Tomek posa une main sur son dos et le caressa doucement. — C'était un bon essai, mais tu as encore du chemin à faire avant d'être aussi grande que moi et de pouvoir me les dire en face.

— Je n'en suis pas si loin.

Avant que Tomek ne puisse répondre, Kasia tira la chaise de sous la table et se tint bien droite devant lui. Le haut de sa tête arrivait à son épaule.

— Comment c'est arrivé ? Plus important encore, *quand* est-ce arrivé ?

Tomek se remémora la première fois qu'elle avait frappé à sa porte. Elle était si petite, si courte. Mais maintenant, en l'espace de quelques mois seulement, elle avait poussé comme un champignon.

— Ça s'appelle une poussée de croissance, lui dit-elle avec sarcasme. Tu ne te souviens peut-être pas de la tienne parce que c'était il y a tellement longtemps.

— Aïe. Bien joué, dit-il, puis il tendit la main pour un high-five. Comme elle ne lui en donna pas un en retour, il baissa la main et se dirigea vers la cuisine. Dans le réfrigérateur, il trouva une canette de bière et l'ouvrit. — Tu es en forme, ajouta-t-il en revenant à table.

— Pas autant que ton ventre le sera après avoir mangé le dîner de ce soir.

Tomek était impressionné. Non seulement elle était intelligente sur le plan académique (bien qu'il y avait certains cours et professeurs avec lesquels elle devait s'améliorer), mais elle était aussi drôle et vive, pleine d'esprit et sarcastique.

— Je t'ai bien formée, dit-il, vivant son premier véritable moment de « père fier ». Il voulait se pencher et lui donner un baiser sur le front, mais choisit de ne pas le faire. Ils n'avaient jamais été *aussi* affectueux. C'était difficile quand ils ne se connaissaient que depuis un hiver. Ils n'avaient pas eu les treize dernières années de sa vie pour construire ce niveau de connexion. Et Tomek soupçonnait que ça n'arriverait peut-être jamais. Que la bulle invisible entre eux pourrait ne jamais éclater. Qu'elle ne céderait peut-être jamais assez pour le permettre. Même quand il l'avait sauvée des griffes de la mort, il n'y avait eu ni affection, ni étreinte. Il lui avait simplement tenu la main, souhaitant pouvoir l'entourer de ses bras et la serrer plus fort.

Cette même sensation le submergea maintenant.

— Comment était l'école ? demanda-t-il, avalant la boule dans sa gorge.

— Bien, dit-elle. Ennuyeuse. Mais le cours de cuisine était amusant.

— Qu'est-ce que tu as fait aujourd'hui ?

— Un crumble aux pommes.

— Sympa. Où est-il ?

— Il n'en reste plus. On a tout mangé au déjeuner.

— Tu as mangé un crumble aux pommes entier ?

Elle haussa les épaules. — On avait faim.

— Je vais devoir imaginer à quel point c'était bon, alors.

Kasia sourit malicieusement et reporta son attention sur sa leçon de sarcasme. Il la laissa tranquille et réchauffa les restes du repas qu'elle avait préparé pour lui. Un chili con carne. Simple et basique. Assez facile à préparer pour une fille de treize ans sans causer trop de dégâts dans la cuisine. Et elle avait raison : c'était épicé, très épicé. Et quand il regarda dans le placard à épices, il comprit exactement pourquoi : le piment en poudre avait diminué de moitié, et maintenant sa bouche et son nez étaient en feu.

Une fois qu'il les eut apaisés, à l'aide d'une poignée de mouchoirs et de quelques verres de lait, Tomek se laissa tomber sur le canapé et alluma la télévision. Il n'y prêta que peu d'attention. Il n'y avait rien de bon ; ce n'était que du bruit, une excuse pour qu'il puisse s'asseoir et réfléchir aux événements de la journée sans rester dans le silence. Mais ça ne fonctionnait pas. Alors qu'il aurait dû penser à Herbert Tucker et à la personne, ou aux personnes, si la liste d'ennemis que Sarah lui avait donnée était révélatrice, qui voulaient sa mort, tout ce à quoi il pouvait penser était Kasia et *cette* nuit. Et toutes les autres nuits qui avaient suivi.

La nuit dernière. Et la nuit qui était sur le point de venir.

— Hé, l'appela-t-il, mais elle n'entendit pas ; elle avait branché ses écouteurs et balançait la tête au rythme de la musique.

Au lieu de se lever et de la distraire avec un geste de la main ou une douce paume sur l'épaule, il retira un coussin de dessous lui et le lança à travers la pièce.

— Aïe ! Pourquoi t'as fait ça ?

— Je voulais te parler.

— Oh.

— Qu'est-ce que tu écoutes ?

— Taylor Swift.

Comme toutes les filles de treize ans du monde, semblait-il. Elle était obsédée par la pop star et lui avait même demandé s'ils pouvaient assister à une prochaine tournée. Mais quand il avait vu le prix des billets, son cœur avait failli lâcher, ce qui ne l'avait pas empêché, lui et des centaines de milliers d'autres personnes, d'essayer. Sans succès.

— Tu peux l'éteindre un moment ? demanda-t-il doucement.

Avec hésitation, elle fit ce qu'il lui demandait, pressentant déjà ce qui allait suivre.

— Je... commença Tomek. As-tu réfléchi à ce dont nous avons discuté ce matin ?

— Je ne veux pas parler à quelqu'un. Je te l'ai dit.

— Je sais, mais je pense que tu devrais. Ça ne doit pas être pour toujours. Juste jusqu'à ce que les choses commencent à... s'améliorer.

— Et si elles ne s'améliorent jamais ?

— Elles s'amélioreront. Fais-moi confiance. Il fut un temps où je pensais que je ne parlerais plus jamais à tes grands-parents, mais regarde comment ça s'est terminé.

Cela ne semblait pas la convaincre. Elle était une adolescente effrayée et inquiète qui avait vécu quelque chose de traumatisant et d'horrible, et il pouvait difficilement lui en vouloir. Il avait été à cet âge, et dans cette position, une fois. Et il savait ce qu'elle ressentait.

— Je te l'ai dit, continua-t-elle. Je ne parlerai à quelqu'un que si tu parles à quelqu'un aussi.

— *Moi* ? dit Tomek, faisant l'idiot, même s'il savait parfaitement à quoi elle faisait référence. Pfft. Je vais bien. Je n'ai pas besoin d'aide.

— Si, tu en as besoin. Tu crois que je ne t'entends pas au milieu de la nuit, te tourner et te retourner, murmurer tout seul ? J'entends tout. Et je t'ai entendu écrire dans ton carnet ce matin...

— Mon carnet ? Est-ce que tu... ?

Elle secoua la tête. — Ne t'inquiète pas. Je n'y ai pas jeté un coup d'œil. Je ne ferais pas ça.

Parce qu'on attendait la même chose de lui. Que s'il trouvait un jour le sien, qu'il s'agisse d'un journal de cauchemars ou simplement d'un journal quotidien qu'elle utilisait pour y noter ses pensées et ses sentiments, alors il ne s'en approcherait pas, peu importe l'envie.

— Je pense que ça te ferait du bien aussi, dit-elle sèchement.

— Crois-moi, je vais bien. C'est pour toi que je m'inquiète.

— Soit tu viens avec moi, soit on n'y va pas du tout. C'est ma réponse finale.

Mais le regard suppliant dans ses yeux lui disait que ce n'était pas le cas. Et qu'elle le suppliait d'être d'accord avec elle.

Lentement, il lui tourna le dos et retourna au canapé.

CHAPITRE
SEIZE

Tomek se réveilla au son d'un cri. Pas le sien. Celui de quelqu'un d'autre. Provenant de l'autre côté de l'appartement. La chambre de Kasia.

Encore un cauchemar. Le pire qu'il ait entendu jusqu'à présent.

Tomek rejeta les couvertures et se précipita vers sa chambre. Lorsqu'il ouvrit la porte à la volée, il découvrit son corps luisant de sueur, emmêlé sous les draps. Elle dormait encore, mais elle se tordait et tremblait comme si elle était éveillée, vivant intensément les horreurs qu'elle avait subies. C'était comme s'il était entré dans une scène de film d'horreur. Comme la scène de *L'Exorciste* qui lui avait valu des mois d'insomnies quand il était enfant.

Et cela se passait juste devant lui.

Sa fille, possédée par des images nocives et définitivement traumatisantes dans sa tête.

Qui était-il pour lui refuser l'aide qu'il n'avait jamais reçue étant enfant ?

Sans réfléchir davantage, il se précipita au bord du lit et posa une main sur son corps pour la réveiller, pour la sortir du cauchemar. Mais c'était inutile. Elle continuait de trembler et de convulser.

— Kasia... chuchota-t-il près de son oreille. Kasia, c'est moi. C'est moi, ton père. Kash...

Toujours rien. Ses paupières bougeaient rapidement tandis qu'elle combattait son agresseur dans ses rêves. Puis sa bouche s'ouvrit, et pendant un court instant, il se demanda si elle glissait dans une sorte de coma.

Et soudain, il fut transporté trente ans en arrière, à l'époque où il s'était réveillé au milieu de la nuit, couvert de sueur, haletant. Il se demanda si ses yeux s'étaient révulsés, si sa bouche s'était ouverte. S'il avait eu l'air possédé. Si l'un de ses parents était venu le voir pour ensuite repartir sans rien faire.

— Kasia, dit-il, la secouant doucement cette fois, posant ses deux mains sur elle. Kasia, arrête. Tu me fais peur. Tu...

Soudain, ses yeux s'ouvrirent grand, le blanc aussi brillant que la lune. Avant qu'il ne puisse réagir, elle hurla et commença à le frapper. Ses mains et ses bras s'agitaient violemment, et ses ongles l'atteignirent à la joue. Grimaçant et fermant les yeux sous l'attaque, il recula d'un pas, se mettant en sécurité.

— Tout va bien ! dit-il, levant les mains en signe de reddition. Tout va bien. Tu es en sécurité. C'est juste moi.

Il fallut un moment avant que Kasia ne reprenne pleinement conscience ; avant que la réalisation de ce qui s'était passé ne s'installe en elle. Elle resta allongée, abritée sous la couette, la remontant jusqu'à sa poitrine. Sa peau brillait sous la lumière de la lampe de chevet, et ses cheveux couvraient son visage. À cet instant, tandis qu'il se tenait au-dessus d'elle – incapable de se défaire de l'impression qu'il ressemblait au prédateur qui l'avait mise dans cet état – il remarqua à quel point elle semblait fragile et brisée. Si vulnérable et jeune.

Il porta une main au côté de son visage, passant son doigt sur la peau égratignée qu'elle avait attaquée.

— Je... Es-tu... Est-ce que tu saignes ?

Tomek vérifia. — Non.

— Je suis désolée... Je ne voulais pas. Je...

— Ce n'est rien, dit-il en s'asseyant sur son lit. Vraiment. Tu n'as pas à t'excuser. C'est moi qui devrais m'excuser. J'aurais dû accepter plus tôt. Je n'aurais jamais dû te faire subir ça.

— Qu'est-ce que tu...

— Je viendrai avec toi. Demain matin, je trouverai quelqu'un à qui nous pourrons parler et j'irai avec toi. Nous sommes une équipe, alors nous réglerons ça ensemble.

Nous ferons taire les démons ensemble.

Et peut-être découvrirons-nous qui a tué mon frère.

CHAPITRE
DIX-SEPT

Un vent arctique soufflait depuis la côte, perçant des trous dans le tissu du manteau de Tomek et pénétrant sa peau. Mais il ne ressentait pas ses effets aussi intensément que Chey. Le jeune agent, malgré toute sa jeunesse et sa prétendue résistance au froid, portait une paire de grosses bottes noires, un pantalon élégant, un large manteau d'hiver qui lui descendait jusqu'aux genoux, une épaisse écharpe d'Arsenal (moins on en parlait, mieux c'était), un bonnet assorti, et enfin une paire de gants avec des chauffe-mains à l'intérieur.

— Tu n'es qu'un ado, dit Tomek alors qu'ils sortaient de la voiture et marchaient le long du front de mer. Je te jure que tu n'es pas censé ressentir le froid à ce point.

— J'ai la peau sensible, d'accord !

— Ce n'est qu'un peu de froid.

— Facile à dire pour toi, répondit Chey, son haleine formant un nuage devant son visage. Tu y es habitué.

Puis il porta ses mains à sa bouche et souffla entre ses doigts pour les réchauffer. Au lieu de cela, il avait juste l'air d'un crétin fumant une cigarette électronique.

— Comment ça ?

— Parce que tu es polonais.

— Belle observation.

— Ben, il fait super froid là-bas, non ?

— Seulement en hiver. Comme ici.

— Ouais, mais ce que je veux dire, c'est qu'il fait genre *super* froid, non ?

— Ça dépend où tu habites. Plus tu es au nord, plus il fait froid. Comme ici... comme partout, mon pote. C'est comme ça que fonctionne l'hémisphère nord.

Lorsqu'ils atteignirent le bout de la promenade, ils descendirent un petit escalier et posèrent le pied sur la plage sablonneuse. La plage était d'un orange foncé sur fond de gris mornes et de noirs à l'horizon. Les vents cinglants qui balayaient le rivage projetaient des poignées de sable dans leurs visages. Au bout de quelques pas, Chey criait dans ses mains pressées contre son visage.

— Je déteste le sable, putain !

— Je suis sûr qu'il a plus peur de toi que toi de lui, lui dit Tomek alors qu'ils continuaient à traverser péniblement la plage.

C'était peut-être son héritage polonais qui l'empêchait de ressentir les effets du froid autant que les autres, ou peut-être avait-il simplement la peau plus épaisse que le reste de la population. Quoi qu'il en soit, il pensait toujours que Chey en faisait trop. Il compta rapidement le nombre de couches que Chey portait.

Quatre.

— La dernière fois que j'ai pensé à autant de couches, c'était en regardant *Shrek*.

Ils s'arrêtèrent devant une petite cabane en bois perchée contre le mur de la mer. Tomek frappa à la porte. Ils attendirent.

— Ne sois pas si dur avec toi-même, répondit Chey en se frottant les mains. Tu n'es pas un ogre, Tomek.

— Dommage qu'on ne puisse pas en dire autant pour toi, l'âne.

Le visage de Chey s'illumina. — Ça veut dire que je suis ton noble destrier ?

— Seulement pendant que j'essaie de trouver ma princesse. Après ça, tu pourras partir de ton côté.

— Super ! Donc je suis en quelque sorte ton ailier ?

— Non. Je n'ai pas...

Mais c'était trop tard. Avant qu'il ne puisse terminer sa phrase, la porte du Club de Canoë de Southend s'ouvrit. La petite cabane en bois était située à Shoeburyness, à quelques centaines de mètres de l'endroit où Herbert Tucker avait été tué. C'était ici que se terminait la côte de Southend, avant qu'elle ne devienne le territoire du Ministère de la Défense. Au loin, on apercevait une série de poteaux en bois, émergeant de la ligne d'eau : c'étaient des défenses maritimes qui jalonnaient toute la côte du Sud de l'Essex.

L'homme devant eux ressemblait presque exactement à ce que Tomek avait imaginé : des cheveux longs et hirsutes de surfeur, avec une épaisse barbe blonde assortie ; une silhouette mince et maigre ; un petit collier de perles noires pendant autour de son cou, et plusieurs autres à son poignet. Il avait l'air du genre à vous faire la morale sur la nourriture biologique, les effets dévastateurs de l'huile de palme sur la planète, et à quel point le vélo et les transports en commun étaient meilleurs pour l'environnement, tout en utilisant le même ordinateur et iPhone d'Extrême-Orient qui avaient une empreinte carbone plus importante qu'une année entière de trajets en bus et en train.

— Aaron Howell-Jones ?

— Oui... répondit l'homme, peu sûr de lui.

Derrière lui dans la cabane se trouvaient des rangées de canoës et de kayaks en plastique, avec une étagère pour les gilets de sauvetage et les combinaisons de chaque côté.

— Est-ce que tout va bien ? demanda Aaron.

Tomek et Chey plongèrent leurs mains dans leurs poches, cherchant leurs cartes professionnelles. Tomek sortit la sienne en premier, mais celle de Chey prit plus de temps. Il se débattit pendant ce qui semblait une éternité avec sa fermeture éclair, essayant plusieurs fois de la saisir, puis abandonna. Même après avoir retiré son gant, cela lui prit encore une éternité pour défaire son manteau, fouiller à travers ses nombreuses couches et récupérer son identification.

Absolument putain d'inutile, pensa Tomek.

— Voilà, dit Chey triomphalement alors qu'il finissait par la montrer à Aaron. Désolé pour ça.

Aaron se pencha pour mieux voir. — Pourriez-vous sortir la vôtre de son étui ? Je n'arrive pas à bien la voir.

Au début, Chey parut confus, mais quand il vit une tache sur la couverture, il commença à coincer ses doigts dans la fenêtre en plastique de la carte d'identité. Il parvint à insérer le bout de son ongle avant qu'Aaron ne lui dise d'arrêter.

— Désolé. C'était cruel. Je n'ai pas besoin de la voir. Je voulais juste vous regarder essayer de l'ouvrir.

— Ha. Bien joué.

Chey ne pouvait pas explicitement dire à l'homme d'aller se faire foutre, mais il était clair d'après son expression que c'était exactement ce qu'il voulait dire. Et plus encore.

— Monsieur Howell-Jones, commença Tomek, laissant Chey remettre sa carte professionnelle à sa place.

— C'est juste Aaron.

— Pas de nom de famille ?

— Non. Je ne les utilise plus.

Il pensait probablement qu'ils contribuaient à la fonte de la couche d'ozone d'une manière ou d'une autre.

— D'accord alors, Monsieur Aaron. Nous nous demandions si nous pourrions vous poser quelques questions ?

— À propos de ?

— À propos de votre relation avec Herbert Tucker.

Aussitôt, les lignes sur le jeune visage d'Aaron se creusèrent. — Tucker le baiseur de gosses ? Qu'est-ce que cet abruti a encore fait ?

— Il s'est fait assassiner, Monsieur Aaron. Enfin, *il* ne se l'est pas fait à lui-même. Quelqu'un le lui a fait.

— D'accord... Aaron déplaça son poids d'un pied à l'autre. — Et je suppose que vous voulez savoir si j'y étais pour quelque chose ?

— Quelque chose comme ça.

Aaron soupira profondément, puis se tourna vers le mur de canoës derrière lui. — Est-ce que ça va prendre longtemps ? Je dois les sortir, et j'ai une session dans environ une heure.

— Une session pour quoi ?

— Du kayak. J'apprends aux gens à en faire.

Des flashbacks de la dernière fois que Tomek avait été en kayak apparurent dans son esprit. Flottant dans les marais de Tollesbury, traquant un tueur. Luttant contre la marée et le poids de son corps dans l'eau. Échouant...

— J'enseigne aussi comment faire de la planche à voile et du kitesurf.

— Vous êtes à votre compte ?

— Malheureusement, non. L'entreprise est dirigée par mon patron. Je travaille juste ici. Il a quatre autres sites le long de la côte. Et il s'occupe aussi de celui de Lakeside.

Tomek jeta un coup d'œil derrière Aaron au nombre de kayaks entassés dans la cabane. Plus d'une douzaine au total, de différentes longueurs, couleurs et nombres de sièges. Tomek ne voulait pas s'approcher de l'un d'entre eux s'il pouvait l'éviter.

— N'hésitez pas à commencer, dit-il. Je suis sûr que vous êtes capable de répondre à des questions en même temps.

— Qui a dit que les hommes ne savaient pas faire plusieurs choses à la fois ?

On n'a pas encore commencé...

Aaron n'attendit pas que Tomek réponde. Il se mit à ranger l'entrée de la cabane et à faire de la place pour les kayaks de trois mètres qui allaient sortir. D'abord, cependant, il y avait la voile d'une planche à voile. Elle mesurait au moins un mètre quatre-vingts de haut et un mètre vingt de large, juste assez petite même pour que Tomek puisse la porter. Mais au lieu de la donner à Tomek, Aaron la tendit à l'homme le plus proche. Chey. Qui était non seulement l'un des plus jeunes, mais aussi l'un des membres les plus petits de l'équipe.

— Tu pourrais me tenir ça pendant que je cherche le...

Chey l'avait prise depuis une fraction de seconde à peine lorsqu'une rafale de vent forte et véhémente déferla le long du rivage et le fit tomber cul par-dessus tête sur le sable. Lorsque Tomek se retourna, tout ce qu'il vit fut le jeune agent allongé sur la plage, coincé sous la voile, plaqué par le vent qui continuait à les bombarder comme un assaut militaire.

La réaction immédiate de Tomek fut de rire, de se marrer comme un fou et de se rouler par terre (pour compléter tous les acronymes), mais ensuite il réalisa où il était et en compagnie de qui. À la place, il grogna et secoua la tête d'un air moqueur. Pendant ce temps, Aaron était plié en deux, riant de façon incontrôlable.

— Je n'ai pas de mots, dit Tomek, alors que Chey luttait pour se relever. Honnêtement, je n'ai pas de mots.

Une fois que l'agent se fut dégagé de sous la voile, il se brossa et secoua la tête. Une grimace et de l'embarras étaient écrits sur son visage.

— Désolé pour ça, dit-il timidement. Où... où en étions-nous ?

— *Nous*, nous étions ici, répondit Tomek, en pointant ses pieds. *Toi*... tu étais là-bas. Maintenant, as-tu fini ?

Les joues rouges de Chey répondirent à sa question. Tomek reporta son attention sur Aaron, qui riait encore pour lui-même.

— Depuis combien de temps travaillez-vous ici ?

— Environ deux ans, à peu près.

— Et vous aimez ça ?

— Oui. C'est mon projet passion. Mon autre boulot est ce que je fais pour payer les factures.

— Quel est votre autre emploi ?

— Je suis jardinier. À mon compte. Mais je travaille avec un autre partenaire, Charlie, qui est également indépendant. Nous faisons les jardins d'autres personnes pour elles. Les personnes âgées, principalement. Je l'organise autour de ceci autant que je peux.

— Depuis combien de temps faites-vous cela ?

— Dix ans maintenant. Au début, j'ai commencé gratuitement. Juste en faisant des petites choses ici et là dans le quartier, en utilisant les outils d'autres personnes jusqu'à ce que je puisse me permettre les miens. C'était difficile au début parce que, je veux dire, qui veut laisser un étranger entrer dans son jardin pour couper l'herbe sans ses propres outils ? C'était difficile à vendre, mais certaines personnes ont été assez gentilles pour m'aider. Et je n'avais pas de téléphone à l'époque, alors je devais noter beaucoup de rendez-vous sur un morceau de papier et espérer qu'ils ne m'annulent pas. La plus grande difficulté était de ne pas avoir de montre ou de moyen de savoir l'heure.

Pas de montre, pas de téléphone ? Tomek n'était pas sûr si l'homme était *si* déconnecté du vingt-et-unième siècle, ou si quelque chose d'autre se passait.

— Comment se fait-il que vous n'aviez pas de téléphone ou de montre ? demanda Chey, abordant en premier la question délicate.

— Parce que je n'avais pas de domicile.

— Vous étiez sans-abri ?

— Eh bien, le nom Sans Domicile ne sonne pas très bien. Sans-abri est ce que tout le monde semble appeler ça, alors vous pouvez aussi bien.

Chey bégaya. — Vous n'avez pas l'air...

— Je n'ai pas l'air sans-abri ?

— Non, ce n'est pas ce que je...

— C'est bon. On me dit ça souvent. Les gens voient les cheveux longs et supposent juste.

Et la barbe et les vêtements amples et la peau sale.

— Donc vous vous êtes sorti de cette situation en tondant les jardins des gens ?

Aaron hocha la tête, son sourire débordant de fierté. — Jusqu'à ce que je puisse me permettre un téléphone et mes propres outils. Une des personnes pour qui je coupais l'herbe a été assez gentille pour me laisser rester chez elle pendant quelques semaines. Et quand j'ai été prêt à déclarer ma situation financière au gouvernement, elle m'a même laissé utiliser son adresse.

C'était admirable. Tout cela. La détermination et la volonté d'Aaron de réussir, sa force pour se relever et garder la tête haute. Tomek le félicitait pour cela ainsi que pour ses compétences. La seule chose qu'il ne pouvait pas féliciter, cependant, c'était la capacité d'Aaron à faire plusieurs choses à la fois. Depuis le petit incident de Chey avec la planche à voile, le jardinier était resté dans la cabane les bras croisés sur sa poitrine et n'avait fait aucun progrès du tout.

— Très bien, dit Tomek. Comment connaissez-vous Herbert Tucker ?

Le pivot complet dans la conversation a surpris et confus Aaron. Il détendit ses bras et commença à s'agiter les mains. Puis il se rendit enfin compte qu'il n'avait pas fait son travail et commença à décharger les kayaks.

— Je ne le connais pas personnellement.

— Les vidéos en ligne semblent suggérer le contraire.

— Quelles vidéos ?

— Celle avec vous et l'œuf ?

Aaron fit claquer sa langue. — Il a eu ce qu'il méritait.

— Quand il est mort ?

— Non. Quand je l'ai bombarbé d'œufs dans la grand-rue. Ce con moralisateur, hypocrite et menteur a eu tout ce qu'il méritait ce jour-là.

— Vous semblez avoir une aversion particulière pour lui.

— Pah ! Aversion est un mot. Détester, mépriser ; ce sont les mots que j'utiliserais. Aaron souleva un kayak sur son épaule et commença à sortir. On voyait clairement la différence entre professionnel et amateur car il marchait dans le vent et posait le kayak sur le sable avec facilité.

— Pourquoi ? demanda Tomek.

— Parce qu'il a dit qu'il soutiendrait les sans-abri. Il a promis un tas de foyers et de centres où nous pourrions aller, puis il a coupé le financement quelques semaines après l'avoir annoncé. À l'époque, mon frère et moi étions tous les deux sans-abri, pour des raisons très différentes, mais nous sommes restés en contact, et nous avions tous les deux désespérément besoin de ce soutien. Mon frère est mort à cause de lui.

Tant de questions. Tant de choses à démêler.

— Comment votre frère est-il mort ?

— Overdose de drogue. Il était accro. Nous l'étions tous les deux à un moment donné.

Ça expliquait pourquoi ils étaient sans-abri tous les deux.

— Et vous tenez Herbert Tucker pour responsable de la mort de votre frère ?

— Oui. Chaque jour. Et je suis content qu'il soit mort.

— Est-ce pour cela que vous avez envoyé des balles par la poste à son adresse professionnelle ?

Aaron fit une pause d'une fraction de seconde avant de continuer sa tâche. — Elles n'étaient pas réelles. Bien sûr que non. C'étaient des cartouches de pistolet de départ que j'utilise parfois pour les enfants. Quand on fait des courses, je les utilise parce qu'ils ne peuvent pas m'entendre à cause du vent. Je n'allais jamais rien faire. Je voulais juste qu'il sache qu'il y avait beaucoup de gens là-bas qui pouvaient voir ce qu'il était vraiment.

— Et qu'est-ce que c'était ? demanda Chey.

— Un connard.

Court et doux. Simple et net. Droit au but.

— Que faisiez-vous hier soir ? demanda Tomek.

Un autre pivot, cette fois plus abrupt et direct.

— J'étais à la maison.

— Seul ? demanda Chey.

— Oui. Je vis seul.

— Où habitez-vous ?

— Dans le terrain de caravanes au coin.

Probablement parce que cela avait une empreinte carbone plus petite, supposa Tomek.

Chey demanda ensuite à Aaron son adresse et en prit note.

— Quelqu'un peut-il corroborer vos allées et venues ?

— Non.

— Seriez-vous disposé à venir au commissariat pour donner un échantillon d'ADN afin que nous puissions vous écarter de nos enquêtes ?

— Sérieusement ? dit Aaron incrédule en laissant tomber un kayak sur le sol.

— Sérieusement, répondit Tomek sévèrement. C'est la routine.

Aaron ricana et secoua la tête. — Vous vous rendez compte que je n'ai rien à voir avec ça, n'est-ce pas ?

— Eh bien, nous le saurons quand nous prendrons votre ADN.

— Vous devriez déjà l'avoir. J'ai été arrêté quelques fois quand j'étais sans-abri. Quelques accusations de drogue.

— Eh bien, dans ce cas, nous devrions être tranquilles. Et si nous ne pouvons pas le trouver, alors nous savons où vous trouver, n'est-ce pas ?

Tomek et Chey s'apprêtaient à partir, mais Aaron les rappela un moment plus tard, canoë en main.

— Vous savez que je ne suis pas le criminel ici, n'est-ce pas ?

— Une vérification dans nos systèmes de police ne dirait-elle pas le contraire ? répondit Tomek.

— Ce n'est pas ce que je voulais dire. Eux, là-bas. Les criminels. Les *vrais* criminels. Herbert Tucker avait beaucoup d'ennemis, mais il avait aussi beaucoup d'associés. Beaucoup de personnes avec qui il faisait des affaires. Beaucoup de personnes avec qui il faisait des affaires *controversées*.

— Comme quoi ? Et qui ?

Aaron regarda autour de lui, comme s'il craignait que quelqu'un puisse les entendre malgré le bruit presque assourdissant du vent.

— Le Club de Football de Southend, chuchota Aaron. Le propriétaire. Enfin, le copropriétaire. Herbert Tucker s'est fait beaucoup d'ennemis de ce côté-là. C'est tout ce que je dis.

— Merci.

Puis Tomek et Chey se dépêchèrent de retourner à la voiture. Alors qu'ils sautaient dans le véhicule, échappant au vent rugissant, Tomek examina son coéquipier et secoua la tête. Le jeune homme était couvert de sable, de saleté et de coquillages que Tomek allait sans doute retrouver dans l'espace pour les pieds pendant les prochaines semaines.

— Quoi ? demanda Chey, regardant sa poitrine comme pour demander, j'ai quelque chose sur moi ?

— Tu es comme un frein à main sur un de ces canoës.

— Pourquoi ?

— Absolument putain d'inutile. Honnêtement. Tomber comme ça...

— C'était le vent ! cria Chey avec un soupir, puis secoua la tête et se brossa. Je déteste le sable, putain.

CHAPITRE
DIX-HUIT

Une recherche rapide sur Internet a confirmé qu'Herbert Tucker avait au moins un doigt dans le pâté du club de football de Southend United. Un doigt aussi sale que le contenu de l'affaire commerciale.

Les Mighty Shrimpers, comme on les appelait affectueusement, existaient depuis 1906, et durant leur existence de plus de cent ans, ils n'avaient jamais dépassé le Championship, le deuxième niveau le plus élevé du système de la ligue de football anglaise. Actuellement, ils évoluaient en National League, le cinquième niveau de la pyramide du football. Leur stade, Roots Hall, accueillait un peu plus de douze mille supporters, mais récemment, le club avait subi des pressions financières de plus en plus désastreuses. Les terrains étaient devenus délabrés, les tribunes s'effondraient, le terrain était négligé, non arrosé et mal entretenu, le propriétaire prévoyait de vendre le stade pour le remplacer par plus d'une centaine de maisons, et ni les joueurs ni le personnel n'avaient été payés depuis des semaines. À toute cette misère qui entourait le club depuis si longtemps s'ajoutait le fait qu'ils luttaient également contre la relégation. Pour beaucoup, c'était une accumulation de déceptions et de désespoir, un malheur n'attendant pas l'autre. Et les fans et fervents supporters du club avaient fait connaître leur mécontentement. Des manifestations avaient eu lieu à plusieurs reprises devant le stade, et les membres de l'association bénévole, Shrimpers Trust, prenaient fréquemment sur eux d'endosser le badge de la responsabilité et de réparer le désordre dans lequel se trouvaient le club et les terrains en les nettoyant et en les rangeant régulièrement après les matchs pendant la semaine. Si le propriétaire n'était pas disposé à protéger l'un des plus grands établissements historiques de la ville, alors ils le feraient.

Il y avait, cependant, de l'espoir. Une lumière au bout du tunnel.

Un petit consortium de propriétaires d'entreprises sud-américains envisageait d'acheter le club, d'y injecter de l'argent, ainsi que dans le stade et dans la communauté locale, pour nourrir les racines du football et ramener le club aux sommets du Championship, et peut-être un jour au-delà. Tomek et le reste de la communauté footballistique locale ne se faisaient aucune illusion sur le caractère astronomique de ces aspirations, mais c'était ce dont le club avait besoin en ce moment. C'était ce que les fans réclamaient depuis des années. Un peu d'espoir, un peu d'aspiration, quelque chose à quoi s'accrocher.

Ces derniers mois, la nouvelle du rachat - et dans les mois, *années*, qui l'avaient précédé - les turbulences du club et leur effondrement financier croissant avaient dominé les gros titres et c'était tout ce que Tomek avait vu. Il n'était allé au stade qu'à quelques occasions, certaines en tant qu'enfant avec son père et ses frères, d'autres avec des amis et d'anciennes petites amies, mais c'était toujours un stade de football, c'était toujours une bonne équipe à regarder, et c'était toujours une partie fondamentale de l'identité locale.

Le seul problème, cependant, était que la semaine dernière, le rachat avait calé. Le propriétaire actuel traînait des pieds et rendait les choses aussi difficiles que possible, c'est pourquoi, lorsque Tomek et Sean sont arrivés au stade, ils ont rencontré plus de trente manifestants, avec des banderoles, des mégaphones et quelques slogans accrocheurs pour les accompagner, devant l'entrée du bâtiment. Une grande banderole disant « Sortez de notre club ! » évoquait des images de Peggy Mitchell au Queen Vic, criant sur ses clients avant de brandir une bouteille. Pour la plupart, la manifestation semblait pacifique, avec des hommes et des femmes d'une cinquantaine d'années marchant lentement, blottis les uns contre les autres contre le froid, scandant à l'unisson. Sauf que Tomek avait repéré un groupe de jeunes fans, tout habillés de noir, avec leurs capuches relevées. Tomek avait assisté à suffisamment de matchs de football, notamment à West Ham dans les années quatre-vingt-dix et au début des années deux mille, et savait qu'ils n'étaient pas là pour se cacher du froid.

Tomek s'approcha de la grande foule de personnes, laissant Sean attendre près de l'entrée principale. Alors qu'il le faisait, ceux qui étaient les plus proches de lui commencèrent à lui lancer des regards malveillants et malicieux.

— Vous êtes l'un des *siens* ? cria quelqu'un.

— Vous pouvez aussi aller vous faire foutre, lança un autre.

Normalement, Tomek aurait souri avec jubilation à la perspective d'arrêter quelqu'un pour avoir crié des insultes à un officier de police, mais en tant que fan du sport lui aussi, il était prêt à laisser passer cela sous un simple cas d'erreur d'identité.

— Je ne suis pas l'un des siens, non. Et je préférerais ne pas aller me faire foutre, si ça ne vous dérange pas, leur dit-il, puis il leur montra sa carte de police. La vue de celle-ci sembla arrêter tout le monde dans son élan, et des chuchotements commencèrent à se répercuter dans le groupe. Qui pourrait être le responsable ici ?

Sans surprise, personne ne s'avança.

— Ne vous inquiétez pas, continua Tomek. Personne ne va être arrêté. À moins que quelqu'un ne fasse quelque chose de stupide. Tomek lança un regard menaçant au groupe de jeunes en le disant, et ils semblèrent tenir compte de ses avertissements, car ils commencèrent progressivement à s'éloigner du stade et à retourner dans le parking derrière.

Finalement, après un court moment, un homme fut assez courageux pour s'avancer.

— Owen Braverman, dit-il, en tendant sa main. Je suis le président du Shrimpers Trust.

Tomek se présenta puis expliqua pourquoi il était là.

— Bonne chance pour obtenir une réunion avec ce salaud, siffla

Owen. Ce petit connard fourbe s'est enfermé dans son bureau et ne sortira pour personne.

Tomek sourit d'un air narquois. — Les gens font des choses étranges quand la police vient frapper à leur porte. Je suis sûr que nous pourrons le faire parler. Depuis combien de temps êtes-vous président ?

— Trente-cinq ans, depuis que je l'ai fondé. J'ai suivi ce club toute ma vie. J'ai assisté à tous les matchs à domicile et presque tous les matchs à l'extérieur pendant cette période. Je connais ce club mieux que cet abruti assis derrière son bureau en chêne. J'ai vu les hauts et les bas, et je ne pense pas que nous ayons jamais été aussi bas qu'aujourd'hui. Ça me tue de le voir. Southend FC est ma passion, c'est ce pour quoi je vis.

Tomek pouvait admirer et respecter cela. Il avait ressenti une affinité similaire avec le club de football de West Ham quand il était plus jeune et qu'il n'avait pas les responsabilités d'une carrière dans une force de police qui l'en avait inévitablement éloigné.

— Que pouvez-vous me dire sur le propriétaire ?

Owen ricana, et son visage se tordit, comme si le simple fait de penser à l'homme assis quelque part dans son bureau derrière son bureau en chêne suffisait à lui donner un anévrisme. — Combien de temps avez-vous ? Je peux vous donner une liste de raisons pour lesquelles il ne devrait pas être le propriétaire.

— Bien sûr, répondit Tomek. Je suis sûr que nous pourrions utiliser cela dans une future enquête. Mais pour l'instant, je m'intéresse à la connexion du propriétaire avec Herbert Tucker.

— Le député ?

Tomek hocha la tête.

— Pourquoi ?

— M. Tucker a été retrouvé mort hier après-midi. C'est partout dans les nouvelles...

— Herbert Tucker le Gros Enfoiré est mort ? Le visage d'Owen brilla sous le soleil vif du matin.

— J'ai bien peur que oui.

— N'aie pas peur, mon pote, cria quelqu'un derrière Owen. C'est bien qu'il soit mort. Ce connard a eu ce qu'il méritait.

Tomek pencha la tête sur le côté. — Sa famille pourrait ne pas être d'accord avec vous. Alors soyez juste conscients de dire des choses comme ça, s'il vous plaît. Sa femme et ses enfants sont dévastés et peuvent lire tout ce que vous écrivez en ligne. Au final, ils n'avaient rien à voir avec ce que leur mari et père a fait ou a pu faire, alors réfléchissez à ce que vous allez dire avant de finir par le dire inévitablement.

Les conseils semblèrent passer au-dessus des fans de football devant lui, car leurs expressions restèrent exactement les mêmes.

— Vous avez trouvé qui l'a fait ? demanda le même homme.

Tomek secoua la tête. — C'est pourquoi nous sommes ici. Pour savoir si M. Colehill sait quelque chose.

— Il en sait beaucoup plus qu'il ne va vous en dire, ça je peux vous le dire gratuitement, intervint Owen Braverman, du brouillard sortant de sa bouche comme un dragon.

— C'est pourquoi je suis ici, à vous parler. Les gens sur le terrain. Que pouvez-vous me dire ?

— Encore une fois, combien de temps avez-vous ?

Tomek devenait de plus en plus frustré par les constants va-et-vient et luttait incroyablement fort pour ne pas lever les yeux au ciel devant l'homme. À la place, il le maudit intérieurement. Mais comme l'homme semblait déterminé à poser cette question, Tomek allait lui donner une réponse.

— J'ai environ deux minutes, lui dit Tomek. Maintenant, j'ai besoin que vous me disiez tout ce que vous pouvez dans les deux prochaines minutes avant que je n'y aille. Pensez-vous que ce soit possible ?

— Pourquoi ne l'avez-vous pas dit plus tôt ?

Parce que je ne savais pas que vous étiez si littéral.

— Colehill a repris le club il y a vingt ans, et depuis, il en soutire de l'argent. Comme... c'est quoi ce mot ? Hématome ? Hémorroïdes ?

— Hémorragie ?

— Oui. C'est ça. Il fait une hémorragie d'argent de ce club, mon club sacré et bien-aimé, et l'endette. Pendant ce temps, il prend tous les profits et laisse simplement le bâtiment et l'infrastructure s'effondrer autour de lui. Il ne paie personne, les joueurs et le personnel n'ont pas vu de chèque de paie depuis des mois, et maintenant il retarde le rachat. Il veut extraire jusqu'au dernier centime du club, et il n'en a même pas besoin. Saviez-vous qu'il a des comptes offshore où va tout l'argent ? Ouais. Un compte aux Bahamas ou quelque chose comme ça. Je ne sais pas à quoi ça sert, mais ce n'est certainement pas pour gérer un club de football. Et saviez-vous qu'il vend des parts du club à tous ses potes à Whitehall ou où que ce soit ?

Tomek ne savait rien de tout cela, mais maintenant qu'il le savait, maintenant qu'il était armé de ces informations avant sa réunion avec M. Colehill, Tomek avait hâte de lui parler.

Le seul problème qui subsistait, cependant, était de trouver un lien entre les comptes offshore et le club de football avec la mort d'Herbert Tucker.

Tomek remercia l'homme pour son temps, puis prit ses coordonnées avant de leur tourner le dos et de se diriger nonchalamment vers Sean. Il garda ses mouvements lents, et ses pieds près du sol, de peur de glisser sur la glace qui s'était formée pendant la nuit.

— Réglé ? demanda Sean alors qu'ils sortaient du froid pour entrer dans la chaleur.

— Je pense.

— Ce n'était pas trop mal pour un résumé de deux minutes.

Tomek sourit d'un air narquois. — Surtout si l'on considère que nous avons passé trente secondes à essayer de nous souvenir du mot hémorragie.

CHAPITRE
DIX-NEUF

La femme les conduisit à leurs sièges dans une petite salle d'attente qui rappelait à Tomek celle qu'il fréquentait à l'école primaire. Les sièges étaient fabriqués dans un tissu bleu rugueux et étaient la chose la plus inconfortable sur laquelle il avait eu le malheur de s'asseoir. Les moquettes étaient plissées, rigides et couvertes de saleté. Sans parler de leur odeur de pieds en sueur. Les murs et les plinthes avaient désespérément besoin d'un coup de peinture fraîche. L'ensemble du bâtiment, y compris les couloirs et autres pièces que la réceptionniste leur avait fait traverser, était dans un état lamentable. Mais après tout, si le bâtiment allait être démoli de toute façon, pourquoi se donner la peine de l'embellir un peu ?

Le seul élément de grâce dans cette salle d'attente était la machine à café Nespresso dont Tomek s'empressa de se servir. La dernière chose qu'il voulait était de donner son argent à James Colehill (sous forme de billets ou d'achats d'équipement), mais il était plus que ravi de lui en prendre.

Quelques minutes plus tard, M. Colehill était prêt à les recevoir. Alors qu'il ouvrait la porte, Tomek était en train de jeter son gobelet à la poubelle.

— Ne mettez pas ça là-dedans, s'il vous plaît, lança sèchement James.

— Où voulez-vous que je le mette ?

— Emportez-le avec vous.

— Pour le mettre dans une poubelle dehors ?

— C'est à ça qu'elles servent...

Tomek baissa les yeux vers la poubelle en plastique devant lui. — Et celle-ci sert à quoi ? À décorer ? Remarquez, c'est probablement la chose la plus colorée dans ce bâtiment.

— Super. Merci pour votre compréhension.

Premier avertissement.

James leur tourna le dos et laissa la porte de son bureau ouverte. Tomek lança à son collègue un regard d'incrédulité surprise avant de le suivre.

— Lance-le-lui à la figure, chuchota Sean en dépassant Tomek pour entrer en premier.

Faux. Tomek allait faire bien pire. Il allait lancer une attaque contre James Colehill.

Soudain, il attendait cet entretien avec plus d'impatience qu'il y a deux minutes.

En entrant dans le bureau, Tomek réalisa qu'il s'était trompé. La poubelle n'était pas la chose la plus colorée du bâtiment. Cet honneur revenait au papier peint de James Colehill. C'était un jaune et vert criard qui ressemblait à un emballage de bonbons Refreshers. Et au vu du reste du mobilier dans la pièce, on voyait clairement où était passée au moins une partie de l'argent du club de football : le bureau en acajou beaucoup trop large pour l'espace dans lequel il se trouvait ; le tout nouveau Mac posé dessus ; le trône de velours ornementé de l'autre côté. James Colehill essayait de vivre et de se comporter comme un roi, alors que les murs du château autour de lui s'effondraient.

Et il s'en moquait royalement.

Cela brisait le cœur de Tomek que des gens comme ça – égoïstes, cupides, odieux – puissent être mis à la tête d'un tel établissement sans avoir à rendre de comptes, et qu'on les laisse s'en tirer.

— Monsieur Colehill, commença Tomek. Mon collègue et moi-même–

— Cela va-t-il prendre longtemps ? l'interrompit James. J'ai quelques réunions auxquelles je dois assister bientôt.

Deuxième avertissement.

— Combien de temps avez-vous ? demanda Tomek.

— Pardon ?

— Dites-moi combien de temps vous avez, et je vous dirai combien de temps nous allons prendre. Mais j'ai le pressentiment que vous devrez peut-être reporter certaines de vos réunions, à moins que vous ne vouliez avoir cette conversation au commissariat ?

— Je n'ai rien fait de mal.

Tomek adressa un sourire narquois à l'homme qui lui faisait dresser les cheveux sur la tête de frustration. — Nous verrons bien, n'est-ce pas ?

— Dissimuler des informations dans une enquête active ne fait pas très bonne impression devant un jury, ajouta Sean. Surtout quand il s'agit de quelqu'un comme vous, James.

Colehill réfléchit un instant, saisit un stylo et commença à le faire tourner en cercles sur son bureau. — Très bien. Mais pourriez-vous m'appeler Monsieur Colehill, s'il vous plaît ?

Pas question.

— Bien sûr, James, répondit Tomek. Nous aimerions commencer par vous demander à quel point vous connaissiez Herbert Tucker ?

— Suffisamment bien.

Immédiatement, Tomek sentit que James Colehill ferait en sorte que cela soit aussi pénible et laborieux que possible. Mais c'était acceptable car ils pouvaient tous deux jouer au même jeu. Et c'était son propre temps, son temps loin de ces importantes réunions d'affaires, qu'il gaspillait.

— Depuis combien de temps le connaissiez-vous ?

— Assez longtemps. Puis James arrêta lentement de faire bouger le stylo sur le bureau. — Venez-vous de dire « connaissiez » ?

— En effet.

— À l'imparfait ?

— Exactement.

— Que... Pourquoi l'avez-vous dit comme ça ? Que s'est-il passé ?

Et alors Sean le lui annonça. Que son ami et associé était mort, assassiné, et qu'ils étaient là en son nom, essayant de trouver le responsable.

— Pour l'instant, nous essayons simplement de comprendre la vie d'Herbert, continua Sean. Quel genre d'homme il'était. Quel genre de choses il faisait. Comment il se comportait avec ceux qui le connaissaient le mieux. Ce qui a fait son succès.

— Vous pouvez trouver tout ça dans ce foutu livre qu'il a écrit.

Ah. Le livre.

— Y êtes-vous mentionné ? demanda Tomek.

— Pas du tout, putain. L'avez-vous lu ?

Tomek et Sean secouèrent la tête.

— Vous devriez. C'est hilarant, bordel. C'est la pire merde que j'aie jamais lue. Tout en branlette mais sans éjaculation, sans résultat final. On dirait que c'est écrit par un gamin de quatre ans, et le meilleur moment, c'est la fin, quand vous réalisez que vous pouvez le jeter à la putain de poubelle.

— Manifestement pas dans l'une des poubelles d'ici, fit remarquer Tomek, provoquant un léger ricanement et un sourire de Sean. James, quant à lui, ne trouvait pas ça drôle et son expression se referma. — Vous a-t-il demandé si vous vouliez y figurer ?

— Ouais ! C'est ce qui m'a le plus énervé. Il est venu un jour, m'a fait asseoir, et m'a dit qu'il écrivait un livre. Un *mémoire*, comme il l'appelait. Savez-vous d'où vient le mot mémoire ? Il vient du latin, *memoria*, qui signifie souvenir. Et savez-vous ce qui est drôle ? Ce con n'avait aucun souvenir du tout. Il ne savait pas comment les choses fonctionnaient, ni les processus par lesquels on devait passer pour conclure certaines affaires, ni même comment se déroulaient les réunions auxquelles nous assistions ensemble. Et savez-vous pourquoi ? Parce que c'était un sac à merde inutile.

Tomek se souvint de son commentaire précédent à Chey, et combien il avait peut-être un peu dépassé les bornes.

— Herbert Tucker a improvisé toute sa vie. Il a fallu le prendre complètement par la main tout au long de sa carrière professionnelle et politique, et pourtant c'est lui qui en a tiré tout le crédit. Enfin... qui *en tirait* tout le crédit.

— Donc il vous a demandé de l'aider pour le livre, vous avez fourni la majorité du contenu parce que vous l'avez aidé à arriver là où il était dans la vie, et puis il a omis de vous inclure dans ledit livre... c'est bien ça ?

— À peu près.

— Et comment cela vous a-t-il fait vous sentir ?

— Assez mal. Énervé. Je... Puis il s'arrêta alors que la réalisation se dessinait sur son visage. Il commença à agiter son doigt vers Tomek. — Je vois ce que vous faites.

— Qui est ?

— Essayer de faire croire que j'étais tellement en colère que j'ai fini par le tuer.

— Et est-ce le cas ?

— Oui ! Je veux dire, non ! Je pensais que vous vouliez savoir si j'étais en colère. Oui, bien sûr que j'étais en colère. J'étais fou, j'étais furieux. Mais je ne l'ai pas tué.

— Nous verrons bien, dit Tomek, en se tournant vers Sean pour qu'il continue.

Avant de le faire, le sergent s'éclaircit la gorge et se repositionna sur sa chaise dans une position légèrement plus confortable et autoritaire.

— Depuis combien de temps êtes-vous copropriétaires du club ?

— Ne me lancez pas là-dessus.

— Nous aimerions bien, si vous le permettez. À moins que vous ne préfériez faire cela au commissariat ?

Ça a fonctionné. Ça semblait toujours fonctionner. Comme si la menace d'aller au commissariat signifiait automatiquement qu'il allait être arrêté. Ce n'était pas le cas ; il aurait pu être arrêté n'importe où, c'était juste plus pratique et plus rapide de l'arrêter dans le même bâtiment où il passerait la nuit.

— J'ai acheté cet endroit il y a vingt-deux ans, et à l'époque j'étais un ami proche d'Herbert. Il gagnait pas mal d'argent, et il y voyait une bonne opportunité d'investissement pour lui. Il m'a donc convaincu de lui vendre une part du club pour une somme modique. Un tarif d'ami, disons. Et depuis, il a acquis de plus en plus de contrôle sur le club. Et il en a retiré de plus en plus. Il l'a saigné à blanc, et maintenant il ne reste presque plus rien. C'est lui qui a eu l'idée de le raser et de le transformer en lotissement, étant donné qu'il possède une putain d'entreprise immobilière. Et j'étais enclin à être d'accord avec lui, surtout après avoir vu combien ça allait rapporter. Mais cette nouvelle n'a pas été bien accueillie, et à cause de son statut de député et au conseil, il ne pouvait pas en être le visage, alors j'ai dû supporter le poids de toutes ces réactions négatives.

— Plus pour longtemps d'après ce que nous comprenons, dit Tomek. Les Sud-Américains viennent sauver votre peau.

James reprit son stylo. — Je ne veux pas vendre, dit-il. J'aurais aimé que nous n'ayons pas à le faire. J'aimais ce club autrefois. C'est pourquoi je l'ai acheté. Mais ça a changé au fil des ans. Je mentirais si je disais que j'ai toujours eu les intérêts du club à cœur, mais ce n'est pas le cas... plus maintenant. J'ai été aspiré dans le monde d'Herbert et maintenant nous avons traîné le club là où il est. L'arrivée des Sud-Américains, c'est comme mettre un pansement sur une jambe cassée.

— Pourquoi retardez-vous la vente ?

James hésita un moment, puis rit doucement, amusé par ses pensées. — Herbert retardait tout. Il essayait de soutirer le plus d'argent possible au consortium. Il l'a évalué bien au-dessus de sa valeur réelle, tout le monde le savait. Même moi. Et maintenant qu'il est mort, je suppose que cela va retarder encore les choses. Typique, n'est-ce pas ? On va encore me faire passer pour le méchant. Sans parler de la valeur du club qui va absolument s'effondrer, donc je n'en tirerai pas l'argent que je veux.

Il y avait quelque chose dans la façon dont James Colehill l'avait dit qui laissait entendre que *c'était* la réalisation la plus dévastatrice de ce matin. Pas que son associé était mort. Pas qu'il avait perdu un ami. Pas qu'il perdait le club qu'il avait autrefois aimé (bien que Tomek en doutât également). Mais qu'il finirait par perdre de l'argent sur la vente une fois que tout aurait été convenu.

Qu'il n'y aurait pas de voyage aux Maldives cet été.

— Où étiez-vous il y a deux nuits, James ? demanda Sean, ne laissant pas à l'homme le temps de s'apitoyer.

— Vous ne pouvez pas me demander ça. Et bon sang, c'est *Monsieur Colehill* !

Tomek et Sean échangèrent un regard qui indiquait qu'aucun d'eux ne l'appellerait par son nom de famille.

— Je suis bon ami avec le PFCC, je vous le fais savoir.

L'acronyme échappait à Tomek.

— Qui ?

— Brendan Door. Le commissaire de police, des pompiers et de la criminalité.

— Ah, *lui*. Tomek ne savait toujours pas de qui l'homme parlait. — Il ne verra pas d'inconvénient à ce que vous répondiez à une simple question, n'est-ce pas ?

James bouillonnait de fureur. À présent, il avait cessé de griffonner avec le stylo et avait commencé à le serrer fermement dans son poing.

— Je n'ai pas à répondre à quoi que ce soit si je n'en ai pas envie.

— Pas à moins que vous ne vouliez venir au commissariat. Et alors vous pourrez expliquer au PFCC pourquoi vous êtes là.

Pour la troisième fois, cette menace vide fonctionna, et James posa le stylo sur la table.

— Il y a deux nuits ? commença-t-il. Eh bien, j'étais...

Ils attendirent patiemment que l'homme réfléchisse à sa réponse.

— J'étais... J'étais...

Soudain atteint d'un bégaiement ? Souffrant d'amnésie ? D'Alzheimer ?

— Je suis presque sûr que j'étais simplement ici. J'y suis la plupart des nuits.

— Savez-vous à quelle heure vous êtes parti ?

James pinça les lèvres et inclina la tête sur le côté. — Ça devait être vers onze heures.

— Que s'est-il passé après que vous soyez rentré chez vous ?

— Je suis allé me coucher. J'étais fatigué. Je devais me lever à quatre heures le lendemain matin pour la journée suivante.

— C'est tôt, nota Tomek.

— C'est ce que vous devez faire si vous voulez réussir. Vous devez toujours être celui qui se lève le plus tôt. Plus d'heures dans la journée pour accomplir plus de choses. J'ai enseigné ça à Herbert, mais je parie que cet imbécile l'a mis dans son livre comme ses propres paroles de sagesse. Il ne saura jamais que je l'ai piqué à quelqu'un d'autre. Je suppose que maintenant, il ne le saura jamais.

Tomek n'en était pas sûr, mais il crut voir un mince sourire s'étirer sur les lèvres de James. Après avoir dit à l'homme qu'ils avaient tout ce dont ils avaient besoin de sa part, et qu'ils le contacteraient bientôt si nécessaire, Tomek et Sean quittèrent le bureau et se dirigèrent vers la voiture. Dès qu'ils sortirent, ils furent frappés au visage par un épais mur de froid et la foule de manifestants était toujours là, scandant, marchant, essayant de garder leurs corps au chaud et leurs membres de tomber. À présent, le groupe de jeunes adultes s'était déplacé, et un sentiment de paix était tombé.

Owen Braverman se précipita vers eux, traînant les pieds de peur de glisser sur la glace.

— Qu'est-ce que ce lâche avait à dire pour sa défense ?

— Pas grand-chose.

— Vous ne pouvez pas nous le dire ?

— C'est à peu près ça. Il pourrait y avoir quelques retards dans la vente du club, mais je vous conseille de continuer à faire ce que vous faites. Il partira d'ici assez tôt. Tomek posa une main ferme sur l'épaule de l'homme, lui offrit un bref sourire, puis continua vers la voiture.

Dès qu'ils furent à l'intérieur, Sean poussa le chauffage au maximum et souffla la vie dans ses doigts.

— Des réflexions ? demanda-t-il à Tomek entre deux souffles.

— Je pense que M. Colehill en savait plus qu'il ne le laissait entendre. Il y a un mobile, c'est certain, être écarté de son club de football, mais j'ai senti quelque chose d'autre aussi, expliqua Tomek. Celui qui a tué Herbert, c'était quelqu'un qu'il connaissait. Et qui de mieux que le lève-tôt qui n'est jamais rentré chez lui ?

— Je vois ce que tu veux dire. C'était un connard quand même, n'est-ce pas ?

— Un vrai connard.

Sean sourit en passant une vitesse. — Où est ton gobelet de café ?

— Je l'ai laissé dans son bureau en partant.

— Qui est le connard maintenant ?

CHAPITRE
VINGT

Nick Cleaves était un homme aux multiples humeurs. Aux multiples talents, certes. Mais aux multiples humeurs également. Bien plus d'humeurs que de talents, du moins selon Tomek. Il était célèbre au bureau, et dans tout le district policier du Sud Essex, pour ses soupirs longs et profonds. Peu importe l'occasion – bonne, mauvaise ou affreuse – Nick laissait toujours l'air chaud s'échapper de ses narines. Considérés comme agaçants par beaucoup, Tomek les trouvait emblématiques, sa signature. Il avait perfectionné l'art de dire tant de choses sans rien dire du tout.

Comme l'expression qui se dessinait actuellement sur son visage. Et la fréquence à laquelle l'air sortait de son nez.

— Les choses ne se présentent pas bien, mon vieux, dit-il à Tomek. Elle est sortie de l'hôpital depuis une semaine maintenant, ce qui est super et tout, vraiment fantastique, mais ça a été une énorme période d'adaptation pour nous. Elle, moi, Wendy. Wendy s'occupe d'elle à plein temps pendant que je m'enfuis et me cache ici.

— Personne n'a dit que tu te cachais, conseilla Tomek. Tu as un travail à faire. Une ville entière repose sur tes épaules.

Un autre soupir, plus doux celui-ci. — *Je* l'ai dit. Et je peux voir que Wendy pense la même chose. C'est juste que... la nettoyer, la nourrir et s'occuper d'elle n'est pas la partie difficile, c'est de la *regarder*. Je n'arrive pas à le faire.

Tomek choisit de ne rien dire. De laisser l'homme continuer à parler jusqu'à ce qu'il ait dit tout ce qu'il avait besoin de dire.

— C'est parce qu'elle est différente, elle a changé. Physiquement, son visage a changé, et je sais que je ne devrais pas dire quelque chose comme ça, mais c'est vrai. Elle n'est plus ma petite fille. Elle ne ressemble plus à ma petite fille. Et je ne sais pas quoi faire. C'est comme si elle n'était pas là... elle est souvent ailleurs, lente à réagir et à répondre. Les médecins ont dit qu'il n'y aurait pas de lésion cérébrale permanente, mais ils n'ont pas toujours raison, n'est-ce pas ?

Nick regarda Tomek, attendant une réponse, mais ce dernier se sentait bien trop mal à l'aise pour en offrir une et continua donc à garder le silence.

— C'est juste... les signes sont là, non ? Tu vois ce que je veux dire. Elle n'a pas *l'air* d'être complètement présente. Le trou sur le côté de sa tête est si énorme que ce n'est pas surprenant, mais je... Il baissa la tête et posa son regard sur ses genoux. Je voudrais juste retrouver ma petite fille, tu comprends ? Je me demande si je la retrouverai un jour.

Et si l'amour pour elle reviendrait un jour.

Nick n'avait pas besoin de le dire, mais Tomek savait que c'était le sentiment et le ressenti de Nick sur la question.

Après quelques instants de silence inconfortable, Tomek réalisa que Nick avait fini de parler, et que c'était maintenant à son tour d'offrir quelques conseils, quelques orientations, quelques réponses aux questions impossibles que Nick lui avait posées.

Par chance, juste au moment où il ouvrait la bouche, Nick le devança.

— Assez parlé de moi et Lucy, dit-il. Comment va Kasia ?

Tomek balança sa tête d'un côté à l'autre. — Tu sais... elle a des bons jours, des mauvais jours. Des cauchemars surtout. Beaucoup de cauchemars. Nous avons convenu tous les deux de suivre une thérapie.

— Tous les deux ?

Tomek répondit d'un simple hochement de tête. — J'en fais aussi. L'incident de Kasia et le meurtre de mon frère se confondent en un seul.

— Je suis désolé d'entendre ça.

— Ce qui me fait penser, quel est le nom de cette psy que tu m'as recommandée la dernière fois ?

— Isabel ?

Tomek haussa les épaules. — Si c'est son nom. Tu la connais mieux que moi.

— Elle est bonne, dit Nick en attrapant un stylo et du papier. Vraiment bonne.

— Peut-être que tu devrais y retourner.

Nick s'arrêta en plein mouvement et fixa la page pendant dix secondes, perdu dans ses pensées, avant de continuer. Puis il tendit le bout de papier avec les coordonnées à Tomek, qui le mit silencieusement dans sa poche. Assez avait été dit sur le sujet ; Nick ne parlerait pas avec la thérapeute. Il n'irait pas chercher de l'aide. Il gérerait cela à sa façon, intérieurement.

Alors que Tomek s'apprêtait à partir, son téléphone sonna. Un message d'Abigail, lui demandant s'ils étaient toujours d'accord pour le dîner de ce soir.

— Merde, chuchota-t-il pour lui-même.

— Quelque chose ne va pas ? demanda Nick.

— J'ai juste oublié de faire quelque chose.

— Classique. On va devoir commencer à appeler ça « Le Tomek ». On a déjà donné un surnom à ton front.

Tomek se figea, la main enroulée autour de la poignée de la porte. — Va te faire foutre. Non, vous n'avez pas fait ça.

Nick sourit. Le premier qu'il avait vu depuis un moment. — Tu connais Le Mur de *Game of Thrones* ?

Tomek le connaissait. Il le connaissait très bien. Un mur vertical impénétrable de 210 mètres de glace solide de la série à succès de HBO.

— On l'a appelé comme ça, dit Nick avec un sourire radieux.

— Si c'est le cas, alors je suis Jon Snow, Roi du Nord.

— Si ça t'aide à dormir la nuit. Personnellement, je ne pense pas que ce soit mieux que Teflon Tommy, mais je suis partial.

Tomek lutta pour réprimer le sourire qui se dessinait sur son visage. Puis dit, — Allez vous faire foutre, tous, et sortit.

Le temps qu'il retourne à son bureau, il avait répondu à Abigail disant qu'ils étaient toujours partants pour ce soir et que le lieu resterait secret jusqu'à ce qu'il vienne la chercher. Le seul problème était qu'il n'en avait pas et qu'il devait désespérément en trouver un à temps. Mais avant même qu'il puisse y penser, le DC Oscar Perez arriva en trombe vers lui.

— Bonjour, Capitaine.

— Sergent.

— Essoufflé après avoir traversé tout ce chemin ?

— C'est plus loin que tu ne le penses. Surtout quand ton seul exercice consiste à monter et descendre les marches de ton appartement.

Tomek ricana. — Vas-y alors, dit-il. Accouche.

— C'est à propos d'Herbert Tucker...

— Bon début.

— J'ai examiné ses finances.

— Ah ouais ?

— Nous avons accès à ses comptes personnels. Il a huit comptes distincts dans plusieurs banques.

— Pourquoi une personne aurait-elle besoin d'autant ? demanda Nadia, se retournant sur sa chaise pour leur faire face.

— C'est un bon moyen de cacher de l'argent, dit Tomek.

— En fait, interrompit le Capitaine, ce n'est pas du tout efficace. Les banques peuvent toujours voir ce que vous faites, et elles ont ajouté plein de couches de sécurité supplémentaires maintenant, de sorte que tous les paiements vous demandent l'objet avant d'envoyer.

Tomek leva les yeux vers l'homme depuis son siège. — Alors pourquoi en a-t-il autant, Capitaine ?

— Ce sont juste des comptes bancaires, répondit Oscar. Comme le tien et le mien. Au cas où l'un d'eux ferait faillite, il en a plusieurs autres en réserve, disons.

— De combien parle-t-on ?

Oscar se mordit la lèvre inférieure. — Oh, sa valeur nette est facilement de trente millions.

— Sympa pour certains, commenta Nadia.

— Ce n'est pas une petite somme. Tu sais à qui ça va maintenant qu'il est mort ?

— Pas encore sûr.

— Et qu'est-ce qu'il en a fait ?

— De l'immobilier. Des maisons partout dans l'Essex. Certaines qu'il semble louer, les autres qu'il garde pour les jours de pluie.

— Combien ?

— Neuf au total. L'une est son adresse résidentielle, où il vit. Deux autres ont été récemment achetées au nom de ses filles, trois autres sont louées, et les trois dernières sont juste là, à ne rien faire.

— Pour une raison particulière ?

Oscar haussa les épaules. — Aucune que je puisse déceler.

— D'accord. Qu'est-ce que ce magnat des affaires a fait d'autre avec ses finances ?

— Beaucoup. J'ai vérifié au registre du commerce et il a au moins six entreprises différentes. Ce rusé bâtard a inscrit certaines d'entre elles avec son deuxième prénom sur le registre, alors que les autres n'ont que son prénom et son nom de famille. Il a un restaurant à Leigh, une société sportive qui est liée à Southend FC, sa société immobilière, son entreprise de métaux, une offshore et une autre qui est répertoriée comme une maison d'édition.

— Son livre...

— Ouais.

— Intéressant. Et combien d'argent y a-t-il dans chacune ?

— Au total, il y a environ cinquante millions de livres d'actifs.

Tomek prit un moment pour rassembler ses pensées et traiter l'information. On voyait clairement que l'homme avait beaucoup d'argent – tellement que cela le déconnectait de la réalité, certains pourraient dire – et il savait certainement quoi en faire. C'était un homme d'affaires astucieux, Tomek devait le reconnaître. Mais si, comme l'avait indiqué James Colehill, Herbert Tucker n'était pas aussi informé qu'il le prétendait, alors il y aurait forcément des erreurs, des trous dans ses tentatives de dissimulation et de prolongation des découvertes. Il y aurait inévitablement une faille dans l'armure.

— Tu as vérifié tous les comptes ? demanda Tomek.

— Pas encore. Les comptes de l'entreprise prendront plus de temps en raison de leur nature. Quant à ses comptes personnels, j'ai fait un rapide examen.

— Des anomalies ?

Oscar sourit, le visage d'un homme qui attendait désespérément de dire ce qu'il voulait.

— Quelques trucs.

— Comme... ?

— Un retrait en espèces de vingt mille livres de sa banque en novembre, et des paiements mensuels réguliers à une femme appelée Alina Zandecka.

Sa maîtresse.

— Combien ?

— Cinq mille livres.

Tomek siffla entre ses lèvres. — Je fermerais ma gueule pour autant par mois. Sans impôts en plus.

— Qu'est-ce que tu achèterais avec cinq mille livres par mois ? demanda Chey, qui venait de saisir la fin de la conversation.

— Le but n'est pas de tout dépenser chaque mois, répondit Tomek. C'est comme ces gagnants du Loto qui gagnent dix mille livres par mois pour le reste de leur vie ; ils gaspillent tout.

— Mais que ferais-tu si tu savais que tu recevrais dix mille livres par mois pour le reste de ta vie ?

— J'achèterais autant de bonsaïs que possible. Peut-être même que je construirais mon propre petit jardin. Ou peut-être que je continuerais simplement à faire ce que je fais.

Chey eut le souffle coupé. — Tu n'arrêterais pas de travailler ?

— Non. Parce que sinon quel serait mon but ? Pourquoi me lèverais-je le matin si je ne travaille pour rien, si je ne gagne pas mon propre argent ? Je deviendrais probablement dépressif et je penserais ensuite à me suicider.

La bouche de Chey s'ouvrit légèrement, sans voix.

— J'ai un peu plombé l'ambiance, non ? Bien. Maintenant, Oscar, que disais-tu ?

— Cinq mille livres par mois.

— Ouais.

— Cinq mille livres par mois depuis quatre ans, jusqu'à il y a trois mois quand les paiements se sont arrêtés.

CHAPITRE
VINGT-ET-UN

Alina Zandecka vivait avec son fils dans un petit appartement d'une chambre au-dessus d'une épicerie à Hockley. La première impression de Tomek fut que l'appartement était à peine assez grand pour une personne, et encore moins pour deux. Le désordre et les débris, combinés aux jouets et jeux éparpillés sur le tapis bloquant le passage vers le salon, en témoignaient clairement.

Il avait fallu un peu plus d'une demi-heure à Tomek et Rachel pour atteindre ce petit village situé au nord de Southend. Circulation de midi. Heure de pointe précoce. Sans compter que c'était vendredi. Ce qu'on appelait dans la famille de Tomek le jour POETS.

Piss Off Early Tomorrow's Saturday (Casse-toi tôt, demain c'est samedi).

Il ne savait pas quand cela était devenu une mode, mais il avait remarqué que les fins de journée à midi étaient très en vogue dernièrement. Que la semaine de travail se raccourcissait pour quelques chanceux, tandis que lui et le reste de l'équipe continuaient à travailler des heures de plus en plus longues. Ça ne le dérangeait pas tant que ça. C'était surtout cette fichue circulation qu'il détestait.

Et les nids-de-poule.

Mais c'était un autre débat, et une autre conversation avec le conseil municipal, pour un autre jour.

Une fois qu'ils furent installés, Alina se rendit dans la cuisine pour leur préparer une tasse de thé à chacun, son fils calé sur sa hanche. Quelques minutes plus tard, elle revint, portant toujours l'enfant d'un bras et les tasses de l'autre. Tomek fut le deuxième à recevoir sa boisson.

Alina Zandecka avait l'air de ne pas avoir dormi depuis des semaines. Les cernes sous ses yeux étaient aussi sombres que l'atmosphère de la pièce, mais malgré cela, c'était une jolie femme. Très jolie, même. Elle était mince mais n'avait pas l'air mal nourrie. Au contraire, elle semblait avoir travaillé dur pour atteindre sa silhouette, et d'après les muscles visibles sur ses épaules et ses bras, elle ne semblait pas avoir de difficulté à porter son fils. Ses cheveux, un mélange désordonné de brun et de blond, étaient attachés avec une pince. Elle portait peu de maquillage, ce que Tomek présuma être largement dû au manque de temps. Mais elle n'en avait pas besoin. Elle lui rappelait beaucoup les top-modèles polonaises qu'il voyait souvent à la télévision polonaise.

— Votre fils est magnifique, dit Rachel en jouant avec le petit pied du garçon.

— Merci, répondit Alina, avec de la réticence dans la voix.

Elle avait un léger accent d'Europe de l'Est, mais Tomek était incapable d'en déterminer l'origine exacte.

— Quel âge a-t-il ?

— Quatre ans.

— Adorable.

Avant d'entrer, Tomek et Rachel n'avaient pas révélé la raison de leur visite. Juste qu'il s'agissait d'une affaire policière importante. Et assis face à elle, Tomek se demandait quelles pensées pouvaient traverser son esprit. Quels secrets elle craignait de voir dévoilés.

— Comment t'appelles-tu, mon chéri ? demanda Rachel en pinçant les orteils du garçon.

— De quoi s'agit-il ? lança sèchement Alina, en tirant son fils un peu plus loin sur sa hanche, juste hors de portée de Rachel.

— Herbert Tucker, répondit Tomek. Nous pensons que vous le connaissez.

— Vous... vous pourriez dire ça.

— À quel point le connaissiez-vous ?

— Je... Que lui est-il arrivé ? Quelque chose lui est arrivé ?

— Vous n'avez pas vu les informations ? demanda Tomek. Comme elle secouait la tête, il poursuivit : Il est mort, Alina.

Son hoquet de surprise fut audible, et elle porta la main à sa bouche. Puis elle tourna son attention vers son fils.

— Je ne veux pas qu'il entende ça. Est-ce que je peux... ?

— Bien sûr, dit Tomek avec un signe de tête.

Alina se leva du canapé et se dirigea rapidement vers la table de la salle à manger. La surface était couverte de dépliants, de courriers, de documents et de gobelets vides, ainsi que de restes de céréales du petit-déjeuner. Un instant plus tard, elle installa son fils sur la chaise, sortit d'un sac à proximité un iPad et un casque audio, puis le laissa s'occuper.

— Je suis désolée, dit-elle. Je ne voulais pas qu'il entende...

— Ce n'est rien. Vraiment.

Tomek était impatient de poursuivre la conversation, mais d'après sa réaction initiale, il était clair qu'elle aurait besoin d'un peu de temps.

— Quand avez-vous rencontré Herbert Tucker pour la première fois, Alina ? demanda Rachel d'une voix douce, gentille, apaisante.

Réconfortante.

— Ça doit faire environ cinq ans maintenant.

Tomek sortit son stylo et son carnet et commença à prendre des notes pendant que Rachel entamait la procédure.

— Et comment vous êtes-vous rencontrés ? Dans quelles circonstances ?

— Je... Je ne veux pas le dire...

L'intérêt de Tomek s'éveilla.

— Pourquoi donc ? demanda Rachel.

— Parce que je...

— Quelqu'un vous menace ?

Alina secoua la tête.

— Non. Non... Rien de ce genre. C'est juste que...

Alina pivota lentement sur sa chaise, se tournant vers son fils, qui était maintenant absorbé par les merveilles de son écran numérique. Quand elle leur fit de nouveau face, elle dit :

— J'en ai honte, c'est tout.

— Vous pouvez nous le dire. C'est un environnement sûr. C'est *votre* environnement, Alina. Rien ne va vous arriver ici.

Alina prit un moment pour se calmer, pesant les mots dans sa tête, les exprimant dans son regard.

— Je suis venue dans ce pays il y a six ans depuis la Lituanie. Je n'avais pas beaucoup d'argent, je ne savais pas quoi faire, mais je... je suis venue ici comme danseuse de pole dance. J'ai ensuite travaillé dans quelques bars et clubs pendant un moment, jusqu'à ce que je trouve finalement... un autre type de travail.

Tomek pressentit où cela menait.

— Je suis devenue prostituée.

Bingo.

— J'ai rencontré Herbert pour la première fois quand je suis allée dans un club. Un club pour hommes à Southend. Lui et un groupe de ses amis faisaient la fête, alors certaines des filles avec qui je travaillais sont allées là-bas. Quand je suis arrivée, ils étaient déjà assez ivres et défoncés.

— Défoncés ? Quel type de drogue ? demanda Tomek.

— De la cocaïne principalement.

— Et en avez-vous pris ?

Alina se tourna à nouveau vers son fils, répondant à la question sans avoir besoin de l'admettre.

— Ils étaient déchaînés, dit-elle. Il y en avait tellement. C'était partout.

— Combien de fois êtes-vous allée dans ce club pour coucher avec ces hommes ?

— Oh, ce n'était pas comme ça. C'était toujours Herbert. Herbie était le mien. Je n'ai jamais couché avec personne d'autre. Chacune de nous avait son propre homme...

Comme s'ils étaient des œuvres d'art précieuses et originales qui ne pouvaient être achetées, vendues ou échangées.

— Combien de fois avez-vous couché avec Herbert Tucker, Alina ?

Ses lèvres bougèrent mais aucun son n'en sortit tandis qu'elle regardait ses doigts.

— Dix ? Peut-être moins ?

— Pourquoi cela s'est-il arrêté ?

Elle répondit alors de la même manière qu'auparavant. En regardant son fils.

— Je ne sais pas comment c'est arrivé.

Tomek se souvint d'un livre qu'il avait lu une fois et qui expliquait cela clairement...

— Nous étions prudents, continua-t-elle. Je m'assurais toujours qu'il se protège.

Et Tomek s'était toujours protégé aussi. Mais il y a quatorze ans, cette même protection avait choisi de ne pas fonctionner.

— Quand je l'ai découvert, au début, je ne voulais pas lui dire. Mais les filles... elles ont dit que je devrais le faire.

— Qu'a-t-il dit quand il l'a appris ? demanda Rachel, en faisant tourner sa tasse de thé presque vide entre ses doigts.

— Il voulait que je m'en débarrasse. Il a dit que je devrais avorter. Il m'a dit qu'il paierait pour ça, qu'il connaissait quelqu'un.

C'est à ce moment-là que les larmes ont commencé à couler. D'abord doucement, mais après que Rachel se soit précipitée dans la salle de bain pour chercher du papier toilette, elles ont déferlé.

Les deux détectives attendirent qu'elle finisse avant de continuer.

— Mais vous avez refusé l'avortement, poursuivit Rachel.

Reniflant, Alina répondit :

— Je ne voulais pas. Je voulais le garder. J'avais toujours voulu un bébé. Je...

— Et puis il a commencé à vous donner de l'argent ? demanda Tomek, abordant le sujet délicat.

— Quoi ?

— L'argent. Les cinq mille livres par mois qu'il vous verse. Cet argent ?

— Comment...?

Alina renifla fortement, aspirant la morve et les larmes.

— Pourquoi vous a-t-il envoyé cet argent, Alina ?

— C'était... Je...

— C'est un espace sûr, n'oubliez pas, rappela Rachel.

Bien que même Tomek admît que ça n'en avait pas l'air.

— Pourquoi a-t-il commencé à vous donner de l'argent, Alina ? insista Tomek.

— Parce qu'il me l'a proposé, dit-elle. Je... j'étais stupide. Je ne savais pas ce que je faisais. J'avais peur. Quand je lui ai dit que je voulais le garder, il m'a menacée. Il a dit qu'il m'exposerait et me renverrait en Lituanie. Alors je l'ai menacé en retour. Je lui ai dit que j'irais voir les journaux. L'*Echo*, le *Daily Mail*. Que l'homme d'affaires chic et politicien local avait participé à des soirées sexuelles sous l'emprise de drogues avec des prostituées et en avait mis une enceinte. Alors il m'a proposé de l'argent pour garder le silence.

— Vous l'avez fait chanter ?

Elle agita son doigt vers lui.

— Pas du tout !

Sa voix monta de quelques octaves, mais cela ne suffit pas à distraire son fils de l'écran d'ordinateur.

— C'est *lui* qui *m*'a proposé l'argent. Comme je vous l'ai dit, j'étais désespérée. J'en avais besoin à ce moment-là.

Et pourtant, après quatre longues années à recevoir considérablement plus que le salaire moyen, elle vivait encore dans un endroit comme celui-ci. Cependant, plus il y réfléchissait, plus il comprenait que vivre au-dessus d'une épicerie attachée à une station-service, avec ses prix super gonflés, avait du sens.

— Mais il a continué à vous donner de l'argent, dit Rachel. Pourquoi ? Pourquoi vous a-t-il payée tout ce temps ?

Elle baissa à nouveau la tête.

— Parce que... parce que je lui ai dit que j'irais voir les médias s'il ne le faisait pas.

— Donc vous *l'avez* fait chanter ?

— Non... Mais...

Cette fois, les larmes revinrent. Cette fois, Rachel ne lui offrit aucune sympathie.

— Je devais subvenir aux besoins de mon fils. Je devais faire tout ce que je pouvais pour prendre soin de Francis. N'auriez-vous pas fait la même chose ?

Aucun des deux ne choisit de répondre à la question.

Rachel s'éclaircit la gorge et posa la tasse sur le tapis.

— Donc, récapitulons. Vous êtes venue ici et avez travaillé un peu comme danseuse de pole dance. Vous êtes allée à quelques soirées avec vos collègues, avez couché avec Herbert Tucker une dizaine de fois – *deux* poignées de fois, pour être précise – puis êtes tombée enceinte de son enfant et avez continué à le faire chanter pour de l'argent afin de garder le silence. Est-ce que j'ai oublié quelque chose ?

— Ce n'était pas comme...

Rachel la coupa d'un geste de la main.

— C'est une simple question de oui ou non, Alina. Est-ce que j'ai oublié quelque chose ?

C'était un aspect de sa collègue que Tomek n'avait jamais vu auparavant. Une flamme brûlait en elle, et il s'inquiétait de savoir où cela pourrait mener.

— Non, répondit doucement Alina. Il n'y a rien d'autre.

— Je pense qu'il y a autre chose.

— Pourquoi ?

— Parce que, sauf erreur de notre part, l'argent a cessé d'arriver il y a quatre mois, n'est-ce pas ?

La bouche d'Alina s'agita alors que son histoire se défaisait.

— Comment savez-vous... ?

— Parce que c'est notre travail, Alina. Alors je vous suggère de nous expliquer tout ce qui s'est passé et de répondre à nos questions honnêtement et complètement. Parce que nous découvrirons la vérité d'une façon ou d'une autre.

Bon sang. Rappelle-moi de ne jamais me mettre cette femme à dos.

— Pourquoi Herbert a-t-il arrêté les paiements ? Que s'est-il passé ?

Crochet gauche, crochet droit, jab, jab, jab. Les coups de Rachel étaient implacables.

— Parce qu'il a démasqué mon bluff, siffla Alina. Il en avait assez. Un après-midi, il m'a appelée pour me dire qu'il ne me donnerait plus d'argent et qu'il se fichait que j'aille voir les médias. Il en avait fini.

— Alors pourquoi n'avez-vous pas riposté ? Pourquoi n'avez-vous pas parlé à un journaliste ?

— À cause de Francis. Je ne voulais pas qu'il soit impliqué. Il a une vie. J'ai maintenant une vie. Il va à l'école. Il a des amis. J'ai des amis. Je ne veux pas que les gens nous voient différemment. Je l'ai fait pour le protéger.

— Ça ne vous a pas énervée ? Vous n'étiez pas en colère ?

— Bien sûr que j'étais en colère. Cela signifiait que je devais trouver un emploi, je n'avais plus de revenus. Maintenant, je travaille pour une compagnie de taxis, je réponds aux appels et j'organise les taxis pour les gens.

— Cela vous a-t-il mise suffisamment en colère pour le tuer ? demanda Rachel.

— Quoi ? Non !

— Où étiez-vous la nuit où il est mort ?

— Ici. Avec Francis. Nous jouions, nous apprenions. Comme la plupart des soirs.

— Quelqu'un peut-il confirmer cela ?

Elle hésita une fraction de seconde de plus que ce que Tomek aurait souhaité.

— Non. Il n'y a que nous deux. S'il vous plaît... s'il vous plaît, ne m'éloignez pas de mon petit garçon.

— Cela impliquerait que vous avez fait quelque chose de mal, dit Tomek aussi doucement qu'il put. Y a-t-il autre chose que vous devez nous dire ?

Alina tripota ses doigts, arrachant ses ongles qui, contrairement au reste de sa personne si raffinée et manucurée, étaient sales et rongés jusqu'au bout.

— Il y avait quelque chose..., commença-t-elle, incapable de lever les yeux. Après qu'il m'ait dit qu'il arrêterait les paiements, je pense qu'il a envoyé quelqu'un chez moi.

— Que voulez-vous dire par « quelqu'un » ?

— Un homme. Quelqu'un. Je ne sais pas qui. Je n'ai jamais eu l'occasion de voir clairement son visage. Mais pendant quelques jours après, j'ai été suivie par un homme, le long de la grand-rue, en voiture, sur le chemin du retour de l'école de Francis. J'ai eu vraiment peur et me suis enfermée dans la maison. Je pense qu'Herbert l'a envoyé pour m'avertir. Je pense qu'il voulait me faire savoir qu'il pouvait me faire du mal à tout moment, que j'étais toujours surveillée.

— Il vous a dit cela ?

— Non.

— Comment savez-vous que c'était lui ?

— Parce que qui d'autre cela pourrait-il être ?

Tomek ne pouvait pas contredire cela.

— Quand avez-vous vu cet homme pour la dernière fois ?

— Il a cessé après quelques semaines. Je pense qu'il a dû réaliser que je n'allais rien faire. Que j'avais trop peur.

— À quoi ressemblait-il ?

— Pull blanc. À capuche. Portant une casquette de sorte que je ne pouvais pas voir son visage. Jean noir. Corpulence moyenne. Je n'ai pas reconnu grand-chose d'autre.

Tomek prit note de la vague description de l'homme et des détails concernant la période où il suivait Alina. Ensuite, il l'informa qu'ils la contacteraient s'ils avaient besoin de quoi que ce soit d'autre. Qu'elle devrait rester dans la région.

Après avoir tout réglé, Rachel et Tomek se préparèrent à partir. En sortant, Rachel fit un signe d'adieu au petit garçon, et Tomek lui proposa un high-five. En passant devant lui, Tomek examina le visage du garçon. Il avait une ressemblance frappante avec Herbert Tucker. Les oreilles, le nez, et même l'espace entre ses yeux étaient identiques.

— Appelez-nous si vous vous souvenez de quelque chose qui pourrait être important, lança Tomek depuis le pas de sa porte.

Tandis qu'ils se traînaient vers la voiture, se protégeant contre le vent glacial qui balayait la station-service, Tomek dit :

— Rappelle-moi de ne jamais me mettre à dos.

— Pourquoi pas ?

— Parce que pendant un moment, j'ai pensé que tu étais vraiment gentille avec le fils d'Alina, mais ensuite tu t'es retournée contre elle.

— Je devais le faire.

— Et si jamais tu faisais ça à ton propre enfant...

Ils entrèrent dans la voiture. Rachel ferma la porte.

— C'est une bonne chose que je sois lesbienne alors, non ?

— Pardon, quoi ?

— Lesbienne. Je suis lesbienne. Tu ne le savais pas ?

Tomek se sentit soudainement mal à l'aise. Son visage devint rouge.

— Je suppose que je ne l'avais pas vu venir.

— Beaucoup de gens ne le voient pas. Et, à moins que je ne trouve une partenaire qui me convainque d'avoir des enfants, je ne peux pas imaginer que j'aurai quoi que ce soit à craindre bientôt, ni l'enfant non plus.

CHAPITRE
VINGT-DEUX

La dernière fois que Tomek s'était assis dans le fauteuil d'un thérapeute, il avait dix ans. Et, à sa grande surprise, ils n'avaient pas tellement changé. Les murs de la pièce où il se trouvait actuellement étaient peints du même bleu clair, fade et froid, et le mobilier était identique à celui d'il y a toutes ces années. Bon marché.

Sa thérapeute s'appelait Isabel Fox. Elle avait une vingtaine d'années avancée et un doctorat en psychologie. Après lui avoir envoyé un message plus tôt dans la journée pour prendre rendez-vous, elle avait répondu presque immédiatement, l'informant qu'elle devait partir en congé annuel pour le reste de la semaine et qu'elle pouvait les recevoir, lui et Kasia, en fin de journée. Kasia était passée en premier et l'attendait maintenant à l'extérieur de la pièce. Il était un peu plus de dix-huit heures, et Tomek était conscient de son dîner prévu dans un peu moins de deux heures.

— Je ne peux pas discuter de ce qui s'est dit entre votre fille et moi, déclara Isabel d'une voix douce, gentille, marquée par un fort accent d'Essex. Je veux juste que ce soit clair.

— Cristallin.

Comme la bague à son doigt, comme la chaîne impeccable qui pendait à son cou.

— Excellent.

Elle joignit ses mains.

— Avez-vous déjà fait quelque chose de ce genre auparavant ? Avez-vous déjà parlé avec un professionnel médical ?

Tomek lui dit que oui, et quand.

— Vous étiez très jeune. Et puis-je vous demander pour quelle raison ?

— J'ai trouvé mon frère mort dans le parc. Il avait été battu, agressé et laissé pour mort. Je devais le retrouver mais j'étais en retard. J'ai vu ses agresseurs.

Si Isabel était bouleversée ou choquée par le résumé de son traumatisme d'enfance, elle n'en montra rien. Après tout, elle avait probablement entendu de tout. Certaines histoires agréables, d'autres moins. Et probablement quelques-unes bien pires que la sienne.

— Je vois... dit-elle. Et les meurtriers ont-ils été arrêtés ?

— L'un d'eux l'a été. L'autre s'est échappé. Bien que personne ne croie qu'il existe.

— Ça semble terrible. Je suis désolée pour votre perte.

— Ne faites pas ça, dit-il en agitant la main vers elle. Vous n'avez pas besoin de faire ça. C'est bon. C'est arrivé. J'ai fait face. J'ai avancé.

Sauf qu'il ne l'avait pas fait. Et il doutait qu'il le ferait un jour. Du moins pas complètement.

— Compris.

Un petit sourire passa sur son visage.

— Comment la mort de votre frère vous a-t-elle affecté ?

— De la même façon que vous pourriez l'imaginer. De la même façon que le traumatisme de Kasia l'affecte maintenant.

— Comment cela a-t-il affecté votre relation avec votre famille ?

Tomek fit une pause. Il venait d'essayer de l'orienter vers la raison de sa venue, vers Kasia, vers les cauchemars. Mais elle insistait pour emmener la conversation dans une ruelle où il n'était pas à l'aise. Dans une ruelle qui abordait un sujet qu'il ne voulait pas aborder. La famille. C'était un sujet qui signifiait soit qu'elle était exceptionnelle dans son travail et pouvait lire entre les lignes, soit qu'une certaine adolescente de treize ans avait trop parlé lors de leur rencontre précédente.

— Je ne suis pas ici pour discuter de ma relation avec ma famille, dit-il en croisant une jambe sur l'autre. Je suis ici pour discuter des cauchemars que je fais.

— Tout cela m'aide à former une image plus large, expliqua-t-elle, mais Tomek n'était pas d'accord. C'était la même chose la dernière fois : le thérapeute essayant d'entrer dans sa tête, essayant de lui faire croire des choses qu'il ne voulait pas croire. Parler de choses dont il ne voulait pas parler.

— Je suis désolé, mais je veux savoir comment arrêter ces cauchemars.

— La meilleure façon de faire cela, Tomek, c'est d'en discuter dans un environnement où vous vous sentez détendu, où vous vous sentez à l'aise. Ressentez-vous l'une ou l'autre de ces choses ?

Il remua les fesses sur son siège.

— Pas particulièrement.

— Voulez-vous que je vous apporte un verre d'eau ?

Il réfléchit un moment.

— S'il vous plaît.

Sans rien ajouter, Isabel se glissa habilement hors de son fauteuil et le frôla en sortant de la pièce. Pendant qu'il attendait, Tomek tapait du pied à répétition sur la moquette, gardant un œil sur l'horloge. Une heure, c'est ce qu'il avait payé. Et il restait encore quarante-cinq minutes.

Quarante-cinq minutes pour lui dire ce qu'elle voulait entendre.

Quarante-cinq minutes pour lui faire croire qu'elle faisait du bon travail.

Alors qu'en réalité, il n'était là que pour Kasia. Si ses cauchemars ne s'arrêtaient pas, tant pis. Il les avait supportés pendant les trente dernières années. Quel mal feraient trente années de plus ?

Lorsqu'elle revint, il ne restait plus que quarante-quatre minutes à l'horloge.

— Où en étions-nous ? demanda-t-elle en s'asseyant derrière son bureau.

Tomek prit une gorgée d'eau, gagnant autant de temps que possible.

— Je me sens beaucoup plus à l'aise maintenant, mentit-il.

Quarante-trois.

— Super. Je suis ravie de l'entendre. Maintenant, parlez-moi de ce qui se passe dans ces rêves que vous faites ?

Et c'est ce qu'il fit. Il lui dit qu'ils survenaient au hasard, parfois plusieurs nuits d'affilée, parfois avec une semaine d'intervalle, et qu'il se réveillait souvent au milieu de la nuit, couvert de sueur. Il lui raconta que les rêves consistaient à revivre l'expérience de cette nuit-là, de la découverte de son frère mort dans le parc, de l'acide de batterie versé dans ses yeux, du sang recouvrant sa poitrine et sa chemise blanche d'écolier. Il lui expliqua comment l'image de son frère commençait maintenant à se transformer en celle de Kasia. Et qu'il ne voulait pas que cela continue.

— Ils semblent être des cauchemars très vifs, commenta Isabel. Et vous dites qu'il n'y a pas de déclencheurs ? Ou qu'il ne semble pas y en avoir ?

— Pas que je puisse penser.

— Je n'imagine pas que votre travail aide beaucoup...

Tomek haussa les épaules.

— Probablement pas. Mais je ne suis pas prêt de changer ça bientôt.

Il était délibérément obtus et il le savait. Ce n'était pas une réflexion sur elle, pas du tout, juste sur ceux de sa profession. Il aimait penser qu'il en savait plus qu'elle, que ses années de formation n'étaient rien comparées aux quarante ans qu'il avait passés à vivre dans sa propre tête. Qu'elle ne pouvait pas l'aider. Si personne n'avait été capable de le faire quand il avait dix ans, alors comment le pourraient-ils maintenant qu'il était considérablement plus âgé et que les murs du château et les barrières avaient été bien et véritablement fortifiés ?

— Vous avez dit que vous aviez parlé à quelqu'un quand vous étiez plus jeune. Parlez-moi de ça. Comment étaient ces conversations si peu de temps après l'incident ?

— Difficiles, répondit-il. Je n'ai pas beaucoup parlé.

— Comme maintenant ?

Tomek ouvrit la bouche pour répondre mais se retint.

— J'imagine.

— Et je suppose que cette personne vous a donné des mécanismes d'adaptation pour les cauchemars ? Du moins, je l'espère.

— On m'a dit de tenir un journal de cauchemars.

— Et l'avez-vous fait ?

Il hocha la tête.

— Très bien. Pour l'instant, alors, j'aimerais que vous continuiez à écrire dans ce journal. Pouvez-vous faire ça pour moi ? La tenue d'un journal peut être une façon thérapeutique de traiter un traumatisme, surtout un traumatisme aussi ancien que le vôtre. Mais je veux que vous alliez plus loin. Je veux que vous écriviez sur votre journée avant d'aller vous coucher. Et quand vous vous réveillez, je veux que vous écriviez sur ce que vous ressentez, ce qui vous rend anxieux.

— Comme si j'étais une fille de quinze ans ?

Tomek leva les yeux au ciel.

— C'est ça votre conseil ? Que je continue à faire ce que je fais alors que ça ne marche manifestement pas ?

— Non, je...

— Parce que c'est ce que ça semble être. Soit je suis incurable, et les cauchemars ne s'arrêteront jamais — ce avec quoi je suis parfaitement d'accord, soit dit en passant — soit vous n'êtes tout simplement pas très bonne dans votre travail. Et dire qu'on vous avait tant recommandée.

Tomek se leva de son fauteuil et se dirigea à grands pas vers la sortie. Il ferma la porte sur Isabel avant qu'elle ne puisse protester. Dehors, dans la salle d'attente, il trouva Kasia assise sur la chaise, la tête penchée en avant, des écouteurs branchés, son doigt balayant l'écran vers le haut à plusieurs reprises.

— Viens, lui dit-il. On s'en va.

— Déjà ?

— Il s'avère que nous avons fini plus tôt que prévu.

Vingt-sept minutes plus tôt.

CHAPITRE
VINGT-TROIS

Tomek avait eu du mal à trouver un restaurant où il n'avait pas déjà emmené une autre fille. Il était allé dans tant d'endroits avec tant d'anciennes conquêtes d'un soir que le choix de restaurants s'était presque tari. Mais ce soir, la chance était de son côté. The Oyster Bar venait d'ouvrir récemment et, d'après les conversations qu'il avait entendues au bureau, la nourriture et les critiques étaient bonnes. Mieux encore, ils leur avaient réservé la dernière table pour deux, pour lui et Abigail. C'était un petit restaurant méditerranéen familial et indépendant à Rayleigh, situé en haut de la rue principale près du Rayleigh Mount du National Trust. Le site avait autrefois abrité un château médiéval mais était maintenant devenu un havre de verdure pour la faune. On ne pouvait pas en dire autant du restaurant, cependant. Le thème et la décoration représentaient une version moderne des bâtiments blancs de Santorin, en Grèce : murs peints en blanc, sol carrelé et vignes suspendues au plafond. C'était peut-être le design le plus simple que Tomek ait jamais vu. En fond sonore, une douce musique de guitare passait dans les enceintes. L'espace intérieur du restaurant était petit, avec assez de place pour une vingtaine de personnes réparties autour de dix tables. Il était clair que les propriétaires visaient une ambiance romantique et intime, rappelant une lune de miel sur la côte grecque – en version plus abordable. Dommage qu'il n'y ait pas de vue pour compléter l'ensemble. Au lieu des eaux bleues cristallines époustouflantes de la Méditerranée et des collines imposantes s'étendant le long de la côte, Tomek avait droit à un ciel d'un noir d'encre, plusieurs réverbères miteux, des conducteurs d'Essex impatients de rentrer chez eux, et une cascade de gouttes de pluie dévalant la vitre. C'était plus Skegness que Santorin.

— Même si la compagnie n'est pas si mal, dit-il alors qu'ils levaient leurs verres de vin blanc.

Alors que le *cling* finissait son écho, Abigail répondit.

— Il nous a fallu assez de temps pour en arriver là.

— Je faisais juste mon difficile.

Ce soir, Abigail s'était habillée pour l'occasion. Elle portait des escarpins noirs et un jean ombré à jambes larges, avec un haut noir à col bénitier qui dévoilait bien plus de décolleté qu'il ne s'y attendait. Son maquillage était parfait, ses cils fournis, et des boucles d'oreilles en diamant pendaient à ses oreilles, captant les phares des voitures qui passaient. Sa tenue contrastait totalement avec la version professionnelle qu'il avait beaucoup plus vue ces dernières semaines. Et ça lui plaisait. Il ne l'avait jamais vue aussi belle. Même lors de la soirée de remise des prix où ils avaient échangé un baiser.

De son côté, Tomek avait enfilé à la hâte sa meilleure chemise bleue (qui était par chance la première qu'il avait tirée de la rangée de chemises de travail dans son armoire), un jean bleu foncé et ses chaussures les plus élégantes – une paire de Timberland. Elle avait sorti le grand jeu, tandis que lui semblait s'être habillé pour une réunion parents-professeurs.

— Tu ne trouves pas ça bizarre ? demanda Abigail.

— Oui, je pensais justement la même chose. Qui met un Dipladenia blanc dans un restaurant à thème grec ? Tout le monde sait qu'ils sont originaires d'Amérique du Sud.

Pendant un moment, Abigail ne dit rien. Elle le regarda simplement fixement, figée par la confusion.

— Ce n'est pas ce que tu voulais dire ?

— Non, bien sûr que non. Qu'est-ce que tu racontes ? Des diplodocus...

— *Dipladenia*, corrigea Tomek. Ce sont des plantes.

— C'est toi le Dipladenia. Intello. Elle lui sourit de façon séduisante en buvant une gorgée de son verre. Son regard était implacable. Je ne savais pas que tu t'intéressais aux plantes.

— Je suppose que c'est pour ça qu'on fait ça...

— Mais des plantes, entre toutes les choses possibles. Des *plantes*. Pourquoi ?

Tomek haussa les épaules. Il n'y avait jamais vraiment réfléchi.

— J'aime le fait qu'elles soient toutes différentes, qu'elles soient simples, faciles à vivre. Elles ne font pas de désordre, elles sont faciles à entretenir et elles me détendent. C'est comme avoir un sentiment de responsabilité mais sans tout le chaos et le fardeau financier qui vient avec. C'est peut-être pour ça que je suis resté célibataire tout ce temps.

Ça, et les aventures occasionnelles, les coups d'un soir et, jusqu'à récemment, la fille de treize ans qui avait atterri sur le pas de sa porte, l'empêchant de faire ce genre de choses.

— Non, tu as tout à fait raison, ce sont les plantes, acquiesça Abigail. Et ton incapacité à laisser entrer qui que ce soit.

Tomek voulait éviter cette voie de conversation, alors il orienta la discussion ailleurs.

— Allez, Mademoiselle Parfaite. Quel est ton hobby bizarre ? Pourquoi es-tu encore célibataire au jeune âge de vingt-cinq ans ?

— Trente-sept. Mais bien essayé. Elle lui fit un signe de tête avec son verre, puis dit : Je suppose que je n'y ai jamais vraiment réfléchi. Je crois qu'une partie de moi a toujours été heureuse d'être célibataire.

— Des conneries. C'est quoi ? Qu'est-ce que tu as peur de me dire ? Que tu aimes secrètement regarder des gens faire leur maquillage sur YouTube ? Parce que si c'est ça, alors on peut s'entendre. Je suis plutôt expert. Kasia a dû regarder environ mille heures de ces trucs, et maintenant je crois que je l'ai assimilé par osmose.

Abigail rit.

— Ce n'est rien de tout ça. C'est juste que je suis tellement concentrée sur mon travail que je ne me suis pas laissé le temps de me concentrer sur autre chose.

— C'est ce qui s'est passé avec Sean ?

Tomek regretta immédiatement d'avoir posé cette question. Non seulement c'était injuste envers elle de devoir justifier et expliquer sa rupture avec son ami, mais c'était aussi injuste de parler de Sean sur un sujet qu'il savait si sensible pour lui, et le faire sans qu'il soit présent était un véritable coup de poignard dans le dos.

Abigail lui rappela ce fait avec un regard de mépris et quelques mots bien choisis. Après avoir rendu la conversation légèrement gênante, l'atmosphère lourde fut rompue par le serveur qui prit leur commande. Quelques instants plus tard, le jeune homme prépubère, qui semblait encore en âge d'aller à l'école, leur apporta deux verres d'eau, un plateau de pain à partager et une autre boisson pour chacun d'eux.

La deuxième et dernière bière de la soirée pour Tomek. Il avait une fille qui l'attendait à la maison, et il n'avait pas envie de finir encastré dans un arbre sur le chemin du retour. Pendant qu'ils attendaient que leur nourriture arrive, ils poursuivirent leurs discussions, apprenant progressivement à se connaître de façon plus profonde et personnelle. Pendant si longtemps, leur relation avait été purement platonique, mais cela commençait à changer ce soir. Quelque chose bouillonnait en lui, quelque chose qu'il avait eu du mal à admettre. Une connexion, une étincelle.

Ils passèrent les vingt minutes suivantes à discuter de leurs ex-petits amis, ex-petites amies (pour elle, les deux s'étaient chevauchés pendant une phase expérimentale au début de la vingtaine), de leur vie scolaire, de leur enfance, de leurs endroits préférés à visiter quand ils étaient enfants, des histoires drôles qui les avaient rendus ainsi. Une conversation légère, insouciante, du plaisir à l'état pur. Ils avaient rompu les chaînes de leur relation et s'en donnaient à cœur joie.

Mais cela prit fin brusquement dès que la nourriture arriva. Linguine au saumon pour lui, gyros au poulet pour elle. Deux extrémités opposées de la cuisine méditerranéenne, mais tout aussi délicieuses.

— Tu as toujours voulu être journaliste ? demanda Tomek. Jusqu'à ce moment, le sujet du travail était resté non abordé. Et bien que ce soit une question anodine, Tomek savait où cela mènerait inévitablement.

— Pas particulièrement, répondit-elle. J'aimais bien l'anglais à l'école, puis j'ai obtenu un poste au magazine universitaire pendant mes études. Ensuite, j'ai réalisé que j'étais plutôt douée pour ça, alors j'ai continué depuis. Et toi, Monsieur le Policier ? Tu as toujours voulu pourchasser les méchants ?

— Plus ou moins, dit-il en haussant les épaules. Depuis tout petit.

— Comment ça se fait ?

Tomek hésita.

— Je suppose que j'aime essayer d'aider les gens, de les protéger si je le peux.

Et de les venger. Mais il n'était pas encore prêt à lui raconter cette partie. Pas alors qu'il était encore frustré par le souvenir de la mort de son frère suite à sa rencontre avec Isabel Fox.

— C'est louable, et j'ai beaucoup de respect pour toi, dit-elle. En parlant de ça...

Nous y voilà.

— Comment avance l'affaire Herbert ?

— Tu sais que je ne peux rien te dire d'autre que ce qui a déjà été communiqué.

— Pourquoi pas ? Tu as peur ?

— Non.

— Alors dis-moi.

Tomek secoua la tête.

— S'il te plaît...

Il secoua à nouveau la tête.

— J'ai déjà fait cette erreur par le passé, et la personne à qui j'ai tout raconté s'est avérée être le tueur en série.

— Tu insinues que je pourrais avoir tué Herbert Tucker, Monsieur Bowen ? Son sourcil gauche se leva de façon séduisante.

— Je me demande juste pourquoi tu t'intéresses tant à ça, c'est tout. C'est un peu inquiétant. Que dirais-tu de me dire ce que tu sais, ou ce que tu enquêtes, et ensuite je confirmerai si c'est un fait ou une fiction ?

— Je vais avoir besoin d'un autre rendez-vous avant de divulguer ce genre d'informations.

Tomek soupira intérieurement, se rappelant les paroles de Sean.

Une relation fondée sur des transactions ne semble pas être une bonne relation.

Puis il décida que cela venait probablement d'un sentiment de jalousie et d'envie.

— Tu veux déjà le noter dans ton agenda ? On n'en est qu'à la moitié du repas. Et si je te crachais dessus par accident ou renversais du vin sur ton haut blanc ?

— Alors tu devras venir chez moi pour le nettoyer.

Ce qui, au fur et à mesure que la soirée avançait, est exactement ce qui s'est produit. Mais au lieu que ce soit Tomek qui renverse le vin sur le haut d'Abigail, c'était de son propre fait. Ce qui n'avait pas empêché Tomek d'essayer délibérément.

Au moment où ils quittèrent The Oyster Bar, le restaurant était presque vide, à l'exception d'eux et d'un autre couple qui devenait si ivre qu'ils s'endormaient presque à table, entre leurs éclats de rire aléatoires et leurs disputes bruyantes. C'était un spectacle à voir, de si près, mais dès qu'ils eurent fini, Tomek et Abigail se dépêchèrent de sortir. Trop ivre pour conduire, sans parler du risque de se faire arrêter par un policier (ce qui aurait été la chose la plus ironique, Abigail insistait pour le lui rappeler), Tomek décida de leur appeler un taxi. Le premier arrêt était chez Abigail, et alors qu'il lui faisait au revoir de la main, elle l'attira hors de la voiture et dans son appartement.

— Je devrais vraiment y aller, dit-il, essayant de se dégager de son emprise.

— Allez, dit-elle. Ne sois pas si ennuyeux. Kasia est une grande fille. Elle ira bien, non ? J'avais dix ans la première fois qu'on m'a laissée seule à la maison.

Tomek délibéra, luttant avec cette décision dans son esprit. Une bonne nuit de sommeil dans son propre lit ou la perspective de sexe ? Une nuit à proximité de sa fille, ou une nuit à la laisser seule ?

Alors qu'il fermait la porte derrière lui, désinhibé par l'alcool qui tournait dans son cerveau, toutes les pensées concernant Kasia et ses cauchemars, ainsi que sa discussion plus tôt avec le thérapeute, s'envolèrent de son esprit.

CHAPITRE
VINGT-QUATRE

*J*e cours. Plus vite cette fois.

Je ne sais pas pourquoi, mais j'ai l'impression que mon sac à dos n'est pas là, comme si je courais sans lui. Mais chaque fois que je regarde en arrière, je peux le voir, rebondissant, son contenu s'entrechoquant alors qu'il me poursuit.

Je cours, mais quand j'arrive au carrefour dans la rue devant l'école, je ralentis et me mets à marcher.

Je ne vois pas la voiture qui se dirige vers moi. Celle que j'ai déjà vue mais dont je ne me souviens pas vraiment. Cette fois, elle est noire, mais dans le passé, je suis certain qu'elle a été blanche, peut-être argentée.

Je ne vois pas les phares qui s'approchent.

Mais je vois l'expression placide et neutre du conducteur lorsqu'il freine trop tard et me percute.

Mon petit corps roule sur le capot puis est catapulté au sol. Mon épaule s'écrase contre le béton, envoyant des douleurs lancinantes le long de mon bras gauche. Je veux crier, mais je ne peux pas. Je dois rejoindre Michał.

Michał m'attend.

Le bruit des voitures qui freinent brusquement me perce les oreilles tandis que je me relève et époussette la boue humide et le gravier de mon blazer d'école.

L'homme dans la voiture me demande si je vais bien, mais je l'ignore et continue vers le parc. À vrai dire, je ne sens rien. Tout est engourdi. Tout est étouffé, distant. Et alors que je cours sur le trottoir, laissant les voitures derrière moi, les sons finissent par se fondre dans le silence.

Et puis ça coupe.

Je suis debout au-dessus du corps de Michał. La pluie me fouette le visage. Il ne pleuvait pas avant. Et le vent souffle dans mes cheveux et mon manteau comme si j'étais dans une soufflerie.

Le sang s'écoule du corps de Michał. Ses yeux, ses oreilles, son nez, sa bouche. Son corps entier est couvert de ce liquide rouge. Je sais qu'il est mort. Je peux voir qu'il est mort. Mais je ne fais rien. Je ne peux pas bouger. Chaque partie de moi veut l'aider, mais j'ai l'impression que je ris, que je souris en le regardant. Riant et souriant de ce qui lui est arrivé.

À mon propre frère.

Et puis ça coupe. Vers la chambre de mon appartement.

Les lumières sont allumées, et maintenant je suis debout au-dessus de Kasia à nouveau. Trente ans plus tard. Et c'est la même chose. Sauf qu'elle est vivante. Et cette fois, je peux la sauver. Mais je ne le fais pas. Je reste juste là, cloué sur place. Le sourire sur mon visage m'effraie.

Je veux crier, je veux l'aider, mais rien ne se passe.

Pendant ce temps, elle pleure sur le lit, recroquevillée en boule, tremblante, luttant pour respirer, les liens à ses poignets et chevilles s'enfonçant dans sa chair. Son corps convulse et elle meurt lentement. Et il semble que rien ne puisse l'aider maintenant. Pas même moi.

Son père.

Et puis ça coupe.

Vers quelque chose qui ne s'est jamais produit auparavant, quelque chose que je n'ai jamais vu avant.

Il pleut dehors, fouettant le bâtiment. Je porte un costume. Noir. Tous ceux qui m'entourent sont habillés de la même façon.

Des funérailles.

Celles de Kasia.

Je me tiens devant le pupitre, parlant. Mais je n'entends pas ce que je dis. Mes mots sont inaudibles.

Des larmes coulent de mes yeux et de ceux des personnes devant moi.

Nous sommes en deuil, pleurant ensemble la perte de ma fille. Amis, famille, connaissances.

Mais ensuite j'aperçois l'assassin de mon frère au fond de l'église, se tenant là de la même façon qu'il l'avait fait au-dessus du corps de Michał. Les bras le long du corps et la tête inclinée vers l'avant, les yeux me fixant.

Et puis ça coupe.

CHAPITRE
VINGT-CINQ

Lorsque Tomek rentra chez lui le lendemain matin, l'appartement était vide. Kasia était partie tôt pour l'école, et sur la table l'attendait un mot.

Je promène Sylvia. J'ai préparé le déjeuner. À ce soir pour dîner. J'espère que tu as passé une bonne soirée.

Tomek ne savait pas pourquoi, mais dès qu'il eut fini de lire le message, la culpabilité l'envahit comme un mauvais rhume. Les mots ne semblaient pas receler de malveillance ou de mépris, mais il avait l'impression qu'elle lui en voulait pour son texto tardif, pour l'avoir laissée seule un soir de semaine et pour être parti sans l'aider à se préparer.

Il regretta instantanément la nuit qu'il avait passée avec Abigail.

Après une douche rapide (dont il avait désespérément besoin) et un changement de vêtements tout aussi expéditif, il appela un taxi pour se rendre au parking du restaurant. Une fois sa voiture récupérée, il conduisit jusqu'au commissariat, étant maintenant largement sous la limite légale d'alcoolémie.

Trente-cinq minutes plus tard, il arrivait en pleine heure de pointe. Dès qu'il mit les pieds dans le bureau, il se précipita vers la cuisine. L'expérience lui avait appris que c'était le meilleur endroit où se cacher quand il en avait besoin. C'était aussi l'endroit idéal pour faire croire qu'il était au bureau depuis des heures déjà et qu'il ne faisait que refaire le plein de caféine.

C'est-à-dire jusqu'à ce qu'il tombe sur Victoria. La pire personne qu'il pouvait rencontrer après être arrivé en retard.

— Tu avais envie de faire la grasse matinée aujourd'hui ? demanda-t-elle en mettant la bouilloire en marche.

— Tu sais comment c'est.

— Non, je ne sais pas. Je ne suis pas un homme célibataire.

Comment le sait-elle ? se demanda Tomek. Et puis il comprit. Sean. Son meilleur ami avait dû laisser échapper qu'il avait un rendez-vous galant la veille et qu'il arriverait probablement en retard au bureau. Qu'elle devrait l'attendre dans la cuisine.

Le serpent.

Un instant plus tard, la bouilloire termina son cycle, et au lieu de verser le liquide fumant dans la tasse qu'elle avait préparée, elle appuya de nouveau sur le bouton pour la remettre en marche.

— Qu'est-ce que tu fais ? demanda Tomek. Tu ne viens pas de le faire ?

Victoria regarda l'objet inanimé avec incrédulité, comme s'il venait de l'insulter.

— Est-ce que... je l'ai fait ?

— Oui. Tu le sais bien.

— Oui... c'est juste que... Tu veux dire que tu ne fais pas bouillir ta bouilloire deux fois ?

— Je ne fais rien bouillir deux fois, répondit Tomek. Je ne trempe pas non plus deux fois mes biscuits dans mon café, mais ce n'est pas important pour l'instant. Ce qui est important, c'est que tu m'expliques pourquoi tu fais rebouillir de l'eau qui a déjà bouilli ?

— Pour que ce soit chaud.

— Et ça faisait quoi avant ? Ça la caressait doucement ?

— La ferme. Ça la rend *encore plus* chaude.

— Pour que tu puisses souffler dessus plus longtemps afin de la refroidir ?

Le bouton de l'appareil émit un clic, signalant que la seconde ébullition était terminée. L'ignorant, elle souleva la bouilloire de son socle et versa le liquide brûlant dans sa tasse, puis commença à remuer le contenu.

— Quand aurons-nous un inspecteur capable de faire une tasse de thé normale ? demanda-t-il.

— Tu essaies déjà de te débarrasser de moi ?

Tomek ne répondit pas. Pas s'il ne voulait pas dire quelque chose qu'il regretterait plus tard.

— On appelait notre ancien inspecteur Tony le Tiède parce qu'il attendait toujours quelques minutes que l'eau refroidisse avant de la verser dans son café instantané, de peur de brûler le café. Alors que toi, tu t'en fiches complètement, n'est-ce pas ? Espèce d'anarchiste.

— Je pense que tu veux dire pyromane.

— Victoria « La Pyromane » Orange... ça n'a pas la même sonorité que Tony le Tiède, dit Tomek, se parlant plus à lui-même qu'à elle. Au fond de son esprit, il pensait à un autre surnom pour elle.

— Victoria la Vicieuse... Victoria le lance-flammes... Orange la Brûlante... Victoria la Torride... Tomek secoua la tête et réalisa qu'il devrait arrêter de parler. Immédiatement. Finalement, il claqua des doigts vers elle et dit : Laisse-moi réfléchir. Je vais trouver quelque chose.

— Assure-toi de le faire après avoir trouvé le meurtrier d'Herbert Tucker, d'accord ?

———

Le sujet de leur réunion suivante, à laquelle Tomek n'arriva que deux minutes en retard car il préparait son propre café, portait précisément sur le meurtrier d'Herbert Tucker.

Jusqu'à présent, depuis que Tomek était parti la veille au soir, l'essentiel du travail de l'équipe avait consisté à éplucher des dizaines de dépositions de témoins recueillies auprès de tous les employés de Tucker dans ses différentes entreprises et au sein des bureaux du conseil municipal. Il fallait interroger toutes les personnes qui travaillaient dans ce bâtiment, et Tomek était reconnaissant de ne pas avoir été chargé de cette tâche. Pendant ce temps, ils attendaient les résultats ADN du véhicule d'Herbert Tucker et l'analyse du rouge à lèvres trouvé sur sa main.

— Des nouvelles de l'enquête sur Alina Zandecka ? demanda Nick à l'équipe.

— C'est prévu pour aujourd'hui, monsieur, répondit Rachel.

— Avons-nous reçu les rapports sur ses finances, Chey ?

— Non, monsieur. Mais je pense que...

— Et pour le club de gentlemen ? demanda Nick, coupant la parole au brigadier presque immédiatement. Il était déterminé à obtenir les informations au plus vite et n'allait pas attendre que quiconque retarde l'équipe.

— Comme Rachel, monsieur, répondit Tomek. C'est sur ma liste pour aujourd'hui.

— Bien. Et qu'en est-il de...

— Monsieur, je pense que vous..., interrompit Chey, mais il fut immédiatement réduit au silence d'un geste de la main.

— Anna, que dit Nora Tucker ? Avez-vous entendu quelque chose qui pourrait nous intéresser ?

Anna se composa avant de répondre, prenant son temps car elle savait qu'elle n'en aurait pas beaucoup une fois qu'elle aurait commencé à parler. — Nora Tucker ne m'a pas donné grand-chose qui pourrait suggérer qu'elle soit complice du meurtre de son mari, *cependant*, je pense qu'elle mérite d'être surveillée.

— Pourquoi ?

— L'intuition, monsieur.

— L'intuition ?

— Oui, monsieur. Quelque chose me dit que quelque chose ne va pas.

— Vous pensez que c'est elle qui l'a fait ?

— Pas particulièrement. Je pense qu'elle pourrait être impliquée.

— Comment ?

— Je lui ai parlé de la liaison de son mari avec Sarah Jewell, et elle m'a informée qu'elle était déjà au courant. Qu'elle était... *d'accord* avec ça.

— Cela ne lui donnerait pas un mobile pour tuer son mari...

— Je sais. Mais ne trouvez-vous pas cela étrange ? Qu'elle soit heureuse que son mari la trompe régulièrement ?

— Peut-être qu'ils avaient une relation libre, ajouta Tomek. Ou peut-être qu'ils étaient échangistes.

— J'en ai entendu parler, dit Chey. Drôle de groupe de personnes.

— Mieux vaut que tu ne te retrouves pas à l'une de leurs soirées alors, répliqua Tomek. Sinon, tu devrais peut-être demander à ta mère de venir te chercher quand tu auras trop peur.

— Bon, répondit Chey. Ça suffit ! Plus de restes de biryani pour toi.

— Oh, quoi ? Mais...

— Fermez-la tous les deux, bordel, siffla Nick en soupirant profondément. Pourrons-nous un jour avoir une conversation normale sans que ça ne dégénère en putain d'anarchie ?

Tomek et Chey se regardèrent, puis haussèrent les épaules.

— Je ne pense pas, monsieur, non, répondit Tomek.

— En fait, monsieur, je pense que...

Nick coupa à nouveau la parole au constable d'un geste de la main tandis qu'il reportait son attention sur Anna. — Gardez l'oreille aux aguets. En attendant, je veux que quelqu'un examine son historique : appels, textos, emails. Tout ce qui pourrait suggérer qu'elle a essayé d'engager quelqu'un pour faire ça. Et ensuite...

— MONSIEUR !

La voix de Chey résonna dans toute la pièce, forte, autoritaire et impérieuse. Tout le monde s'arrêta, figé, leur respiration suspendue un bref instant alors qu'ils se tournaient pour observer l'expression de Nick.

Le commissaire principal semblait confus, déconcerté. Sa petite stature parut encore diminuer, et il redressa les épaules.

Puis il s'éclaircit la gorge et dit calmement : — Oui, Chey ?

— Je... je suis désolé d'avoir crié comme ça, monsieur, mais je pensais que vous voudriez entendre ceci.

— Entendre quoi, brigadier ?

— C'est à propos de Keith Ferguson, monsieur. Hier soir, j'ai parlé à sa femme. Elle m'a confirmé qu'il n'était pas rentré à l'heure qu'il avait prétendu.

— Où était-il ? demanda Nick.

— Elle ne sait pas.

— Eh bien…, dit Nick lentement. Bon travail, brigadier. Je pense qu'il est temps d'aller le lui demander nous-mêmes.

CHAPITRE
VINGT-SIX

Tomek et Rachel étaient arrivés jusqu'à l'accueil des bureaux du conseil municipal avant de découvrir qu'il n'y avait aucun Keith Ferguson à qui parler. L'homme ne s'était pas présenté au travail et, après un bref coup de téléphone à sa femme, celle-ci avait confirmé que son mari avait effectivement quitté la maison à la même heure que tous les matins. Il lui avait dit au revoir, l'avait embrassée et lui avait rappelé qu'il achèterait des œufs sur le chemin du retour. Mais il n'était jamais arrivé.

Et quelque chose dans toute cette situation avait fait comprendre à Tomek que Keith ne rapporterait jamais d'œufs.

Après avoir brièvement informé Nick et le reste de l'équipe, une équipe de recherche avait été lancée, et des dizaines d'agents en uniforme dans toute la ville avaient été mis en alerte pour un homme correspondant à sa description.

Et, un peu plus de trois heures plus tard, ils l'avaient trouvé.

L'appel était arrivé alors que Tomek était assis au bureau de Chey, en train d'analyser les données de télémétrie du téléphone de Keith. Un corps avait été retrouvé échoué sur la plage de Chalkwell. Un corps correspondant à la description de Keith. Et pour la troisième fois en deux jours, Tomek s'était retrouvé battu par les vents et la grêle qui lui martelait le visage. Le pire, c'était ses oreilles. Ces boucles de chair exposées étaient la première partie de son corps à lâcher. Il avait presque envisagé de porter des cache-oreilles, mais avait réalisé qu'il n'aurait jamais fini d'en entendre parler. Surtout après s'être moqué de Chey à ce sujet.

Une tente avait été dressée sur la plage, protégeant le corps de Keith des éléments, tandis qu'une douzaine d'agents en uniforme et de techniciens de scène de crime tournaient autour.

Tomek se dirigea directement vers la pathologiste, Lorna.

— Merci d'être venue si rapidement, dit Tomek.

— J'étais dans le coin. Je rencontrais une amie pour déjeuner. Une fille doit bien manger d'une manière ou d'une autre.

Si elle voulait dire autre chose que l'interprétation littérale, Tomek préférait ne pas le savoir.

— Que peux-tu me dire, Lorn ?

— Il est mort, ça, c'est certain.

— Bon début. Quelque chose de plus précis ?

— À vue d'œil, son corps n'a pas été exposé à l'eau salée trop longtemps, donc je dirais qu'il n'est mort que depuis quelques heures.

— Des signes indiquant une mort suspecte ?

Elle haussa les épaules et croisa les bras. — L'eau froide l'a plutôt bien conservé, et je ne vois rien d'anormal à l'extérieur, donc je dirais non pour l'instant. Mais cela pourrait changer.

— Ta meilleure estimation sur la cause du décès alors ?

— Soit il est tombé, soit il s'est avancé dans l'eau de son propre gré. Il faudra que je l'ouvre pour savoir s'il y avait de l'alcool ou autre chose dans son organisme.

Tomek réfléchit un moment, son esprit se concentrant sur le scénario le plus probable. Que la pression de l'enquête l'avait atteint. Qu'il avait quelque chose dans son passé dont il craignait qu'elle ne s'échappe dans le domaine public. Que certains de ses nombreux secrets finiraient par être déterrés du trou où ils se cachaient. Que peut-être la culpabilité d'avoir commis le meurtre d'Herbert Tucker l'avait rattrapé et qu'il n'avait vu aucune issue. Ou qu'il pensait être le prochain sur la liste et avait donc décidé d'épargner au tueur la peine en le faisant lui-même.

Toutes ces possibilités étaient envisageables. Malheureusement, l'homme ne pouvait plus le confirmer.

Après avoir décidé qu'il avait vu tout ce dont il avait besoin, Tomek remercia Lorna pour son temps et se dépêcha de retourner au bureau, loin du froid, vers la chaleur où il pourrait dégeler ses oreilles.

CHAPITRE
VINGT-SEPT

Aussitôt que Tomek mit les pieds dans le café de Morgana à Hadleigh, situé le long de l'ancienne route de Londres, il fut transporté dans un lieu d'émerveillement et de pure joie. L'arôme envahissant de bacon, de saucisses, de galettes de pommes de terre et d'œufs chatouilla les récepteurs de dopamine dans son cerveau et fit frissonner tout son corps. Cela lui rappela la première fois qu'il était venu au Royaume-Uni. Il avait cinq ans et son père avait fait découvrir à sa famille un petit-déjeuner anglais complet, quelque chose qui, selon lui, ne pouvait être perfectionné que dans le pays qui lui avait donné son nom.

Ironique donc que Morgana, la propriétaire, soit originaire d'Europe de l'Est et que sa version du plat soit bien supérieure à tout ce qu'il avait goûté dans un café britannique servant le même plat.

Tomek croisa son regard alors qu'elle filait d'une table à l'autre, et quelques instants plus tard, elle fonça vers lui.

— De retour si tôt ? demanda-t-elle.

— Je vais peut-être devoir louer une table, répondit-il.

— Je peux te faire bon prix.

Puis, avec un sourire malicieux et une petite lueur dans les yeux, elle conduisit Tomek à une table de quatre places à la périphérie de la salle. Au-dessus de sa tête se trouvait un miroir criard orné de strass. Les sièges le long du mur étaient d'un rose fluorescent tout aussi criard, fabriqués en simili cuir devenu aussi glissant que la glace après des années d'usure, et chaque fois que vous vous y asseyiez, vous risquiez de vous retrouver les fesses par terre.

Le café ne servait que de la nourriture de petit-déjeuner. De six heures du matin à onze heures du soir. Le même menu toute la journée, à l'exception que le matin, c'était à volonté. Ce n'était donc pas étonnant que le petit restaurant soit généralement rempli à craquer de clients entrant et sortant tout au long de la journée. C'était non seulement un endroit pour échapper au froid, mais aussi un lieu pour remplir son estomac et vous laisser à la fois totalement honteux et agréablement ravi. C'était un paradoxe dont Tomek avait remarqué que personne ne semblait se soucier ; ils étaient toujours prêts à entrer et à se remplir la panse, puis à recommencer à la même heure la semaine suivante, ou dans de nombreux cas, le lendemain.

Il était un peu plus de dix-neuf heures, et Tomek compta une vingtaine d'autres personnes présentes avec lui, chacune à différents stades de son repas. Certaines attendaient, comme lui. D'autres venaient de recevoir leur assiette, leur visage rayonnant de joie. Certaines ignoraient leurs proches en s'empiffrant de cette nourriture délectable. D'autres encore venaient de terminer et semblaient sur le point d'exploser.

Assis là, il se demanda quel profit l'établissement réalisait. Si cela aurait été un intérêt commercial pour Herbert Tucker. Et puis le côté détective de son cerveau s'activa et il se demanda comment ils pouvaient pratiquer des prix aussi ridiculement bas pour la quantité de nourriture qu'ils distribuaient. L'inflation et les hausses de prix auraient certainement grignoté leur résultat net et leurs marges, et le coût de la main-d'œuvre n'était pas bon marché. Il n'aimait pas penser qu'ils se livraient au blanchiment d'argent, mais parfois c'était impossible de ne pas y songer. Ces derniers mois, des chaînes de boutiques d'accessoires pour téléphones portables et de barbiers avaient ouvert le long de la grand-rue de Southend, et il était difficile de ne pas avoir la même impression. Bientôt, le centre historique de la ville ne répondrait plus qu'aux besoins de ceux qui souhaitaient soit prendre un café, soit acheter une nouvelle coque de téléphone, soit se faire couper les cheveux.

— Qu'est-ce que je peux t'apporter ? demanda une voix, distrayant Tomek de sa rêverie.

Il leva les yeux pour voir Morgana qui planait au-dessus de lui. Chaude, rougie, fatiguée. Pourtant, elle semblait avoir encore de la réserve, comme si une douzaine de boissons énergisantes et de tasses de café naviguaient dans son organisme. Et, s'il ne se trompait pas, ses lèvres semblaient plus rouges, ses cils plus fournis.

— On a une offre sur le petit-déjeuner anglais complet jusqu'à vingt heures ce soir. Dix livres.

Tomek fit semblant d'être intéressé. Bien que cela ressemblât à une offre qu'il ne pouvait pas refuser, il ne supportait pas de penser au coma alimentaire dans lequel il serait plongé pour le reste de la soirée.

— Juste un café, merci, répondit-il.

— Autre chose ?

Puis, presque comme si elle l'avait fait exprès, Abigail franchit la porte et se dirigea nonchalamment vers lui, enveloppée dans un épais manteau matelassé qui lui descendait jusqu'aux tibias.

— Tu as déjà commandé ? demanda-t-elle.

— Oui.

— Parfait. Qu'est-ce que tu as pris ?

— Un café.

— À cette heure de la nuit ? Tu vas grimper aux murs. Comme si tu en avais besoin hier soir, d'ailleurs.

Le visage de Tomek s'empourpra d'embarras.

— Je prendrai un Coca, s'il vous plaît, finit par commander Abigail.

Une fois Morgana hors de vue, Tomek s'adossa contre le coussin, reposant son bras le long du mur, et dit : « Est-ce que ça aurait compté si je t'avais amenée ici hier soir à la place ? »

— Ici ? Pour qui me prends-tu ?

— Pour quelqu'un qui connaît la bonne cuisine.

— C'est vrai. Mais non. Ça n'aurait pas été acceptable.

— C'est une bonne chose alors que ce soit notre *deuxième* rendez-vous.

Abigail se débarrassa de son manteau. Alors qu'elle luttait pour se libérer de son emprise duveteuse, elle commença enfin à réaliser ce qu'il avait dit.

— *Ça*, c'est un deuxième rendez-vous ?

Tomek hocha la tête. « Surprise ! »

Elle soupira et leva les yeux au ciel. « C'est une chance que tu sois beau gosse, Tomek. »

— Si on pouvait arrêter de parler de mon physique pendant une minute, ce serait génial. J'ai quelque chose d'important dont je veux discuter avec toi.

Ses réflexes de journaliste s'activèrent et ses yeux s'élargirent d'intrigue. « Herbert Tucker ? »

— Quelqu'un d'autre. Mais lié.

— Lié par le sang ou par une autre méthode ?

— Une autre méthode.

— Intéressant. J'ai aussi quelque chose dont j'aimerais discuter avec toi. Également une autre méthode.

Excellent. Maintenant, Tomek ne se sentait plus si mal d'avoir fabriqué un deuxième rendez-vous à partir de rien. Il l'avait fait uniquement parce qu'elle avait promis des informations pertinentes sur la mort de Tucker s'il l'emmenait pour un autre.

Avant qu'ils ne puissent commencer, Morgana revint avec le café de Tomek et un verre de Coca pour Abigail. Tomek la remercia, puis tourna son attention vers la femme en face de lui. Des images de la nuit qu'ils avaient partagée commençaient progressivement à apparaître dans son esprit comme sur un projecteur de cinéma. Des flashs de leurs corps enlacés, l'alcool dans leur système faisant tout le dialogue.

— Qu'est-ce qui te fait sourire ? demanda-t-elle.

Il ne s'en était pas rendu compte, mais ces pensées le faisaient sourire comme s'il venait de gagner au loto.

— Rien, mentit-il. Juste quelque chose de drôle que quelqu'un a dit plus tôt.

— Ça m'étonne que ce ne soit pas toi. Tu aimes te croire le plus drôle. Elle prit une gorgée de sa boisson, puis la reposa délicatement. « Tu veux commencer ou moi ? »

— On fait dans le même ordre que la nuit dernière ?

Abigail n'hésita pas à tendre le bras à travers la table et à le gifler de façon ludique sur le bras.

— Cochon.

Tomek rit tout seul, puis poussa sa tasse de café sur le côté. Il lui était déjà monté à la tête, et il pouvait sentir les synapses de son cerveau commencer à s'activer.

— As-tu entendu parler de ce qui s'est passé cet après-midi ? demanda Tomek.

— Non ? Quoi ?

Alors Tomek la mit au courant de ce qui était arrivé à Keith Ferguson. Que l'autopsie avait révélé qu'il s'était suicidé. Que dans les heures précédant sa mort, il s'était rempli d'alcool et de cocaïne durant une virée de débauche d'alcool et de drogue. Que, selon les images des caméras de surveillance que l'équipe avait réussi à recueillir, Keith s'était aventuré sur le rivage le long du front de mer, et avait pataugé dans l'eau. Que ses vêtements épais et denses étaient rapidement devenus détrempés et lourds, l'entraînant sous l'eau. Que les températures glaciales de l'estuaire de la Tamise avaient progressivement arrêté son cœur.

— Nous enquêtions sur Keith Ferguson en lien avec la mort d'Herbert. Sa femme ne pouvait pas justifier ses allées et venues. Et il s'est fait *ça* à lui-même avant que nous ayons eu la chance de l'interroger à ce sujet.

Les yeux d'Abigail s'écarquillèrent de surprise, puis elle inclina la tête sur le côté, ses cheveux retombant proprement sur son épaule. « J'ai entendu des choses à son sujet... Et elles n'étaient pas toujours particulièrement bonnes non plus. »

— Comme quoi ?

— Qu'il se retrouvait parfois dans des positions peu recommandables, avec des femmes de la nuit, si tu vois ce que je veux dire.

Alina Zandecka.

Le club de gentlemen.

Tomek avait été si occupé à enquêter sur le suicide du fonctionnaire qu'il n'avait pas encore pu s'y rendre.

— Il était connu pour marcher sur la corde raide, disons, continua Abigail. Souvent avec son nez.

— Et y a-t-il une raison pour laquelle tu n'en as jamais parlé dans tes articles ?

Loin étaient les scandales de politiciens pris dans des soirées de sexe et de drogue avec des caméras secrètes et apparaissant à la une des tabloïds quelques jours plus tard, pensa Tomek. Mais ensuite, il se souvint que l'argent parle beaucoup plus que les bouches. Et que cela expliquait parfaitement pourquoi ni Herbert Tucker ni Keith Ferguson n'avaient jamais été dénoncés pour cela.

— Ce n'étaient que des rumeurs, répondit-elle. Rien de substantiel derrière.

— N'est-ce pas ton travail d'enquêter sur les rumeurs ?

Elle hésita, apparemment mal à l'aise avec la question. « Notre rédacteur en chef a décidé qu'il y avait des choses plus juteuses à écrire. »

— Comme l'augmentation des prix du stationnement le long du front de mer ?

Elle ricana de façon ludique. « Sache que c'était un morceau de journalisme percutant. »

Tomek répondit par un ricanement et leva les yeux au ciel. Ses sens d'araignée commencèrent à le picoter.

— En parlant de journalisme percutant, commença-t-elle, se penchant plus près, baissant la voix. Je pense que j'ai peut-être quelque chose qui pourrait t'intéresser.

Tomek ne retint pas son souffle.

— Continue...

— C'est à propos d'Herbert Tucker, dit-elle.

— D'accord.

— Hier et aujourd'hui, j'ai reçu quelques appels de jeunes femmes disant qu'elles avaient été agressées sexuellement par lui lors de rencontres...

Tomek prit un moment pour absorber ce qu'elle avait dit et ses implications.

— Combien de personnes se sont manifestées ?

— Quatre.

— Et elles sont venues directement à toi ? Elles ne sont pas allées à la police ?

— Non.

— Pour accuser un homme mort de quelque chose contre laquelle il ne peut pas se défendre ?

— Eh bien...

— Je ne dis pas qu'il ne l'a pas fait, mais sans qu'il soit là pour nous raconter sa version des événements, c'est un peu louche, non ?

— Pas vraiment. Certaines de ces filles étaient adolescentes quand c'est arrivé.

— Puis-je leur parler ? Sont-elles prêtes à se présenter à la police ?

Abigail secoua la tête et serra le verre entre ses doigts fermement comme si Tomek allait le lui prendre. « Je peux demander, mais quand je leur ai mentionné cela auparavant, elles ont écarté l'idée. »

— Puis-je connaître leurs noms ?

Elle pinça les lèvres et secoua la tête.

— Alors pourquoi me le dis-tu si je ne peux rien faire à ce sujet ?

— Parce que... parce que je pensais que tu aimerais savoir.

Tomek se détourna et commença à observer les autres clients à l'intérieur du restaurant. Les rires et les bavardages accompagnaient l'arôme de graisse de bacon dans l'air.

— Ont-elles expliqué pourquoi elles l'ont gardé secret si longtemps ?

— Est-ce que ça importe ? Elles avaient peur. Leurs vies ont été détruites par quelqu'un de puissant. Sais-tu combien de courage et de force il faut aux femmes pour parler de ce genre de chose, même si c'est après toutes ces années ?

C'était un côté d'elle que Tomek n'avait pas connu auparavant. Un feu, une passion, un autre élément tenace de sa personnalité. Et il l'admirait grandement.

— Je ne conteste pas du tout cela, dit-il, prompt à se défendre. J'ai beaucoup de respect pour ces femmes et je souhaite que davantage d'entre elles se manifestent. La seule raison pour laquelle j'ai demandé, c'est parce que j'ai parlé hier avec quelqu'un qui a été payée pour garder secret son enfant illégitime avec Herbert Tucker.

Les yeux d'Abigail s'élargirent d'excitation, comme si Tomek avait accidentellement laissé échapper les codes de lancement nucléaire du gouvernement. Puis l'excitation sur son visage se fraya un chemin jusqu'à sa bouche et la manipula en un sourire ironique.

— Je pense que nous parlons de la même personne.

— Qui ? demanda Tomek, tandis que le nom d'Alina Zandecka hurlait dans sa tête.

— La femme dont tu parles. Est-elle d'Europe de l'Est ?

— Oui.

— Comment s'appelle-t-elle ?

— À toi d'abord, dit Tomek. Même ordre que la nuit dernière, tu te souviens ?

— Tais-toi, siffla-t-elle. À trois.

— Ce n'est pas l'école primai-

— Un...

— Allez, Ab-

— Deux...

Puis, au compte de trois, ils dirent tous les deux le nom d'Alina.

Ce fut un moment avant que Tomek ne parle, car il était dubitatif pour deux raisons. Premièrement, quand il lui avait parlé, elle n'avait rien mentionné à propos d'une agression sexuelle, même si elle en avait eu l'occasion en toute sécurité et dans l'intimité de sa propre maison. Et deuxièmement, elle avait attendu que Tomek ait fini de l'interroger avant d'aller à la presse.

Son inquiétude était qu'Alina Zandecka cherchait un gros gain sur une histoire qui n'était pas réelle.

— Pouvons-nous lui parler ensemble ? demanda-t-il.

— Quand ?

— Maintenant.

La délibération se jouait sur son visage.

— Ici ?

— Ou quelque part de plus calme, si tu préfères. Ta voiture ?

Heureusement, elle s'était garée plus près que Tomek, à l'avant du parking. Abigail conduisait une Fiat 500 beige, l'une des plus petites voitures dans laquelle Tomek s'était jamais assis, et lorsqu'il y grimpa, ses jambes se replièrent sur sa poitrine comme s'il était l'un des mannequins qui avaient été utilisés pour tester la sécurité du véhicule.

— Mon téléphone ou le tien ?

— Le tien, dit Tomek. Il ne voulait pas être celui qui parlerait ; il voulait être celui qui écouterait, pour entendre le craquement et la rupture dans sa voix.

Un instant plus tard, Abigail avait chargé le numéro mobile d'Alina sur son écran et composé le numéro, mettant l'appel en haut-parleur.

La mère célibataire répondit à la septième sonnerie.

— Allô ? vint la réponse. Hésitante, prudente.

— Alina ? C'est Abigail. Nous avons parlé plus tôt...

— Oh. D'accord. Oui. Est-ce que tout... est-ce que tout va bien ?

— Je pense que oui, dit Abigail. Je voulais juste te demander quelques détails supplémentaires sur ta relation avec Herbert, si ça te va ?

— D'accord.

— Et le bébé que vous avez eu ensemble... interrompit Tomek.

— Quoi ? Je ne connais pas-

— Allez, Alina... continua-t-il.

— DS Bowen, c'est vous ? Que faites-vous-?

Avant qu'Alina ne finisse sa phrase, Tomek entendit un bruit à travers le haut-parleur. Un chuchotement, dur, tranchant. Rempli de statique.

— Raccroche !

Tomek fut incapable de l'identifier.

— Alina, tu es toujours avec moi ?

— Ouais. Ouais. Je suis là.

De la panique dans sa voix maintenant ; la prudence et l'appréhension remplacées par la peur.

— Alina, raccroche ! chuchota à nouveau la voix. Cette fois-ci, elle était plus profonde, plus discernable - celle d'un homme.

— Je suis désolée, commença Alina, sa voix se brisant. Mais je dois y aller. Quelque chose est survenu. Je dois m'occuper de mon fils. Je...

Et puis la ligne fut coupée.

CHAPITRE
VINGT-HUIT

Il était un peu plus de onze heures quand Tomek est finalement rentré chez lui. Six heures plus tard qu'il ne l'aurait souhaité. C'était toutefois préférable que de ne pas rentrer du tout, comme la nuit précédente.

Montant sur la pointe des pieds les marches menant à l'appartement, il retenait sa respiration pour ne pas déranger l'immeuble et réveiller Kasia. Mais les planchers grinçants ont anéanti ses efforts.

Dans la cuisine, elle avait encore laissé une note pour lui sur le comptoir.

Dîner dans le frigo.

La deuxième note de la journée.

Cette vision lui faisait mal, le contrariait. Et la prise de conscience qu'il s'était mis en avant par rapport à elle deux fois de suite lui donna l'impression de recevoir une gifle. Était-ce à ça que se résumait désormais leur relation père-fille ? Un flot incessant de dîners manqués et de Post-it ? Ne valait-il pas mieux que sa mère qui l'avait souvent laissée seule pendant des heures pour aller chercher sa dose de drogue ? Serait-elle mieux sans lui ? Sans personne ?

Puis il réalisa que c'était une pensée absurde. Idiote. Si c'était le cas, elle se retrouverait placée dans un foyer, et il avait assez vu et vécu au fil des années pour savoir que c'était le dernier endroit où il voulait qu'elle se retrouve.

Tomek n'avait pas très faim, même s'il n'avait rien mangé au bureau ou sur le chemin du retour, alors il laissa les restes dans le frigo. Il sortit de la salle à manger sur la pointe des pieds et entra dans le couloir, passant ses doigts le long du mur pour se guider. Ils vivaient là depuis seulement quelques mois, et il s'habituait encore à la sensation du bâtiment dans l'obscurité, une préoccupation qu'il n'avait jamais eue avant l'arrivée de Kasia dans sa vie.

Sa chambre était au bout du couloir et, dans la douce pénombre, il aperçut la silhouette de sa porte. Et la fine bande de lumière jaune qui filtrait dessous.

Avec précaution, lentement, délicatement, Tomek s'approcha de sa chambre, saisit doucement la poignée et frappa légèrement avec ses phalanges. Le son était à peine audible ; s'il n'avait pas été à quelques centimètres, il doutait qu'il l'aurait entendu. Mais Kasia l'avait perçu. Peut-être était-ce son audition qui diminuait rapidement avec l'âge.

— Je ne dors pas, répondit-elle. Tu peux entrer.

Tomek ne se le fit pas dire deux fois.

Kasia était allongée en position fœtale sur son lit, la lumière bleue de son écran illuminant son délicat visage. Quand il entra, elle garda son attention fixée sur son téléphone.

— Salut... dit-il, flottant dans l'espace entre l'encadrement de la porte et le pied du lit.

— Salut.

Toujours pas de contact visuel.

— Qu'est-ce que tu fais encore debout ?

— Je n'arrive pas à dormir.

Bien sûr qu'elle n'y arrivait pas. Il le savait. Mais le silence et la gêne le tuaient.

— Comment... comment s'est passée ta journée ?

— On peut en parler demain matin ? Je suis fatiguée.

La lumière bleue de son écran scintillait et brillait dans ses yeux tandis qu'elle continuait à faire défiler vidéo après vidéo sur la plateforme qu'elle utilisait.

— Tu es sûre ?

— Ouais.

— D'accord... Tomek hésita, à moitié tourné. Je... Tu as mieux dormi la nuit dernière ?

— Pas vraiment.

— Et... et tu as suivi les conseils qu'Isabel t'a donnés ?

— Ouais.

Tomek aurait su de quoi il s'agissait s'il avait été à la maison pour en discuter. Il aurait su beaucoup plus de choses s'il n'avait pas manqué ces deux dernières soirées.

Elle était délibérément froide, et il ne méritait rien de moins. Il l'avait négligée, il lui avait fait défaut. Et elle le lui rappelait avec une douloureuse clarté.

— Je vais me coucher alors, lui dit-il. J'essaierai de rester demain matin pour te voir partir.

— C'est bon. Tu n'es pas obligé, dit-elle sans la moindre émotion ou attente dans sa voix. Comme si tout avait disparu au moment où il l'avait laissée seule la veille.

— Très bien alors, championne. À demain matin. Tu sais où me trouver si tu as besoin de moi. Il poussa la porte.

— Je t'aime, ma puce.

Puis il ferma la porte sans obtenir de réponse.

CHAPITRE
VINGT-NEUF

La première chose que je ressens est la douleur, une douleur vive et aveuglante qui me traverse le dos de haut en bas.

Puis le bruit. Le bruit d'une portière de voiture qui s'ouvre.

Suivi par la vue d'un homme qui se précipite vers moi, me demandant si je vais bien.

Je vais bien, je lui dis. Qu'il n'a pas à s'inquiéter pour moi. Que je peux me débrouiller tout seul. Que je dois rejoindre mon frère.

Michał attend. Michał attend depuis longtemps.

Je me remets péniblement debout, ignorant la douleur, luttant pour tenir correctement sur mes jambes. L'homme m'offre son soutien, mais je le repousse et me dépêche le long de la route. Je le regarde intensément en partant, comme si je voulais me souvenir de son visage, mais je n'y arrive pas. Ce n'est qu'une tache noire, floue.

C'est pareil dans le parc. Je ne peux pas voir le visage de Michał. Et ce n'est pas à cause du sang. C'est parce qu'il est aussi flou que l'homme. Je ne sais pas pourquoi c'est ainsi, mais c'est comme ça.

Et puis ça coupe.

Retour en arrière. J'entre dans le parc, regardant les silhouettes se détachant sur le fond noir de l'aire de jeux. Elles planent au-dessus du corps de Michał. L'une d'elles tient une brique. L'autre se tient à la tête de

Michał. Regardant vers le bas. Le blanc de ses dents brille dans la faible lumière.

Mais c'est tout ce que je peux voir. Le reste est flou, noir, sinistre.

Je me précipite vers eux, mais ils disparaissent rapidement, et puis ça coupe.

Vers la salle de classe. Retour en arrière encore une fois.

Mlle Cameron me parle. Me crie dessus. Debout au-dessus de moi, comme les assassins de Michał, pendant que je suis assis sur la chaise. Je garde un œil sur l'horloge, un œil sur elle. Comptant les minutes jusqu'à ce que je puisse partir.

Il est tard. Beaucoup trop tard. J'aurais déjà dû être au parc à cette heure-ci.

Et Mlle Cameron est en train de me faire la morale. Mon comportement est atroce, dit-elle. Ça m'apprendra, dit-elle. Peu importe ce que ça veut dire. Je ne fais pas vraiment attention, alors je ne sais pas.

Je dois juste rejoindre Michał. Je dois rejoindre mon frère pour qu'on puisse rentrer à la maison et dîner.

Mais plus elle me retient-

Et puis ça coupe.

À l'arrière de la voiture de police. Papa assis à côté de moi. Les policiers à l'avant. La pluie fouettant la vitre. Bruyante. Des traînées d'eau volant dans tous les sens alors qu'on file à toute allure dans les rues. Je ne me souviens pas qu'il pleuvait avant. Ça a dû surgir de nulle part, ou commencer soudainement pendant que je regardais, attendais, ne faisant absolument rien pour protéger mon frère de sa mort.

Et puis ça coupe. Vers le visage de son assassin.

Nathan Burrows.

Ce gamin de quinze ans qui a tué Michał parce que c'était amusant.

Ce gamin de quinze ans qui avait été enfermé dans une prison de haute sécurité depuis lors.

Ce gamin de quinze ans qui était resté silencieux et avait gardé secrète l'identité de son complice pendant les trente dernières années.

CHAPITRE
TRENTE

Le rêve avait été différent. Cauchemardesque. Discordant. Son esprit lui jouait des tours, et plus cela empirait, plus il ne savait pas quoi croire. Plus il se sentait désorienté. Qu'est-ce qui était réel et qu'est-ce qui était faux ? Comment pouvait-il distinguer les deux si son cerveau continuait à tout inventer ?

Il s'était agité sans repos après avoir écrit dans son journal à trois heures du matin. Il avait même envisagé de se lever et d'aller travailler, mais s'était rappelé sa conversation, ou plutôt son absence de conversation, avec Kasia. Et qu'il avait des excuses à présenter.

Quand il avait finalement quitté son lit à sept heures, il s'était préparé un café et des tartines avant de s'affaler sur le canapé, regardant distraitement le présentateur annoncer les événements du matin. Puis ce fut au tour du météorologue de le tenir informé. Un fort vent hivernal venant de l'ouest, faisant chuter les températures en dessous de zéro. Menace de pluie, de verglas, et peut-être même de neige.

Comme chaque année, donc. Gris, humide et sinistre.

Peu après, Kasia émergea de sa chambre, vêtue de sa robe de chambre, la capuche baissée sur ses yeux. À ses pieds, elle portait une paire de pantoufles et se traîna jusqu'à la salle de bain.

— Bonjour, lança-t-il, l'enthousiasme dans sa voix trahissant son état d'esprit, juste au moment où elle lui fermait la porte au nez.

Le bruit de l'eau qui coulait filtrait à travers la porte, et pendant qu'elle prenait sa douche, Tomek lui prépara une tartine et une tasse de thé. Tout était prêt et l'attendait quand elle réapparut, toujours en robe de chambre, avec pour seule différence notable une serviette enroulée autour de sa tête.

— Tu crois que l'école te laisserait entrer comme ça ? demanda-t-il doucement.

— Si seulement.

— Je parie que Miss Holloway aurait son mot à dire. Il lui tendit la boisson et le petit-déjeuner. Elle les prit et s'assit à table. Ne sors pas avec les cheveux trop mouillés. Tu vas attraper froid.

— Ça ira, dit-elle en croquant dans sa tartine, répandant des miettes sur l'assiette.

Bien sûr que ça irait. Tomek avait eu la même ignorance de la météo à cet âge. En fait, il avait probablement été pire, se croyant cool et supérieur en quittant la maison avec rien qu'un sweat à capuche léger et un jean en plein hiver. Alors qu'en réalité, c'était un appel à l'aide et à l'attention.

Tomek reconnaissait maintenant cela chez Kasia.

Dire tant de choses sans rien dire du tout.

— Écoute, à propos de l'autre soir, commença-t-il.

— C'est bon, dit-elle. Tu n'as pas besoin de t'excuser. J'y suis habituée maintenant.

— Et tu ne devrais pas l'être. Je devrais être plus souvent à la maison, je comprends ça. Je vais... je vais parler à Nick pour partir plus tôt, déléguer... certaines responsabilités.

Kasia perçut la réticence dans sa voix. — Tu n'as pas à faire ça. Je te l'ai dit, c'est bon. Va faire ce que tu as à faire. Je pourrais simplement aller chez Sylvia certains soirs au lieu de rentrer à la maison.

Cette fois, c'était au tour de Tomek de remarquer la réticence dans *sa* voix. Elle avait besoin qu'il soit à la maison. Elle n'irait chez Sylvia qu'en dernier recours.

— J'espère que tu n'auras pas besoin de faire ça, répondit-il. Mais tant que tu me dis où tu es, on n'aura pas de problème.

Un problème, comme si elle n'avait pas le droit d'aller chez son amie.

Ça se passait horriblement, pire que prévu. Il ne disait pas exactement les mauvaises choses. Mais il ne disait pas non plus les bonnes. Il avait pensé pouvoir s'excuser, qu'elle l'accepterait, et que la conversation serait terminée. La voie facile. Mais ce n'était pas ainsi que fonctionnait l'esprit d'une adolescente. En ce moment, si elle lui ressemblait ne serait-ce qu'un peu, elle devait se sentir comme si elle était le problème, comme si elle avait fait quelque chose de mal, comme s'il rentrait tard pour l'éviter, pour se soustraire à ses responsabilités de père dès qu'elle avait besoin d'aide. Qu'il l'avait négligée à cause *d'elle*. Que c'était de sa faute, qu'elle l'avait mérité. Que c'était elle contre le monde entier.

Du moins, seulement si elle lui ressemblait.

Et si le test ADN qu'ils avaient fait était fiable, il y avait 99,9 % de chances qu'elle soit *exactement* comme lui.

Le seul problème, c'était de savoir quoi faire, parce qu'il n'en avait absolument aucune idée. En ce moment, il avait l'impression d'avoir les compétences parentales d'une amibe, et tout sens du rationnel, et l'utilisation de son expérience, bien que limitée, s'était envolée par la fenêtre.

Finalement, il promit qu'il ferait mieux, qu'il rentrerait tôt quand le travail le permettrait et qu'il mettrait sa relation avec Abigail en pause pour le moment.

— Tu n'as pas à faire ça, vraiment, répondit-elle. Je trouve ça bien que tu voies des gens. Tu pourrais avoir quelqu'un dans ta vie.

— J'ai déjà quelqu'un dans ma vie.

Dès qu'il la pointa du doigt, elle roula des yeux et soupira profondément avec le grognement d'une adolescente à qui on venait de demander de faire quelque chose qu'elle ne voulait pas.

— Ce n'est pas ce que je voulais dire. Quelqu'un avec qui tu peux créer des liens. Quelqu'un avec qui tu peux rire. Est-ce que tu fais l'une de ces choses avec elle ?

Tomek repensa à son rendez-vous avec Abigail - *ses rendez-vous*, maintenant au pluriel. Il songea à la connexion qu'ils partageaient. Qu'elle soit faible ou non (bien qu'elle aurait pu être en désaccord), elle était bien là. Tout comme le rire.

— Je pense, oui, répondit-il.

— Bien. Alors ne laisse pas ma présence entraver ça. Je veux que tu sois heureux.

— Et je veux que tu sois heureuse aussi.

Ce qui n'avait pas été le cas ces dernières semaines.

— Comment as-tu dormi la nuit dernière ? demanda-t-il.

— Bien.

— Pas de cauchemars ?

— Non, répondit-elle. Et toi ? Des cauchemars ?

— Non, répondit-il. J'ai dormi comme une souche.

Mais tous deux savaient que l'autre mentait.

CHAPITRE
TRENTE-ET-UN

Tomek commença sa journée de travail en se préparant un café. Exactement en même temps que Victoria. Encore une fois.

— Tu as réfléchi à ce surnom pour moi ? demanda-t-elle en entrant dans la cuisine, une pointe d'espièglerie dans la voix.

— Merde ! Pas encore. J'y travaille toujours. Mais attends, tu n'avais pas dit que je devais d'abord attraper un tueur ?

— Tu n'as pas encore fait ça non plus ? Son sourcil se leva tandis qu'elle serrait sa tasse entre ses mains pour se réchauffer.

— Touché, Victoria. Touché.

Il attendit qu'elle soit partie avant de préparer sa boisson. Alors qu'il la portait à son bureau, il fut agressé par Anna, qui avait surgi de l'autre côté de la pièce avec une telle force qu'il renversa du café sur sa main et sa manche.

— Jésus, Marie, fils de putain !

— *Kurwa mać* ! dit-elle. *Bardzo przepraszam* !

Tomek était trop occupé à trouver un endroit où poser sa tasse et à essuyer sa main brûlée par le liquide bouillant pour l'entendre.

— Je suis vraiment désolée, continua-t-elle.

— Ce n'est rien. C'est juste une légère brûlure au troisième degré. Rien d'inquiétant. Comment puis-je t'aider ?

— Quelqu'un est là pour te voir.

Tomek s'arrêta, se composant avant de perdre son sang-froid. — Tu n'aurais pas pu me le dire de l'autre côté du bureau ou par un rapide coup de fil, non ?

— *No tak*, mais...

— Nom de Dieu, ça fait mal.

Avant qu'il ne puisse protester, Anna le poussa dans la cuisine et plaça sa main sous un robinet d'eau froide. Trente secondes plus tard, sa main était engourdie, mais la douleur pulsait toujours.

— C'est quelqu'un d'important ? La Reine ?

— Elle est morte, Tomek.

— Désolé. C'est vrai. J'oublie toujours.

— Non, ce n'est pas quelqu'un comme ça. Mais c'est quelqu'un qui te demande spécifiquement.

— Ce n'est pas encore une gamine de treize ans, j'espère ?

Anna gloussa, mais son rire s'évanouit dès que Tomek tenta de retirer sa main du robinet. Elle était étonnamment forte pour sa taille et parvint à le ramener instantanément sous le torrent d'eau glacée.

— Doucement, putain ! Mes os sont fragiles. Serre un peu plus fort et tu pourrais les briser.

— Arrête de faire ta diva. Mon enfant de quatre ans est plus coriace que toi.

— Tant mieux pour ton enfant de quatre ans, mais...

Tomek essaya à nouveau, mais en vain ; elle le ramena et cette fois lui serra la main plus fermement. Il choisit de ne rien dire. Leçon apprise à la dure.

— Qui est venu me voir ? demanda-t-il.

— Un certain Terrence Toffolo.

Tomek grimaça.

— Pauvre type. Ses parents devaient vraiment le détester.

— Et je parie qu'il n'est probablement pas très fan d'eux non plus, répondit Anna avant de finalement le laisser partir.

Terrence Toffolo était aussi pompeux et obtus que Tomek l'avait imaginé. Il avait la cinquantaine et semblait tout droit sorti de la campagne. Il portait une veste de chasse en tweed par-dessus un gilet en polaire et une chemise à carreaux bleus et verts bien ajustée. Sur sa tête, il arborait une casquette plate vert clair (le surnom « Toff à la Casquette Plate » vint immédiatement à l'esprit de Tomek), et sur le bas du corps, un jean bleu foncé avec une ceinture en cuir marron. La seule chose qui manquait pour compléter l'ensemble était son fusil de chasse.

L'expression sur le visage de Terrence Toffolo, si son nom et sa tenue ne suffisaient pas déjà, suggérait qu'il pensait que son statut était plus élevé qu'il ne l'était réellement ; qu'il avait de meilleures choses à faire de son temps.

Étrange, considérant qu'il était celui qui était venu parler à Tomek.

— Monsieur Toffolo, commença-t-il, en se penchant en arrière sur sa chaise. Merci d'être venu nous parler. Si j'ai bien compris, vous m'avez demandé directement. Mais, pardonnez-moi, je ne crois pas que nous nous soyons déjà rencontrés ?

— Pas à ma connaissance. Et j'ai généralement une bonne mémoire des visages.

— Essayez de rencontrer autant de personnes que moi..., dit Tomek avec légèreté, mais sa légèreté n'atteignit pas l'expression morne et misérable de Terrence. — Je crois comprendre également que vous connaissiez M. Herbert Tucker...

— Oui.

— Et c'est pour cela que vous êtes ici ?

— Oui.

Bon sang, c'était d'une lenteur insupportable. Et ils n'avaient même pas encore commencé.

Tomek pressentait qu'il allait rester là un bon moment.

— D'accord. Parfait. Il sentait que Terrence drainait l'énergie de sa voix comme une sangsue. — Et pourriez-vous m'expliquer pourquoi vous êtes venu ?

— J'ai quelque chose à vous dire.

— Super. Je vous écoute.

Pendant un long moment, l'homme ne dit rien. Il se contenta de fixer

Tomek. Et Tomek se demanda si Terrence était en panne, si le moteur de son unité centrale avait cessé de tourner.

— Il n'y a pas de façon simple de dire cela...

Putain de merde. Accouche.

— Avez-vous déjà entendu mon nom auparavant ?

Tomek secoua la tête. — Je suis encore pire avec les noms qu'avec les visages.

Demandez à n'importe laquelle des femmes avec qui j'ai été.

— Devrais-je le connaître ?

— Cela dépend de qui vous connaissez. J'étais une personne influente... il fut un temps.

Tomek réprima l'envie de dire : « Tant mieux pour vous. »

— J'ai travaillé avec Herbert Tucker quand il est devenu politicien. J'étais l'un de ses mentors. Nous avions également collaboré sur quelques projets auparavant, mais mon domaine a toujours été la politique.

Tomek hocha pensivement la tête en écoutant.

Mentor. Politique. Affaires. Les mémoires. Les échos des paroles de Keith Ferguson résonnaient dans l'esprit de Tomek.

— Je suis venu ici pour laver mon nom, poursuivit Terrence. Je veux que vous sachiez que je n'ai rien à voir avec le meurtre d'Herbert.

C'était exactement ce que dirait quelqu'un qui aurait quelque chose à voir avec le meurtre.

— D'accord...

— Je suis ici pour laver mon nom. Il y a des choses que vous savez déjà sur moi, et des choses que vous apprendrez. Je préférerais que vous les entendiez de ma bouche.

Tout cela était très étrange, très déroutant. Tomek ignorait encore si c'était intentionnel.

— Je suis également ici pour laver le nom d'Alina Zandecka.

D'accord, maintenant ils avançaient.

— Quelle est votre relation avec Alina ? demanda Tomek.

Avant de répondre, Terrence s'éclaircit la gorge et porta sa main à sa bouche, ses mouvements lents, calculés. — Puis-je avoir de l'eau s'il vous plaît ?

L'enfoiré. Bien sûr qu'il voulait de l'eau. Il tenait Tomek dans le creux de sa main et il comptait l'y garder aussi longtemps que possible.

Quelques minutes plus tard, Tomek revint avec une bouteille en plastique. Un demi-litre pour que ce petit salaud ne se plaigne pas d'en vouloir davantage toutes les trente secondes.

— Je vous en prie, continuez, dit doucement Tomek. Alina Zandecka... comment la connaissez-vous ?

— Je l'ai rencontrée pour la première fois au club.

— Les Sept de Southend.

— Oui.

— Comment avez-vous rencontré Alina là-bas ?

— Elle a été... elle a été amenée un soir. Elle était censée danser pour nous, mais ensuite nous avons découvert qu'elle et ses amies étaient prêtes à faire plus... Herbert, je dois préciser que c'est Herbert qui leur a offert de l'argent en échange de services sexuels en premier. Cela a établi un précédent pour ce qui était attendu et ce qui allait suivre.

— Donc, vous avez couché avec Alina ?

— Pas au début, non. C'était lors de notre troisième rencontre. À ce moment-là, chacun d'entre nous avait été assigné à une fille. Elles venaient deux, trois fois par semaine, et nous couchions avec elles. Mais j'avais toujours eu Alina dans mon collimateur. Elle était douce, polie, élégante. Elle possédait quelque chose qu'aucune des autres filles n'avait : de l'ambition et de la détermination. Elle avait immigré dans le pays et cherchait une vie meilleure pour elle-même. Puis, après plusieurs semaines, elle et moi avons couché ensemble. Chez moi. Et nous avons lentement commencé à tomber amoureux.

— Et sa relation avec Herbert ?

— Elle a continué. Par intermittence. Plus off, que on.

— Et puis elle est tombée enceinte, n'est-ce pas ? demanda Tomek.

Une lueur de choc apparut sur le visage de l'homme. — Oui. Herbert pensait que c'était le sien...

— Mais c'était le vôtre...

— Oui.

— Et vous l'avez laissé croire que c'était le sien pendant toutes ces années ?

— Oui.

— Vous avez continué à le soudoyer en échange de son silence ?

— Oui.

— Pourquoi ? Vous étiez un politicien, un homme d'affaires, vraisemblablement riche. Pourquoi aviez-vous besoin d'argent ? Ou est-ce que le tweed et la casquette plate ne sont qu'une façade ?

Pour un homme qui était soi-disant venu laver son nom, Tomek ne pensait pas qu'il avait réalisé à quel point ce nom avait besoin d'être lavé au départ.

— Peu avant tout ce qui s'est passé avec Alina et Herbert, avant qu'il ne la menace pour qu'elle avorte, j'avais perdu mon emploi.

— Pourquoi ?

— Voyez-vous, ce que je ne vous ai pas dit, c'est que, pendant cette période, je consommais beaucoup de cocaïne.

Tomek n'était pas surpris de l'entendre. Mais il se demandait ce que l'homme ne lui disait pas encore.

— Alors quoi ? Tucker a découvert que vous preniez de la drogue et vous a viré de l'équipe ?

Pour la première fois, l'extérieur robotique céda la place, et le visage de Terrence se plissa.

— Nous en prenions tous à l'époque. De la cocaïne presque tous les jours. Ça nous aidait à fonctionner. À un certain moment, nous savions à peine que nous en prenions encore. Mais moi... je suis devenu accro. Je suis devenu gravement accro. Et puis ça a empiré progressivement. Je ne pouvais pas fonctionner sans ça. Je ne pouvais pas dormir, je ne pouvais pas parler. J'ai été transporté d'urgence à l'hôpital plusieurs fois. J'étais un désastre. Et Herbert, après m'avoir trouvé dans le club, m'étouffant dans ma propre salive, m'a forcé à partir. Il m'a dit que ce serait à l'amiable, que ce serait une sortie rapide et silencieuse, mais il me voulait hors de l'équipe. Il ne pouvait pas avoir quelqu'un comme moi là-dedans, nuisant à sa crédibilité, et avec la possibilité que mon histoire éclate au grand jour planant au-dessus de lui, il n'en voulait rien. J'ai essayé de lutter contre tout ça : l'addiction, et aussi la décision, mais rien n'y a fait. Herbert voulait être le grand chef. Il voulait être l'alpha.

— Donc il ne voulait pas du bébé, et il ne voulait pas du poids mort ?

Si les mots choisis par Tomek avaient offensé Terrence, il n'en montra rien. Peut-être était-ce un mot qu'il avait utilisé pour se décrire lui-même par le passé.

— Ce qui signifie que vous et Keith Ferguson étiez les petits derniers de la portée ?

Terrence demanda comment Tomek connaissait l'autre policien. Tomek répondit, puis expliqua que l'homme était mort.

— Suicide.

Terrence baissa la tête dans un bref moment de solennité et de chagrin.

Après avoir laissé l'homme faire son deuil pendant une minute, Tomek continua. — Donc il s'est débarrassé de vous dès qu'il a su que vous alliez être un problème. Est-ce pour cela que vous et Alina l'avez soudoyé, Terrence ?

— C'est *lui* qui était prêt à nous payer.

— Vous confirmez que vous avez aussi reçu votre part ?

Le hochement de tête était subtil mais perceptible. — Ces quatre dernières années, nous avons tous les deux reçu l'argent. Dix mille livres par mois.

C'était plus du double du salaire de Tomek. Beaucoup plus.

Et dire que ça aurait pu être le sien s'il avait simplement couché avec un politicien d'âge mûr ou pris des quantités copieuses de cocaïne et d'autres drogues de classe A.

Peut-être dans une autre vie.

— Merci de m'avoir dit tout cela, dit Tomek. Mais je ne vois pas en quoi cela blanchit votre nom.

— Que voulez-vous dire ?

— Tout ce que vous avez fait, c'est me dire que vous preniez beaucoup de drogues, couchiez avec des prostituées, et receviez ensuite de l'argent pour acheter le silence d'un ancien collègue. Rien de tout cela ne vous couvre de gloire, Terrence, et vous ne m'avez pas dit où vous étiez la nuit où il est mort.

— J'étais chez moi. Avec Alina. Nous partageons l'appartement.

— Donc je présume que c'était vous au téléphone hier soir ?

Terrence se tortilla inconfortablement sur son siège.

— Je... je...

— Est-ce vous qui lui avez dit d'aller voir la presse ?

— Je... balbutia Terrence.

Pour quelqu'un de si doué pour parler, et pour prolonger les conversations quand cela l'arrangeait, il avait du mal à répondre à une simple question par oui ou par non.

— Est-ce qu'Herbert a agressé sexuellement Alina, Terrence ?

— Ce que vous devez comprendre...

— L'avez-vous forcée à dire ça, Terrence ?

— Non, je... C'est vraiment arrivé ! Elle avait juste besoin d'être convaincue, c'est tout.

— Pourquoi ne lui avez-vous pas dit de venir voir la police, comme vous le faites maintenant ? Est-ce parce que vous saviez que nous découvririons la vérité ?

— Pas du tout. Je...

— Que s'est-il passé ? Papa a coupé l'approvisionnement en argent alors vous avez pensé obtenir un dernier paiement de la presse ? Et vous saviez que vous l'obtiendriez parce qu'un homme mort ne peut pas se défendre ?

— Non ! Ce n'est pas du tout ce qui s'est passé !

— Cela vous a-t-il mis en colère quand il vous a congédié ? Est-ce que c'est ça, la vengeance ? Quatre ans en préparation...

Terrence frappa la table de sa grosse main trapue. Le bruit faillit crever les tympans de Tomek et le fit sursauter, bien qu'il espérait que ce n'était pas évident.

— Vous inventez des choses maintenant. Vous fabriquez des choses qui ne sont pas réelles.

— J'essaie de résoudre une enquête pour meurtre.

— Exactement, et c'est ce que j'essaie de vous aider à faire.

— En vous dénonçant ?

Un long silence s'installa entre eux tandis que Terrence se ressaisissait. Il se brossa et rajusta sa casquette, bien qu'elle fût toujours de travers quand il la lâcha. Tomek jeta un coup d'œil à la bouteille d'eau posée sur la table à l'endroit exact où il l'avait laissée. L'enfoiré n'en avait même pas bu.

— J'ai des informations qui pourraient vous intéresser, répondit calmement Terrence, plus fort maintenant, avec plus de détermination dans sa voix et sa posture.

— Bien, dit Tomek, légèrement dubitatif. Faites vite, s'il vous plaît.

— J'ai des noms. Des Sept de Southend.

— D'accord.

— Voulez-vous les entendre ?

Pas encore ça.

— Oui, s'il vous plaît. Rapidement, si cela ne vous dérange pas.

L'expression sur le visage de Terrence suggérait qu'il avait réalisé qu'il n'avait plus le pouvoir dans la conversation, que c'était maintenant Tomek qui l'avait, et il semblait résigné à ce fait.

— Je ne sais pas qui vous cherchez, ou à qui vous essayez de parler, mais si quelqu'un a tué Herbert Tucker, c'est l'un de ces hommes...

CHAPITRE
TRENTE-DEUX

— C'est profondément inquiétant. Vraiment profondément inquiétant.

Nick fixait depuis plus de cinq minutes la liste de noms presque illisible que Tomek avait griffonnée sur un morceau de papier. Puis il l'a transmise à Victoria, qui a pris tout autant de temps pour l'assimiler.

— Je pense que nous devons jouer cette carte avec beaucoup de prudence, commença Nick avec un soupir. En fait, je ne sais même pas comment nous allons nous y prendre.

— J'ai quelques idées, dit Tomek, incapable de contenir son sourire.

— J'en suis certain.

Les noms sur la liste étaient vraiment inquiétants. Des hommes importants et influents dans la communauté locale avaient fait de mauvaises choses. Des hommes au sommet de la chaîne alimentaire. Et s'ils venaient à tomber, impossible de savoir quelle destruction cela pourrait causer tout en bas.

Du moins, c'était l'inquiétude de Nick.

Pour Tomek, il s'en fichait. Il était simplement excité par la perspective de mettre quelques hommes très puissants face à lui et de découvrir ce qu'ils savaient. Et, avec un peu de chance, peut-être en envoyer un ou deux derrière les barreaux. Là où ils méritaient d'être.

Après sa rencontre avec Terrence, Tomek avait fait appel à Martin pour prendre une déposition détaillée, ce qui signifiait que l'homme devait tout répéter officiellement, une tâche que Tomek était reconnaissant de pouvoir déléguer à un subalterne. Pour l'instant, Terrence Toffolo devait rentrer chez lui, rester dans le pays et être joignable si la police avait besoin de lui parler. Il restait tout à fait suspect, ne serait-ce que pour ses choix vestimentaires déplorables, mais pour l'instant, l'équipe avait de plus gros poissons à pêcher.

Ou plutôt, des *requins*.

— Est-ce grave que je ne connaisse aucun de ces noms ? demanda Victoria en attrapant son téléphone.

— Ça dépend à qui vous posez la question, répondit Tomek. Si vous leur demandiez, je suis sûr que leur ego en prendrait un coup, mais si vous demandiez à n'importe quel quidam dans la rue, je ne pense pas qu'il les connaîtrait non plus. C'est probablement comme ça qu'ils ont réussi à passer sous le radar. Mais si ça peut vous consoler, j'ai dû les chercher sur Google moi-même.

Victoria posa délicatement la liste de noms sur la table, comme si elle avait peur de la déchirer en deux si elle le faisait trop brusquement.

— Qu'est-ce qu'on va foutre ? Nick passa sa paume sur sa tête comme s'il la frottait pour avoir de la chance. Je... je connais ces gens. J'ai travaillé étroitement avec eux. Surtout... surtout lui.

Nick pointa du doigt le premier nom sur la liste.

Brendan Door.

Le Commissaire à la Police, aux Pompiers et à la Criminalité d'Essex. L'un des plus hauts responsables policiers de la région de Southend. Accusé de faire la fête, de se droguer, de coucher avec des prostituées. Et possiblement d'avoir tué un homme.

Avec les autres hommes sur la liste.

Anthony Arnold, l'un des meilleurs avocats du service des poursuites judiciaires de la Couronne, responsable de l'incarcération de dizaines de criminels, des trafiquants de drogue aux meurtriers.

Gregory Chaplin, maire de Southend.

James Colehill, président du club de football de Southend United.

Richard Stafford, un homme qui figurait sur la liste des personnes recherchées par l'équipe antidrogue depuis aussi longtemps que Tomek puisse se souvenir, pour avoir dirigé l'une des plus grandes opérations de drogue de la ville, mais qui avait toujours réussi à échapper à la capture.

Et le dernier nom sur la liste avait préoccupé Tomek plus que tout.

John Mullen, rédacteur en chef du *Southend Echo*, le journal pour lequel Abigail écrivait.

Maintenant, ça expliquait pourquoi on lui avait demandé de cacher les histoires sur la liaison scandaleuse et les habitudes de consommation de drogue d'Herbert Tucker.

— Rien de tout cela ne doit sortir d'ici, ajouta Nick. Je suis sérieux. Rien ne doit quitter ce bâtiment. Pas de discussions avec la famille. Pas de discussions avec les proches. Pas même avec vos enfants. Et... Tomek, je vous regarde, pas même avec les petits amis ou petites amies.

Peut-être pas.

Tomek se mordit la lèvre inférieure. — Pourquoi est-ce que je suis particulièrement visé par cette remarque ?

— Parce que vous avez la plus grande bouche de tous. Le nombre de fois où j'ai dû vous couvrir et protéger votre petit cul stupide en témoigne. Ai-je besoin de vous le rappeler ?

Tomek souffla mais ne dit rien.

C'était vrai, oui, qu'il disait souvent beaucoup de choses sans réfléchir. C'était aussi vrai, oui, qu'il avait une fois laissé échapper quelques informations lors d'une enquête pour meurtre, ce qui avait permis au tueur d'échapper à la capture plus longtemps qu'il n'aurait dû. Mais l'avait-il fait exprès ? Non. Les erreurs faisaient partie de la vie, et il ne pensait pas qu'il devrait être réprimandé pour cela si longtemps après les faits.

— Tout s'est bien terminé au final, ajouta Tomek, mais ni Victoria ni Nick n'ont choisi de répondre ; Victoria était trop occupée à rechercher les noms sur la liste pour même écouter, et Nick avait déjà tout entendu auparavant.

— Ahhh, *voilà* où je le connais, dit-elle.

— Lequel ?

— Richard Stafford. Il était sur notre liste de surveillance à Colchester. Nous le voulions pour trafic de drogue, traite d'êtres humains et toutes sortes de choses, mais rien n'a jamais pu être prouvé.

— Eh bien, maintenant nous savons pourquoi. Avec le Commissaire et l'avocat des poursuites dans sa poche, c'est évident. La corruption empeste.

— Sergent ! s'écria Nick.

— Quoi ? Je ne fais qu'énoncer l'évidence, monsieur.

— Vous n'avez pas besoin de le faire quand nous pensons tous la même chose, bordel.

— Allez, chef, vous devez admettre qu'un club exclusif plein d'hommes blancs, d'âge moyen, qui font partie de l'élite, ça sent la corruption à plein nez, dit doucement Victoria.

— Vous aussi, vous pouvez vous taire. Nick pivota sur sa chaise, se leva et commença à faire les cent pas, se massant la tête tandis qu'il errait d'un côté à l'autre. Qu'est-ce qu'on fait ? Qu'est-ce qu'on fait ?

— Je propose qu'on les attaque de tous les côtés, monsieur. Parlons à tous ceux qu'ils connaissent et découvrons ce qu'ils faisaient la nuit où Tucker est mort, puis amenons-les tous en même temps. Rassemblons d'abord les preuves avant de les prendre par surprise.

— Je... j'aime bien cette idée. Mais... nous devons être extrêmement prudents. Si l'un d'eux apprend ce que nous faisons, c'en est fini pour nous.

— Nous courons énormément ce risque si nous enquêtons autour d'eux, ajouta Victoria, jouant l'avocat du diable. Je vote pour qu'on les fasse venir tout de suite, sans avertissement préalable, qu'on les surprenne avec une arrestation collective et qu'on les interroge.

— Pas quand nous n'avons aucune preuve pour les inculper. Nous les effraierons et s'ils ont eu quoi que ce soit à voir avec le meurtre de Tucker, ils retraceront leurs pas pour s'assurer que nous ne trouvions jamais rien. Non, ce que nous devons faire, c'est trouver des motifs pour chaque homme. Tucker avait beaucoup d'ennemis. Deux d'entre eux, James Colehill et Terrence Toffolo, se sont déjà manifestés contre lui. Ça ne me surprendrait pas que les autres aient des raisons de... *se débarrasser* d'Herbert Tucker. Ensuite, une fois que nous aurons toutes les preuves dont nous avons besoin, nous les ferons venir tous en même temps. Pas d'opportunité pour eux de donner l'alerte et de couvrir leurs arrières de cette façon. Nous serons précis et ciblés. Oui... c'est ce que nous ferons. Nous... Oui...

Nick s'arrêta au milieu de la pièce et laissa retomber sa main sur sa taille. Le haut de sa tête était rouge à force de l'avoir frotté trop fort.

— Est-ce que je peux vous laisser coordonner tous les deux ? Ah, merde !

— Quoi ?

— Je viens de me rappeler, j'ai une réunion avec le Commissaire dans quelques heures.

— Oh...

Tomek ne savait pas ce que Nick attendait qu'il dise.

— Plutôt vous que moi, monsieur.

Mais ce n'était certainement pas ça.

CHAPITRE
TRENTE-TROIS

Tomek ne savait pas d'où lui était venue cette idée, mais peu après leur arrivée, il s'était rendu compte que ce n'était probablement pas l'une de ses meilleures suggestions.

Jouer au mini-golf en plein hiver avait ses inconvénients évidents : le froid, les doigts engourdis, le vent qui faisait dévier la balle sur la surface verte. Mais à sa décharge, il y avait un avantage qui surpassait tous les points négatifs : le fait que l'endroit était complètement désert et qu'ils avaient pour eux seuls un parcours entier de 18 trous sur le thème des pirates. Ils pouvaient prendre tout leur temps et passer autant de temps qu'ils le souhaitaient sur chaque trou sans avoir des hordes de familles et de jeunes couples qui leur soufflaient dans le cou.

Tomek ne s'était jamais intéressé au golf. C'était trop lent, trop tranquille pour lui. Et il ne pensait pas non plus que c'était un sport très intéressant à regarder. Le football et le rugby, en revanche, étaient ses sports de prédilection. Tant pour les regarder que pour les pratiquer. Et il aimait à penser qu'il était plutôt bon. Un commandant, un leader sur le terrain. Un porteur de ballon qui n'avait pas peur de mettre son corps en jeu. Cela faisait un moment qu'il n'avait pas mis les pieds sur un terrain — il était membre des équipes de football et de rugby de la police, qui regroupaient des personnes de tous les niveaux de la hiérarchie — et il avait hâte d'y retourner. Peut-être même inviter Kasia à venir voir son cher papa se ridiculiser en se disputant avec un autre homme d'âge mûr au ventre bedonnant et au crâne dégarni.

À bien y réfléchir, personne n'avait besoin de voir ça.

— Pour celui-ci, tu dois faire passer la balle par l'un de ces trous, et ensuite elle descendra au niveau inférieur, expliqua Tomek en plaçant la balle de Kasia sur le green. Si tu as de la chance, tu pourras te rapprocher du trou. Et si tu as encore plus de chance, tu pourras faire un trou en un.

— Ouais, grogna Kasia en s'approchant du départ pour leur quatrième trou de la soirée. Elle posa sa balle sur le tee puis, sans regarder, la frappa et l'envoya dans l'étroit passage. La balle n'était pas du tout près de la cible et rebondit contre le mur pour finir presque à ses pieds.

— Oh... marmonna-t-elle.

Elle n'aurait pas pu avoir l'air moins enthousiaste, mais Tomek était déterminé à aller jusqu'au bout. Il avait l'impression qu'il devait lui remonter le moral, la faire sortir de la maison, faire autre chose que de rester à l'intérieur à faire défiler son écran de téléphone ou à regarder des conneries à la télé.

C'était sa façon de s'excuser. En faisant quelque chose qui, espérait-il, lui plairait.

— Pas de chance, dit-il, puis il posa sa propre balle. Se préparant, il se tint les jambes écartées à la largeur des épaules, les genoux fléchis, les fesses en arrière, le dos droit. Il regarda le long de l'allée, traçant une ligne droite invisible jusqu'au trou. Puis il baissa les yeux vers ses pieds et se rendit compte que tout cela était inutile. Qu'il n'avait aucune putain d'idée de ce qu'il faisait et qu'il valait mieux frapper et espérer.

Miraculeusement, la balle passa dans le trou à gauche et se retrouva dans une position stratégique au niveau inférieur. Tomek poussa un cri de joie, levant le poing en l'air. Puis il tendit la main pour un high-five, mais Kasia se contenta de le regarder avec mépris.

— Est-ce qu'on est vraiment obligés de faire ça ? demanda-t-elle.

— Qu'est-ce que tu préférerais faire à la place ?

— N'importe quoi ?

— *N'importe quoi* ? répéta Tomek.

— Oui.

— *Littéralement* n'importe quoi ?

— Oui !

— Tu préférerais aller nager dans la mer maintenant ?

Kasia se tourna vers l'obscurité derrière elle. Au loin, on pouvait voir les petites lumières du Kent.

— Non... dit-elle avec hésitation.

— C'est bien ce que je pensais. Alors, finissons ça et après on pourra passer au McDonald's sur le chemin du retour.

Cela sembla lui remonter le moral.

— Mais seulement si tu me bats !

Pour les cinq tours suivants (ou était-ce des trous ? Tomek ne s'en souvenait jamais), elle devint plus engagée et plus concentrée. Plus comme la Kasia qu'il connaissait. À la fin, les scores étaient à peu près égaux, cinq-quatre en faveur de Kasia. Il mentirait s'il disait qu'il ne lui avait pas offert quelques points. Une partie de lui voulait la laisser gagner pour sa confiance, son moral et sa santé mentale. Tandis que l'autre partie de lui voulait un repas de triche, une excuse pour manger de la nourriture malsaine et grasse. Dans l'ensemble, ce serait gagnant-gagnant pour elle.

Alors qu'ils se dirigeaient vers le dixième trou, entrant dans la seconde moitié du jeu, une rafale de vent souffla sur le rivage et fit perdre l'équilibre à Tomek. Plus tôt dans la journée, une forte pluie était tombée, et dans sa lutte pour rester debout, il posa un pied sur un faux rocher. Le matériau en plastique était glissant et, sous son poids immense, son pied céda et l'envoya faire un tonneau dans une petite fontaine. Le parcours de golf sur le thème des pirates en était parsemé, et celle dans laquelle Tomek tomba se trouvait être la pire de toutes : un grand bassin avec une cascade de deux mètres de large qui déversait de l'eau glacée sur lui.

Il lui fallut quelques secondes pour se relever et se sortir péniblement de l'étang gelé. Pendant ce temps, Kasia était pliée en deux, les mains sur le sol, riant aux éclats.

Il ne pouvait guère lui en vouloir ; il aurait fait la même chose.

Tomek était trempé jusqu'aux os, et en quelques secondes, le froid avait traversé ses vêtements et s'était enroulé autour de son dos et de ses cuisses.

— On dirait que c'est toi qui as finalement fait un plongeon, se moqua-t-elle.

Tomek ouvrit la bouche pour répondre, mais il la laissa avoir ce round.

Elle était vraiment une Bowen pour cette remarque, même si son nom de famille était Coleman.

— Je crois qu'on devrait probablement sortir d'ici, dit-il, ses dents claquant alors qu'il essayait de se réchauffer.

— Mais j'étais en train de gagner !

Cela n'avait pas d'importance. Pas quand il avait si froid. L'ignorant, il saisit son club et sa balle, puis se précipita vers la fin du parcours, où il rendit l'équipement. Avec Kasia qui le suivait de près, il sprinta, aussi vite que ses jambes engourdies le lui permettaient, vers la voiture.

Dix minutes plus tard, ils étaient au chaud. Il s'était débarrassé de ses vêtements mouillés, ne gardant qu'une seule couche, et son corps était réchauffé par les bâtonnets de poulet qui faisaient actuellement leur chemin dans son système. Pendant ce temps, Kasia s'attaquait à une boîte de nuggets à partager qu'elle n'avait nullement l'intention de partager. Le chauffage à l'intérieur du McDonald's fonctionnait à plein régime, et après quelques minutes, il commença à se réchauffer. Cela lui procurait aussi une chaleur psychologique de savoir qu'il utilisait l'électricité de quelqu'un d'autre plutôt que la sienne.

— Comment est la nourriture ? demanda-t-il.

— Bonne ! répondit Kasia, des morceaux de poulet mastiqué se déplaçant dans sa bouche. Vraiment bonne.

Les adolescents étaient si simples. Mettez une boîte décorée de fast-food devant eux et ils fondaient comme du beurre. Il ne savait pas pourquoi il n'y avait pas pensé plus tôt.

— Comment est la tienne ? demanda-t-elle.

— Vraiment bonne aussi.

Le café, en revanche, ne l'était pas.

Alors qu'ils continuaient à savourer leur repas, Tomek promena son regard dans le restaurant. Il était un peu plus de vingt heures et l'endroit était encore bondé. Adolescents, enfants, familles, couples. Une nouvelle génération qui grandissait avec cette nourriture.

— Papa...

La voix de Kasia le détourna de la clientèle.

— À propos d'hier soir... continua-t-elle.

— Oui ?

— Je... je ne t'ai pas contrarié, n'est-ce pas ?

Tomek fouilla dans sa mémoire.

— Quelle partie ?

— Quand tu as dit que tu m'aimais ?

— Oh.

— Oui.

— *Cette* partie.

Kasia baissa les yeux et fixa intensément son nugget de poulet.

— Est-ce que... est-ce que tu le pensais vraiment ?

Tomek ricana, puis termina sa bouchée de nourriture. — Bien sûr que oui. Je ne l'aurais pas dit autrement.

Son visage brilla légèrement.

— Je suis désolée de ne pas te l'avoir dit en retour.

— Ce n'est... ce n'est pas grave.

Tomek mentirait s'il disait qu'il n'était pas blessé. Mais à quoi pouvait-il s'attendre ? Elle ne le connaissait que depuis six mois. Ils étaient encore des étrangers l'un pour l'autre. Ce serait fantaisiste de s'attendre à ce qu'elle le lui dise en retour.

— Tu n'as pas à t'excuser, poursuivit-il.

— C'est juste que... je n'ai pas l'habitude de le dire.

— Hé, et si tu ne le dis jamais, ça me va.

— Vraiment ?

— Vraiment.

Sauf que ce n'était pas vrai. Mais il ne pouvait pas lui dire ça, n'est-ce pas ?

CHAPITRE
TRENTE-QUATRE

Les jours suivants passèrent comme dans un brouillard pendant que Tomek et son équipe commençaient leurs investigations discrètes et subtiles sur la vie des sept hommes figurant sur la liste de Terrence Toffolo. Ensemble, ils avaient travaillé sans relâche pour comprendre les antécédents de chacun, interrogeant leurs anciens associés, examinant leurs parcours politiques et professionnels, surveillant l'historique de leurs appels téléphoniques et de leurs déplacements en voiture, quand cela était approprié et applicable, tout en respectant scrupuleusement les limites de la loi à chaque étape. La dernière chose qu'ils souhaitaient, c'était qu'une condamnation soit annulée parce que les preuves recueillies auraient été obtenues illégalement. Surtout quand l'une des personnes sous enquête était un avocat de la couronne.

Durant cette période, l'équipe avait fait très peu de progrès. Les informations sur chaque individu étaient étonnamment rares et, en raison de la nature de leur enquête, ils ne pouvaient interroger que des personnes à la périphérie de la vie de ces hommes. Au total, ils avaient obtenu plus de cinquante témoignages, et aucun n'était en mesure de confirmer les alibis des hommes lors de la nuit où Herbert Tucker était mort. Ce que beaucoup d'entre eux avaient pu confirmer, cependant, c'est que chaque homme avait, à un moment donné de sa vie politique ou professionnelle, eu un différend avec Herbert Tucker.

Cela ne les orientait dans aucune direction particulière, si ce n'est la possibilité qu'ils soient tous impliqués d'une façon ou d'une autre.

Les hommes sur la liste étaient puissants et influents, membres de la communauté locale et occupant des postes d'autorité. Par conséquent, recueillir des informations était difficile. Mais le plus coriace d'entre eux avait été John Mullen, le rédacteur en chef du *Southend Echo*. Cet homme passait sa vie entière à écrire sur les autres, mais jamais sur lui-même. Il était comme un trou noir ; tout y entrait, mais rien n'en ressortait jamais, ce qui expliquait pourquoi, après quelques jours d'enquête secrète, Tomek avait réalisé qu'ils auraient besoin d'aide. Et qui de mieux pour demander qu'Abigail ? Elle travaillait avec lui et connaissait Mullen mieux que Tomek ne le connaîtrait probablement jamais. Le seul problème, c'est qu'il devait faire quelque chose pour elle en retour.

— Tu es sûre que tu lui as donné la bonne adresse ? demanda Tomek.

— Oui.

— Et la bonne heure ?

— Oui.

— Et la bonne date ?

— Oui. Tu me crois vraiment si idiote ?

— Tu veux vraiment que je réponde à ça, ou… ?

— C'était rhétorique, crétin.

Abigail reporta son attention sur la tasse de café fumante que Morgana avait placée devant elle quelques instants auparavant, leur deuxième depuis qu'ils attendaient. Ils attendaient l'un des témoins clés qui s'était manifesté, alléguant avoir été sexuellement agressé par Herbert Tucker.

Abigail refusait de lui communiquer le nom de cette femme, et se contentait de l'appeler Femme X. Elle ne partageait aucune autre information sur cette mystérieuse femme qui avait déjà manqué un rendez-vous la veille.

— Elle t'a envoyé un message ? demanda Tomek. Il perdait rapidement patience, et bien que ce ne soit pas techniquement la faute d'Abi, elle était la seule personne en face de lui.

Abi saisit son téléphone sur la table et tapota l'écran. Rien. Pas de SMS, pas de messages WhatsApp, rien. Juste quelques dizaines de notifications Twitter.

— Donnons-lui encore dix minutes, plaida-t-elle.

— J'ai des choses à faire. Je ne peux pas vraiment me permettre dix minutes.

— Et tu penses que moi, je le peux ?

— Tu n'es pas celle qui enquête sur un meurtre.

— Non, mais tu me demandes d'enquêter sur mon patron.

Tomek scruta rapidement la salle, s'assurant que personne n'avait entendu sa petite sortie. Ce n'était pas le cas, alors il reporta son attention sur elle.

— Tu vas devoir lui dire de se calmer, dit-il.

— Sur quoi ?

— Sur nous. Il est implacable.

— C'est son travail.

Tomek était sceptique. Peut-être que la vraie raison pour laquelle John Mullen n'avait cessé de harceler Nick et l'équipe ces derniers jours était qu'il voulait être proche de l'action. Il voulait savoir ce qui se passait en même temps que tout le monde.

— Tu avais déjà parlé avec lui d'Herbert Tucker avant que tout cela ne commence ? demanda Tomek.

Abigail secoua la tête et mâchonna le capuchon de son stylo. « Pas en détail. Par le passé, il nous disait simplement d'ignorer certaines choses. De les mettre de côté. La plupart du temps, il disait qu'il enquêterait lui-même à la place. »

— Comme quoi ?

— Tu sais, quand des gens portaient des accusations contre lui ou quand il changeait de position politique sur quelque chose.

— Et a-t-il déjà donné suite à celles qu'il avait dit qu'il traiterait ?

Elle haussa les épaules. « Je n'en ai jamais entendu parler. J'étais toujours trop occupée à faire mes propres trucs. »

— Alors qu'est-ce qui a changé ? demanda Tomek. Pourquoi te laisse-t-il enquêter sur ces accusations d'agression sexuelle ?

Abigail cessa de mâchonner son stylo. « Il ne me laisse pas... Il n'est pas au courant. Les femmes m'ont contactée séparément. »

— Pourquoi l'as-tu gardé secret ?

— Parce que dès qu'Herbert Tucker est mort, j'ai senti la corruption. Je savais qu'il se passait quelque chose et je voulais garder ça pour moi.

— Pour avoir l'exclusivité et toute la gloire qui va avec ?

Un autre haussement d'épaules, cette fois plus désinvolte. « J'ai aussi des rêves et des objectifs de carrière, tu sais. J'allais attendre d'avoir toutes les informations prêtes, l'article rédigé, les témoignages préparés, et *ensuite* les lui montrer. Il n'aurait pas pu refuser. »

— Non, mais il aurait pu te virer.

Elle recommença à mâchonner son stylo. « Si c'était le cas, alors on saurait de quel côté il est. »

Tomek devait le lui reconnaître. Elle avait joué avec le système et l'avait utilisé à sa manière. Il ne s'y attendait pas de sa part, et il était légèrement impressionné.

Au moment où il s'apprêtait à consulter sa montre, se demandant où pouvait bien être le témoin, son téléphone émit un son. Un message de Sean.

Désolé, mon pote - je vais devoir annuler le match ce week-end. Tu peux utiliser mon billet si tu as besoin que quelqu'un t'accompagne. Abigail, peut-être ? Tiens-moi juste au courant.

Le nom d'Abigail n'était pas le premier qui lui venait à l'esprit. C'était plutôt celui de Kasia. Un bel après-midi père-fille pour renforcer leurs liens. Certes, c'était encore pour faire quelque chose qu'il voulait faire, et ils devraient peut-être annuler son cours de karaté du matin, mais ce serait un bon après-midi, quand même. Et il était sûr qu'il pourrait rendre l'offre plus alléchante en lui proposant un autre repas à emporter comme forme d'incitation.

— Qui c'est ? demanda Abigail, en se penchant légèrement. Ta copine officielle ?

Tomek la regarda d'un air étrange, éteignant rapidement son téléphone et le posant face contre table.

— C'était qui ? demanda-t-elle, l'inquiétude grandissant dans sa voix.

— Sean, répondit-il. Il dit que je dois retourner au bureau dans une demi-heure.

Ce n'était pas un mensonge complet ; il y *avait* une réunion dans une demi-heure, c'est juste que c'était Nick qui l'avait organisée et lui avait rappelé à plusieurs reprises qu'il ne pouvait pas être en retard.

Heureusement pour Nick, cela ne semblait pas probable. La Femme X ne s'était pas présentée, et avec un peu de chance, Tomek serait de retour au bureau en un rien de temps.

Mais alors qu'il s'apprêtait à partir, la tête d'Abigail se redressa comme celle d'une suricate, ses yeux fixés sur la fenêtre du restaurant comme si elle venait d'apercevoir un prédateur.

— Est-ce que c'est... ? demanda Abigail.

Tomek jeta un coup d'œil à la fenêtre. Une silhouette se tenait de l'autre côté. Une femme, vêtue d'un épais manteau, une écharpe remontée jusqu'au menton, ses traits déformés par la pluie d'un côté et la condensation de l'autre.

— C'est elle ? demanda Tomek.

— Je ne sais pas. Je...

La prochaine fois que Tomek regarda, la femme avait disparu. S'enfuyant en courant vers la droite.

Tomek se lança à sa poursuite, slalomant entre les tables et les groupes de clients qui entraient et sortaient du café. En atteignant l'extérieur, son pied atterrit dans une flaque d'eau. Le liquide glacial éclaboussa ses chaussures et remonta le long de sa jambe, mais il n'y prêta guère attention car là, au loin, se trouvait la femme.

Tournant à un coin de rue.

Au moment où il s'apprêtait à partir à sa poursuite, Abigail sortit en trombe du restaurant et le heurta. Son assaut soudain le fit trébucher en avant et une autre vague d'eau cascada sur ses jambes et ses chaussures.

— Putain de merde, siffla-t-il en secouant ses jambes.

Le temps qu'il reprenne ses esprits, Abigail l'avait abandonné sur le trottoir et sprintait déjà vers la ruelle dans laquelle la mystérieuse silhouette avait disparu. Lorsque Tomek l'eut finalement rattrapée, il était trop tard.

Des bouffées de brouillard explosèrent devant leurs visages tandis qu'ils reprenaient leur souffle. Tomek fut surpris de constater qu'il respirait plus lourdement qu'elle.

— Tu es épuisé juste pour ça ? demanda Abigail.

— J'ai mangé un gros déjeuner, d'accord ! dit-il en plaçant ses mains sur ses hanches. Par où est-elle partie ?

— Je ne sais pas.

C'est alors que Tomek réalisa qu'il se trouvait face à un parking qui donnait sur un Aldi. Malgré l'heure et le temps, le parking du supermarché était bondé, et ils avaient très peu de chances de la retrouver.

— Au moins, elle s'est montrée, dit Abigail.

— Non, elle ne s'est pas montrée.

— Si, elle l'a fait. Ça compte.

Tomek secoua la tête, fit un signe d'adieu, puis se dirigea vers sa voiture. Il haletait encore lorsqu'il se glissa sur le siège du conducteur.

CHAPITRE
TRENTE-CINQ

La réunion avait été fixée à dix-neuf heures précises. L'heure du dîner pour la plupart, sinon pour tous. Et pour combattre les estomacs qui gargouillaient et les tempéraments de plus en plus courts qui en résultaient, Chey avait commandé un assortiment de currys et de plats de riz aux différentes saveurs du restaurant indien de ses parents. Mais presque aussitôt qu'ils étaient arrivés et avaient été placés sur la table, ils avaient été remis dans leurs emballages. Pas de temps pour la nourriture, pas quand Nick dirigeait les réunions.

Sa décision de retenir la nourriture jusqu'après la réunion avait laissé tout le monde frustré et désireux d'en finir le plus rapidement possible. Y compris Tomek, dont l'humeur dépendait de son taux de glycémie et du nombre de calories qui circulaient actuellement dans son système.

Nick se tenait à la tête de la salle lorsque la réunion a commencé. À côté de lui se trouvaient quatre tableaux blancs. Les noms et visages des sept individus avaient chacun un espace attribué sur les tableaux. Deux visages par tableau, sauf pour un — Gregory Chaplin, le maire de Southend. La liste d'informations sous son nom était la plus longue et justifiait cet espace supplémentaire.

Tomek était impatient que la réunion commence. Non seulement pour la perspective de manger à la fin, mais aussi parce qu'il était curieux de découvrir ce que chaque détective avait pu découvrir.

— J'aimerais commencer par Terrence Toffolo, dit Nick, le corps avachi d'un côté. Dans les jours qui s'étaient écoulés depuis que Tomek l'avait vu pour la dernière fois dans la salle de réunion, où il n'était pas assis derrière son bureau, son ventre semblait s'être élargi de quelques centimètres par rapport à ce qu'il était avant l'incident impliquant sa fille. Étant donné que Toffolo est celui qui a commencé tout cela et qu'il s'est rapidement absous de tout acte répréhensible, je veux voir s'il est aussi irréprochable qu'il le prétend.

Terrence Toffolo avait été confié à l'agent Martin Brown. Après avoir recueilli la déclaration du témoin (ce qui, comme Tomek l'apprendrait plus tard, avait été un processus de trois heures), Martin avait été plus qu'heureux d'enquêter secrètement sur la vie de cet homme. Il l'avait considéré comme une sorte de vengeance pour avoir perdu tant de temps dans la salle d'interrogatoire.

— Terrence Toffolo, commença Martin, lisant sur une feuille de papier devant lui. Quarante-neuf ans. Né à Dagenham, dans l'est de Londres. A déménagé à Southend quand il avait treize ans. Diplômé avec mention en sciences politiques de l'Université d'East Anglia. Son père a passé toute sa vie en politique. Un gratte-papier, je suppose qu'on pourrait dire. Il n'est pas arrivé à grand-chose, plutôt un fonctionnaire du point de vue de la progression de carrière politique, mais son père lui a inculqué la nécessité d'aider les autres. Et je pense que Terrence l'a vu comme un défi d'être meilleur que son père ne l'a jamais été. Donc il a rencontré Herbert Tucker, et nous connaissons la suite : la drogue, la prostitution. Quant à la nuit de la mort d'Herbert Tucker, je n'ai rien pu trouver. D'après ce que me disent les voisins, lui et Alina Zandecka restent beaucoup entre eux. Ils n'apparaissent que lorsqu'ils ont besoin de quelque chose à l'épicerie, et malheureusement, la boutique de la station-service supprime ses enregistrements après quarante-huit heures. C'était trop tard quand je suis arrivé.

— Donc personne ne peut corroborer ses déplacements cette nuit-là ? demanda Nick.

— Non, monsieur.

— Les motifs ?

— Je dirais que son éviction de l'équipe d'Herbert était suffisante. Ou la rétention de l'argent pour lui et Alina.

— Autre chose ?

Martin secoua la tête.

Nick soupira comme Nick le faisait généralement, puis pointa le nom suivant sur la liste. Anthony Arnold, le meilleur avocat de la poursuite du Crown Prosecution Service. La responsabilité de divulguer les informations le concernant incombait à Sean. Le doux géant s'éclaircit également la gorge en commençant.

— J'ai parlé avec la secrétaire d'Anthony Arnold, lui demandant si je pouvais consulter la liste de ses affaires précédentes. Il n'y avait qu'une partie limitée que Google et le *Southend Echo* pouvaient me dire, mais on m'a ensuite poliment informé qu'une grande partie de son travail est soumise au secret professionnel. D'après le peu d'informations que j'ai pu trouver *sur* Google et dans le *Southend Echo*, cependant, aucun des accusés d'Anthony Arnold n'a eu quoi que ce soit à voir avec Herbert Tucker. Sauf un homme.

Sean fit une pause pour créer un effet dramatique, mais quand cela ne vint pas, il continua.

— Ryan Maston a été arrêté et accusé de diffamation contre Herbert Tucker il y a environ dix ans. Il a écrit des choses controversées sur notre député sur un blog et Tucker en a eu vent, alors il a porté plainte. Maintenant, j'ai lu ces choses et d'après ce que nous avons déjà appris sur M. Tucker, elles ne semblent pas être si controversées que ça.

— Qu'est-ce que ça disait ? demanda Victoria.

— Rien de plus que ce que nous savons déjà. Qu'il était un politicien cocaïnomane qui avait un penchant pour les prostituées et les femmes légères ; ce sont les mots de Ryan Maston, pas les miens.

— Et il a dit ça il y a dix ans ? demanda Tomek.

Sean acquiesça.

— Hmm. Je devrais peut-être lui demander les numéros du loto de cette semaine.

— Aucune chance que cela arrive. Il est mort. Décédé d'une crise cardiaque il y a deux ans.

— Était-ce suspect ? demanda Nick, entrant dans la conversation.

— Pas d'après ce que j'ai pu constater, monsieur.

— Bien. Bon travail. Et pour le mobile ? Jusqu'à présent, je n'en vois pas.

Sean hésita, se frottant le lobe de l'oreille avec ses doigts surdimensionnés. — Pour autant que je puisse en juger, c'est le cas, répondit-il. D'après ce que j'ai pu rassembler, la poursuite a été plus sévère contre la diffamation qu'avec certaines des autres affaires d'Anthony Arnold, ce qui suggère qu'Herbert a demandé une faveur. À moins que les deux n'aient eu une dispute sur quelque chose lié à Ryan Maston plus de dix ans plus tard, je ne vois pas d'autre mobile.

— Sur quels types d'affaires Anthony Arnold s'est-il montré indulgent ? demanda Tomek, curieux.

— Des affaires de drogue, principalement. Des personnes qui ont été prises et arrêtées par nous-mêmes. Soit il a réussi à les faire acquitter, soit il a réussi à leur obtenir une peine incroyablement légère en ne remplissant pas ses fonctions d'avocat de la poursuite.

— Intéressant...

Une image commençait à se former dans la tête de Tomek. Il semblait que la même image se formait aussi dans la tête de Nick alors qu'il appelait Oscar, qui enquêtait sur Richard Stafford.

— Cet homme est une énigme, dit Oscar. En fait, il est pire que ça. Je n'ai même pas de mot pour le décrire. Il n'a pas de réseaux sociaux, il n'a pas de site web, et il ne semble pas avoir de téléphone portable. Il ne semble rien avoir d'autre qu'une paire d'énormes rottweilers devant sa maison à Hockley. C'est presque comme s'il n'existait pas, et si l'on en croit les rumeurs, c'est exactement ce que le plus grand trafiquant de drogue du comté voudrait vous faire croire. J'ai parlé avec certains des gars à Colchester et ils ont partagé avec moi ce qu'ils avaient, mais ils ont conseillé que nous ne devions en aucun cas interférer avec M. Stafford, au cas où cela interférerait avec leurs enquêtes en cours sur le trafic de drogue concernant cet homme.

— Donc tu n'as rien ?

Le Capitaine mâchonna sa lèvre inférieure avant de répondre, se préparant pour une grande révélation. — En fait, si. J'ai *quelque chose*. Mais que cela soit utile ou non reste à voir.

— Vas-y, aboya Nick. Crache le morceau.

— Richard Stafford et Anthony Arnold ont, à de nombreuses reprises, été vus ensemble.

— En rendez-vous ? Au parc, se tenant la main ?

— Au golf de Boyce Hill.

Pourquoi était-ce toujours le golf ? se demandait Tomek. Partout où vous regardiez, les criminels se rencontraient soit sur un parcours de dix-huit trous, soit au milieu d'un passage souterrain miteux. Il ne semblait pas y avoir de juste milieu. Était-ce parce que c'était pour les gens chics et qu'ils pensaient que la police serait trop pauvre pour accéder au parcours ? Ou avaient-ils besoin d'un beau paysage, d'un fer 5 et d'une belle journée pendant qu'ils discutaient de leur activité illégale ?

L'image dans la tête de Tomek se solidifia.

Le prochain sur la liste à être discuté était Gregory Chaplin, le maire de Southend.

— Gregory est légèrement différent des autres mentionnés jusqu'à présent, commença Anna après que Nick lui eut donné un moment pour finir sa gorgée d'eau, dans la mesure où tout à son sujet est disponible sur Internet. C'est un livre ouvert, à bien des égards. Il a sa propre page Wikipédia, bien que je ne sois pas sûre si elle a été créée par lui-même ou si quelqu'un d'autre l'a fait pour lui. Mais, d'après les recherches que j'ai effectuées, le maire est irréprochable. Presque trop propre. Et, pour la plupart, il semble être très respecté dans la communauté locale. J'ai parlé avec quelques personnes qui ont travaillé étroitement avec lui dans le passé et elles ont toutes dit la même chose — qu'il était agréable, gentil et un plaisir de travailler avec. Beaucoup d'entre elles n'avaient rien de mal à dire sur lui.

— Et qu'en est-il de celles qui en avaient ? demanda Victoria.

— Juste qu'il était un peu contrôlant et perdait parfois son sang-froid, mais pour sa défense, elles ont dit qu'il travaillait dans un environnement à haute pression. Si quoi que ce soit, elles étaient surprises qu'il ne le fasse pas plus souvent.

Tomek jeta un rapide coup d'œil à Nick, qui le saisit et répondit avec un sourire suffisant qui disait : « J'ai la même excuse — c'est un environnement à haute pression, et personne ne peut me dire le contraire, bordel. » Tomek savait que l'inspecteur en chef allait se servir de cette excuse pendant un certain temps. Jusqu'à ce qu'il en trouve une autre à utiliser en boucle.

Nick passa au cinquième nom sur le mur.

James Colehill, dirigé par Chey.

Le jeune agent passa les cinq minutes suivantes à expliquer à l'équipe tout ce que Tomek savait déjà. À la fin, il était vraiment l'un des principaux suspects de l'équipe.

Avant le tour de Tomek pour discuter de John Mullen, c'était au tour de Nadia, qui avait été chargée d'enquêter sur Brendan Door, le Commissaire de la Police, des Pompiers et de la Criminalité pour Southend. Et avant même qu'elle ait commencé, Nick se déplaçait inconfortablement d'un côté à l'autre sur sa chaise. Ce n'était pas un secret qu'il partageait avec le PFCC la relation la plus directe de toute l'équipe et des noms sur la liste. Nick et Brendan étaient de niveaux similaires l'un à l'autre et étaient responsables du maintien de l'ordre dans les rues de Southend. Ils établissaient les stratégies, les budgets et la hiérarchie. Tout ce que l'équipe et la famille policière plus large faisaient leur incombait. Et pour Brendan d'être devenu potentiellement suspect dans une enquête pour meurtre était déconcertant pour tous les impliqués. Surtout Nick.

— Je déteste le dire, commença-t-elle, mais partout où j'ai regardé, j'ai trouvé le PFCC. Réunions d'affaires, événements de célébration, cérémonies de remise de prix, ils étaient toujours ensemble, semblant complices, presque... Elle ne pouvait pas finir la fin de sa phrase, mais tout le monde a saisi son inférence. — Je ne suis pas trop sûre de comment leur relation professionnelle fonctionnait, mais Brendan et Herbert semblaient passer chaque jour de travail ensemble.

Nadia se tourna vers Nick pour une réponse.

Il baissa lentement la tête. — Ils se rencontraient fréquemment pour discuter de stratégie.

Nadia acquiesça puis continua. — J'ai eu du mal à trouver des informations sur Brendan, pour être honnête. Je ne savais pas où chercher.

Tomek trouva sa franchise rafraîchissante. Ce n'était pas souvent que quelqu'un admettait avoir fait une erreur ou échoué, et c'était agréable à voir.

Une fois que Nick en avait assez entendu, il fit avancer la conversation vers Tomek.

Et le sujet de John Mullen.

— Par où commencer ? commença-t-il, parlant fort pour l'effet, bien que cela ne fasse aucun effet sur les autres. Ils avaient faim, étaient fatigués et ne s'en souciaient pas vraiment. — Pour quelqu'un si habitué à écrire sur d'autres personnes, il y a très peu d'informations sur M. Mullen. Il est rédacteur en chef du *Southend Echo* depuis un peu plus de vingt ans et connaît très bien l'industrie, les affaires et le paysage. Mais quand il s'agit d'Herbert Tucker, c'est là qu'on en sait très peu, si la quantité de contenu qui est produite à son sujet est significative. Ma source me dit que Mullen lui-même s'occupe souvent de tout ce qui est litigieux ou problématique concernant Herbert Tucker. Et ensuite, neuf fois sur dix, rien de tout cela n'est imprimé. Cela disparaît simplement dans l'éther, oublié.

— Ce ne semble pas être le cas maintenant, rétorqua Nick, soupirant lourdement avec ses bras croisés sur sa poitrine. Je reçois environ deux appels téléphoniques par jour de ce connard qui veut connaître les dernières nouvelles sur sa mort.

— Je sais. Suspect, n'est-ce pas ? Ses mouvements de main théâtraux ne firent pas grand-chose pour faire bouger l'aiguille de l'amusement sur les visages de ses collègues. Ils étaient presque aussi morts qu'Herbert Tucker. — J'ai parlé avec mon contact à ce sujet particulier, et ils m'ont dit que c'est la première fois qu'ils ont remarqué une pression de leur côté. Ma théorie est qu'il est inquiet et qu'il veut être tenu au courant de tout. Il pourrait protéger quelqu'un. Tomek passa son doigt dans sa barbe naissante et commença à tirer un poil qui lui avait causé un certain inconfort durant les dernières heures. — Avez-vous lu quelque chose qui a été publié dans l'*Echo*, monsieur ?

— Pas grand-chose. Je n'ai pas le temps. Pourquoi ?

Il haussa les épaules. — Curieux de voir s'il y a une omission de faits par rapport à ce que vous lui avez transmis. S'il y a quelque chose dans les déclarations que vous lui avez explicitement dit et qu'il a omis d'inclure dans ses écrits, alors ça fait sonner les signaux d'alerte.

— Les signaux d'alerte ? remarqua Chey. Regardez-vous avec votre jargon à la mode.

Tomek ricana. — Bien joué. As-tu réussi à enlever tout ce sable de tes chaussures ?

Il n'y eut pas de réponse. Au lieu de cela, Chey se rétracta dans son siège.

Tomek reporta son attention sur Nick. — Ce serait intéressant de voir, une fois que nous aurons fait toutes les interviews, si une mention des noms sur cette liste est publiée par écrit au cours des prochains jours, monsieur. Je parierais mes bonsaïs qu'il n'y aura rien.

— Tes bonsaïs ? demanda Chey, décidant d'intervenir à nouveau. C'est assez important !

Tomek haussa les épaules comme pour dire, je mets mon argent là où est ma bouche.

— Que pense ta source ? demanda Nadia. Je dois admettre, elle a l'air très bonne.

— Ça aide quand tu couches avec elle, répliqua Rachel.

— Qu'il couche avec elle ou non, elle a été d'une grande aide pour comprendre ce qui se passe en coulisses, dit Nick.

Tomek fut surpris d'entendre l'homme prendre sa défense ; il s'était opposé à ce que Tomek contacte Abigail en premier lieu.

— Tant qu'on peut lui faire confiance... ajouta Nick, avec un sourcil levé.

— Bien sûr, répondit Tomek, l'hésitation dans sa voix étant perceptible.

— Excellent. Nick tapota le tableau blanc. — Alors c'est tout le monde qui est couvert. Il semble que tout le monde sur cette liste ait quelque chose à cacher. Ils pourraient tous avoir des raisons de tuer Herbert Tucker, mais nous devons aussi découvrir ce qu'ils faisaient la nuit où il est mort. Et une fois que nous aurons parlé avec eux tous, nous aurons beaucoup plus de flexibilité dans notre choix des personnes avec qui nous parlons et ce que nous pouvons faire.

Maintenant, ils devaient passer de la théorie au pratique : comment ils allaient enquêter sur sept hommes en même temps sans qu'aucun d'entre eux ne soupçonne ce qui se passait. Ou pire, trouvant des moyens de dissimuler leurs traces.

CHAPITRE
TRENTE-SIX

Le club privé pour hommes Southend Seven se trouvait au coin de la gare de Southend Victoria, dans une rue calme et isolée. L'entrée du bâtiment était sobre, sans intérêt pour l'œil non averti : une grande porte rouge qui n'aurait pas détonné comme entrée d'une usine quelconque. Tomek s'en approcha et enroula sa main autour de la poignée en laiton. En poussant, il sentit ses muscles se tendre sous son poids. Une fois à l'intérieur, une sensation sordide et malsaine l'envahit. Comme s'il était déplacé d'être là, que c'était un endroit malpropre. Sauf que, si l'on en jugeait par les normes de propreté, ce n'était pas sale du tout.

Un sol en mosaïque noir et blanc brillait sous ses pieds. Juste devant lui se trouvait un porte-manteau ornementé et un porte-parapluies en fonte, tous deux inutilisés. À sa droite, un miroir, plus grand que la porte par laquelle il était entré, avec des sculptures sur ses bords. Pas une trace de poussière en vue. D'après ses premières observations, Tomek était impressionné. L'endroit était plus propre qu'il ne l'aurait imaginé. Mais en même temps, avec la clientèle qui le fréquentait et le genre d'activités auxquelles ils s'adonnaient, ça ne l'étonnait pas qu'ils mettent autant d'efforts à le nettoyer. Il était terriblement tenté de passer une lampe à ultraviolets sur le bâtiment, juste pour voir quelles sortes d'empreintes et de taches il pourrait découvrir.

À sa gauche se trouvait une porte avec un petit panneau vitré. De l'autre côté, un jeune homme vêtu d'une chemise et d'une cravate. Élégant, professionnel. La vingtaine, à peu près l'âge de Chey. Perché derrière un pupitre de restaurant, il retouchait délicatement sa coiffure. À la vue de Tomek, quelqu'un qu'il n'avait jamais vu entrer dans le club auparavant, ses yeux s'écarquillèrent et il paniqua. Pauvre gamin, pensa Tomek. Il était probablement tenu au secret, forcé de signer de multiples clauses de confidentialité, encouragé à dire à ses amis et à sa famille qu'il travaillait dans un supermarché quelconque. On lui avait probablement même fourni l'uniforme pour appuyer son histoire.

— Bonjour, monsieur, dit doucement le jeune homme après que Tomek eut franchi la porte. Comment puis-je vous aider aujourd'hui ?

— Je suis ici pour rencontrer quelqu'un.

— Avez-vous... avez-vous une adhésion chez nous ?

Tomek tapota ses poches. — Je devrais l'avoir... quelque part... On ne trouve jamais ce qu'on cherche quand on en a besoin, hein !

La tension sur le visage de l'homme se transforma en peur.

— Ne t'inquiète pas, dit Tomek. Je n'ai pas de pistolet là-dedans.

Un rire gêné s'échappa de la bouche du jeune homme.

— Ah ! La voici. C'est ça que tu cherchais ? demanda Tomek en sortant sa carte de police de sa poche et en la tenant devant le visage de l'homme.

Au début, le réceptionniste ne savait pas ce qu'il regardait, alors il se pencha en avant pour examiner la carte de près. Puis, lorsque la réalité s'imposa, ses yeux s'écarquillèrent encore davantage.

— On m'a informé de source sûre que le maire pourrait être ici...

La bouche du jeune homme s'ouvrit et se referma comme celle d'un poisson échoué, haletant pour respirer.

— Vous ne pouvez pas aller là-bas sans adhésion !

Il se plaça devant Tomek, mais le détective n'allait pas se laisser faire.

— Ceci *est* mon adhésion, mon pote. Elle ouvre beaucoup de portes. Comme celle-ci.

Le réceptionniste poursuivit Tomek à travers une autre série de portes, mais ralentit rapidement lorsqu'il se rendit compte qu'il était impuissant à le retenir. Tomek venait d'entrer dans la salle principale des membres, remplie de grands meubles en bois, de cadres dorés contenant des peintures de paysages célèbres, de décorations ornées et d'un riche tapis rouge qui n'aurait pas été le premier choix de Tomek. Deux grands canapés occupaient le centre de l'espace, avec plusieurs fauteuils situés de chaque côté. Au milieu se trouvait une table basse en acajou, fabriquée à la main, sur laquelle était disposé un assortiment d'objets. Dans un coin se trouvait un piano à queue, avec un siège recouvert de velours, et de l'autre côté, un petit bar. Des distributeurs contenant divers spiritueux pendaient du mur, et des rangées de verres étaient suspendues au-dessus du bar. Dans chacun des quatre murs de la pièce se trouvait une petite porte, menant à un endroit privé.

Tomek s'arrêta, examinant chacune d'elles.

— Où est-il ?

Le réceptionniste ne répondit pas depuis l'encadrement de la porte, il marmonnait juste de façon incohérente.

— Dois-je vérifier chacune d'elles ? Ou vas-tu me dire...

— Je...

Tomek soupira et écouta.

Des murmures doux et calmes résonnaient depuis la porte à la gauche de Tomek.

Laissant le jeune homme derrière lui, il se dirigea droit vers elle et fit irruption sans avertissement. Là, assis au milieu de la pièce sur un fauteuil coûteux, se trouvait le maire, son pantalon baissé jusqu'aux chevilles et une femme à quatre pattes, le visage enfoui dans son entrejambe.

— Qu'est-ce que c'est que ce bordel ! hurla Gregory Chaplin en repoussant la femme. Qu'est-ce que tu fous ici ? Personne n'est autorisé à entrer ici sans mon autorisation !

Tomek resta parfaitement immobile, les bras croisés sur la poitrine. Tandis que Gregory Chaplin tâtonnait pour remonter son pantalon, Tomek en vit plus qu'il ne l'aurait souhaité. Pendant ce temps, la femme qui lui faisait une fellation était en train de reboutonner son chemisier. Dans l'excitation de leur activité, ses boutons s'étaient défaits, dévoilant son soutien-gorge et son décolleté.

— J'espère que je ne dérange pas, remarqua Tomek, gardant son regard fermement fixé sur l'homme dans le fauteuil. J'ai essayé d'appeler à l'avance, mais la réception dans cet endroit *craint* vraiment.

La remarque ne passa pas inaperçue pour Gregory, qui souffla en se propulsant hors de son fauteuil.

— Qui es-tu, bordel, et qu'est-ce que tu fous ici ? Tu n'as pas d'adhésion chez nous. Avant que Tomek ne puisse répondre, Gregory regarda sur le côté et pointa du doigt le réceptionniste qui flottait dans l'encadrement de la porte. Et *toi* - pourquoi l'as-tu laissé passer ? Tu sais que tu n'es pas censé laisser quiconque me déranger.

— Il... il... commença le jeune homme, mais il fut incapable de terminer.

— J'ai bien une adhésion, déclara Tomek. Comme je l'expliquais à ton employé, elle me donne accès à beaucoup d'endroits.

À la vue de la carte de police de Tomek, la couleur quitta le visage de Gregory Chaplin, et les pattes-d'oie autour de ses yeux se creusèrent.

— Merde.

— Merde, en effet.

— Ce n'est pas ce que tu crois. Tout était consensuel. Je ne l'ai pas forcée à faire quoi que ce soit, et je ne l'ai pas payée. Aucune loi n'a été enfreinte.

Tomek hésita, se tournant vers la femme. — C'est vrai ?

Elle hocha lentement la tête, incapable de regarder Tomek dans les yeux. À présent, elle était entièrement habillée et se tenait les bras derrière le dos. Tomek prit quelques instants pour examiner ses traits plus en détail.

— Est-ce que je vous connais ? demanda-t-il.

— Je... je ne pense pas.

— Nous sommes-nous déjà rencontrés ? Je reconnais votre visage. Il agita son doigt vers elle. Du bureau du conseil municipal, continua-t-il. Vous étiez dans le bureau quand je suis venu parler à sa secrétaire l'autre jour. Avec la fontaine à eau. Et les codes de lancement nucléaires.

— Je... dit-elle avec une inclinaison solennelle de la tête, confirmant pratiquement ses soupçons. S'il vous plaît, vous ne pouvez le dire à personne. Je vais perdre mon emploi.

— J'espère sincèrement que ce n'est pas ainsi que vous l'avez conservé jusqu'à présent...

À cela, elle n'eut aucune réponse. Tomek prit ses coordonnées puis lui dit de partir. Et que si elle tentait quoi que ce soit, il saurait où la trouver.

Après qu'elle eut quitté la pièce, Tomek demanda au jeune homme de l'accompagner hors du bâtiment et de fermer la porte en sortant, pour qu'ils ne soient plus que tous les deux.

Gregory Chaplin portait toujours sa tenue de maire, avec ses chaînes pendantes autour du cou, et la bosse dans son pantalon encore visible. Tomek lui fit signe de s'asseoir.

— De quoi s'agit-il ? demanda Gregory. Je n'ai rien fait de mal.

Tomek ignora l'homme tandis qu'il commençait à arpenter la pièce, se sentant comme un méchant de James Bond.

Les murs étaient couverts de photographies à travers les âges. Principalement d'anciens membres en noir et blanc, des personnes notables qui, à un moment de leur vie, avaient fréquenté le club. Mais ce ne fut que lorsque Tomek se trouva de l'autre côté de la pièce que quelque chose de différent du reste attira son attention.

Une photographie numérique, prise quelques années auparavant seulement. Une photo qui contenait un homme mort au centre du cadre. Dessus, Herbert Tucker était vêtu d'un pantalon noir taché et déchiré. Sur le haut du corps, il portait un pull miteux qui avait été déchiré au niveau de la poitrine. Autour de son cou et de ses mains se trouvaient des taches noires. Ses cheveux étaient sales et en désordre, et son front était couvert de boue. En dessous, coincé dans ses narines, se trouvait un résidu de poudre blanche qu'il avait oublié de sniffer. Mais rien de tout cela ne préoccupait Tomek. C'était plutôt la bouche de l'homme qui le déconcertait. Elle était rouge, enflée et couverte de rouge à lèvres.

Des flashs de l'homme mort allongé entre les cabines de plage et habillé de la même façon apparurent dans l'esprit de Tomek. Presque une réplique exacte de la façon dont Herbert Tucker avait été mis en scène.

— Qu'est-ce qui se passe ici ? demanda Tomek, pointant du doigt la photo.

— *Ça* ? Euh... tu... tu n'aurais pas dû voir ça.

— Je n'aurais pas dû voir non plus ce à quoi je viens d'assister il y a quelques instants, et pourtant nous y sommes. Maintenant, dis-moi, que se passe-t-il sur cette photo ?

Gregory Chaplin balbutia de manière incohérente, son sang courant toujours rapidement dans ses veines après avoir été pris en flagrant délit.

— Cette photo a été prise il y a un moment.

— Je me fiche de quand elle a été prise. Je veux savoir ce qui s'y passe et pourquoi elle est accrochée au mur au milieu d'une pièce de baise.

Tomek se pencha pour examiner l'arrière-plan de la photographie, puis observa les alentours.

— La photo a été prise ici, dit-il. Est-ce une sorte de sanctuaire-donjon sexuel ?

— Ce n'est pas ce que tu crois. Une ligne de sueur s'était maintenant formée sur le front de Gregory Chaplin, et une tache avait commencé à se former autour du col de sa tenue de maire.

— Alors dis-moi ce que c'est, parce que je suis sérieusement confus.

— C'était juste une de nos soirées !

Nos soirées. Tomek savait tout à leur sujet.

— C'était un jour de semaine, continua Gregory. Je ne me souviens pas lequel. C'était un truc déguisé... Herbert trouvait ça drôle de venir habillé en sans-abri...

Venir déguisé comme l'une des personnes qu'il avait promis d'aider.

Tomek ressentit soudain un pincement de chagrin pour Aaron Howell-Jones et son frère.

Gregory continua. — Il était négligé, mais nous l'étions tous. Cette nuit-là... cette nuit-là nous...

— Avez pris de la cocaïne et couché avec des prostituées ?

Encore plus de choc se manifesta sur le visage de Gregory, si cela était entièrement possible.

— Comment sais-tu à propos de-?

— Ne t'inquiète pas, interrompit Tomek. Je suis au courant de vos petites soirées sexe et drogue. Toute l'équipe est au courant aussi. J'imagine que ce ne sera qu'une question de temps avant que la presse ne le découvre et que toute la communauté ne soit au courant.

— Mullen... murmura Gregory. S'il essayait de le faire discrètement et de le cacher aux oreilles de Tomek, alors il avait fait un travail terrible, car Tomek entendit jusqu'à la dernière syllabe. Ce nom ne fit que confirmer les soupçons de Tomek. Que la cabale des sept hommes travaillait ensemble et s'appuyait les uns sur les autres pour garder leurs petits secrets sales loin des yeux du public.

— Qui a pris la photo ? demanda Tomek.

— Une femme.

— Quel était son nom ?

Un nom lui vint immédiatement à l'esprit, mais il attendit la confirmation.

— Une femme d'Europe de l'Est. Je ne m'en souviens pas. Gregory détourna le regard, claquant des doigts, comme si cela allait stimuler les pensées dans son cerveau. Ali... Allen... Alina ! Alina quelque chose.

Bingo.

— Et qui d'autre est au courant de cette photo ?

— C'est le seul exemplaire. Alina l'a supprimée après nous l'avoir envoyée.

D'après ce qu'il avait appris sur Alina Zandecka au cours de la semaine précédente, il en doutait sincèrement.

— Tu ne m'as toujours pas dit ce que tu fais ici, dit Gregory Chaplin, une certaine résolution revenant dans sa voix maintenant. Tu es en train de violer une propriété privée.

— Non, ce n'est pas le cas. Mais puisque tu t'inquiètes tant de savoir pourquoi je suis ici, laisse-moi t'expliquer. Où étais-tu dans la nuit du quinze janvier ?

— Quelle nuit était-ce ?

— Une nuit froide.

— Hein ?

— C'était la nuit où Herbert Tucker, l'un de tes plus proches collègues, est mort.

— Oh...

— Où étais-tu ?

— Suis-je sérieusement interrogé en relation avec son meurtre ?

Tomek saisit la photographie et la décrocha du mur.

— Nos enquêtes sont en cours, dit-il lentement. Ceci fait partie de nos investigations de routine. Tu as travaillé avec lui pendant de nombreuses années, n'est-ce pas ?

— Oui. À présent, une partie de la résolution avait de nouveau disparu de sa voix. Nous avons travaillé étroitement ensemble. Mais je n'aime pas ce que tu insinues.

— Je n'insinue rien.

— Si, tu le fais. Tu suggères que j'ai eu quelque chose à voir avec sa mort.

Tomek leva la main en signe de fausse reddition. — Hé, c'est toi qui viens de le dire.

Gregory grogna et agita ses poings avec colère, comme un enfant gâté à qui l'on venait de dire non. Tomek appréciait cela, faire se tortiller un homme adulte avant que la femme lui suçant le pénis ne le puisse.

— Réponds à la question, dit Tomek. Où étais-tu la nuit où il est mort ?

— J'étais au bureau, souffla Gregory.

— Quel bureau ?

— *Le mien.*

— Ici ? Ou dans les bureaux du conseil municipal en même temps qu'Herbert et ses collègues ?

Gregory s'était fait prendre à son propre piège, et les deux hommes le savaient.

— Ici. J'étais ici, d'accord ?

— Avec une autre amie ?

Gregory baissa la tête de honte. — Peut-être. Mais je ne l'ai pas payée. Tout est consensuel. Elles sont toutes disposées à être ici.

Tomek ne pouvait penser à personne qui voudrait coucher avec un homme gros, en sueur et d'âge moyen. Mais ensuite, il se regarda dans l'un des miroirs et se rappela qu'il n'en était pas si loin lui-même.

— Je vais avoir besoin du nom et des coordonnées de la femme avec qui tu as passé la nuit.

— Je ne pense pas que je-

— Tu peux, et tu le feras.

— Mais... Gregory s'arrêta avant de continuer. Il savait qu'il n'avait pas d'autre choix.

— À quelle heure avez-vous terminé votre nuit d'amour ?

Le maire prit son temps avant de répondre. — C'était vers minuit. Peut-être plus tôt. Et puis je suis rentré chez moi.

— Chez ta femme ?

— Oui, chez ma *femme*.

Tomek plaça ses mains derrière son dos. — Comment s'est passée cette conversation ?

— Elle n'a pas eu lieu. Elle ne sait pas.

Tomek pinça les lèvres et siffla entre ses dents. — Ça vaudrait peut-être la peine de lui dire avant qu'elle ne l'apprenne d'une autre source.

— Est-ce une menace ? demanda Gregory, se redressant face à Tomek.

— Pas du tout. Mais tu sembles en savoir beaucoup sur les menaces, M. Chaplin. Est-ce ce qui est arrivé à Herbert ? T'a-t-il menacé mais tu l'as devancé, ou était-ce l'inverse ? Tu as fait la menace et ensuite tu l'as mise à exécution ?

— Absolument pas ! Tu dépasses largement les bornes ici. Tu n'as aucun droit de m'accuser de choses aussi absurdes. Maintenant, si tu n'as plus de questions à me poser, je vais partir !

Sans rien dire, Gregory saisit ses vêtements et le reste de ses affaires, puis s'apprêta à partir. Alors qu'il atteignait la poignée de la porte, Tomek le rappela et pointa vers une petite bande d'aluminium posée sur l'accoudoir du fauteuil. À l'intérieur se trouvaient de petites pilules bleues.

— Je crois que tu oublies quelque chose, nota Tomek. Mais je ne te recommanderais pas d'en prendre davantage. Nous ne voudrions pas que la conversation avec ta femme devienne *plus difficile* maintenant, n'est-ce pas ?

CHAPITRE
TRENTE-SEPT

Lorsque Tomek est revenu au commissariat, tous les autres membres du Southend Seven, y compris Richard Stafford, avaient déjà été abordés et interrogés. Et l'opération a été considérée comme un succès, une attaque coordonnée dont la Corée du Nord aurait été fière.

La nouvelle concernant la position compromettante dans laquelle il avait trouvé Gregory Chaplin s'était répandue rapidement, et peu après son retour, toute l'équipe en avait ri et plaisanté pendant une trentaine de secondes avant que Nick n'y mette fin et ordonne à tout le monde de se rendre dans la salle de réunion pour un débriefing. Une occasion de rassembler toutes les informations pendant qu'elles étaient encore fraîches dans leur esprit.

Malheureusement, la seule chose encore fraîche dans l'esprit de Tomek était l'image indélébile du pénis en érection de Gregory Chaplin. Il frissonna à cette pensée en entrant dans la salle des incidents majeurs.

— Allez, dépêchez-vous, dit Nick en faisant entrer tout le monde derrière lui depuis la porte. Magnez-vous le cul.

Les derniers à entrer furent Chey et Rachel, qui avaient eu l'idée brillante de se préparer une tasse de thé avant la réunion.

— Tu n'aurais pas apporté plus de nourriture de ton restaurant par hasard ? demanda Tomek au jeune agent.

— Il en reste encore dans le frigo depuis hier soir.

— Super ! s'exclama Tomek. J'adore le riz froid du lendemain.

— Non ! hurla Nadia, manquant presque de tomber de sa chaise en pivotant pour lui faire face. Tu es fou ? Du riz froid ? Tu ne peux pas manger du riz froid une fois qu'il a été cuit !

— Pourquoi pas ?

— Parce que ça peut te tuer. Il y a des bactéries partout dessus. Tu dois le réchauffer *à fond* avant de pouvoir le manger à nouveau.

— Ce n'est pas un mythe ? demanda-t-il sincèrement.

— Je vais t'en donner un de mythe, moi, dit Nadia, se contrôlant maintenant. Comment peux-tu ne pas savoir ça ?

Tomek haussa les épaules. — Je l'ai toujours fait. Ça ne m'a pas encore tué.

— Eh bien, en aucun cas tu ne dois manger du riz froid une fois qu'il a été cuit. Elle secoua la tête et souffla lourdement. Tu as quarante ans, Tomek. Je n'arrive pas à croire que je doive t'apprendre des trucs comme ça comme si j'étais ton parent.

Tomek fit un signe de tête vers le bébé qui grandissait dans son ventre. — Bon entraînement pour toi.

— C'est ça, parce que c'est la première leçon que je vais lui apprendre.

Nadia se retourna sur sa chaise et attendit que Nick commence la réunion. Le commissaire principal restait en suspens à la tête de la salle, regardant Tomek avec désapprobation.

— Tu continues à m'étonner, toi, dit-il.

Tomek fit une révérence moqueuse. — Je suis là toute la semaine. Sauf samedi. J'ai ma journée samedi. West Ham.

Mais Nick avait cessé d'écouter et s'était déplacé vers les noms sur les tableaux blancs. Pendant l'heure qui suivit, l'équipe passa en revue les informations qu'ils avaient réussi à recueillir auprès de leurs suspects respectifs.

En résumé, personne ne parlait. Personne n'admettait quoi que ce soit. Personne n'avait eu quoi que ce soit à voir avec le meurtre d'Herbert Tucker. Ils étaient tous chez eux, profondément endormis, bien au chaud dans leur lit. Si c'était vraiment le cas, alors cela mettait fortement deux personnes en position de complices.

— Mis à part le fait d'avoir vu beaucoup plus que ce à quoi je m'attendais, commença Tomek, j'ai aussi trouvé ceci.

Il tenait la photo qu'il avait prise de la chambre de sexe et pointait vers la bouche rouge d'Herbert Tucker.

— Vous reconnaissez quelque chose ? La ressemblance est frappante. Cette photo a été prise il y a quelques années par notre amie Alina Zandecka, pendant une nuit de plaisir et de divertissement au Southend Seven. Selon Gregory Chaplin, c'est la seule copie.

— Aucune chance que ce soit le cas, proposa Martin.

— C'est exactement ce que je pense. Je pense aussi que celui qui a tué Herbert Tucker a vu cette photo.

— Cela réduit certainement le champ des suspects, dit Nick. Bon travail. Puis il tourna rapidement son attention vers Chey, qui était le dernier à parler.

Le jeune agent frémissait de joie.

— Vous allez adorer ce que je vais vous dire ! dit-il, incapable de contenir son excitation. Pendant que vous parliez tous à des murs de briques, M. Colehill du club de football chantait comme un canari. Ou pissait comme un octogénaire, comme j'aime dire.

— Étonnant que tu connaisses la signification du mot, répliqua Tomek.

— Tu es à mi-chemin, papi ! Bien que ton front y arrive peut-être le premier !

Tomek décida de laisser passer la remarque. — Attends d'avoir la quarantaine. Tu auras des calculs rénaux avant que j'aie des problèmes de vessie.

Cela sembla le faire taire, puis il tourna son attention vers Nick. — Comme je disais...

— Chantait comme un canari... termina le commissaire principal à sa place.

— Oui. Contrairement à la façon dont Tomek l'a décrit l'autre jour, il était heureux de parler. Et il a beaucoup parlé. Il m'a dit quelques choses assez révélatrices en fait. Selon James Colehill, Herbert Tucker avait un problème de drogue plus important que ce qu'on nous avait fait croire.

— De quelle façon ?

— Non seulement il en consommait, mais il en fournissait également.

— *Quoi ?*

— Oh oui ! Ça devient encore mieux. Alors apparemment, ils opéraient tous les quatre leur petit réseau de drogue...

— Qui ? demanda Nick.

— Herbert, le PFCC, le maire et Richard Stafford.

Un bref moment de silence, chargé de choc, remplit la pièce.

— Explique, ordonna Nick.

— D'après ce que je comprends, Richard était celui qui fournissait la drogue ; évidemment, vu son passé. Pendant ce temps, Gregory Chaplin et Herbert Tucker disaient toutes les bonnes choses au public quand il le fallait, comme qu'ils allaient sévir contre la drogue et infliger des punitions plus sévères à ceux pris en possession ou surpris à dealer. Mais ensuite, en coulisses, ils passaient des instructions au PFCC.

— Quel genre d'instructions ?

— Lui dire de réduire les budgets de la police de première ligne, de détourner l'attention des interventions antidrogue et du personnel dans les zones où c'était plus répandu, vers quelque chose de complètement sans rapport, comme les cambriolages domestiques ou les vols de voitures. Ils voulaient que les rues soient remplies de cette merde, prendre autant d'argent que possible aux junkies et aux consommateurs, attendre que le problème devienne incontrôlable, et puis, s'ils avaient besoin d'un coup de pub rapide, ils résoudraient à nouveau le problème. Chey agita sa main de haut en bas comme une onde sinusoïdale. — Des hauts et des bas. Des hauts et des bas. Tout en empochant grassement les bénéfices.

Nick ouvrit la bouche pour parler, mais Chey l'interrompit et continua.

— J'ai même remarqué des versements mensuels, probablement des paiements d'acompte, à Brendan Door, Gregory Chaplin et Richard Stafford quand j'examinais les relevés financiers d'Herbert.

Tous les regards se tournèrent vers Nick qui, à certains égards, avait une part de responsabilité. La police de la région de Southend était son domaine ; il aurait à un moment donné approuvé les budgets et convenu d'une stratégie avec Brendan.

— Putain, siffla-t-il.

Putain, en effet, pensa Tomek. Le même sentiment était écrit sur les visages de ses collègues.

— Je... je n'ai jamais vu ça venir... dit-il, baissant la tête. Je...

Personne ne dit rien. Personne ne savait quoi dire. Une sensation étrangère pour Tomek.

— Pouvons-nous prouver tout cela ? demanda Nick.

— Nous pouvons interroger les paiements, oui. Mais comme pour beaucoup de ces choses, il est peu probable qu'il y ait une piste à moins que nous trouvions quelque chose sur l'ordinateur portable de Tucker - des emails, des messages, ce genre de choses.

Le seul problème était que l'équipe de criminalistique numérique examinait encore le disque dur du politicien. Et il faudrait encore une semaine environ avant qu'ils aient passé au crible l'ensemble des preuves.

— Bien, dit Nick, perdu dans ses pensées. Mais quel est le mobile dans tout ça ? Si Herbert Tucker payait des acomptes mensuels au PFCC, comment cela se traduit-il par sa mort ?

Chey fit une pause, réfléchit. — Parce que les paiements se sont arrêtés, juste au même moment où ils ont cessé pour Alina Zandecka et Terrence Toffolo.

— Alors il a juste coupé toutes les sources d'approvisionnement, puis quelqu'un a riposté ?

— On dirait bien, monsieur.

Tomek était assis patiemment, écoutant, retournant l'information dans son esprit. Avant qu'il ne puisse se concentrer correctement dessus, Chey s'éclaircit la gorge.

— Il y a plus... dit-il théâtralement.

— Plus ?

— Oh, oui. Je vous l'ai dit, il pissait comme un octogénaire ! Chey se gratta le côté du visage tandis qu'il se préparait pour la prochaine démonstration théâtrale de son discours. — M. Colehill m'a également informé qu'Herbert Tucker n'était pas le seul à avoir un problème de drogue.

— Qui d'autre ?

— Sa fille, Whitney. Pendant une période de dix à douze mois, elle était accro à la cocaïne et à l'héroïne. Tel père, telle fille. C'était il y a environ six ans. Mais ensuite sa mère l'a découvert et l'a aidée à s'en sortir. Ça n'a pas empêché Herbert de financer l'habitude au départ, n'est-ce pas ? Il était toujours prêt à tuer sa propre fille pour un peu d'argent supplémentaire.

C'était écœurant. Et Tomek pensa brièvement à sa fille à la maison. Comment elle avait été exposée à une mère toxicomane avant d'atterrir finalement sur le pas de sa porte. Comment elle avait vu de ses propres yeux la destruction que cela pouvait causer. Comment elle aurait pu être tentée de s'égarer dans ce monde à un si jeune âge. Et comment elle montrait déjà des signes de cela : elle avait déjà essayé de boire de l'alcool avant l'âge légal et il l'avait trouvée en train de vapoter dans sa chambre à deux reprises. Il espérait qu'il n'y aurait pas de progression naturelle dans son comportement...

Tomek coupa ses pensées et se reconcentra sur la salle.

— Encore deux choses, dit Chey.

— *Deux* ?

— Ouais. Laquelle voulez-vous en premier ?

— Dans l'ordre où tu les as entendues, répondit Nick, même si tout le monde dans la pièce avait ouvert la bouche pour exprimer son choix.

— Très bien alors. Chey s'éclaircit la gorge. — Premièrement, selon James Colehill, notre Commissaire à la Police, aux Pompiers et à la Criminalité, M. Brendan Door, couche avec la femme d'Herbert, Nora, depuis longtemps. Et, deuxièmement, la rumeur dit que Richard Stafford sait quelque chose sur Herbert Tucker que personne d'autre ne sait. Quelque chose qu'il emportera apparemment dans sa tombe...

CHAPITRE
TRENTE-HUIT

Samedi. Le jour de congé de Tomek. Le premier depuis ce qui lui semblait une éternité.

C'était aussi jour de match. Son premier depuis ce qui lui semblait une éternité encore plus longue.

Mais pour Kasia, c'était le premier de toute sa vie.

Et pendant les vingt-quatre heures à venir, il avait promis de ne pas penser à Herbert Tucker, Alina Zandecka, Gregory Chaplin ou à la fille qui s'était retrouvée face contre terre sur ses genoux (bien qu'il n'ait rien mentionné à propos d'elle quand il avait fait sa promesse). Kasia aurait toute son attention pour la journée entière, et il n'allait pas gâcher ça. Assister à un match de West Ham, son équipe préférée, était un jour spécial pour lui. Un moment de complicité.

Si elle en appréciait l'importance, il ne pouvait pas le dire avec certitude. Mais il espérait qu'à la fin, elle se serait au moins amusée.

En entrant dans le stade, Tomek acheta un programme du match et une écharpe bordeaux et bleue à un stand pour Kasia.

— Maintenant on est assortis, dit-il, en tenant la sienne à côté de celle de Kasia.

— Je suis obligée de la porter ?

— Si tu veux ton dîner ce soir, oui.

À contrecœur, elle prit l'écharpe et l'enroula autour de son cou, en prenant soin d'en cacher autant que possible dans son manteau. Puis, alors qu'ils se dirigeaient vers leurs places, il lui tendit le programme.

— Ça te montre qui sont tous les joueurs, lui expliqua-t-il.

— Je sais qui ils sont, répondit-elle. Je les ai cherchés en ligne.

Ce qui lui rappela quelque chose. Il sortit son téléphone et navigua vers l'application de paris William Hill. Au moment où il allait charger le logiciel, une notification apparut en haut de l'écran. Un message. D'Abigail.

Je n'ai pas eu de nouvelles depuis un moment. Tout va bien ? Je me demandais si on pourrait...

Tomek était fort tenté d'appuyer sur la notification avec son doigt potelé et de lire le reste du message, et peut-être même de taper une réponse, mais il se souvint alors de Kasia et de la promesse faite à sa fille. Une fois la notification disparue, il chargea l'application de paris, trouva le match de West Ham et misa dix livres sur leur victoire. Les cotes n'étaient pas fantastiques à 18/10, mais ils étaient les favoris. Et au moins, il doublerait presque son argent.

Non. Il *allait* presque doubler son argent. Il en était certain. West Ham contre Manchester United, l'équipe à domicile en pleine forme, l'autre confrontée à des problèmes sur et en dehors du terrain, l'une était l'outsider. Dans son esprit, il ne pouvait y avoir qu'un vainqueur, et c'étaient ses bien-aimés Hammers.

Ils arrivèrent à leurs places et s'installèrent malgré le froid. Ils avaient une demi-heure d'avance, et déjà le stade commençait à se remplir. Une affluence massive pour un match massif. Tomek sentait l'atmosphère du stade commencer à vibrer.

— Qui va marquer pour nous, d'après toi ? demanda Tomek après avoir placé son premier pari.

Kasia consulta le programme du match avant de répondre.

Finalement, elle dit :

— Bowen, en pointant avec enthousiasme le nom de l'ailier.

— Je me demande pourquoi...

— On est parents avec lui ?

Tomek haussa les épaules.

— Pas que je sache. C'est possible.

— M. Hendricks dit qu'on est tous liés d'une façon ou d'une autre.

— Pourquoi dit-il ça ?

— Apparemment, un type prétend qu'il existe un isopoint génétique qui signifie qu'on descend tous de deux personnes qui ont vécu il y a très longtemps.

— Je vois. Je suppose que nous sommes tous liés d'une certaine manière.

— Est-ce qu'on a des gens célèbres dans notre famille ? demanda Kasia.

Elle était étonnamment bavarde pour un après-midi froid de janvier, dans un endroit peu familier et une expérience inconnue, mais il ne s'en plaignait pas. C'était peut-être sa façon de lui faire savoir qu'elle passait un bon moment.

— Je pense que la personne la plus célèbre que nous ayons jamais eue dans la famille était une grand-tante – *ma* grand-tante. Je ne sais pas quel lien elle aurait avec toi.

— Qu'est-ce qu'elle a fait ?

— C'était une criminelle. Elle a cambriolé une bijouterie une fois, en Pologne.

— Oh.

— Ouais. Elle est morte quelques années avant ta naissance, je crois.

— C'est héréditaire ?

— Quoi ? Se faire tirer une balle dans la tête ? Je pense que tu iras bien.

Les lèvres de Kasia s'entrouvrirent et ses yeux s'écarquillèrent.

— Elle s'est fait tirer une balle dans la tête ! Pourquoi ?

— Des représailles. D'après ce que je sais, ce n'était pas une femme particulièrement gentille, et elle avait contrarié quelqu'un quelques années auparavant qui est venu terminer le travail.

— Wow.

— Ouais. Alors fais attention à qui tu mets en colère dans ta vie.

Avec cette déconcertante perle de sagesse qui flottait dans sa tête,

Kasia s'installa confortablement dans son siège et ne dit plus rien. Mais le silence fut de courte durée, et quelques minutes plus tard, les équipes entrèrent sur le terrain et le match commença. Puis, pendant les quatre-vingt-dix minutes suivantes plus le temps additionnel, toute pensée de grand-tantes criminelles et de balles dans la tête s'envola par la fenêtre, alors qu'ils regardaient West Ham s'accrocher à une victoire 1-0, avec Jarrod Bowen marquant l'unique but du match. Une fois le match terminé, des cris de « Bowen est en feu, votre défense est terrifiée » sur la musique de « Freed From Desire » de Gala résonnèrent dans tout le stade. Tomek se surprit à se joindre aux chants, criant fort, se laissant emporter par l'excitation.

— Tellement gênant, dit Kasia, alors qu'ils commençaient à quitter leurs sièges.

— Quoi ? Je suis en feu, non ?

— Tu n'as pas marqué le but.

— Non. Je veux dire en général. Dans la vie.

L'expression sur son visage disait qu'elle voulait dire : « Qu'est-ce que tu racontes, papa ? » mais elle choisit plutôt la version tout public.

— Tu es tellement bizarre parfois.

— Ça fait partie d'être parent. C'est dans le règlement. Embarrasser ton enfant autant que possible.

— Ouais... D'accord...

— En plus, j'ai gagné mes paris, non ? *Maintenant*, je suis en feu.

— Une partie de cet argent devrait être à moi.

Argument valable.

— Ça va payer ton repas à emporter ce soir, voilà.

Peu après avoir quitté leurs places, ils furent rapidement pris dans la marée de supporters, impatients d'évacuer le stade et de rentrer chez eux le plus vite possible. Juste au moment où ils descendaient le petit escalier qui menait vers l'artère principale, Kasia expliqua qu'elle devait aller aux toilettes, alors Tomek l'attendit de l'autre côté. Tandis qu'il se tenait là, appuyé contre le mur, il sortit son téléphone et jeta un coup d'œil aux notifications. Pendant le match, il avait reçu deux autres messages d'Abigail. Tous deux disaient la même chose.

J'espère que je n'ai rien fait pour te contrarier...

Je ne veux pas que tu penses que je suis trop collante ou envahissante...

Tomek ne pensait pas cela. Il avait déjà vécu cette situation, à l'extrême, et ce n'était rien de comparable. D'une certaine manière, c'était légèrement touchant. Qu'elle soit sérieuse et engagée dans la relation et désireuse de le connaître. Maintenant, c'était à son tour de faire de même. Pour autant qu'il ait établi ses priorités.

En parlant de priorités. Où était-elle ?

Cela faisait au moins cinq minutes, et toujours aucun signe de Kasia. Rangeant son téléphone dans sa poche, il commença à se frayer un chemin à travers la foule, luttant contre les muscles et la graisse d'hommes d'âge moyen à l'haleine chargée d'alcool qui lui hurlaient au visage. Soudain, l'euphorie et l'excitation de la victoire ne le captivaient plus comme quelques instants auparavant.

Heureusement, cet état de panique léger fut de courte durée car là, sortant des toilettes, marchant côte à côte avec une autre fille, se trouvait Kasia. Tomek reconnut la fille qui l'accompagnait mais fut incapable de situer son visage.

— Papa, tu te souviens de Yasmin ? demanda Kasia.

Yasmin. Yasmin. Tomek fit défiler le nom dans son esprit plusieurs fois. Puis, alors qu'elle levait les yeux vers lui, ses traits matures devenant visibles, il la reconnut. Yasmin. La fille de la plage avant Noël. Celle qui avait été présente la nuit où la fille de Nick avait été agressée.

— Yasmin. Oui, bien sûr que je me souviens de vous. Comment allez-vous ? Êtes-vous ici seule ou avec quelqu'un ?

— Je suis avec mes parents. Elle se retourna et désigna une silhouette de l'autre côté de la foule. Ma mère m'attend.

Kasia fit rapidement et maladroitement un signe d'au revoir. Quand elle se retourna pour lui faire face, ses joues avaient rougi.

— Quelle coïncidence ! dit Tomek.

— Sa mère et son père ont des abonnements de saison.

— Je suppose que si tu as une amie qui vient, tu seras plus encline à venir aux matchs à domicile maintenant, n'est-ce pas ? Et pas seulement parce que ton vieux père te l'a demandé.

Kasia ne dit rien alors qu'ils rejoignaient le flot de la circulation et sortaient du stade.

Quand ils montèrent dans le métro, Tomek dit :

— Le dîner ce soir alors. Tu as décidé ce que tu voulais ?

— Chinois. J'ai vraiment envie d'un chinois.

Bien sûr. C'était son préféré. Et généralement le plus cher. C'était une bonne chose que Monsieur William Hill paie l'addition.

CHAPITRE
TRENTE-NEUF

De l'acide de batterie grésille dans les yeux de mon frère. La pluie fouette son visage, bouillonnant lorsqu'elle entre en contact avec l'acide.

Ou peut-être pas. Je n'en sais rien.

Mais ce que je sais, c'est qu'il y a deux tueurs. Deux tueurs qui se tiennent au-dessus de mon frère quand j'entre dans le champ où je suis censé retrouver Michał.

Deux tueurs qui ont fui les lieux. Mais pas avant que j'aie pu apercevoir l'un d'entre eux.

Dans celle-ci, je fixe directement Nathan, le tueur qui a été arrêté pour le meurtre de Michał, tandis que l'autre est flou, figé à l'arrière-plan. J'ai envie de tendre la main pour l'attirer dans la lumière, mais rien ne se passe. Il refuse de bouger.

Mais Nathan...

Ce petit connard me fixe droit dans les yeux ; son visage est rempli de menace et de mal, ses yeux débordent de haine.

Il porte un survêtement noir. Adidas, je crois. Les trois bandes. Il a une capuche mais ne la porte pas. Pas qu'il en ait besoin, parce qu'il ne pleut pas vraiment. La pluie n'est pas vraiment là. Je sais qu'elle n'y est pas, mais pour une raison quelconque, elle continue d'apparaître.

Mais Nathan n'a pas l'air de s'en soucier de toute façon.

Nathan a quinze ans. Quatre ans de plus que moi, deux ans de plus que Michał. L'un des plus âgés de l'école. Il a des épaules fines et étroites, et une silhouette encore plus fine et plus étroite. Il aime se croire parmi les durs, vivant quelque part dans une cité. Il aime penser qu'il est le maître de l'école quand il y vient, mais ce n'est pas le cas. Sa frange noire, épaisse et hirsute fouette et ondule dans le vent, et sa bouche s'ouvre en un sourire tordu, dévoilant ses horribles dents — des dents qui n'ont probablement pas été lavées depuis des semaines. Ses mains et son manteau sont couverts de sang, et lorsqu'il écarte une mèche de cheveux de son visage, il en étale sur sa joue.

Le sang de Michał. Le sang de mon frère.

Ils l'ont massacré. Tué. Absolument brutalisé.

Et je ne leur pardonnerai jamais. Je ne leur pardonnerai jamais ce qu'ils ont fait.

J'aimerais qu'on ait la peine capitale. J'aimerais qu'ils aient pu être condamnés à mort. Pendus pour leurs crimes. Reçu une injection létale ou la chaise électrique.

Tués, effacés de la planète. De la même façon qu'ils l'ont fait à Michał.

Mais au lieu de ça, on leur a donné une autre chance.

Nathan a écopé de trente ans.

L'autre... Charlie, eh bien, où qu'il soit, j'espère qu'il souffre, comme il mérite de souffrir.

Il mérite l'acide de batterie dans les yeux.

Les briques dans le visage.

La terre dans la bouche.

Les coups de couteau dans l'estomac et la poitrine.

La mutilation de son pénis.

Il mérite tout ça. Chaque parcelle de douleur qu'il a infligée à Michał, il mérite de la subir dix fois plus.

CHAPITRE
QUARANTE

Le *Southend Echo* occupait un petit bureau au deuxième étage en plein cœur de Basildon, dans un bâtiment gris et triste qui n'avait subi aucune modification depuis sa construction originale dans les années quatre-vingt. Pas de fenêtres du sol au plafond, pas de panneaux modernes, rien qui suggérait qu'il avait été construit en avance sur son temps. C'était déprimant à regarder de l'extérieur, et Tomek espérait que l'intérieur serait un peu plus lumineux.

Il se trompait.

L'intérieur était tout aussi lugubre et sinistre que l'extérieur et lui rappelait ses salles de classe des années quatre-vingt-dix. À la réception, ils furent accueillis par une femme d'âge moyen qui ressemblait davantage à une bibliothécaire qu'à une employée de journal. Tomek et Rachel se présentèrent et expliquèrent qu'ils étaient là pour rencontrer John Mullen, et—

— Avez-vous rendez-vous ?

— Non, répondit Tomek avec un sourire narquois. Nous n'en avons pas besoin.

— J'ai bien peur que si. M. Mullen est un homme extrêmement occupé.

— Nous aussi, répliqua Rachel avec autant de conviction qu'un enfant prouvant qu'il a raison.

Avant que la réceptionniste ne puisse répondre, Tomek demanda :
« Abigail travaille-t-elle aujourd'hui ? »

— Quel rapport avec—?

— Est-ce qu'elle est là ? insista Tomek.

— Oui, elle est—

— Parfait. Je vais lui parler. J'ai rendez-vous avec elle.

Tomek tourna le dos à la femme, passa par la porte marquée *Southend Echo* en caractères gras, puis continua le long d'un corridor tapissé d'une moquette violette qui datait d'au moins trente ans, peut-être plus.

— Je suppose que coucher avec une des rédactrices du journal a ses privilèges, remarqua Tomek.

— En plus des avantages évidents.

— Est-ce que je détecte une pointe de jalousie, Lieutenant Hamilton ?

— Ce n'est pas parce que je suis lesbienne que je trouve toutes les femmes attirantes. Tout comme tu ne trouverais pas tous les hommes attirants si tu étais gay. Mais oui, je pense que tu vises clairement au-dessus de tes moyens avec celle-là.

Tomek haussa un sourcil. — N'hésite pas à dire ce que tu penses la prochaine fois, d'accord ? Je suis un grand garçon, je peux l'encaisser.

— Fais attention à ce que tu souhaites, chef, répondit-elle avec un sourire espiègle.

Finalement, ils arrivèrent au bout du couloir et débouchèrent dans un petit espace ouvert où six personnes étaient penchées sur leurs bureaux, séparées les unes des autres par un mur d'écrans d'ordinateurs et de câbles. Le bruit de la frappe furieuse était assourdissant. À l'autre bout de la pièce se trouvait un petit espace de bureau, avec le nom de John Mullen inscrit dessus dans la même police de caractères qu'ils avaient croisée en chemin.

Tomek ignora les travailleurs, et Abigail, qui était assise dos à lui au bout de la rangée, et se dirigea directement vers le bureau de John Mullen.

Il n'avait fait que quelques pas lorsqu'elle l'aperçut du coin de l'œil et pivota sur sa chaise, son visage exprimant surprise et excitation.

— Tomek ! Qu'est-ce que tu—?

— Désolé, dit-il, la coupant instantanément. Je te parlerai après. D'abord, je dois m'occuper de quelque chose.

Parler avec John Mullen, suite à la révélation de Chey, était devenu une priorité absolue. Il en allait de même pour Brendan Door, le PFCC, sauf que Nick avait conseillé qu'il s'en chargerait lui-même. Et il en allait de même pour Richard Stafford. Le seul problème était que l'équipe avait du mal à trouver le présumé trafiquant de drogue. Selon les rapports, il s'était envolé vers sa villa en Espagne ensoleillée et ils ne pouvaient pas l'extrader car il n'y avait pas de charges à porter contre lui sans preuves suffisantes.

Pour l'instant.

John Mullen, cependant, était une cible facile. Et Nick avait demandé à Tomek de lui parler directement. Un sergent, quelqu'un avec de l'ancienneté. Il avait été difficile de ne pas penser à Sean quand il l'avait appris, mais ce moment de compassion n'avait duré que quelques secondes avant qu'il ne remette sa casquette de policier et parte avec Rachel.

Tomek frappa à la porte du bureau de John Mullen et attendit. Le quadragénaire de quarante-neuf ans ouvrit la porte quelques secondes plus tard.

— Qui êtes-vous ? siffla-t-il, l'indignation manifeste dans sa voix.

— Des amis, répondit Tomek en brandissant sa carte de police devant le visage de l'homme. Nous ne vous voulons aucun mal.

Pas physiquement, en tout cas.

À contrecœur, John Mullen comprit qu'il avait peu de pouvoir dans cette situation et s'écarta. Rachel fut la première à entrer, suivie par Tomek. Il n'y avait pas de sièges dans le bureau, à part celui qui avait été attribué au rédacteur en chef, ce qui obligea Tomek et Rachel à rester debout, chose qui ne dérangeait pas Tomek. Plus de pouvoir pour lui, une présence plus intimidante ; une présence qui pourrait faire surgir une information ou une sagesse particulière.

Un instant plus tard, Tomek commença. — Nous voulions vous parler au sujet d'Herbert Tucker, et—

— J'ai déjà dit à vos collègues tout ce que je savais l'autre jour.

— Malheureusement, nous avons des raisons de croire le contraire.

John Mullen croisa les doigts et adopta une expression pensive.

— Il est venu à notre attention que vous gardez certaines choses concernant Herbert Tucker hors de la presse depuis un certain temps.

— Comment ?

— Un témoin.

— Qui a parlé ? dit rapidement Mullen, avant de se reprendre tout aussi vite.

— Personne n'a parlé, M. Mullen, mentit Tomek. Nos estimés collègues ont réussi à extraire des informations.

— Ne pensez pas que ça va marcher avec moi.

Rachel et Tomek échangèrent un regard. — Comme c'est mignon, lui dit Tomek. C'est ce qu'ils disent tous.

— C'est vrai, chef. Vous avez raison.

Tomek fit un pas en avant.

— Ce n'est pas de ça dont nous sommes venus parler, en fait, John. Nous sommes ici pour discuter d'autres choses.

Les rides sur son front s'accentuèrent à mesure que l'inquiétude montait.

— Nous nous demandions si vous pourriez nous donner plus d'informations sur la toxicomanie de sa fille.

Les pupilles de John se rétrécirent, sa tête s'inclina sur le côté.

— Qu'est-ce que vous voulez savoir à ce sujet ?

— Combien on vous a payé pour le garder secret.

— Je n'ai pas été payé.

— Vraiment ? Comment expliquez-vous ceci alors ? Rachel se plaça devant lui et tendit un document A4 à John. En haut du document figurait une seule rangée de cellules. Dans la première se trouvait le nom de John, puis ses coordonnées bancaires personnelles, le code guichet et le numéro de compte, la date de la transaction, et enfin le montant.

— Pouvez-vous expliquer cela ?

— C'était... J'étais... C'étaient des honoraires de consultation.

— Quarante mille livres, c'est beaucoup d'argent pour une consultation. Sur quoi vous a-t-il consulté ?

— Ses positions politiques, répondit John, souriant comme s'il était fier d'y avoir pensé sur-le-champ. Il avait besoin de savoir comment ses opinions et ses discours seraient perçus d'un point de vue des relations publiques.

— Donc vous l'avez conseillé ? demanda Tomek.

— Oui.

— Vous lui avez déjà dit quoi dire ?

— Parfois.

— Est-ce autorisé ? Ça ressemble un peu à de la manipulation pour moi. Ça ressemble aussi à un homme qui n'avait pas de pensée originale.

— Je...

— Est-ce que ça vous dérangeait ?

John secoua lentement la tête. — C'était ce qu'il faisait. Nous l'avions tous accepté.

— Nous ?

Tomek prenait plaisir à cela. L'homme trébuchait sur ses mots. Et à ce rythme, il pourrait avouer le meurtre avant la fin de la conversation.

— Juste... juste nous, ici. Au journal.

— Rien à voir avec Gregory Chaplin, Richard Stafford, Brendan Door, Anthony Arnold, James Colehill ou Terrence Toffolo ?

John ne dit rien pendant un moment, resta juste assis là, mal à l'aise, réfléchissant aux noms. Un tic apparut dans son œil droit.

— Je ne connais aucun de ces noms.

— Vraiment ? Pas même celui du maire ? C'est étrange. N'étiez-vous pas ensemble ce week-end ?

— Ah. Bien sûr. Eh bien, oui. Je les connais dans un cadre professionnel.

— Mais pas personnellement ?

— Je ne dirais pas ça, non.

— Donc vous ne savez rien du club privé Southend Seven sur Richmond Avenue ?

Le visage de John pâlit d'un ton.

— Ou de la photo qui était accrochée au mur dans une des pièces ?

Encore un ton de plus.

Quand Tomek sortit une copie imprimée de la photographie de sa poche et la montra à l'homme, toute couleur quitta son visage.

— Étiez-vous présent quand cette photo a été prise ?

— Je... Euh... John s'éclaircit la gorge, prit un verre d'eau sur son bureau et but. L'homme gagnait du temps, c'était évident, mais peu importait qu'il gagne dix minutes ou dix heures ; ce qui comptait, c'était ce qui allait sortir de sa bouche ensuite. Tous les cinq – l'avocat, le maire, le PFCC, John et le trafiquant de drogue – gardaient le silence, s'assurant que leurs bouches restaient fermées. Ils s'avéraient difficiles à faire craquer. Mais l'un d'eux finirait par parler. Et Tomek voulait être là quand cela arriverait.

— Je ne sais rien de cette photo, répondit John. Suis-je en état d'arrestation ?

— Pas à moins que vous ne vouliez qu'on vous arrête ?

— Alors je ne dirai rien de plus.

Tomek laissa la photo sur la table et mit ses mains dans ses poches.

— Nous avons encore quelques questions à vous poser, donc nous allons le faire.

John ricana.

— À quelle fréquence allez-vous au Southend Seven ?

L'homme ne dit rien et resta assis là, les lèvres pincées comme pour prouver davantage son point.

— Chaque semaine ? Chaque jour ?

Rien.

— Est-ce que votre femme sait que vous y allez ?

La tension dans ses lèvres se relâcha légèrement.

— Sait-elle ce que vous y faites ? Sait-elle qui a pris la photo ?

De plus en plus relâchées.

— Sait-elle pour les drogues ?

Plus relâchées encore, revenues à la normale maintenant.

— Sait-elle où vous étiez la nuit de la mort d'Herbert Tucker ? Peut-elle corroborer cela, ou aurons-nous besoin d'avoir cette discussion dans un cadre plus formel ? Ou a-t-elle besoin que nous lui disions quel genre de choses vous faites ?

— D'accord ! Taisez-vous, bordel. Arrêtez de parler. Non, elle ne sait pas, d'accord ? Et je vous serais reconnaissant de ne rien lui dire.

— La seule façon qu'elle l'apprenne serait que cela soit divulgué dans les médias, mais comme vous possédez cette publication et que vous n'avez pas à payer pour votre propre silence, je suppose que vous irez bien. Cependant, si vous tombez pour le meurtre de Tucker, j'imagine que tous ces secrets, et qui sait quoi d'autre, pourraient bien suinter.

— Je n'ai rien à voir avec la mort d'Herbert. J'étais dévasté quand je l'ai appris. Honnêtement.

C'était exactement ce que dirait quelqu'un qui n'était pas honnête.

— Savez-vous qui l'a fait ? demanda Rachel.

L'homme secoua vigoureusement la tête. — J'aimerais bien le savoir. Mais je ne sais pas. Je suis désolé.

— Pouvez-vous nous dire *quoi que ce soit* ?

— Je vous ai déjà dit tout ce que je sais l'autre jour.

— C'est un mensonge, n'est-ce pas, John, et vous le savez ?

— Q-Quoi ? Je ne comprends pas.

— La fille d'Herbert se droguait et vous avez gardé ça hors du domaine public, n'est-ce pas ? poursuivit Rachel. Combien vous a-t-il payé pour ça ? C'était un autre de vos honoraires de consultation ? Encore quarante mille livres sur le compte pour garder le silence ?

— Je ne dis rien, dit-il. Mais ce faisant, il avait pratiquement confirmé sa culpabilité. Il avait accepté des pots-de-vin en échange de son silence.

Ce qui avait été un thème récurrent pour presque toutes les personnes à qui ils avaient parlé. Tout s'était résumé à l'argent. Et avec un homme d'une telle influence et d'un tel pouvoir, l'offre ne manquait pas.

Pas plus que la demande.

CHAPITRE
QUARANTE-ET-UN

En sortant du bureau de John Mullen, Tomek prit Abigail à part et lui expliqua que, contrairement à ce qu'elle s'était persuadée, il ne l'avait pas ignorée, mais qu'il devait s'occuper de sa fille. Kasia était sa priorité, et Abigail se montra plus que compréhensive sur ce point, s'excusant même d'avoir semblé trop envahissante et étouffante. À la fin de leur conversation, Tomek suggéra qu'ils se retrouvent le week-end suivant, peut-être lors d'un prochain match à domicile.

— Tu plaisantes ? Je suis supporter de West Ham depuis toujours. J'*adorerais* y aller !

C'était un rendez-vous. Inscrit au calendrier. Quelque chose à attendre avec impatience.

Malheureusement, on ne pouvait pas en dire autant de son après-midi. Dès qu'il eut terminé avec John Mullen, la personne suivante sur sa liste était Brendan Door, le Commissaire aux Services de Police, d'Incendie et de Justice pénale de Southend. Nick l'accompagnait.

Le commissaire principal était visiblement nerveux. Il faisait les cent pas, se balançant d'un pied sur l'autre quand il ne marchait pas, et se grattant l'arrière de la tête presque sans interruption pendant qu'ils attendaient que la secrétaire de Brendan les fasse entrer.

— Ça va, chef ? demanda Tomek.

— Ouais, répondit Nick d'une voix tremblante. C'est juste que... c'est difficile, tu sais.

— Essaie de ne pas y penser.

Normalement, face à une telle remarque, Nick aurait soupiré, lancé un regard noir à Tomek, et fait une remarque pleine de jurons sur le fait qu'il n'y avait pas pensé lui-même, mais cette fois il n'y eut rien. Pas même le moindre soupir. Comme si son supérieur était brisé.

Quelques instants plus tard, la porte du bureau de Brendan s'ouvrit et en sortit un homme grand et corpulent avec des cheveux clairsemés sur lesquels il semblait avoir dépensé beaucoup d'argent pour ne les améliorer que marginalement. Ses yeux étaient enfoncés dans leurs orbites, et il portait une paire de lunettes épaisses remontées sur son front. Il était vêtu d'un coûteux costume bleu nuit qui pendait trop bas sur ses épaules, et d'une cravate qui manquait le bouton du haut d'au moins un kilomètre. L'ensemble donnait l'impression d'avoir été acheté avec le futur en tête, comme si sa mère l'avait acheté en espérant qu'un jour il finirait par lui aller.

— Je vois que tu as amené des renforts cette fois, Nick, dit Brendan d'une voix grave et rauque.

— Tu n'as pas besoin de rendre ça aussi difficile que la dernière fois.

— Sortez de mon bureau et nous n'aurons pas de problème.

Tomek sentit qu'une bagarre se préparait. Il pouvait sentir l'adrénaline commencer à bouillonner en lui.

Pendant un long moment, personne ne dit rien tandis que Nick et Tomek attendaient que Brendan craque. Et après quelques secondes supplémentaires, il finit par céder. Le tyran leur tourna le dos et se précipita dans son bureau. Nick le suivit de près et retint la porte avant qu'elle ne lui claque au visage.

— Tu sais, ce comportement ne fait que suggérer que tu as quelque chose à cacher, fit remarquer Nick. Ça ne m'inspire pas beaucoup confiance.

— Quelles preuves avez-vous contre moi ? demanda l'homme en se perchant sur son fauteuil de bureau.

— Aucune qui t'incrimine directement. Juste quelques paiements étranges que tu dois expliquer, mais rien—

— Donc je suis coupable par association, c'est ça ?

— Et le reste, dit Tomek, incapable de se contrôler. Voilà que sa grande gueule reprenait le dessus.

— Pardon ? aboya Brendan. Qui êtes-vous, putain ?

— Sergent-détective Tomek Bowen, monsieur.

— Eh bien, Sergent Bowen, fermez votre putain de gueule et laissez les deux hommes les plus haut gradés de cette division régler ça.

L'adrénaline augmenta.

— Avec tout le respect que je vous dois, monsieur, en ce moment vous êtes suspect dans une enquête pour meurtre. Votre crédibilité, votre rang et votre statut sont passés par la fenêtre. À mes yeux, cela vous place au même niveau que certaines personnes que nous arrêtons quotidiennement.

— Je ne suis en rien comme ces rats dehors. J'ai une belle maison et une belle voiture. Je suis un homme puissant et influent.

— Et vous pensez que ça vous donne le droit de détruire des vies et de tuer quelqu'un ?

Brendan ne réagit pas. Du moins pas immédiatement. Mais quand il le fit, il se leva d'un bond de sa chaise et se précipita sur Tomek. Il s'arrêta brusquement à quelques centimètres de lui, le poing levé, respirant bruyamment par le nez.

— Faites-le, supplia Tomek, soutenant le regard du commissaire. S'il vous plaît. Je vous en prie. Une fois que nous vous aurons inculpé pour agression, qui sait ce que nous pourrions découvrir d'autre ?

Le dilemme se lisait sur le visage de Brendan. Craquer ou lâcher prise. Craquer ou lâcher prise. Finalement, il baissa son poing et dit : — Nick, ce petit connard est toujours comme ça ?

— Malheureusement, oui. Mais c'est en partie ce qui fait de lui l'un des meilleurs flics que j'aie connus. Alors je vais te demander de t'éloigner de lui et de répondre à nos questions.

À contrecœur, l'homme s'éloigna de Tomek, les yeux rivés sur lui, et s'installa dans l'espace entre eux et le bureau.

— *Gowniaki*, murmura Tomek.

Traduction : Petit merdeux.

Si le commissaire comprit, l'expression déjà furieuse sur son visage ne le montra pas.

— Bien, commença Nick une fois que l'atmosphère se fut légèrement apaisée. Herbert Tucker. Depuis combien de temps le connais-tu et travailles-tu avec lui ?

— Quinze ans.

— Pour travailler avec lui ou le connaître ?

— Les deux.

— D'accord. Et à quel titre avez-vous travaillé ensemble ?

— Je l'ai rencontré quand il a démarré sa société immobilière. Il venait de construire un petit lotissement à Rawreth, mais il se plaignait que des gens s'introduisaient dans les maisons pour les vandaliser. Alors il est venu me voir à l'époque où j'étais responsable de la sécurité communautaire et de la justice pénale, espérant que je pourrais faire quelque chose.

— Et tu l'as fait ?

Brendan haussa les épaules. — J'ai parlé à un sergent de police du secteur à l'époque et je lui ai demandé s'il pouvait envoyer occasionnellement quelques patrouilles en uniforme dans cette direction, juste pour dissuader.

— Donc tu t'es rapidement retrouvé dans sa poche ?

— Pas du tout.

— Alors qu'en est-il de l'argent ? La voix de Nick restait calme, ce qui était surprenant étant donné que le moindre désagrément suffisait d'habitude à le faire sortir de ses gonds.

— Quel argent ?

— Ne fais pas l'idiot. Tu es un homme intelligent. Tu sais comment nous travaillons. Tu sais que nous pouvons découvrir des choses facilement. Nous avons vu les paiements. Nous avons juste besoin que tu confirmes à quoi ils servent.

— Si vous les avez déjà trouvés, alors vous devriez déjà savoir.

Nick ne dit rien.

— Et si c'est le cas, qu'attendez-vous ? Brendan tendit ses mains, poignets joints. Arrêtez-moi. Allez-y. Arrêtez-moi.

Ni Tomek ni Nick ne bougèrent. Ils étaient coincés, incapables de faire quoi que ce soit. Tout ce qu'ils avaient pour suggérer que Brendan Door avait reçu des paiements d'Herbert Tucker pour faciliter le trafic de drogue dans la ville était un témoignage. Il n'y avait pas de preuve tangible, pas de preuve concrète qu'il avait fait quelque chose d'illégal et d'immoral. Et Brendan le savait.

— Non ? Vous ne voulez pas m'arrêter ? Dans ce cas, vous pouvez partir.

Alors que Brendan leur tournait le dos, Tomek dit : — Le nom de Richard Stafford ne vous dit rien, n'est-ce pas ?

Brendan s'arrêta au milieu de sa rotation, les coins de ses lèvres se transformant en un sourire narquois. — Bien sûr que si. C'est un homme terrible qui a fait des choses terribles.

— Vous ne sauriez pas quelque chose à propos de la photo accrochée au mur du Southend Seven, n'est-ce pas ? demanda Tomek. Celle où vous êtes en arrière-plan, à côté d'un homme appelé Richard Stafford ?

Brendan fit une pause, évoquant l'image de la photographie dans son esprit. Tomek avait menti ; aucun des deux hommes n'était en arrière-plan, mais peu lui importait. Les prochains mots qui sortiraient de la bouche de Brendan Door détermineraient d'une certaine façon sa culpabilité.

— Bien essayé, répondit l'homme. Aucun de nous n'est sur la photo.

Tomek ne put cacher son sourire. — Mais vous savez de quelle photo je parle, vous savez de quel club je parle, et vous savez de quelle personne je parle.

— Je...

— Pourriez-vous expliquer comment vous le savez ? Voyez-vous, nous en savons beaucoup sur le club et nous en savons beaucoup sur votre relation avec Richard Stafford également.

— Si c'était vraiment le cas, vous m'auriez déjà arrêté.

Tomek n'en croyait pas ses oreilles. Le Commissaire aux Services de Police, d'Incendie et de Justice pénale venait d'admettre, intentionnellement ou non, avoir une implication active dans une relation criminelle avec un trafiquant de drogue.

— Mais comme je l'ai dit tout à l'heure, vous n'avez aucune preuve physique de quoi que ce soit. Ce ne sont que des ouï-dire. C'est des conneries.

Nick ouvrit la bouche pour parler, mais Tomek le devança.

— Le club, commença-t-il, parlez-nous-en.

— Comme je l'ai déjà dit, il semble que vous sachiez déjà tout ce qu'il y a à savoir.

— Pas tout à fait. Est-ce là qu'Herbert a découvert votre liaison avec sa femme, ou cela s'est-il passé ailleurs ?

Brendan baissa les yeux vers le sol puis les releva. — Ma vie personnelle n'a rien à voir avec la mort d'Herbert Tucker.

— Si, quand vous couchiez avec sa femme. L'a-t-il découvert et menacé d'arrêter les paiements ? Ou a-t-il menacé d'aller voir John et l'*Echo* ? Mais vous ne pouviez pas vous permettre de ternir votre réputation, alors vous avez tous les deux fini par le liquider d'une façon ou d'une autre ?

Brendan ricana. — Ma réputation n'a jamais été en danger d'être ternie.

— Bien sûr. Parce que vous êtes trop puissant et influent pour que quelque chose comme ça soit divulgué au grand public, n'est-ce pas ? Alors peut-être l'avez-vous tué par avidité ? Vous n'étiez pas content que Tucker coupe le financement et vous vouliez une sorte de vengeance ?

— Vous pensez vraiment que je suis si mesquin ? J'ai mon propre argent, je n'ai pas besoin du sien.

— Donc vous admettez qu'Herbert Tucker vous envoyait des versements mensuels pour quelque chose qu'il n'aurait pas dû ?

— Non. C'est la dernière chose que je dirais. Vous pouvez continuer à essayer de me faire trébucher sur mes propres mots, mais ça ne marchera pas. Je suis dans ce milieu depuis très longtemps, plus longtemps que votre chef, ici, et je connais toutes les ficelles du métier.

Sans rien dire, Nick tourna le dos à Brendan et se dirigea vers la sortie. Tomek se sentit obligé de le suivre. Quand Nick atteignit la porte, il posa sa main sur la poignée et dit à Brendan : — Je ne me suis jamais senti plus déçu et dégoûté par l'ensemble du système policier et politique

que ces derniers jours. Et tu es l'une des raisons pour lesquelles. J'espère que, quel que soit le résultat de cette enquête, tu feras ce qu'il convient et démissionneras. Tu es une putain de tache sur cette ville, Brendan. Et j'ai hâte de ne plus jamais avoir à travailler avec toi.

CHAPITRE
QUARANTE-DEUX

Tomek avait ressenti une soudaine montée d'euphorie et avait voulu faire un high-five avec le commissaire divisionnaire dès qu'ils avaient quitté l'immeuble, mais Nick l'avait immédiatement remis à sa place. Il avait déclaré que a) il n'y avait aucune raison d'être si excité, et b) il existait un risque inhérent que Brendan Door les observe par la fenêtre comme un enfant abandonné regardant ses parents s'éloigner.

Ni l'un ni l'autre, selon Tomek, n'était vrai.

Premièrement, il y avait toutes les raisons d'être excité. Ils avaient réussi à déstabiliser Brendan Door, trouvé une faille dans sa carapace et s'y étaient glissés. Cela n'était peut-être pas évident, mais Tomek était certain que tout exploserait bientôt. Et deuxièmement, qui se souciait qu'il les regarde ? Cela ne ferait que le déstabiliser davantage.

Malheureusement, Nick n'avait pas trouvé les contre-arguments de Tomek valables, et même après être entrés dans le commissariat, le commissaire divisionnaire refusait toujours son offre de high-five. Pour combattre l'embarras, Tomek trouva la personne la plus proche à son bureau et agita sa main devant son visage.

— Qu'est-ce que je suis censé faire avec ça ? demanda Chey. Qu'est-ce que tu me montres ?

— Tape dedans, idiot.

— Il n'y a qu'une poignée d'occasions où je suivrais les ordres d'un homme adulte me demandant de taper quelque chose, et ce n'en est pas une.

Tomek se demanda à quelles autres occasions Chey pouvait bien faire référence. Puis il réalisa qu'en fait, il ne voulait pas du tout le savoir.

— Presse juste ta paume contre ma paume.

— Ce n'est pas un de tes fantasmes bizarres, hein ?

— C'est un high-five, espèce de dégénéré.

Les yeux de Chey s'écarquillèrent, comme s'il venait de développer la capacité d'entendre.

— Est-ce que ça veut dire que je suis ton nouveau meilleur ami, sergent ?

Finalement, l'agent tapa dans la paume de Tomek. Le bruit résonna dans toute la pièce et la sensation de picotement persista sur sa peau.

— Absolument pas, répondit Tomek. Pas avec les fantasmes bizarres que tu as.

Avant que Chey ne puisse répondre, une agente de police d'une vingtaine d'années frappa à la porte et s'avança timidement.

— Excusez-moi, dit-elle nerveusement.

— Ça va ? demanda Tomek.

— Je me demandais... je me demandais..., dit-elle, puis elle s'éclaircit la gorge pour recommencer. Il y a quelqu'un en bas qui prétend avoir quelque chose que vous aimeriez voir.

Nous y voilà, pensa Tomek. Probablement un autre cinglé qui prétend avoir vu le criminel tuer Herbert Tucker et qui a attendu de savoir qu'une récompense financière était en jeu pour sortir du bois.

— Qu'est-ce qu'il veut ?

— Apparemment, il a trouvé quelque chose sur la plage le jour où Tucker a été assassiné. Il est venu pour le remettre.

▬

Tomek fut instantanément transporté au parking d'où Herbert Tucker avait été enlevé, puis entre les cabines de plage où son corps avait été découvert. L'odeur émanant d'Albert Patterson était écrasante. Si forte que Tomek était convaincu que l'homme l'exsudait par ses pores.

— Merci d'avoir pris le temps de venir au commissariat aujourd'hui, commença Tomek.

Après avoir entendu ce qu'Albert Patterson voulait, Tomek avait pris sur lui de parler à l'homme. Mais il commençait rapidement à regretter sa décision. Ou, du moins, à souhaiter qu'il y ait une vitre en plastique entre eux. Ou des pince-nez. Quelque chose pour combattre cette puanteur d'urine et d'odeur corporelle.

— Je comprends que vous avez quelque chose que vous souhaitiez partager, quelque chose qui pourrait être utile à notre enquête.

Albert Patterson avait la mi-soixantaine-dix ans et en avait l'air. Son corps était frêle, sa peau pendant sur sa charpente, et on voyait clairement qu'il avait du mal à prendre soin de lui-même. Mais dès qu'il sortit le petit objet de sa poche (un processus qui prit plus de temps que d'habitude), il s'anima, comme si quelqu'un avait remonté son horloge, lui offrant un nouveau souffle de vie.

Dans sa main, il tenait une petite alliance en or incrustée de diamants. Tomek n'y connaissait pas grand-chose – l'idée du mariage et de l'engagement à long terme lui traversait rarement l'esprit – mais il pouvait dire, à la qualité de l'éclat, au poids dans la main de l'autre homme et aux diamants scintillant sous la lumière, que c'était un achat coûteux.

— C'est de l'or massif et les diamants font presque un quart de carat chacun, dit Albert Patterson.

— C'est bon ? demanda Tomek, essayant de cacher la naïveté dans sa voix, mais échouant.

— C'est cher, voilà ce que c'est. L'homme âgé parlait avec un véritable accent de l'Essex. Presque cockney. Comme s'il avait grandi plus près de Londres que de Southend. Magnifique chose. Je n'aurais jamais pu que rêver d'en posséder une comme ça avant de la trouver. L'ancien propriétaire était un homme fortuné.

— Savez-vous à qui elle appartenait ? demanda Tomek, comme si la réponse était évidente.

— Non. Aucune idée.

— Où l'avez-vous trouvée ? demanda Tomek.

— Thorpe Bay. Près des cabines de plage.

— D'accord. Et pourquoi l'avez-vous apportée ?

— J'ai pensé que ça pourrait vous aider à trouver la personne qu'a commis ce meurtre.

— Donc, pensez-vous qu'elle pourrait appartenir à la personne décédée ?

— Peut-être bien. J'peux pas me souvenir de son nom par contre. Vous pourriez m'aider pour cette partie. Il y a des initiales gravées à l'intérieur de la bague.

Il devenait rapidement évident pour Tomek que cet homme avait besoin de plus d'aide que simplement pour s'habiller et se laver. Il avait besoin d'une aide professionnelle, quelqu'un qui puisse prendre soin de lui.

— Puis-je voir la bague ?

Dès que Tomek tendit la main, Albert retira la sienne, serrant la bague contre sa poitrine.

— *Mon précieux*, siffla Albert.

Tomek eut un rire gêné. — Je ne vais pas vous la voler.

— Vous vous êtes lavé les mains ?

— Pardon ?

— Vous vous êtes lavé les mains ? Vous ne pouvez pas la toucher avec des doigts sales. Les doigts sales ne sont pas autorisés.

Tomek jeta un coup d'œil à ses mains. Il savait que ce qu'il allait dire était mal, mais il le fit quand même.

— Absolument, elles sont propres. J'ai utilisé du désinfectant pour les mains en entrant. Vous ne l'avez pas vu ?

Se grattant le dessous du menton, Albert se tourna vers la porte et la fixa d'un air sinistre. — Non, je suppose que je ne l'ai pas vu. Eh bien, dans ce cas...

Lentement, soigneusement, comme s'il était l'incarnation physique de Gollum, Albert Patterson tendit la bague à Tomek, qui la plaça délicatement dans la paume de sa main – celle qui était libre des germes de Chey. L'inscription à l'intérieur de la bague était minuscule, à peine lisible. Tomek la tint à la lumière et l'examina attentivement.

H & N.

Herbert et Nora.

Bingo.

— Le propriétaire de cette bague est le corps retrouvé sur la plage, confirma Tomek. Comment l'avez-vous trouvée ?

Albert Patterson sembla de nouveau s'animer. — Avec mon détecteur de métaux. Je marche le long du front de mer presque tous les jours à la recherche de quelque chose.

— Cool.

— Je n'ai eu de la chance qu'une seule fois. Et c'était quand j'avais six ans. Une pièce. Romaine, vieille de plus de deux mille ans. Sa valeur a permis à ma famille de sortir de la pauvreté. Vous croyez que l'homme à qui appartient celle-ci me donnera une récompense ?

Tomek baissa les yeux sur la bague, se sentant obligé de refermer ses doigts autour.

— Malheureusement non, dit-il. L'homme à qui elle appartenait est mort. Vous l'auriez vu quand vous l'avez trouvée. Il était sur la plage, entre les cabines...

Albert fouilla dans ses archives mentales. — Je pensais que c'était un sans-abri.

Il n'était pas le seul.

— Si je ne reçois pas de récompense, j'aimerais la récupérer s'il vous plaît.

Tomek serra la bague plus fort dans sa main. — Malheureusement, je ne peux pas faire ça, monsieur, répondit-il. C'est maintenant une preuve dans une enquête pour meurtre. Je vais devoir la garder.

— Mais qui trouve garde... Les yeux d'Albert tombèrent et son expression suggérait qu'il venait d'oublier son propre nom. C'est ma propriété maintenant. C'était à moi quand je l'ai trouvée.

— Oui. Et vous venez juste de me la remettre.

Albert tapa sur la table avec ses doigts. Le son et l'onde de choc à travers la table étaient faibles, mais Tomek sentait la colère et la fureur derrière les yeux de l'homme. Une action qui avait pu être infligée à d'autres personnes par le passé.

— J'exige une compensation !

— Malheureusement, je ne peux pas faire ça, Monsieur Patterson.

Et puis les pleurs commencèrent. Doux, légers d'abord. Puis ils prirent de l'ampleur tandis qu'Albert commençait à hyperventiler.

— S'il vous plaît. Je n'ai rien. C'est... c'est seulement ma deuxième trouvaille. J'en... j'en ai besoin.

Tomek tendit sa main libre à travers la table et la posa sur celle d'Albert. Il regarda l'homme dans les yeux. — Je suis désolé, dit-il. Mais j'ai les mains liées. J'aimerais pouvoir vous la donner, mais il pourrait y avoir des preuves ADN dessus.

— S'il vous plaît...

— Je ne peux rien promettre, mais je peux parler avec la famille et voir s'ils sont prêts à y renoncer à la fin de l'enquête, en supposant qu'elle soit libérée. Mais cela pourrait prendre du temps. Des mois, des années.

Et à ce moment-là, il l'aurait peut-être complètement oubliée.

Tomek attendit patiemment que l'homme réponde.

Il avait perdu toute couleur de son visage, sa peau semblait être tombée encore plus bas sur ses joues, et ses lèvres s'étaient entrouvertes pour révéler un ensemble de dents mal entretenues.

— Ce serait délicieux, dit-il avec un doux sourire. Vous êtes un gentleman, merci. Cela signifierait tellement pour moi. C'est bon de savoir qu'il y a encore des personnes décentes dans ce monde.

—

Tomek se sentait encore coupable - comme s'il venait de voler à un homme sa dernière possession ; une possession qui n'était même pas la sienne - lorsqu'il retourna dans la salle des incidents majeurs.

— Je n'interromps rien, n'est-ce pas ? demanda-t-il.

Sans s'en rendre compte, il était en retard à une réunion. Toute l'équipe était assise dans la salle des incidents majeurs, regardant les deux personnes à la tête de la pièce : Nick et Liam Porter, le responsable de la scène de crime chargé de récupérer les preuves sur le corps d'Herbert Tucker. C'était un jeune homme, au début de la trentaine, qui avait pourtant gravi rapidement les échelons de sa carrière. Malgré cela, il avait les pieds sur terre, était décontracté et l'un des membres les plus sympathiques de cette équipe particulière avec qui Tomek avait eu le plaisir de travailler.

— Juste à temps, en fait, dit Liam, l'invitant frénétiquement à entrer. Quelques instants plus tard et tu aurais tout manqué.

— Maintenant, je suis intrigué, dit Tomek en tirant un siège près de la porte.

Une fois qu'il fut installé, et que tous les regards se furent détournés de lui, Liam s'éclaircit la gorge.

— Le rapport du test ADN est revenu pour Herbert Tucker. Ses vêtements. Ses cheveux. La voiture. Et surtout, le rouge à lèvres.

Tomek se pencha au bord de son siège, attentif.

— Pour faire court, une grande partie de l'ADN trouvé sur lui avait été emportée par la pluie et les intempéries. Quant à la voiture, l'équipe a trouvé des traces de cheveux, des fibres de vêtements et quelques empreintes digitales, mais comme c'est une voiture familiale et qu'il conduit tout le monde dedans, il faudra un certain temps pour déterminer ce qui appartient à qui.

— A-t-on prélevé des échantillons d'ADN de la famille pour les exclure ? demanda Nick à la salle.

Tous les regards se tournèrent vers Anna. L'agente leva les yeux et secoua la tête.

— Bien. C'est une priorité pour après cette réunion.

Anna acquiesça.

— La partie qui m'excite le plus dans tout ça, cependant, c'est autre chose, dit Liam, serrant les poings d'excitation.

— Continue alors. Qu'est-ce que c'est, Liam ? Nous avons une enquête pour meurtre à mener.

— Je sais. Désolé. Oui. Tu as raison. Eh bien... Il fit une pause pour l'effet dramatique ; Tomek était presque en train de tomber du bord de sa chaise. Le rouge à lèvres. L'analyse chimique effectuée dessus a indiqué qu'il y avait *deux* ensembles d'ADN trouvés sur la main d'Herbert Tucker. Au même endroit.

— Deux personnes ont embrassé sa main la nuit où il est mort ? demanda Tomek, abasourdi.

Liam hocha la tête. — Et toutes les deux avec le même rouge à lèvres.

Il tenait une feuille A4 en l'air. Divisant le document en deux, on voyait deux graphiques linéaires, chacun montrant la composition chimique du même rouge à lèvres qui avait été trouvé sur la main d'Herbert Tucker.

— Comme il est brillant et imperméable, et qu'il était heureusement protégé sous la couette dans laquelle il a été retrouvé, l'équipe a pu obtenir un échantillon de bonne qualité.

— Sans blague, dit Tomek distraitement.

Son esprit vagabondait, le ramenant quelques jours en arrière. À la conversation qu'il avait eue avec Sarah Jewell, la secrétaire de Tucker et sa maîtresse.

Après qu'on l'ait... fait, il m'a dit de lui faire un baiser sur la main.

C'était juste un de ses petits fantasmes, tu vois.

Il a acheté le rouge à lèvres spécialement pour moi. Il me l'a offert en cadeau.

Des dizaines de questions lui vinrent à l'esprit.

Tucker avait-il eu des relations sexuelles après avoir couché avec Sarah Jewell ? Avait-il couché avec deux femmes en une nuit ?

Ou son assassin savait-il qu'il aimait qu'on lui embrasse la main après le sexe, et l'avait fait pour les confondre et les désorienter ?

Si c'était le cas, alors il n'y avait que trois noms qui lui venaient à l'esprit.

Sarah Jewell.

Alina Zandecka.

Et maintenant sa femme, Nora Tucker.

CHAPITRE
QUARANTE-TROIS

Tomek fit descendre délicatement une gorgée d'eau dans sa gorge, prenant son temps avant de reposer le verre sur la table.

— Votre eau est fantastique.

— Merci, répondit Isabel. Elle est filtrée directement du robinet.

— Et moi qui pensais pouvoir y goûter tous les métaux et fluorures.

— Je peux en trouver pour vous si vous le souhaitez ?

Tomek n'en voulait pas. Il ne voulait pas non plus se retrouver dans la même pièce qu'Isabel pour son deuxième rendez-vous.

— Avez-vous passé un bon séjour ? demanda-t-il, détournant la conversation de lui-même autant que possible.

Il restait un peu plus de cinquante minutes à l'horloge.

— C'était agréable, merci. Plaisant, compte tenu de la météo.

— Où êtes-vous allée ?

— En Cornouailles.

— Classique. Je parie que vous êtes de ceux qui ont une résidence secondaire là-bas, n'est-ce pas ? Vous la louez sur Airbnb et chassez les locaux de la ville ?

Isabel posa son stylo sur la table. — Non. Mais beaucoup de personnes à qui j'ai parlé étaient profondément mécontentes d'Airbnb. Beaucoup d'entre elles le comparaient à une maladie, un fléau.

Tomek ricana. — C'est un choix de mots assez fort.

— Quels mots choisiriez-vous pour le décrire ? Isabel parlait doucement, calmement, et en l'écoutant, il oubliait parfois qu'elle était sa thérapeute essayant d'ouvrir la porte de son esprit.

— Je dirais... je dirais que c'est injuste, et que ça semble moralement répréhensible, mais je n'irais pas jusqu'à qualifier ces personnes de cancer.

— Personne n'a parlé de cancer, Tomek. Votre esprit a-t-il tendance à dériver vers les extrêmes ?

Le corps de Tomek se crispa alors qu'il la sentait insérer la clé.

— Non...

— D'accord. Simple curiosité. Parlez-moi de vos cauchemars depuis notre dernière conversation. En avez-vous eu ?

Le cœur du problème qui l'amenait ici.

— Ils ont été... différents.

— Comment cela ? demanda-t-elle en reprenant son stylo.

— Ils sont... Certains d'entre eux me jouent des tours.

— Avez-vous cessé de voir Kasia dans ces cauchemars ?

— Oui, dit-il sèchement. Il ne s'en était pas rendu compte, mais il ne se souvenait plus de la dernière fois où Kasia était apparue à la place de son frère.

— C'est bien. Ce sont des signes encourageants d'amélioration. À quelle fréquence les avez-vous eus cette dernière semaine environ ? Presque toutes les nuits ? Quelques-unes ?

— Quelques-unes.

— Et y a-t-il des déclencheurs communs qui vous viennent à l'esprit ?

Tomek se sentit perdu dans la conversation, curieux de comprendre le fonctionnement interne de son esprit maintenant qu'elle lui avait permis de le voir par lui-même. Et pendant les moments qui suivirent, il resta assis en silence, essayant de déterminer ce qu'il avait fait les jours de ses cauchemars.

— Je ne sais pas, mentit-il. C'est juste...

— Quoi ? l'encouragea doucement Isabel.

— Je ne sais pas si cela signifie quelque chose, mais...

Pourquoi ? Pourquoi admets-tu cela ? Tu n'as jamais fait ça avec personne auparavant...

— Continuez, l'encouragea-t-elle en inclinant la tête sur le côté.

— Quelque chose s'est produit le mois dernier. Quelque chose de similaire à ceci. Il y avait cette fille que je voyais. Katie, c'était son nom. Bien qu'il se soit avéré être Charlotte, mais c'est une discussion pour une autre fois, alors n'envisagez même pas de me poser des questions à son sujet. Nous sommes restés ensemble pendant quelques semaines, et je tombais amoureux d'elle. En fait, je suis tombé fou amoureux. Les choses se passaient merveilleusement bien. Elle me comprenait, je la comprenais. C'était génial. J'ai prononcé le mot « amour » un matin et elle me l'a dit en retour. Les choses allaient bien...

— Que s'est-il passé ?

Tomek agita son doigt en l'air. — Conversation pour un autre jour, je viens de vous le dire.

— Alors expliquez-moi les similitudes entre ce moment et maintenant. Qu'est-ce qui était identique ?

— Les cauchemars, dit Tomek alors qu'un sourire commençait à se dessiner sur son visage. Les cauchemars se sont améliorés. La nuit où je lui ai dit que je l'aimais, j'avais fait un cauchemar. Le plus clair que j'aie jamais eu. Le plus proche de la réalité qu'il ait jamais été.

— Comment ?

— J'ai entendu le nom de l'autre meurtrier de mon frère. Celui qui s'est échappé. *Charlie*.

Cela faisait un certain temps que Tomek n'avait pas prononcé ce nom à voix haute, et ce faisant, il ressentit un mélange d'émotions. De la colère envers cet homme pour ce qu'il avait fait. Du ressentiment pour être incapable de visualiser son visage plus clairement. Et du soulagement, que le nom soit sans danger à prononcer, qu'il n'allait pas invoquer le diable et lui faire du mal d'une manière ou d'une autre.

Qu'il pouvait dire ce nom autant qu'il le voulait.

Et qu'il le devait.

— C'est fantastique, répondit Isabel avec un léger sourire. Avez-vous fait quelque chose avec cette information depuis que vous l'avez découverte ?

Tomek secoua la tête et la baissa. Presque comme s'il avait honte de sa réponse.

— Et comment cette découverte vous a-t-elle fait vous sentir ?

— Elle m'a inspiré à dire à la fille qui m'avait donné la réponse que je l'aimais.

— Que voulez-vous dire ?

— Dès que Katie est entrée dans ma vie, les cauchemars se sont améliorés. Ils ne se sont pas arrêtés. Ils sont juste devenus meilleurs, plus clairs. Davantage de choses m'ont été révélées.

— Et la même chose se produit maintenant ?

Tomek acquiesça. — Je pense que oui. Je crois que chaque fois que je laisse quelqu'un entrer dans ma vie ou que je me rapproche de quelqu'un, mon cerveau semble s'organiser. Ce doit être les endorphines.

Isabel émit un son pensif et hocha la tête en notant quelques éléments sur son papier. — C'est très intéressant. Mais à la façon dont vous le dites, on dirait que c'est une mauvaise chose.

Tomek se gratta la nuque. — Je suppose que je ne veux pas dépendre de l'arrivée de quelqu'un d'autre dans ma vie pour trouver les réponses. Et si je romps avec quelqu'un, ou si cette personne meurt, ou qu'il arrive quelque chose ? Je ne veux pas passer d'une relation à l'autre pour trouver les réponses concernant la mort de mon frère.

Isabel finit de griffonner, posa ses mains sur son bureau et entrelaça ses doigts.

— Je pense que vous faites fausse route, lui dit-elle, sa voix plus ferme maintenant. Je ne pense pas que vous ayez besoin d'une histoire d'amour ou d'une nouvelle personne dans votre vie pour vous aider à découvrir l'identité du meurtrier de votre frère. Ce dont je pense que vous avez besoin, ce sont deux choses. Elle leva un doigt. — La première est qu'il semble que vous ayez besoin d'affection. Une affection qui vous manque depuis si longtemps à cause de l'exclusion de votre famille. Je pense que vous devez réparer les barrières brisées et les relations endommagées avec vos parents et votre frère. L'affection que vous recherchez, et l'affection que vous pensez venir de vos partenaires romantiques, est une affection dont vous avez besoin de leur part. Maintenant, je ne peux pas garantir que vous ouvrir à eux permettra à vos cauchemars de s'arrêter complètement, mais le point suivant est celui qui, selon moi, y contribuera davantage. Elle leva également son majeur, formant ainsi le signe de la paix. — La deuxième chose qui, selon moi, vous aidera à obtenir une certaine clarté mentale sur la situation de votre frère, est quelque chose que vous reportez depuis trop longtemps. Trente ans, en fait. Depuis avant ma naissance. Pendant tout ce temps, vous avez compté sur votre esprit pour vous donner les réponses que vous cherchez, alors que vous avez toujours eu les réponses juste devant vous : le meurtrier de votre frère. Celui qui est en prison. Il sait tout ce que vous ignorez. Ma recommandation serait de trouver le courage de le contacter et de lui parler. Il pourrait être plus disposé que vous ne le pensez à développer ce qui est enfermé dans votre esprit depuis trente ans. Si vous avez quelqu'un pour vous accompagner, tant mieux. Sinon, et si vous vous sentez plus à l'aise pour y aller seul, alors faites-le. Mais je pense qu'une rencontre avec lui vous rapprochera un peu plus de la vérité. De la vérité de votre *frère*.

CHAPITRE
QUARANTE-QUATRE

Tomek n'avait pas fait de cauchemar cette nuit-là. Il n'avait pas non plus dormi. Au lieu de cela, il était resté éveillé, se tournant et se retournant tandis qu'il réfléchissait aux paroles d'Isabel. S'il devait se retrouver face à face avec l'assassin de son frère. S'il avait la force mentale nécessaire pour s'asseoir en face de lui, trente ans plus tard, et lui demander comment il avait tué Michał, pourquoi, et qui d'autre était avec lui.

Pendant longtemps, Tomek avait pensé emmener Abigail avec lui, mais il avait ensuite écarté cette idée. Elle connaissait à peine la situation. Elle était nouvelle dans sa vie. Et si ce qu'Isabel avait dit était vrai, alors il n'avait pas besoin qu'elle soit là de toute façon. Ce serait plutôt à sa famille d'être présente. Sa mère, son père, peut-être même son frère aîné.

Mais il ne les voyait pas accepter. Ils n'avaient jamais pardonné à Nathan ce qu'il avait fait à leur famille, et il ne s'attendait pas à ce qu'ils le fassent de sitôt. Il devrait donc y aller seul, s'il trouvait un jour le courage d'y aller.

Il était encore indécis. Et il y pensait toujours tandis qu'il fixait la plante près de la porte d'entrée d'Herbert Tucker. Il sortit de sa rêverie lorsqu'il sentit une tape sur son bras.

— *Ej, co tam* ? demanda Anna en lui donnant un coup d'épaule, le visage empreint d'inquiétude.

— Désolé. J'étais à des kilomètres d'ici. Je vais bien. Tout va bien. Rien à craindre !

Tomek leva les yeux et observa les alentours. Pendant un instant, il avait oublié qu'ils étaient là pour voir Nora Tucker. Et avant qu'il ne puisse en observer davantage, la porte d'entrée s'ouvrit et les deux détectives furent accueillis par une Nora parfaitement manucurée, vêtue d'un legging, d'un sweat à capuche léger et d'une paire de baskets blanches. Depuis la dernière fois que Tomek l'avait vue, ses lèvres avaient pris du volume, et les rides ainsi que toute élasticité de son front avaient disparu. Alors qu'elle souriait avec exubérance à Anna, très peu de son visage bougeait.

— Anna, ma chérie ! s'écria Nora en attirant l'agent pour un câlin. Comment vas-tu, ma puce ?

— Bien, répondit Anna, timidement.

Puis ce fut au tour de Tomek. La quinquagénaire poussa Anna de côté et tendit les bras vers Tomek, ne lui laissant guère de chance d'échapper à ses avances. Ses bras s'enroulèrent autour de son cou, et sa poitrine s'appuya contre ses côtes avant qu'il ne puisse l'éviter. Pendant un long moment, bien plus long qu'avec Anna, Nora resta là, pressée contre lui. Quand elle finit par le lâcher, elle le regarda dans les yeux et lui offrit un sourire séducteur.

— Et DS Bowen, dit-elle d'une voix séduisante. Ça fait un moment, mais je n'oublie jamais un nom. Ou un joli visage.

Du coin de l'œil, il vit Anna lever les yeux au ciel ; ce n'était pas la première fois qu'un témoin flirtait avec lui en sa présence.

— Ravi de vous revoir, Nora, dit Tomek, essayant de retrouver sa contenance, mais se retrouvant à bâiller devant elle. Pourrions-nous entrer et vous dire un mot ? Il y a des développements dont nous aimerions discuter.

Nora était plus qu'heureuse de les accueillir. Elle était déjà allée à la salle de sport, et son cours de yoga n'était pas avant l'après-midi, leur dit-elle, donc elle avait tout le temps devant elle. Pendant qu'ils attendaient les rafraîchissements que Nora insistait pour leur préparer, Tomek et Anna s'installèrent sur la chaise longue du salon. Alors que Tomek commençait à examiner le mobilier qu'il avait déjà vu deux fois auparavant, Anna lui donna un coup dans la jambe.

— Elle pourrait être ta mère !

— De quoi tu parles ? Bien sûr que non. Et pour l'amour du ciel, ne dis plus jamais quelque chose comme ça. C'est une image que je ne veux *pas* avoir dans ma tête.

— Cochon.

Avant que Tomek ne puisse se défendre, Nora revint avec trois grands verres d'un liquide épais et vert sur un plateau en bois. Elle les déposa sur la table basse devant eux.

— J'espère que ça ne vous dérange pas, mais je voulais avoir votre avis sur quelque chose que mon coach personnel m'a conseillé.

— Ça s'appelle un régime pour vache, par hasard ? demanda Tomek, son regard se perdant dans le vert.

— C'est un mélange de poudre de protéines, de chou frisé, de miel, d'épinards, de concombres, de céleri, de citron et de gingembre. C'est un bel assortiment de vitamines A, C, de calcium et de fer. C'est excellent pour l'estomac, ça aide à perdre beaucoup de poids, et ça fait du bien. Je n'en bois que depuis quelques jours, mais je peux déjà sentir ma peau devenir plus éclatante et mes cheveux plus doux.

Tu es sûre que ça n'a rien à voir avec les cosmétiques et toutes ces merdes synthétiques que tu te mets sur le visage ? Tomek avait perdu le compte des nouveaux mots qu'il avait appris depuis qu'il avait une fille adolescente. Les masques au collagène par-ci. L'acide salicylique par-là. C'était un cauchemar et un champ miné de terminologie déroutante et inutile.

— Est-ce que je le bois d'un coup comme un shot, ou est-ce que je prends mon temps ? demanda Anna innocemment.

— Je pense que tu vas vouloir en finir au plus vite, répondit Tomek.

Sans rien dire, il prit le verre le plus proche de lui et le tint sous son nez. L'odeur de légumes et de nourriture saine, aggravée par le fait qu'elle lui était jetée à la figure, le fit grimacer. Le liquide était pâteux et épais, avec de petites bulles flottant à la surface. Se pinçant le nez, il avala la boisson et ferma les yeux. Dès que le liquide toucha sa langue, il grimaça et voulut le recracher, mais se souvint alors qu'il était en compagnie, et que ce n'était pas une épreuve de survie à la télé. À sa surprise, après la première gorgée, le reste du liquide passa plus facilement. Une fois terminé, il posa le verre sur la table et s'essuya la bouche avec le dos de sa manche.

— Alors ? demanda Nora avec impatience, se penchant en avant, les yeux écarquillés.

— Je pense que le goût du céleri va me rester pour le reste de la journée, dit-il d'une voix faible. Mais j'ai goûté pire, disons-le comme ça.

— Oh, super ! Je suis ravie. Je sais que les filles vont adorer !

— Où sont-elles, par curiosité ? demanda Anna en posant le verre sur la table. L'excuse parfaite pour ne pas boire davantage de cette boisson infecte.

— Whit est chez son petit ami et Eleanor est à l'étage. Elle n'est pas beaucoup descendue depuis ce qui s'est passé. L'école a été si bienveillante avec elle, la contactant par email et par téléphone. Ils lui ont même envoyé des devoirs au cas où elle aurait besoin d'une distraction.

Et pour s'assurer qu'elle ne rate pas ses cours.

— Comment ont-elles géré la mort de leur père ? demanda Tomek, puis ajouta : Désolé si je reviens sur des choses déjà dites. C'est pour mon information car je ne vous ai pas vue depuis un moment.

Nora balaya ses excuses d'un geste de la main. « Pas du tout. Je comprends. C'est votre travail. » Le sourire séducteur persistait. Tomek était plus qu'heureux d'en profiter. Pour l'instant. « Whit l'a un peu mieux géré, comme on pouvait s'y attendre. Elle a l'avantage de l'âge, bien que cela ne veuille pas dire que ça ne l'affecte pas gravement. Mais Eleanor en souffre davantage, c'est certain. Elle est beaucoup plus jeune, et elle était beaucoup plus proche de son père. »

Tomek hocha la tête, posant ses paumes sur ses genoux. « Je vois. Et ça a toujours été comme ça ? »

Si Nora remarqua l'insinuation derrière sa question, elle n'en montra rien. Au lieu de cela, elle inclina la tête sur le côté comme un chien confus, et dit : « Je suppose qu'Herbert et Whit se sont naturellement éloignés l'un de l'autre à mesure qu'elle grandissait. C'est ce que font les enfants, n'est-ce pas ? Ils grandissent et deviennent leurs propres personnes. »

— Donc ça n'avait rien à voir avec sa dépendance aux drogues qu'Herbert avait contribué à faciliter ?

La question désarçonna Nora. Sa bouche s'ouvrit en grand et elle secoua la tête. Puis elle se pencha en avant de sorte que ses coudes reposaient sur ses genoux et qu'un bon décolleté était pointé directement vers lui sous sa brassière de sport. Elle commença à jouer avec ses ongles manucurés.

— Je... je ne sais pas quoi... Comment êtes-vous au courant de ça ?

— C'est notre métier. Pourquoi ne nous l'avez-vous pas dit ?

— Je... je ne pensais pas que c'était important.

— Tout comme vous ne pensiez pas que votre liaison continue avec Brendan Door était importante non plus ?

Les yeux de Nora s'écarquillèrent au point qu'elle ressemblait à une mouette surprise, et sa tête commença à pivoter entre Tomek et Anna.

— Ce qui se passe entre Brendan et moi ne vous concerne pas, ni vous ni l'enquête, murmura-t-elle.

— C'est à moi de décider ce qui est pertinent, merci. Depuis combien de temps vous deux vous fréquentez-vous ?

— Assez longtemps.

— Nous tenons de source sûre que ça dure depuis presque un an. Merci à James Colehill, leur canari chanteur.

— Si vous le savez, alors pourquoi me le demandez-vous ?

— Parce que nous aimerions l'entendre de *votre* bouche. Et nous n'aimons pas qu'on nous mente. Ce n'est pas très bon pour vous si vous le faites.

Nora baissa la tête, comme si elle comprenait la menace derrière les paroles de Tomek.

— Herbert n'y voyait jamais d'inconvénient, si vous voulez savoir. Comment aurait-il pu avec les choses qu'il avait faites dans le passé ? Elle fit une pause en tripotant l'un de ses ongles. Nous ne nous sommes jamais aimés. Peut-être au début de notre relation, mais ça s'est estompé assez rapidement. Et puis j'ai découvert que j'étais enceinte, alors nous avons décidé de rester ensemble. Nous avons été comme ça depuis, pour le bien des filles. Je sais, je sais, Whitney est assez âgée pour vivre seule, et Eleanor n'est pas loin derrière. Mais pour être honnête, j'ai toujours eu peur de l'idée qu'elles partent. Je ne voulais pas me retrouver seule avec lui. Elle s'étrangla sur un accroc dans sa gorge et passa ses doigts le long de son cou. J'ai eu plein d'occasions de le quitter dans le passé, mais je ne les ai jamais saisies. J'étais trop à l'aise. Je n'avais pas à travailler, tout m'était fourni. Et je pouvais avoir autant de relations extérieures que je le voulais. Pareil pour lui. Il savait ce que je faisais, et je savais ce qu'il faisait.

— Saviez-vous pour son enfant illégitime ? demanda Tomek, intrigué.

— Bien sûr que oui. Il avait un faible pour les Européennes de l'Est. Il y avait toujours un nom étranger qui apparaissait sur son téléphone. Et *cette* traînée, Alina, s'est présentée ici plusieurs fois en cherchant Herbert. Évidemment, je savais qu'il ne voulait rien avoir à faire avec ça, et moi non plus. Je m'en suis tenue aussi éloignée que possible, mais elle continuait de venir.

— Saviez-vous qu'il la payait chaque mois ?

Nora arrêta de tripoter ses ongles et baissa la tête. « C'était mon idée. Elle avait clairement fait comprendre qu'elle ne disparaîtrait pas, et le nombre de fois où elle a menacé d'aller voir la presse, mon Dieu ! Bien que nous sachions que si elle allait voir John, ça irait ; il n'imprimerait rien. Mais j'ai vite réalisé que la payer était le meilleur moyen de la faire taire. »

Tomek se pencha en avant sur son siège, bras croisés, captivé.

— Alors, vous devez savoir pourquoi les paiements se sont arrêtés ? demanda-t-il. *Les deux.*

— Les deux ? répéta-t-elle. Que voulez-vous dire ?

— Les paiements à Alina Zandecka et les paiements à Brendan Door. D'après ce que nous avons découvert, il semble que votre mari payait beaucoup de gens beaucoup d'argent pour beaucoup de choses différentes. Pourquoi se sont-ils arrêtés ?

— Il en avait assez. C'était aussi simple que ça. Il en avait assez que des gens le fassent chanter, et il en avait aussi assez de lui-même pour ne pas avoir appelé leur bluff.

Tomek ne savait pas à quoi il s'attendait. Jusqu'à présent, c'était tout ce qu'il avait entendu. Qu'Herbert Tucker en avait eu assez de payer des gens soit pour leur silence soit pour leur soutien, et qu'il les avait coupés.

Il ne savait donc pas pourquoi il se sentait déçu après l'avoir entendu de la bouche de Nora.

— Pourquoi payait-il Brendan Door ? demanda habilement Anna.

— À cause de notre liaison. Herbert était au courant, mais ça ne voulait pas dire qu'il l'appréciait. Surtout quand c'était avec quelqu'un d'aussi proche de lui professionnellement et personnellement. Il n'aimait pas l'idée que nous soyons ensemble, et à l'occasion, il a essayé de nous séparer - vous savez, en introduisant d'autres personnes dans nos vies, en essayant de nous faire tourner la tête. Mais ça n'a jamais marché, et Brendan en a eu marre. Alors Brendan a menacé de convaincre John de le laisser publier un article sur les aventures qu'Herbert avait et aussi sur l'enfant illégitime qu'il avait. Quelque chose comme ça était bien pire pour un député que pour Brendan s'il sortait publiquement. Brendan n'était pas tellement sous les feux des projecteurs, mais un député... Elle siffla entre ses dents. C'était complètement différent.

Jusqu'à présent, tout cela avait du sens pour Tomek. Sauf pour ce qui concernait le chantage. Une partie de lui pensait qu'elle mentait peut-être ; qu'elle savait exactement de quoi il s'agissait, et qu'elle n'avait rien fait pour empêcher la drogue d'inonder les rues de Southend et d'entrer dans la vie de sa fille. Tandis que l'autre partie de lui, celle en laquelle il croyait, était qu'on lui avait servi le mensonge par les deux hommes ; qu'ils lui avaient dit que c'était pour empêcher Brendan d'aller à la presse au sujet de leur liaison. Et que cela n'avait rien à voir avec l'inondation des rues de Southend avec de la drogue.

— Vous avez dit que Brendan était au courant de l'enfant illégitime... commença Tomek.

— Oui.

— Qui d'autre était au courant ?

— Une poignée de personnes. Je ne peux pas me souvenir de leurs noms. Mais je sais qu'Herbert leur a tous fait jurer le secret.

Tomek avala sa salive et se lécha les lèvres pour la partie suivante de la conversation.

— Que pouvez-vous nous dire sur le club privé pour hommes que votre mari fréquentait ?

Avant de répondre, Nora agita sa main devant son visage, comme pour chasser les mots de sa vue. « Je ne veux pas parler de cet endroit. Je le déteste. J'en ai interdit la mention dans cette maison. Je savais exactement quel genre de choses Herbert y faisait. Il me racontait tout, comme s'il *se vantait*, faisait étalage. Les choses qu'ils faisaient... ça me rendait malade. »

— Vous êtes au courant que Brendan fréquente également ce club, n'est-ce pas ?

Nora inspira profondément, lentement, gagnant du temps. D'après l'expression sur son visage, elle savait précisément de quoi parlait Tomek. Maintenant, elle devait juste l'admettre.

— Il me l'a expliqué, oui. Mais il n'y est pas allé depuis que nous avons commencé à nous fréquenter.

Tomek nota mentalement de corroborer cela. Et puis son esprit vagabonda vers l'image de son unique visite. Sa visite malheureuse et mal programmée. Il frissonna à la vue dans sa tête.

— Si vous deviez le noter sur une échelle de un à dix, commença Tomek, à quel point diriez-vous que vous connaissez les rouages internes de ce club ?

— Un, dit-elle sans hésitation. Je vous l'ai dit. Je ne voulais pas en savoir plus à l'époque et je ne le veux toujours pas. Pourquoi me posez-vous tant de questions à ce sujet de toute façon ?

Fouillant dans la poche de son blazer, Tomek lui offrit un sourire chaleureux, désarmant, et certainement *pas* séducteur. Puis il sortit une copie de la photo qu'il avait trouvée dans ce qu'il en était venu à appeler « La Chambre ».

— Avez-vous déjà vu cette photo auparavant ? demanda Tomek en la faisant glisser à travers la table, évitant de justesse les verres.

Nora prit le document et l'examina attentivement, de la même manière que tant d'autres l'avaient fait avant elle.

— Oui, je l'ai déjà vue.

Intéressant. Ce devait être le seul exemplaire, et pour quelqu'un d'aussi catégorique quant à éviter le club privé qu'elle l'était, il était curieux de savoir comment elle l'avait vue.

— Pourriez-vous nous expliquer où vous l'avez vue auparavant ?

— Elle nous a été livrée. Elle est arrivée par la poste il y a quelques semaines. Pauvre Whitney, c'est elle qui l'a ouverte.

— Elle lui était adressée ? demanda Anna.

— Non. Il n'y avait pas de nom dessus. Quelqu'un l'avait livrée en main propre.

— Savez-vous qui ?

Nora recommença à jouer avec ses ongles. « C'était cette traînée lituanienne. Je l'ai vue sur le système de surveillance de la maison la déposer avec ce petit ami à elle. »

— Terrence ?

— Ouais. Lui.

Maintenant ça tenait debout. Le propriétaire original de la photographie avait plus d'une copie contrairement à ce qu'on croyait. Tomek hocha la tête, puis se tourna vers Anna et lui fit un subtil signe de tête. C'était maintenant l'heure de la dernière étape de la visite.

— Nora, commença Anna. Dans le cadre de notre enquête, nous avons parlé avec Alina Zandecka et aussi sa secrétaire, Sarah Jewell-

— Pah ! C'était la dernière, n'est-ce pas ? Petite sotte. Toujours désespérée de progresser en s'offrant à lui, celle-là.

Anna ignora le commentaire et continua. « Les deux femmes ont dit qu'après un rapport sexuel, Herbert les faisait embrasser sa main. Est-ce que c'était quelque chose qu'il attendait également de vous ? »

— Oh, ça ? Ouais. C'est bizarre comme truc, non ? Ce n'est pas que moi qui le pense, pas vrai ?

Tomek leva les mains en signe de reddition. « Les gens aiment ce qu'ils aiment. Je ne suis pas là pour juger. »

— Je parie que non, répliqua Nora, le séduisant avec son sourire.

— Vous a-t-il déjà demandé de faire ça pour lui ? répéta Anna.

— Oui, répondit Nora. Quand nous nous sommes mis ensemble, dans les premières étapes de la relation. Il était assez ouvert et franc à ce sujet, en fait, et nous étions dans la période de lune de miel, donc je n'y voyais pas d'inconvénient. Je l'ai fait au début, mais après que la période de lune de miel nous a quittés et que j'ai compris quel genre d'homme il était, j'ai vite arrêté et lui ai dit d'aller se faire foutre. Il pouvait se faire vénérer par d'autres femmes s'il le voulait, mais pas par moi.

— Vous a-t-il déjà demandé de le faire avec un rouge à lèvres particulier ?

Nora scruta la pièce. « Je l'ai toujours, dit-elle, puis se dirigea vers une commode sur le côté du salon. Elle commença à chercher dans le contenu de chaque tiroir, ses mains se perdant dans les détritus à l'intérieur. Je garde une partie de mon maquillage ici en bas, mais je pense qu'il est à l'étage dans ma coiffeuse. Bizarrement, je l'ai gardé après toutes ces années. »

— Pourrions-nous l'avoir s'il vous plaît ? demanda Tomek. Et nous allons avoir besoin que vous nous donniez un échantillon d'ADN, s'il vous plaît.

Nora claqua le tiroir.

— Pourquoi ? Vous ne pensez pas que j'avais quelque chose à voir avec son meurtre, si ?

CHAPITRE
QUARANTE-CINQ

La sonnette retentit, mais le bruit était à peine audible. On aurait dit qu'il venait des profondeurs de l'appartement. Ils attendirent, mais personne ne répondit toujours.

Personne à la maison.

— Peut-être qu'ils sont allés au club, suggéra Rachel.

— Lequel ?

— Southend Seven...

— J'imagine mal qu'ils y soient les bienvenus de sitôt. Et je doute qu'ils aient leurs cartes de membres sous la main. Ils sont assez stricts sur ce genre de choses là-bas.

— Je ne veux pas savoir comment *toi*, tu as réussi à y entrer...

Après avoir collecté l'échantillon d'ADN de Nora Tucker, Tomek avait appelé Rachel et lui avait demandé de le rejoindre à l'appartement d'Alina et Terrence, pendant qu'Anna rapportait l'échantillon à l'équipe médico-légale. Il était un peu plus de dix-sept heures, les lumières étaient éteintes, et il n'y avait personne. À moins qu'ils n'aient dû emmener leur fils à une activité de l'après-midi, Tomek ne pouvait s'empêcher de se demander où ils pouvaient être. Peut-être avaient-ils réalisé que le filet de l'enquête se resserrait sur eux, paniqué, et décidé de partir. La dernière chose dont l'enquête avait besoin, c'était que ces deux-là quittent la ville pour ne jamais revenir.

Après tout, ils avaient l'argent, ils n'avaient pas d'attaches qui les retenaient dans la région. Ils pouvaient partir quand ils voulaient, aller où ils voulaient.

— J'ai une idée, dit-il.

— Pas un *plan machiavélique*, Baldrick ?

Tomek s'arrêta à mi-tour. — C'est plutôt bien trouvé de ta part, dit-il avec sarcasme. Tu devrais le noter. Assure-toi de l'utiliser sur quelqu'un d'autre.

Tomek ricana en lui tournant le dos et commença à descendre l'escalier qui menait hors du bâtiment. En bas des marches, Tomek prit à gauche et se dirigea vers le Co-op attaché à la station-service. La cour était remplie de conducteurs qui faisaient le plein pendant que leurs passagers attendaient patiemment sur le siège avant, faisant défiler leurs portables. L'intérieur était, à sa grande surprise, plus grand qu'il ne l'avait prévu. C'était comme entrer dans un Tesco Express ou un Sainsbury's Local. Rangée après rangée de tout ce dont on avait besoin. Boissons, en-cas, repas, articles de toilette, dentifrice, nourriture pour animaux, surgelés. Ce n'était pas étonnant qu'Alina et Terrence y fassent leurs courses hebdomadaires.

Après quelques minutes d'attente impatiente dans la file, le temps que les personnes devant lui paient leur essence et achètent leurs cigarettes, Tomek arriva à la caisse. Derrière se tenait un homme asiatique d'âge moyen portant ses propres vêtements. Pendant ce temps, le reste du personnel du magasin avait été équipé d'uniformes.

— Vous devez être le gérant, affirma Tomek.

— Oui, monsieur, répondit poliment l'homme.

— Excellent. J'ai besoin de vous poser quelques questions.

La carte professionnelle de Tomek fut suffisante pour étouffer les protestations immédiates de l'homme. Tomek demanda ensuite s'il y avait un endroit plus discret où ils pourraient avoir cette discussion, alors le propriétaire les emmena tous deux dans le bureau à l'arrière. L'espace était petit et exigu, principalement occupé par un bureau et une chaise de bureau. D'un côté se trouvait un petit ordinateur, tandis que l'autre montrait une grande baie d'écrans de vidéosurveillance.

— Je n'ai rien fait de mal, n'est-ce pas ? demanda le monsieur en tremblant. Ma famille n'a rien fait de mal ?

— Non, monsieur, dit Tomek, faisant de son mieux pour mettre l'homme à l'aise, mais sa voix profonde et sa présence dominante eurent peu d'effet.

Ce fut Rachel qui calma l'homme après lui avoir expliqué la situation.

— Comment vous appelez-vous ? demanda Tomek.

— Rohit.

— Bonjour, Rohit. Je suis Tomek et voici Rachel. Que pouvez-vous nous dire sur le couple qui vit au-dessus de chez vous ?

— Alina et Terrence ?

— Oui.

— Oh. Nous les voyons tout le temps. Avec le petit Francis. Ils font toujours leurs courses alimentaires chez nous. Parfois, je leur accorde une réduction sur certains produits.

— Pourquoi ?

Rohit haussa les épaules. — Parce que ce sont des gens gentils. Ils sourient toujours et nous parlent quand ils viennent.

— Vous parlent-ils parfois de leur vie personnelle ?

Rohit haussa les épaules à moitié. — Pas si souvent. Juste à propos du petit Francis, principalement.

— Quand les avez-vous vus pour la dernière fois ?

— Il n'y a pas si longtemps. Le propriétaire du magasin se tourna vers la banque d'images de vidéosurveillance en direct derrière lui. — Il y a quelques heures en fait. Terrence est passé portant son sweat à capuche blanc.

— Que voulait-il ?

— Une nouvelle brosse à dents.

— Avez-vous vu où il est allé après ?

— Non, désolé. Mais ce sera là-dessus. Rohit pointa la banque d'écrans de vidéosurveillance et avant que Tomek ou Rachel ne puisse dire quoi que ce soit, il commença à rembobiner la bande. Il trouva ce qu'il cherchait quelques instants plus tard. — Le voilà. Juste après une brosse à dents.

Tomek observa l'image pixelisée de l'homme, avec sa capuche tirée, basse sur ses yeux, casquette de baseball enfoncée dessous, dissimulant son visage.

— Il a toujours l'air de s'apprêter à cambrioler l'endroit ?

— Oh, oui. Nous en avons plaisanté une fois. La première fois qu'il l'a portée en fait.

Tomek sourit puis se tourna vers Rachel. Il ne savait pas pourquoi, mais quelque chose avait commencé à se passer dans sa tête. Un processus de réflexion, une introspection.

— Le harceleur d'Alina... dit-il, plus pour son propre bénéfice que pour celui de quiconque.

— Quoi ?

Tomek pointa l'écran. — Est-ce que *ça* ne correspond pas à la description qu'elle nous a donnée ?

Rachel s'arrêta alors qu'elle se penchait plus près de l'écran, s'agrippant à une chaise pour se soutenir.

— Tu penses qu'elle a inventé le harceleur ?

— Eh bien, j'ai appris à ne pas faire confiance à un seul mot qui sort de sa bouche. Et qui de mieux pour décrire que l'homme que personne n'était censé savoir qu'elle fréquentait ? Elle n'a pas pu penser à une description originale alors elle nous a donné celle-là.

— Et si nous l'avions trouvé sans savoir qu'ils étaient ensemble ? Tu penses qu'elle l'aurait jeté sous le bus comme ça ?

Tomek haussa les épaules. — Tant qu'elle parvient à s'en tirer sans aucune conséquence, je ne pense pas qu'elle se soucie de ce qui arrive aux autres.

Matière à réflexion. Si Alina Zandecka avait vraiment inventé un harceleur, alors qu'avait-elle à gagner de Herbert ? Elle avait prétendu que le harceleur avait été envoyé par lui pour la dissuader d'aller à la presse. À moins qu'elle n'ait été celle qui l'avait menacé avec cette idée : que Herbert Tucker, le politicien local éminent et respecté, avait eu un enfant illégitime avec une prostituée, l'avait ensuite payée, et l'avait menacée d'un harceleur, la forçant à faire ce qu'il souhaitait.

Cela aurait fait vendre des gros titres et lui aurait rapporté une petite fortune, sans doute.

Ce n'était pas inconcevable, mais ce n'était pas non plus totalement plausible.

Mais il y avait une chose qui n'avait pas de sens pour Tomek. La tenue de l'homme. Lorsque Terrence était venu au poste ce matin-là, il était entré comme s'il venait juste de quitter la ferme, et pourtant il était là, portant des vêtements décontractés. Puis il lui vint à l'esprit que sa tenue lors de la déposition avait été fabriquée, qu'ils l'avaient habillé pour qu'il ressemble à quelqu'un qu'il n'était pas. Que, peut-être, Alina avait réalisé qu'elle avait donné sa description à Tomek et Rachel, alors ils avaient été forcés de lui faire porter quelque chose de complètement différent, pour les dérouter.

Tomek garda l'idée dans un coin de son esprit. Puis il fit face à Rohit.

— Avez-vous déjà vu quelque chose d'étrange ou de suspect se passer dans l'appartement du dessus ?

— Je... Nous n'avons pas beaucoup à voir avec eux, expliqua Rohit. C'est un propriétaire séparé de nous, voyez-vous, et...

— Des allées et venues étranges ? Des gens qui rôdent autour ?

— De la drogue ? demanda Rohit. Vous pensez qu'ils vendent de la drogue là-dedans ?

— C'est à vous de nous le dire, insista Rachel. Vous êtes celui qui a les yeux sur l'endroit vingt-quatre heures sur vingt-quatre. Nous pourrions vraiment avoir besoin d'aide.

Rohit détourna le regard et devint soudainement très timide.

— Il y avait une femme, commença-t-il, incapable de soutenir leur regard dur. Attirante. Elle était très attirante. Beaux cheveux. Belles jambes. Beaux vêtements. Beaux...

Rohit avait du mal à dire la suite. Au lieu de cela, il mit ses mains en coupe et les éleva à la hauteur de sa poitrine, gardant un œil sur Rachel.

— C'est bon, dit-elle. Tu peux le dire. Je t'en supplie, dis-le plutôt que de le mimer.

— Seins ! dit Rohit avec l'excitation d'un adolescent qui venait d'en toucher une paire pour la première fois. Elle avait de beaux seins. Très attirante.

— Quand ?

— Il y a quelques semaines. Elle attendait devant leur appartement pendant des heures. Puis elle est entrée pour demander si elle était au bon endroit.

— Vous vous souvenez à quoi elle ressemblait ?

Rohit cessa de parler puis se tourna lentement vers les écrans de vidéosurveillance. — J'ai les images sauvegardées ici.

— Sauvegardées ? demanda Rachel. Je pensais que vos images étaient effacées après quarante-huit heures ?

Rohit ricana maladroitement. Le petit pervers venait d'être démasqué. — Je les ai sauvegardées, expliqua-t-il. Juste au cas où.

— Juste au cas où vous en auriez besoin les nuits où vous avez froid ?

Plus de ricanements maladroits. — Voulez-vous les voir ?

Clairement pas autant que vous.

En quelques secondes, le propriétaire du magasin avait chargé une vidéo sur l'écran qui montrait irréfutablement Nora Tucker. Tomek la reconnut instantanément. Les jambes, les cheveux, et Rohit avait raison, les seins. Elle portait presque la même tenue que celle dans laquelle Tomek l'avait vue seulement quelques heures auparavant, et elle se tenait dans le parking, avec un grand sac sous le bras.

— Qu'est-ce que c'est ? demanda Tomek.

Il n'y eut pas de réponse. Rohit avança rapidement la vidéo qui montrait plus tard Nora entrant dans l'appartement puis en ressortant quelques minutes plus tard seulement.

— Elle n'est pas restée longtemps, nota Rachel.

Mais Tomek n'écoutait pas. Une autre de ces petites idées avait commencé à se former dans sa tête.

— C'était quand ? demanda-t-il, puis trouva la réponse par lui-même. — Novembre le...

— N'est-ce pas à la même période que l'argent a été retiré du compte de Herbert Tucker ?

C'était le cas.

— C'était destiné à Alina, dit Tomek, réfléchissant à voix haute. Nora était la mule qui le lui a donné le même jour. Mais c'était pour quoi ?

— De l'argent pour acheter son silence ?

— Ou pour le tuer.

Un silence soudain tomba sur la pièce. À l'extérieur, la musique du magasin se faisait entendre. Tomek et Rachel restèrent immobiles, fixant le vide. Pendant ce temps, Rohit, qui n'avait aucune idée de ce qui se passait, semblait terrifié d'être en compagnie de deux individus qui parlaient de meurtre et d'argent dans la même phrase.

Réalisant qu'il n'avait rien dit depuis un moment, Tomek remercia l'homme de leur avoir montré et lui dit qu'ils auraient besoin d'une copie des images comme preuve. Une fois que l'homme les eut téléchargées sur une clé USB pour eux, il appuya sur un bouton et retourna au flux vidéo en direct. Alors que Tomek prenait la clé USB de l'homme, quelque chose attira son regard.

Un homme portant un sweat à capuche blanc.

Une femme portant un manteau noir.

Un petit garçon tenant les deux mains.

Ils étaient rentrés.

CHAPITRE
QUARANTE-SIX

—B onsoir.

Tous les trois sursautèrent.

— Inspecteurs..., commença Terrence, la prudence dans sa voix. Bonsoir.

— Cela vous dérange si nous entrons ?

La porte était déjà à moitié ouverte, ils ne pouvaient donc pas vraiment refuser.

— Bien sûr. Je vais mettre la bouilloire en route.

— Ce ne sera pas nécessaire, expliqua Tomek.

La peur traversa les visages des deux adultes tandis qu'ils guidaient leur fils dans l'appartement. Tomek était plus que content de les laisser mijoter avec cette pensée pendant un moment.

Une fois à l'intérieur, Alina envoya le garçon dans sa chambre, où la perspective d'être autorisé à jouer sur sa tablette et regarder la télévision était plus intéressante que ce dont les adultes allaient discuter. Dès que la porte se referma derrière lui, Tomek conduisit Alina et Terrence dans la cuisine.

— J'aime bien votre sweat à capuche, dit Tomek d'un ton neutre.

— Quo-? Oh... ça ? Terrence baissa les yeux vers son pull avec perplexité, comme s'il avait oublié qu'il le portait. Ce vieux truc ? Je l'ai depuis des années.

— Il ressemble beaucoup à celui que vous nous avez décrit l'autre jour, Alina, vous ne trouvez pas ?

— Celui que j'ai... ? répéta-t-elle, jouant les idiotes.

— Oui. Vous savez. Le harceleur dont vous nous avez parlé. Envoyé par Herbert avant sa mort. N'avez-vous pas dit qu'il portait un sweat à capuche et une casquette exactement comme celle-là ?

— Je... Euh..., balbutia-t-elle.

— Je dirais que vous avez tout inventé. Il n'y avait pas de harceleur. Vous nous avez menti. Pourquoi ?

— Parce que je... parce que vous ne saviez pas comment il était. C'était le genre de chose qu'il aurait pu faire.

— Mais il ne l'a pas fait, rétorqua Tomek, croisant les bras. Pourquoi avez-vous prétendu avoir un harceleur ?

Alina se tourna vers son partenaire et soupira si profondément que Nick aurait été impressionné. — Herbert menaçait constamment de nous couper les vivres. Il disait qu'il n'y aurait plus de paiements. Alors j'ai décidé de riposter, je lui ai dit que j'irais à la presse en affirmant qu'il avait engagé un tueur à gages pour me traquer et me tuer. J'ai même pris des photos de Terrence dans la rue comme « preuve ». Elle fit des guillemets avec ses doigts. Je n'avais jamais l'intention d'aller jusqu'au bout.

— Et Herbert a relevé votre bluff ? demanda Rachel.

— J'imagine.

— Donc vous avez menti à ce sujet, commença Tomek. Sur quoi d'autre avez-vous menti ?

— Je ne comprends pas. Je n'ai pas...

— Reconnaissez-vous ceci ? Tomek sortit la photo d'Herbert Tucker dans le club et la brandit sous leur nez. On m'a informé de source sûre qu'il n'existe qu'une seule copie de cette photo et qu'elle trônait fièrement dans le club privé de Southend. Mais ce n'est pas le cas, n'est-ce pas, Alina ?

— Je ne vois pas ce que vous voulez dire... Sa voix se brisa de peur et d'angoisse.

— Arrêtez de mentir, s'il vous plaît. C'est lassant. Expliquez tout et faites-le maintenant. Tomek était déçu qu'il n'y ait pas de table sur laquelle taper du poing pour souligner son dégoût.

— Je... Oui, j'ai pris cette photo. Et non, ce n'est pas la seule copie. Elle regarda Tomek dans les yeux comme si elle attendait son approbation pour continuer. J'ai gardé quelques copies comme garantie, comme monnaie d'échange. Au cas où.

— Pourquoi l'avez-vous envoyée à la femme d'Herbert ?

Elle poussa un profond soupir. — Parce qu'elle nous menaçait. Quand Herbert a arrêté les versements, elle s'est moquée de nous, nous a dit quels êtres humains méprisables nous étions. Alors je lui ai envoyé la photo comme preuve de l'ignominie de son *mari*, pas de la nôtre. Je l'ai envoyée à leur adresse personnelle en leur disant que je l'enverrais à la presse si nous ne recevions pas notre argent. Mais je ne parlais pas du *Southend Echo*. Je visais plus haut - *The Sun, The Daily Mail*. Ils auraient payé beaucoup plus cher pour une exclusivité de ce genre.

— Alors elle est venue vous apporter le dernier paiement en personne ?

— Comment savez-vous... ? commença-t-elle, puis réalisa que la question était futile ; qu'ils savaient tout. Nora a retiré une grosse somme d'argent du compte d'Herbert à son insu et nous l'a apportée. C'était le dernier paiement que nous avons reçu.

— Ce n'était donc pas un acompte pour tuer son mari ? demanda Rachel, insérant la question dans la conversation comme un enfant tentant de faire passer un cube dans un trou rond.

— Le tuer ? De quoi parlez-vous ?

— La femme d'Herbert ne vous a pas payés pour le tuer ? répéta Rachel.

— Bien sûr que non ! intervint Terrence, sa voix profonde faisant vibrer la vaisselle. Nous n'avons rien à voir avec le meurtre d'Herb, je vous le promets.

— On verra, répondit Tomek doucement, puis se tourna vers Rachel et tendit la main.

— Qu'est-ce que ça veut dire ? aboya Terrence. De quoi parlez-vous ? Nous n'avons rien à voir avec le meurtre d'Herbert !

Tomek les ignora tandis qu'il prenait un tube à essai de Rachel et commençait à enfiler une paire de gants bleus d'analyse médico-légale.

— Que faites-vous ? continua Terrence. À quoi ça sert ?

— Alina, je vais avoir besoin que vous ouvriez la bouche, s'il vous plaît.

Alina serra les lèvres instinctivement.

— J'ai juste besoin de prélever un échantillon rapide de votre ADN.

Terrence se plaça devant elle, son ventre imposant faisant un bon travail pour la protéger de Tomek.

— Vous ne pouvez pas faire ça ! Vous n'en avez pas le droit ! Laissez-moi appeler Brendan, il va...

Tomek se figea, fusillant du regard l'idiot qui s'était arrêté au milieu de sa phrase.

— Que fera Brendan ? demanda Tomek.

Terrence devint soudain taciturne et s'écarta.

— S'il vous plaît, continuez. Je veux entendre ce que vous alliez dire.

— Rien. Rien. Je n'allais rien dire. Oubliez que j'ai mentionné son nom.

— Avez-vous utilisé son influence et son pouvoir pour vous sortir de certaines accusations par le passé ? demanda Rachel.

Pas de réponse.

— Nous savons qu'il peut être très persuasif.

Toujours rien.

— Dites-nous, ordonna Tomek. Sinon, nous avons un joli matelas qui vous attend au commissariat.

Terrence secoua la tête et commença à s'excuser profusément. — Il m'a aidé avec ma dépendance. Il a aidé à tenir la police loin de chez moi à l'époque. C'est tout. Je lui dois beaucoup.

Je n'en doute pas.

— Ouvrez la bouche s'il vous plaît, Alina, dit Tomek en brandissant le coton-tige devant son visage. Ce sera terminé avant même que vous ne vous en rendiez compte.

À contrecœur, Alina ouvrit la bouche et Tomek frotta le coton-tige à l'intérieur de ses joues, prenant son temps. Par pure méchanceté. Quand il eut terminé, il le remit dans le tube, confia la preuve à Rachel, puis retira ses gants, les posant sur le comptoir de la cuisine pour que les propriétaires s'en occupent.

— Pour quoi en avez-vous besoin ? demanda Alina, d'une voix faible, comme si elle venait de se remettre d'un passage à tabac.

— Simple routine, mentit Tomek. Puis il ajouta : Par curiosité, est-ce que le nom « Claire's Sumptuous Strawberry » vous dit quelque chose ?

— C'est le nom d'une marque de rouge à lèvres.

— En effet. Et a-t-il une autre signification particulière pour vous ?

— C'est... elle se tourna vers Terrence, puis revint à Tomek. C'est le rouge à lèvres qu'Herbert m'obligeait à porter chaque fois que nous avions des rapports sexuels.

CHAPITRE
QUARANTE-SEPT

Trente minutes se sont transformées en trente et une.

Trente et une en trente-deux.

— C'est bien tout ça, dit Tomek. Je crois qu'elle ne viendra pas, mon vieux.

Il leva la main pour attirer l'attention de la propriétaire. Ce soir, Morgana's était bondé. Comme tous les soirs. Et tous les jours. Et à chaque heure d'ouverture. Peu importe le nombre de fois où Tomek visitait le café, il n'arrivait toujours pas à comprendre pourquoi il y avait autant de monde.

Un instant plus tard, Morgana se précipita vers eux, stylo et carnet à la main, son sourire commercial plaqué sur le visage.

— Que puis-je vous servir ?

— Un sandwich saucisse et œuf, s'il vous plaît, lui dit Tomek.

— La même chose pour moi, s'il vous plaît, répondit Abigail en soupirant.

— Regarde-nous, on est comme des jumeaux.

— C'est presque comme si nous étions tous les deux humains et que nous aimions le même genre de nourriture.

— Quelqu'un est un peu amère, répliqua Tomek.

— Et j'en ai parfaitement le droit. C'est la troisième fois qu'elle nous pose un lapin. Je ne sais pas combien d'occasions je peux encore lui donner.

Tomek haussa les épaules, prit la serviette sur la table et commença à jouer avec entre ses doigts. — Je veux dire, tu pourrais toujours me donner son nom et ses coordonnées, et je pourrais envoyer Anna lui parler.

— Non ! Tu es stupide ou quoi ? C'est la dernière chose qu'on veut faire. Là, c'est sûr qu'elle ne viendra jamais.

Tomek ne pensait pas que traiter la Femme X comme une biche effrayée la ferait sortir de son trou plus rapidement, mais il choisit de ne pas le lui rappeler.

Alors que trente-deux minutes se transformaient en trente-cinq, il n'y avait toujours aucun signe d'elle. Il y avait, cependant, de la nourriture sur la table. De la pure délice, comme Tomek aimait l'appeler. Un en-cas tardif. Une entrée avant son plat principal à la maison avec Kasia. L'assiette devant lui était de proportions magnifiques. Deux œufs, deux tranches de pain grillé, et au moins six tranches de bacon, avec un accompagnement de haricots dans un petit bol qu'il n'avait pas demandé. Sa bouche salivait à cette vue.

Il se tourna vers Abigail, qui bavait sur sa nourriture autant que lui.

— C'est un rendez-vous ? demanda-t-il.

— Non.

— On dirait bien.

— Ça n'en est pas un.

— Mais ça a toutes les caractéristiques. Un restaurant. Un repas. Nous deux, seuls.

— Ça ne compte pas.

— Le dernier comptait.

— Oui, mais ce soir, ça ne compte pas.

— Est-ce que *je* peux le compter, moi ?

— Non. Ça ne marche pas si un seul d'entre nous le considère comme un vrai rendez-vous. C'est comme si tu disais que tu as piloté un avion alors que tu t'es juste tenu dans le cockpit. Tu dois mettre tes mains sur le manche et faire voler cet engin avant de pouvoir appeler ça un rendez-vous.

Tomek la regarda stupéfait. Euphémismes mis à part, il considérait toujours cela comme un rendez-vous, même si elle refusait.

— Je suis désolée qu'on se voie toujours comme ça, dit-elle, juste au moment où il mettait dans sa bouche une bouchée d'œuf et de bacon.

— Comme quoi ?

— Au travail... en faisant des choses liées au travail. Tu sais, quand tu es venu dans mon bureau l'autre jour ; la dernière fois qu'on a fait ça, et maintenant on recommence.

— Ce n'est pas grave, dit-il. Ça ne me dérange pas. Honnêtement. Au moins, ça me donne encore une excuse pour te voir. Et au moins, je me sens moins mal en sachant qu'il y a un prétexte professionnel derrière.

Abigail jouait pensivement avec sa nourriture. — Tu dis juste ce que tu penses que je veux entendre.

Tomek agita son couteau devant elle. — Nan-nan. Ce que tu veux entendre, c'est que c'*est* un rendez-vous.

— Je pense que c'est ce que *tu* veux entendre, répondit-elle.

— Quoi donc ?

— Que c'est un rendez-vous !

— Youpi ! s'écria Tomek, des morceaux de nourriture s'échappant de sa bouche. Je t'ai eue. Tu l'as admis. C'est. Un. Rendez-vous. Et un bon, en plus. Alors ne le gâche pas.

Soupirant profondément, Abigail roula des yeux et reporta son attention sur sa nourriture. Près de quarante minutes étaient passées et il n'y avait toujours aucun signe d'elle. À la quarante et unième minute, Abigail avait admis sa défaite.

— Puisque c'est un rendez-vous sous couvert de travail, commença-t-elle, je ne me sentirai pas trop mal de te demander comment avance l'enquête.

Tomek sourit narquoisement. — Tu sais que je ne peux pas tout te dire.

— Peut-être qu'un jour tu le feras.

— Malheureusement, pas cette fois, expliqua-t-il, avant de lui raconter l'histoire assez anodine et sans intérêt d'Albert Patterson, le détectoriste qui avait découvert l'alliance d'Herbert Tucker sur la plage.

— Pauvre type, dit-elle. On dirait qu'il s'y était attaché.

— Je sais. Je me suis senti mal de la lui prendre. J'ai eu l'impression qu'il ne possédait pas grand-chose, et que c'était le dernier bien qu'il avait. Il était aussi très étourdi... un peu dans tous les sens.

— Le pauvre.

Un moment de silence s'installa à table alors qu'ils avalaient tous deux une autre bouchée.

— Et toi alors ? Quelles sont les nouvelles de Southend et des environs ?

— Tu n'as pas entendu ?

Tomek lui lança un regard noir. — Si j'avais entendu, je ne te demanderais pas...

— Peu importe. C'est la folie en ce moment. John m'a donné le feu vert pour continuer avec l'histoire sur laquelle je travaille. Il a aussi donné le feu vert à certaines des autres filles pour faire des articles sur Brendan Door, le maire, le président de Southend FC, Anthony Arnold - tous. Jusqu'au dernier d'entre eux. On a même eu accès aux Southend Seven.

Tomek prit un moment pour digérer l'information. La maison s'écroulait et John Mullen s'assurait d'être le seul à l'extérieur. Mais pourquoi ? Qu'avait-il à gagner maintenant qu'Herbert Tucker était mort ? Essayait-il simplement de ternir la réputation de tous les autres pour s'accaparer toute la gloire ? Ou espérait-il que l'opinion publique serait tellement assommée par les terribles nouvelles concernant certaines des figures les plus éminentes de leur ville que, lorsqu'un article sortirait sur lui, ils y seraient insensibles, son impact en serait diminué ? Tomek n'en savait rien. Mais une partie de lui trouvait cela préoccupant. Tandis que l'autre partie était impatiente de découvrir quel genre d'histoires allait sortir.

— Tu sais que je ne peux pas tout te dire, dit-elle en faisant un clin d'œil.

— Peut-être qu'un jour tu le feras, dit-il.

— Peut-être, répondit-elle. Ça dépend de comment tu me traites.

Alors que Tomek était sur le point d'enfourner le dernier morceau de nourriture dans sa bouche, son téléphone commença à vibrer sur la table. Numéro inconnu.

Il fit glisser son doigt à travers le bas de l'écran et le porta à son oreille tout en enfournant la nourriture dans sa bouche.

— DS Bowen, dit-il presque inaudiblement.

— DS Bowen ? répéta une voix masculine. Je suis le PS Knight. On m'a dit de vous informer que Richard Stafford vient d'être repéré au centre commercial Victoria. L'un de nos agents vous attend maintenant devant Peacocks.

CHAPITRE
QUARANTE-HUIT

Tomek ne savait pas ce qui était le plus déroutant : pourquoi un baron de la drogue riche et fortuné faisait ses courses dans un endroit comme Peacocks, ou pourquoi il avait soudainement surgi de nulle part. Depuis que l'équipe avait interrogé les six autres membres des Southend Seven, plusieurs tentatives avaient été faites pour retrouver le trafiquant de drogue recherché, mais selon les renseignements de la brigade des stupéfiants de Colchester, au quartier général de la police d'Essex, il s'était envolé pour l'Espagne et, comme il n'y avait pas de mandat d'arrêt contre lui, il n'y avait aucune chance de l'appréhender dès son atterrissage.

Tomek est arrivé au Victoria Shopping Centre vingt minutes après avoir reçu l'appel. Le complexe était situé en haut de la rue principale, à moins de cent mètres de la gare de Southend Victoria. Sa construction avait commencé et s'était achevée à la fin des années soixante, et il était un pilier de la région de Southend depuis lors. Des centaines de milliers de visiteurs franchissaient ses portes chaque année, et Tomek était stupéfait de penser que Richard Stafford en faisait partie.

À l'entrée du centre l'attendait un jeune agent de police, vêtu d'un uniforme impeccable, se tenant les bras le long du corps comme s'il avait été membre de la garde royale ou avait fait un bref passage dans l'armée.

Tomek s'approcha de l'homme et se présenta.

— PC Ryan Blackpool, répondit le policier avec une poignée de main ferme.

— Vous l'avez toujours à l'œil ?

Blackpool fit un signe de tête en direction de la pharmacie Boots à sa gauche.

Approprié.

— Il y est depuis environ dix minutes. D'abord, il est resté chez Peacocks pendant environ vingt minutes, puis il est allé chez Deichmann, et maintenant il est là.

— Est-il seul ?

Blackpool acquiesça. — Pour autant que je puisse en juger, oui.

— Excellent. Laissez-moi faire. S'il vous voit dans votre uniforme, il pourrait paniquer.

Nouveau hochement de tête. Cette fois, le policier retira sa casquette et la tint sous son bras.

Tomek quitta l'homme et se dirigea vers le magasin. Il avait passé de nombreux après-midis là-bas avec Kasia, parcourant les rayons à la recherche des derniers produits de maquillage et de soins capillaires. À tel point qu'il connaissait maintenant les allées comme sa poche. Il savait où se trouvaient les rayons de maquillage de marque, où étaient les serviettes hygiéniques, où était rangée la teinture pour cheveux, et surtout, il savait où étaient cachés les remèdes contre les douleurs articulaires.

En flânant à travers l'entrée du magasin, passant devant les comptoirs de maquillage, il se demanda combien de fois Herbert Tucker avait franchi ces portes. S'il était entré pour acheter le rouge à lèvres Strawberry Surprise qu'il demandait à ses conquêtes sexuelles de porter. Et s'il avait acheté autre chose à cette fin pendant qu'il était là.

Avant qu'il ne puisse y réfléchir davantage, Tomek repéra Richard Stafford dans l'allée des dentifrices. Il était manifestement hors de son élément, détonnant comme un bouton sur le visage d'un adolescent, avec son look campagnard, ses bottes en caoutchouc et sa casquette plate.

L'homme se penchait, tendant la main vers un tube de dentifrice Sensodyne, quand Tomek l'aborda.

— Monsieur Stafford ?

Richard leva les yeux vers Tomek, avec une expression dédaigneuse.

— Peut-être bien. Ça dépend qui veut l'savoir.

— Sergent-détective Tomek Bowen. Tomek sourit avec suffisance en tendant la main pour aider Richard à se relever.

L'homme l'ignora et se redressa, un paquet de dentifrice à la main.

— J'ai entendu dire que neuf dentistes sur dix recommandent celui-ci, dit-il. Ça doit être bon si c'est le cas.

Richard n'était pas impressionné. — Qu'est-ce que vous voulez ?

— J'aimerais vous poser quelques questions, si je peux ?

À présent, un petit groupe de personnes s'était formé à l'autre bout de l'allée ; Tomek n'avait fait aucun effort pour baisser la voix et était donc plus que satisfait d'avoir un public.

— C'est à propos de l'aut' jour ?

— Oui. Vous êtes difficile à trouver.

— J'préfère comme ça.

— Eh bien, vous savez ce qu'on dit. Un jet privé par jour éloigne les sergents-détectives. Alors, on y va ?

▭

Ils sortirent aimablement, par l'avant du magasin, proches l'un de l'autre comme de bons amis partis pour une banale virée shopping, dépensant de l'argent qu'ils n'avaient pas pour des choses dont ils n'avaient pas besoin. En les attendant, appuyé contre un mur avec une main dans sa poche, se tenait PC Blackpool.

— Arrêtez de poser comme si vous étiez dans un film de Tarantino et venez avec nous, dit Tomek en passant devant lui.

Le policier les suivit rapidement, leur courant après. Dehors, en haut de la rue principale, ils tournèrent à gauche et se dirigèrent vers le Pizza Hut du coin. Là, Tomek s'était garé derrière le véhicule de police banalisé de Blackpool. En arrivant à la voiture de police, Tomek ouvrit la portière arrière et fit signe à Richard de monter.

— Vraiment ? demanda l'homme.

— C'est juste une discussion. Dans un endroit un peu moins embarrassant qu'une pharmacie.

À contrecœur, et avec l'attitude d'un adolescent pétulant, Richard

Stafford baissa la tête et grimpa sur le siège arrière. Alors que Tomek fermait la porte derrière lui et commençait à contourner l'arrière du véhicule, une voix s'éleva derrière eux.

— Blackpool, où t'étais passé, mon pote ?

Ryan, perplexe et en alerte, se retourna pour voir un homme s'avancer vers lui. L'état de l'homme troubla Tomek. Ses cheveux étaient en désordre, sa barbe négligée et son visage sale. Dans ses bras, il portait un sac de couchage vert et gris, et sur son épaule, un grand sac à dos aux couleurs assorties. Chaque partie de son apparence suggérait qu'il était sans abri, y compris ses dents manquantes, mais c'était ses vêtements qui déconcertaient Tomek. Il était vêtu d'un costume gris presque impeccablement repassé. Cher, sur mesure.

— Ça va, Rick ? dit Ryan. Ça fait un bail que je t'ai pas vu. T'étais où ?

— Oh, tu sais. Par-ci, par-là. En vadrouille.

— T'as l'air canon quand même, je dois dire. D'où ça sort ? Ryan examina l'homme de haut en bas, pointant ses chaussures. Je t'ai jamais vu porter quelque chose d'aussi propre avant.

— Un type vient juste de me le donner l'autre nuit, tu vois ?

— Quoi ?

Tomek se retourna et recommença à contourner l'arrière de la voiture.

— Ouais, c'était dingue, mais j'allais pas dire non. Ce mec est venu me voir en pleine nuit. M'a réveillé et tout, et m'a demandé si je voulais échanger mes fringues contre le costume de son pote.

La main de Tomek était sur la poignée de la portière quand il s'arrêta. — Qu'est-ce que vous venez de dire ?

Rick se figea, son corps tendu. — Rien. J'ai rien dit.

— C'est cool, Rick, intervint Ryan. Il est avec moi. Tu vas pas te faire arrêter.

— Ah. D'accord. Dans ce cas, alors, qu'est-ce que tu veux savoir ?

Tomek souffla. — Qu'est-ce que vous venez de dire à propos de quelqu'un qui vous a donné ce costume ?

— Un type m'a réveillé en pleine nuit, agitant ce costume devant ma face, me demandant si je voulais l'échanger contre mes vêtements.

— Vous avez demandé pourquoi ?

— Il a dit que c'était pour une blague. Il faisait une blague à un de ses potes.

— Avez-vous vu son visage ? demanda Tomek.

— Pas vraiment, mec. Il faisait noir. J'étais fatigué. Et je me gelais les couilles alors j'étais plus intéressé à me réchauffer.

Merde.

— Vous a-t-il donné autre chose ? De l'argent ?

— Pourquoi tu veux savoir ça ? demanda Rick, son corps se raidissant.

— Simple curiosité. Tomek fit une pause pendant que son esprit traitait l'information. Puis il regarda par la vitre du passager arrière et pointa du doigt à travers elle. — Le type dans cette voiture lui ressemble ?

Le visage de Rick se tordit alors qu'il s'inclinait sur le côté pour mieux voir Richard Stafford assis dans la voiture.

Un moment plus tard, il se redressa comme une queue de chien, et dit : — Non, désolé, mec. C'est pas lui. Il portait certainement pas des vêtements comme ça.

Double merde.

— Pouvez-vous vous rappeler quels vêtements il portait ?

Rick se fourra un doigt dans le nez tout en réfléchissant intensément. — Je crois qu'il portait un costume ou quelque chose. Ou peut-être un survêtement. Un sweat à capuche, peut-être. Je ne me souviens pas, si je suis vraiment honnête avec toi. Il faisait noir, comme je l'ai dit. Et j'étais planqué dans mon petit coin pendant que je me changeais et tout.

Tomek hocha la tête avec compréhension. — Y a-t-il autre chose dont vous pourriez vous souvenir ? Quelque chose qu'il aurait pu dire ? Quelque chose qu'il aurait pu faire ? La direction qu'il a prise ?

— Il était avec une femme, mais je ne l'ai pas vue. Elle était quelque part au tournant. Tout ce qu'elle a fait c'est crier « Viens » et puis il est parti en courant après elle.

Triple merde.

Les tueurs étaient là. Et ils avaient eu un témoin. Peut-être n'avaient-ils pas pensé que Rick viendrait un jour à la police, ou qu'il les croiserait un jour au bord de la rue.

— Vous avez un portable ou quelque chose ? demanda Tomek. Pour qu'on puisse vous contacter si on a besoin de vous pour quoi que ce soit.

— J'ai l'air de trimballer un portable à ton avis ?

— Non. Vous avez raison. Désolé.

Putain d'imbécile.

— Et pour les vêtements ? Pourrions-nous vous les prendre ? Nous devons les examiner comme preuves.

— Pas question. Pas question que vous les preniez. Putain, je vais porter quoi ? C'est tout ce que j'ai.

— On peut vous trouver quelque chose dans nos réserves.

— Non, merde. Tu peux m'acheter quelque chose à la place.

Tomek réfléchit un moment. Puis il eut une idée. Il ouvrit la portière de la voiture et pointa l'objet dans la main de Richard.

— Je peux avoir ça ?

— Mon dentifrice ? Absolument pas.

— Allez. Ce type en a plus besoin que vous. Et je suis sûr que vous pouvez en acheter un autre.

À contrecœur, comme si Tomek venait de lui demander de céder toutes ses économies, Richard Stafford lui tendit le tube de dentifrice. Ordure, pensa Tomek en lançant l'emballage à Rick.

— Considère ça comme un acompte, dit-il, puis il se tourna vers Ryan. Je peux te laisser gérer ça ?

Ryan acquiesça, confirmant qu'il pouvait s'en charger.

Tomek fit face à Rick. — Au nom de la famille d'Herbert Tucker, merci pour votre aide.

Un moment plus tard, il monta à l'arrière de la voiture. La porte claqua, les enfermant dans une bulle de silence.

— Vous avez eu les réponses dont vous aviez besoin de sa part ? demanda Richard Stafford.

— Malheureusement non, ce qui signifie que j'en ai encore quelques-unes à vous poser.

— Vous pouvez vous épargner votre salive, mon pote, répondit

Richard, tripotant sa casquette. Je n'ai rien à voir avec le meurtre d'Herbert. Je vous l'ai dit l'autre jour.

— Alors pourquoi avez-vous fui ?

— Je n'ai pas fui.

— S'envoler vers un autre pays suggère le contraire.

— J'ai des intérêts commerciaux là-bas qui nécessitaient mon attention immédiate.

Tomek grogna et se tourna pour faire face au pare-brise avant.

— Je ne vous aurais jamais pris pour un client de Peacocks, dit-il.

— J'aime leurs sous-vêtements.

— Mais vous n'en avez pas acheté ?

Tomek pouvait sentir le mensonge.

— Ils n'avaient pas ma taille.

— Quelles tailles proposent-ils là-bas ? En onces ou en grammes ? demanda Tomek, tentant sa chance.

— C'est pour ça que vous êtes venu me voir, détective ? Ou est-ce à propos de la mort de mon cher vieil ami ?

— Ni l'un ni l'autre. C'est à propos du secret que vous emporterez dans votre tombe.

Richard tourna lentement la tête vers la vitre latérale et regarda les passants défiler devant le véhicule, le son de leurs conversations et de leurs pas étouffé.

— Je crains de ne pas savoir de quoi vous parlez, détective. Je n'ai pas de secrets.

— C'est un mensonge aussi gros que celui des neuf dentistes sur dix, et vous le savez.

— Mon dentiste ne serait pas d'accord avec vous. Un sourire narquois s'étira sur le visage de Richard.

— Donc vous ne savez rien sur la mort d'Herbert ?

— Malheureusement non, détective. Il y avait beaucoup de gens qui n'aimaient pas mon ami, y compris certains de mes autres amis, comme vous le savez certainement. Ils avaient tous des raisons de lui faire du mal, mais jamais de le tuer. Ils sont tous aussi coupables que n'importe qui d'autre pour beaucoup de choses.

CHAPITRE
QUARANTE-NEUF

Tomek passa les heures suivantes à essayer d'assimiler les paroles de Richard Stafford.

Ils avaient tous des raisons de lui faire du mal, mais jamais de le tuer.

Ils sont tous aussi coupables les uns que les autres pour beaucoup de choses.

Le secret que Richard Stafford emportait dans sa tombe, livré sous forme d'énigme. C'était dommage que ni lui ni le reste de l'équipe n'aient été capables d'en déchiffrer le sens. Quelque chose dans son choix de mots et sa façon de s'exprimer suggérait qu'il y avait autre chose concernant Herbert Tucker qu'ils auraient dû savoir mais qu'ils ignoraient. Qu'il se passait autre chose en coulisses.

— Quelles pistes nous reste-t-il à explorer ? demanda Nick.

Dans la pièce avec eux se trouvaient Sean et Victoria, les quatre membres les plus gradés de l'équipe. Nick avait convoqué cette réunion de crise peu après la publication d'un article par le *Southend Echo* qui dénonçait l'implication professionnelle de Nick avec Brendan Door. L'article remettait en question l'intégrité et les compétences de l'inspecteur principal. Ce qu'il était déterminé à effacer par une arrestation rapide et efficace pour le meurtre d'Herbert.

— Rien ne me vient à l'esprit, monsieur, répondit Sean.

— Je suis ravi que vous soyez là, sergent, avec votre formidable perspicacité, siffla Nick. Putain de merde.

Sean baissa la tête et resta silencieux pendant les minutes qui suivirent.

Nick se mit alors à faire les cent pas dans la pièce, murmurant pour lui-même les paroles de Richard Stafford.

— Ils sont tous aussi coupables les uns que les autres… Que veut-il dire par là ? Pourraient-ils tous être impliqués ? Auraient-ils planifié cela ensemble ? Tous les neuf ?

— Neuf, monsieur ? demanda Tomek.

Nick s'arrêta brusquement et commença à compter sur ses doigts. — Alina, Terrence, John, Brendan, Nora, Gregory, Anthony, James et Richard Stafford.

— Considérons-nous Nora comme suspecte ? demanda Tomek.

— Tant que nous n'aurons pas reçu les échantillons d'ADN d'elle et d'Alina, absolument. Une femme est impliquée quelque part, et c'est l'une d'entre elles.

— Donc c'est soit Brendan en tant que complice, soit Terrence.

— Quelle femme voulait le plus sa mort ? demanda Victoria. Celle qui dépendait tant de lui financièrement et était sur le point de voir cette source de revenus coupée, ou celle qu'il avait trompée tant de fois et qu'il menaçait de divorcer ?

— C'est la même femme, répondit Tomek, en croisant les bras sur sa poitrine. Elles ont toutes les deux les mêmes motifs. Elles dépendaient toutes les deux de lui pour l'argent et ces derniers mois, il avait menacé de couper ces revenus. Tout se résume aux hommes.

Victoria leva les yeux au ciel et se cala dans son fauteuil.

— À quoi pensez-vous, Tomek ? Allez-y, insista Nick.

— Terrence était le nouveau venu, le second, destiné à une brillante carrière politique jusqu'à ce qu'Herbert l'initie à sa consommation de drogue et l'éjecte de l'équipe. Tandis que Brendan dépendait de lui financièrement ; les dessous-de-table pour que la drogue continue d'affluer dans la ville. Mais je pense qu'Herbert dépendait davantage de Brendan dans ce cas précis. Donc si je devais trancher, Terrence l'emporte pour moi.

— Et vous êtes certain que Richard Stafford ne s'inscrit pas du tout dans ce tableau ?

Tomek secoua la tête. — Au début, je pensais qu'il pouvait avoir quelque chose à voir avec ça. Étant donné ce pour quoi il est recherché, il serait logique qu'il ait les contacts criminels pour organiser quelque chose comme ça, mais après ce que Rick a dit, je ne pense pas qu'il soit impliqué.

— Vous pensez vraiment que nous pouvons croire la déposition d'un sans-abri ? commença Victoria. Comment savons-nous qu'il n'est pas l'un des consommateurs de Richard ? Comment savons-nous qu'il ne le couvre pas simplement ?

— Parce qu'un des nôtres s'est porté garant pour Rick. Ce n'est pas un toxicomane. Il ne prend pas de drogues. Il a juste eu beaucoup de malchance, d'après ce que j'ai entendu.

— Ça ne l'absout pas de...

— Essayez de vivre dans la rue, interrompit Tomek. Et voyez avec quelle rapidité vous saisiriez l'opportunité d'avoir de nouveaux vêtements.

— Ça suffit ! aboya Nick, sa voix résonnant jusque dans le couloir. Ça suffit, tous les deux. Nous avons toujours un meurtre à résoudre. Il soupira profondément. — Et la bague ? Des résultats ?

Sean secoua la tête. — Rien, chef. Pas d'ADN, rien. Elle a été nettoyée tellement à fond que les gars l'ont presque prise pour neuve.

— Merde. Et pour...

Avant que Nick ne puisse finir, la porte s'ouvrit brusquement et Oscar se précipita à l'intérieur, respirant rapidement, s'agrippant à la poignée pour éviter que son élan ne l'entraîne dans la pièce.

— Désolé d'interrompre, chef, dit-il, haletant, mais c'est important.

Un autre soupir. Plus léger cette fois, empli d'un certain optimisme. — Qu'y a-t-il ?

— L'analyse numérique. Ils viennent d'envoyer le rapport pour le téléphone et l'ordinateur portable d'Herbert Tucker. Oscar brandit un ensemble de documents en l'air.

— Et ? Qu'ont-ils trouvé ?

Oscar ferma la porte derrière lui et se précipita au centre de la pièce. Ses yeux étaient animés d'excitation et ses mouvements frénétiques.

— Ils ont trouvé des dizaines de SMS et d'e-mails qui prouvent qu'Herbert Tucker et sa petite bande de politiciens et de personnalités influentes du Southend Seven dirigeaient un réseau de trafic sexuel.

Silence.

Personne ne dit rien pendant qu'ils assimilaient l'information.

Sean fut le premier à parler. — Qui était impliqué ?

— Tous. Le PFCC, le maire, James Colehill, John Mullen, Terrence Toffolo, tous. Ils faisaient venir des filles d'Europe de l'Est, les installaient – littéralement – dans ce club, puis les forçaient à faire tout ce que le Southend Seven voulait.

L'esprit de Tomek semblait fonctionner à mille à l'heure.

Les noms des suspects surgissaient rapidement dans sa tête, puis disparaissaient presque aussi vite.

Puis les mots de Nora : *Il avait un faible pour les Européennes de l'Est. Il y avait toujours un nom étranger qui apparaissait sur son téléphone.*

Tout commençait à avoir un sens. Alina Zandecka avait menti. Elle avait été amenée dans le pays par les trafiquants et maintenue dans le système jusqu'à ce qu'elle tombe enceinte. À partir de là, les rôles s'étaient inversés et son pouvoir au sein du groupe avait augmenté. Elle avait une emprise sur Herbert et elle avait pu l'exploiter ces quatre dernières années, tout en étant responsable de faire venir d'autres femmes de l'étranger. Tomek ne voulait pas penser au nombre de vies qu'elle avait bouleversées, tout ça pour une rente mensuelle.

— C'est pourquoi John Mullen balance tout le monde, dit Nick doucement, comme s'il se l'expliquait à lui-même. C'est pourquoi il divulgue toutes ces informations sur les autres. Il savait que ce n'était qu'une question de temps avant que cette nouvelle n'éclate, alors il a essayé de détourner l'attention autant que possible.

— Et Richard Stafford ? demanda Tomek, revenant progressivement à lui. Vous n'avez pas mentionné son nom.

— C'est parce qu'il ne semble pas être impliqué dans les e-mails ou la correspondance.

Le regard de Tomek quitta celui d'Oscar et se posa sur la table au milieu de la pièce. — Il était juste responsable de fournir la drogue pour leurs soirées ; les autres étaient chargés de faire venir les filles.

— En fait, cette responsabilité incombait en grande partie à Keith Ferguson.

— Le type qui s'est suicidé ?

— Oui.

— Bon sang.

Cela expliquait son suicide.

Keith Ferguson ne s'inquiétait pas de ce qui aurait pu sortir à son sujet concernant sa consommation de drogue et de prostitution. Il craignait davantage que la police ne découvre son implication dans le trafic de femmes à travers le continent à des fins sexuelles.

Et puis les pensées s'arrêtèrent, interrompues brusquement par un léger toussotement.

Les quatre hommes se tournèrent vers Victoria.

— Je ne souhaite pas jouer l'avocat du diable, dit-elle doucement, mais rien de tout cela n'explique qui a tué Herbert Tucker.

CHAPITRE
CINQUANTE

Victoria avait eu raison. Aucune des allégations de trafic sexuel n'avait de rapport avec le meurtre d'Herbert Tucker. Mais cela ne les avait pas empêchés de poursuivre les responsables.

Au cours des jours suivants, Tomek et son équipe ont arrêté toutes les personnes liées aux emails et aux SMS, examinant méticuleusement les preuves recueillies par les équipes d'investigation numérique : des emails d'Herbert et John Mullen contenant des instructions à Keith Ferguson et Terrence Toffolo sur l'heure à laquelle ils devaient s'envoler pour la Roumanie et la Lituanie, où ils devaient aller, avec qui parler, et quand ils devaient les ramener. L'équipe avait même vérifié l'historique de vol de ces hommes auprès de plusieurs compagnies aériennes et corroboré leurs déplacements. De plus, Rachel et Anna avaient été envoyées à la recherche de plusieurs femmes qu'ils soupçonnaient d'avoir été victimes de trafic. Par chance, elles les avaient retrouvées. Et plus heureusement encore, ces femmes avaient été plus que disposées à parler. Des témoignages complets, enfonçant pratiquement les derniers clous dans les cercueils de plusieurs membres des Sept de Southend.

À l'exception de deux : Richard Stafford et Anthony Arnold, l'avocat de la poursuite du CPS.

Les deux hommes avaient été exclus des emails, et rien n'indiquait que l'un ou l'autre ait été impliqué dans ces crimes. Ce que Tomek ne considérait pas comme une coïncidence, étant donné que l'individu possédant les connaissances juridiques les plus vastes parmi eux avait réussi à éviter des poursuites tant pour lui-même que pour celui avec lequel il entretenait les relations d'affaires les plus pertinentes. À la surprise de Tomek, aucun des autres membres des Sept de Southend n'avait dénoncé l'un ou l'autre des deux hommes. Mais, comme il n'y avait aucune preuve contre eux, Tomek ne pouvait ni les arrêter ni les inculper. L'atout que Tomek gardait dans sa manche, cependant, était l'avis qu'il avait envoyé au quartier général d'Essex à Colchester, détaillant ses soupçons que Richard Stafford gérait la majeure partie de son trafic de drogue depuis le magasin de vêtements Peacocks dans le centre commercial Victoria. Tomek soupçonnait que Richard Stafford s'y rendait, traitait avec le personnel qui était entièrement à sa solde, et expédiait des tonnes de drogues qui se retrouvaient ensuite dans les rues. Ce n'était qu'une intuition, mais une intuition tout de même. Et au fil des années, son instinct ne l'avait trompé qu'à quelques reprises. C'était maintenant à l'équipe des stupéfiants de trouver le lien et de faire les connexions.

À la fin de la semaine, l'équipe avait réussi à inculper Terrence Toffolo, John Mullen, Brendan Door, James Colehill et Gregory Chaplin pour une multitude d'infractions.

La dernière sur leur liste était Alina Zandecka.

D'après les informations que l'équipe d'investigation numérique avait rassemblées, et les témoignages que Martin et Oscar avaient réussi à recueillir, Alina Zandecka avait joué un rôle crucial dans le trafic des femmes qui ne se doutaient de rien. Elle s'était présentée comme leur amie, avait prétendu les héberger et les installer sous prétexte qu'on leur offrait une vie meilleure. Elle les avait manipulées et préparées pour le travail qu'elles étaient censées faire, le tout pour ses cinq mille livres d'honoraires mensuels.

Ils disposaient d'une multitude de preuves contre elle pour ce délit. La seule chose qu'ils n'avaient pas contre elle, c'était des preuves suggérant qu'elle avait tué Herbert Tucker.

Tomek était assis en face d'elle et de son avocat depuis une heure, essayant de la faire craquer. Mais elle ne parlait pas. Les mots « sans commentaire » étaient tout ce qui était sorti de sa bouche. Elle était un livre fermé, et quelles que soient les tactiques qu'il essayait, elle ne cédait pas.

Le problème, c'est qu'il y avait très peu de preuves suggérant qu'elle l'avait fait.

La seule chose qu'ils avaient contre elle, c'était le mobile.

Et, bien sûr, les résultats ADN du rouge à lèvres, qu'ils attendaient toujours.

———

Quelques heures plus tard, Tomek retourna au bureau, se sentant vaincu. Il trouva Nick et le reste de l'équipe dans la salle des incidents majeurs.

— Et alors ? demanda Nick, l'espoir abondant dans sa voix.

Tomek offrit au commissaire principal un hochement négatif de la tête.

— Rien, dit-il. J'ai essayé, mais tout ce qu'elle a offert était « sans commentaire ».

— Merde !

D'un geste furieux, Nick lança un stylo bille à l'autre bout de la pièce. Ceux qui se trouvaient sur sa trajectoire furent forcés de se baisser et de s'écarter s'ils ne voulaient pas être touchés.

— On est si près du but, je le sens.

— Ce n'est pas la fin du monde, proposa Sean. On a toujours les résultats ADN à...

Et puis il y eut un coup à la porte. Faible, presque inaudible.

Liam Porter, le responsable de la scène de crime, passa la tête par l'entrebâillement de la porte.

— Je n'interromps rien, j'espère ?

— Si, siffla Nick. Que voulez-vous ?

Porter brandit un dossier violet dans ses mains, puis fit un pas timide à travers la porte, franchissant le seuil dans l'atmosphère glaciale. Il marcha adroitement vers Nick à la tête de la salle, puis tendit le dossier au commissaire principal.

— Je n'ai pas le temps de lire ça, dit Nick.

— Préférez-vous le résumé des notes à la place ?

— Oui. Allez-y. *S'il vous plaît.* L'accent que Nick mit sur les derniers mots était aussi évident que l'impatience sur son visage.

Avant de s'adresser à la salle, Liam s'éclaircit la gorge.

— Ce sont vos résultats ADN. L'échantillon buccal que vous avez envoyé.

— *Échantillon* ? répéta Tomek, faisant involontairement un pas en avant.

— Oui, répondit Liam, penaud. Nous n'avons envoyé qu'un seul échantillon pour examen.

— Non, non, non. Il devrait y en avoir deux.

Tomek baissa les yeux vers Rachel et Anna, s'attendant à ce qu'elles entendent ses pensées intérieures.

— J'ai envoyé l'échantillon, je le jure, répondit Rachel en premier.

— Moi aussi, ajouta Anna. Dès que je suis revenue.

— Alors comment se fait-il qu'un seul échantillon ait été envoyé ? hurla Tomek. Puis la réponse le gifla en plein visage, et il leva les yeux jusqu'à rencontrer ceux de Nick.

— Brendan... dirent-ils à l'unisson.

— Chey, je veux que vous vérifiiez le serveur, commença Nick. Je veux que vous trouviez qui a accédé aux fichiers et qui a retiré les pièces à conviction depuis le moment où elles ont été soumises, jusqu'à celui où elles ont été expédiées.

Chey acquiesça, se leva de sa chaise et sortit précipitamment de la pièce.

Tous les regards se portèrent sur le dossier dans la main de Nick.

Avec hésitation, le commissaire principal le tint devant lui, l'ouvrit...

Tomek retint son souffle en attendant d'entendre la réponse qu'ils attendaient tous.

— L'échantillon ADN soumis appartient à Mlle Alina Zandecka, dit-il, et le résultat est négatif. Son ADN ne correspond à aucun des profils trouvés sur la main d'Herbert Tucker.

▭

Ce qui ne laissait qu'une personne.

Nora Tucker. L'épouse trompeuse et adultère d'Herbert, celle qui était passée sous le radar pendant la majeure partie de l'enquête.

Une vérification rapide dans le système confirma les soupçons de Tomek et Nick que Brendan Door avait accédé à l'échantillon ADN de Nora et l'avait retiré des preuves. Les deux avaient travaillé ensemble, mais alors qu'ils détenaient Brendan en garde à vue, il leur manquait la dernière pièce du puzzle.

Le seul problème qui subsistait maintenant était de la trouver.

Au moment où Tomek quittait le poste pour se rendre à la résidence des Tucker, il fut accosté dans le parking par Abigail. Elle portait un épais manteau d'hiver et ses joues étaient empourprées.

— Ce n'est pas le bon moment, Abi, lui dit-il.

— Il y a quelqu'un que vous devez voir.

— La Femme X est ici ?

— Non. Mais ses parents sont là. Et ils ont quelque chose à vous dire.

Tomek consulta sa montre avant d'accepter la rencontre. La famille de trois personnes – mère, père et une sœur – l'attendait chez Morgana. Le trajet fut heureusement bref, car les routes s'étaient dégagées pour les vacances de février, et pour éviter la pluie qui avait commencé à tomber abondamment.

En entrant, Tomek repéra instantanément la famille. Ils avaient l'air totalement déplacés, comme s'ils étaient mal à l'aise d'être là, inconfortables dans la saleté et la graisse, embarrassés par les personnes autour d'eux. Des personnes qui, dans leur esprit, appartenaient à des classes sociales bien inférieures aux leurs.

— Tomek, voici Stéphanie, Alan, et leur fille, Felicity. Ils ont quelque chose qu'ils pensent que vous devriez savoir à propos d'Herbert Tucker.

CHAPITRE
CINQUANTE-ET-UN

Tomek fit glisser la voiture jusqu'à l'arrêt complet, les pneus dérapant sur les pavés humides. Il coupa le moteur, sortit rapidement du véhicule et sprinta vers la porte d'entrée de Nora Tucker. La pluie tambourinait contre le béton et le fouettait de tous côtés. Au-dessus de lui, le vent malmenait les arbres, les forçant à frémir et à vaciller sous la pression. Arrivé à la porte d'entrée, il frappa avec son poing.

Il s'arrêta après le troisième coup.

La porte était restée déverrouillée et s'ouvrait maintenant doucement vers l'intérieur. Tomek avança, prudent, méfiant, refermant la porte derrière lui.

Silence. La porte, bien fabriquée et onéreuse, étouffait parfaitement le bruit de la pluie et du vent.

Il attendit, retint son souffle, écouta.

Rien. Aucun signe de mouvement. Aucun signe de vie.

— Il y a quelqu'un ? appela-t-il, mais sans obtenir de réponse.

Encore plus prudemment, tous ses sens en alerte pour détecter le moindre bruit, Tomek s'enfonça dans la maison, commençant par le salon. L'espace était vide, presque parfaitement propre, et semblait ne pas avoir été touché depuis des semaines. Il en allait de même pour le reste du rez-de-chaussée. Les parties intéressantes, cependant, se trouvaient à l'étage. Tomek ne s'était jamais aventuré aussi loin auparavant. L'étage supérieur se composait de cinq chambres, un bureau, deux salles de bain et une salle d'eau attenante à la chambre principale.

En haut de l'escalier, il s'arrêta et écouta, serrant la rampe à deux mains. La maison était immobile, silencieuse.

Son premier arrêt fut la chambre de Nora et Herbert. Un grand lit king-size occupait la majeure partie de l'espace et était entouré d'une épaisse moquette gris anthracite. Des coussins roses et duveteux reposaient soigneusement devant les oreillers, et un plaid fin couleur bordeaux avait été plié au pied du lit. Les fenêtres donnaient sur le jardin en contrebas. Tomek se dirigea vers elles et contempla la vue. En dessous, la piscine bouillonnait sous les milliers de gouttes de pluie qui y plongeaient, et le mobilier – chaises, table et barbecue – était devenu la victime du vent.

Tomek pivota pour se diriger vers les autres pièces, mais ce faisant, il aperçut une silhouette du coin de l'œil.

— Putain ! cria-t-il en sursautant.

Puis il se rendit compte qu'il s'agissait de son reflet dans un immense miroir du sol au plafond qu'il n'avait pas remarqué en entrant.

— Stupide truc, marmonna-t-il, maudissant l'objet inanimé qui ne pouvait se défendre.

Face au pied du lit se trouvait une coiffeuse, garnie de rangées de petits bâtonnets noirs de différentes épaisseurs, dépassant d'une série de conteneurs en Plexiglas. Tomek n'avait jamais vu autant de maquillage de sa vie, même pas dans les supermarchés. Il y avait quatre supports en Plexiglas au total. Un pour les eye-liners. Un pour les mascaras. Un pour les pinceaux. Et un autre qui contenait ce qu'il avait appris à identifier comme du fond de teint. Ou quelque chose comme ça. Il ne savait pas exactement ce que c'était ; tout ce qu'il savait, c'était que c'était une partie importante du processus d'emballage du visage.

Tomek s'approcha de la table et commença à fouiller dans son contenu. Il ne trouva rien dans aucune des boîtes, mais lorsqu'il tomba sur un tiroir caché au fond, il trouva immédiatement ce qu'il cherchait.

Le rouge à lèvres.

Strawberry Surprise, dans toute sa splendeur.

Tomek le saisit et le tint presque aussi délicatement qu'Albert

Patterson avait tenu l'alliance trouvée sur le front de mer. C'était plus petit, plus enfantin qu'il ne s'y attendait. Avant de céder à la tentation d'en mettre sur ses lèvres pour le goûter lui-même, il serra le rouge à lèvres dans sa main et ferma le tiroir. Alors qu'il quittait la pièce, il s'arrêta près d'une table de chevet. Les petites ampoules de l'intuition s'allumaient, et quelque chose dans son cerveau lui disait de l'inspecter.

Lentement, comme si cela pouvait provoquer une explosion d'une sorte, il ouvrit l'unique tiroir de la table de chevet. Là, posée au-dessus, pliée en quatre, se trouvait une photocopie de l'image indécente prise d'Herbert Tucker dans le club pour hommes. Tomek la souleva et commença à la déplier jusqu'à ce que l'homme le fixe, sa bouche couverte de rouge à lèvres, son visage et sa chair souillés de crasse et de boue.

Tomek se sentit malade en la regardant. En voyant l'homme qui avait tant promis à ceux qu'il se moquait. L'homme qui incarnait tout ce qui n'allait pas dans la politique.

Il détourna le regard en la glissant dans sa poche, sortant de la chambre pour entrer dans la suivante. Le reste de la maison était comme la chambre principale : parfaitement propre et complètement vide. Soit la femme de ménage avait fait un travail exceptionnel, soit autre chose s'était produit.

Tomek sortit son téléphone de sa poche et appela Anna.

L'agent de police répondit à la deuxième sonnerie.

— Tout va bien, sergent ?

— Elle n'est pas là, dit-il, fixant une sculpture métallique représentant un cerf sur le palier, qui semblait aussi déplacée que Tomek se sentait. Savez-vous où elle pourrait être ? Vous a-t-elle dit quelque chose à propos d'emmener les filles quelque part ?

— Je crois qu'elle a mentionné quelque chose à propos d'elle et des filles qui partaient quand Eleanor serait en vacances scolaires.

— Savez-vous où ?

Tomek pouvait presque l'entendre secouer la tête. — Je n'ai pas pensé à demander...

Mais ce n'était pas grave.

Parce que Tomek avait une idée.

Une autre ampoule clignotait furieusement dans sa tête.

CHAPITRE
CINQUANTE-DEUX

Parmi tous les endroits où Herbert Tucker aurait pu acheter une maison dans l'Essex pour l'une de ses filles, ce salaud avait choisi Danbury, à quarante minutes de route. Rendues cinq minutes plus longues par la météo et le trafic.

La maison qu'Herbert avait achetée au nom de Whitney n'était pas vraiment une maison. C'était plutôt un manoir, avec les quinze acres de terrain qui l'accompagnaient. Un peu plus petit que la maison familiale, mais toujours bien trop grand pour une jeune femme de vingt-cinq ans qui vivait encore chez ses parents. Tomek aurait tué pour pouvoir s'offrir un tel endroit, ne serait-ce que pour Kasia.

Il ralentit progressivement en quittant la grande route pour s'engager dans l'allée. La pelouse avant était presque aussi parfaitement entretenue que celle de la maison familiale, et Tomek se demanda s'ils employaient une entreprise ou un jardinier séparé pour la tailler chaque semaine.

Une fois la voiture arrêtée, il serra le frein à main et scruta le pare-brise. Là, sur l'allée, se trouvait le Range Rover de Nora Tucker, bloquant l'autre point d'entrée.

Tomek le nota, puis sortit son téléphone et le porta à son oreille. La sonnerie retentit plusieurs fois, jusqu'à ce qu'Anna réponde.

—Je crois que je les ai trouvées.

—Où ?

—Dans la maison de Whitney. À Danbury.

—Bon sang. D'accord. Je viens te rejoindre tout de suite.

Tomek raccrocha et rangea son téléphone. Il n'avait aucune intention d'attendre. Il y avait un tueur à attraper, et le temps pressait.

Détachant sa ceinture, Tomek ouvrit la portière et sortit du véhicule sous la pluie. En se dirigeant vers la porte d'entrée, son corps commença à se tendre. Épaules, bras, dos. Même ses fesses se contractèrent légèrement.

Il frappa à la porte. Rien. Silence, hormis le bruit de la pluie rebondissant sur la voiture derrière lui.

Un autre coup. Toujours rien.

À côté de la porte se trouvait une petite vitre. Tomek mit ses mains en visière et regarda à travers. L'intérieur de la maison était presque aussi opulent que la résidence habituelle, avec un grand hall d'entrée, presque victorien.

Mais ce n'était pas ce qui l'intéressait. C'était la tête qu'il avait remarquée derrière un mur de l'autre côté de la vitre qui avait attiré son attention.

Se penchant, il ouvrit la boîte aux lettres et commença à crier à travers. « Je sais que vous êtes là. Puis-je entrer ? J'ai encore quelques questions à vous poser sur votre relation avec Brendan. »

Alors qu'il s'apprêtait à continuer, une silhouette se précipita vers la porte et l'ouvrit brusquement. La boîte aux lettres métallique fut arrachée de sa main, la coupant presque.

Devant lui se tenait Whitney Tucker, la fille aînée d'Herbert, et désormais fière propriétaire d'un bien immobilier au moins cinq fois hors de portée financière de Tomek.

—Que faites-vous ici ?

—Je voulais parler à votre mère.

—Pourquoi serait-elle ici ?

Tomek pointa la voiture. « C'était un indice assez révélateur. »

—Elle n'est pas là, dit-elle, la panique dans sa voix. C'est mon copain et moi. Nous... nous sommes venus pour les vacances scolaires.

—Je sais, Whitney. Maintenant, si cela ne vous dérange pas, j'aimerais entrer, s'il vous plaît.

Elle n'avait pas son mot à dire. Tomek força le passage, pénétrant dans la maison. Une fois qu'il eut franchi le seuil, il savait qu'il était en sécurité.

Ou du moins aussi en sécurité qu'on peut l'être en compagnie d'un tueur.

—Où est-elle ? demanda Tomek, fermant la porte derrière lui. Je crains pour sa sécurité.

Il verrouilla la porte avec le pêne dormant. Le son résonna dans toute la maison.

—Pourquoi serait-elle en danger ? demanda Whitney, reculant lentement de plus en plus loin dans sa maison.

—Vous savez pourquoi, Whitney.

—Je n'ai absolument aucune idée de ce dont vous parlez.

Mais Tomek n'écoutait pas. L'ignorant, il passa devant elle et commença à charger dans les pièces, cherchant Nora. Mais elle était introuvable au rez-de-chaussée. Et alors qu'il montait l'escalier en colimaçon, Whitney le poursuivit, tirant sur son bras.

—Vous ne pouvez pas monter là-haut !

Comme dans la résidence familiale, l'étage supérieur abritait cinq chambres et trois salles de bain, la seule exception étant un bureau. Mais heureusement, il n'eut pas à chercher bien loin pour trouver ce qu'il voulait.

La scène de crime se trouvait dans la chambre principale.

Eleanor, la sœur de Whitney, la jeune femme qu'il n'avait rencontrée que deux fois. Et Charlie, le petit ami de Whitney, l'homme qu'il n'avait eu le plaisir de rencontrer qu'une seule fois. Tous deux, debout au-dessus du corps sans vie de Nora Tucker, ligoté aux coins du lit. Tomek entra lentement dans la pièce, découvrant davantage la scène de crime à chaque pas hésitant.

Les premières choses qu'il remarqua furent l'odeur et les marques rouges autour de sa bouche. Conformes à un empoisonnement à l'ammoniac.

—Je crois que vous êtes tous en état d'arrestation, dit Tomek.

—Je ne crois pas, répondit Whitney, derrière lui, bloquant les escaliers.

—Quoi, vous allez me tuer aussi, comme vos parents ?

—Comment avez-vous su que c'était nous ?

Tomek tourna le cou de gauche à droite en essayant de les regarder tous, mais cela lui faisait mal. « Mon cou va lâcher dans une minute, pouvons-nous tous nous déplacer pour que je puisse vous regarder tous les trois en même temps ? »

Tomek avait affronté beaucoup de tueurs dans sa carrière. Des tueurs en série, des génies du mal, des salauds méchants. Mais ces trois-là n'étaient rien de tout cela. C'étaient des gamins. Des idiots inoffensifs qui avaient tué leurs parents et qui n'avaient aucune intention de lui faire du mal. Peut-être naïvement, il se sentait étonnamment en sécurité.

Cela dit, il savait aussi ce que c'était que d'acculer un chien sauvage dans un coin.

—Nous allons rester exactement ici, merci bien, répondit Whitney.

Tomek soupira et baissa les yeux au sol. « D'accord, mais si j'attrape un torticolis, je vous en tiendrai responsable. »

Dans son esprit, le compte à rebours mental défilait jusqu'à l'arrivée d'Anna et du reste de l'équipe. Il estimait qu'il lui restait maintenant trente-cinq minutes. Trente-cinq minutes pour les faire parler, pour les distraire jusqu'à l'arrivée des renforts.

—De qui était-ce l'idée ? demanda Tomek en plongeant la main dans sa poche pour sortir son téléphone.

—Hé, hé, hé ! lui cria Charlie. Qu'est-ce que vous faites avec ça ? Vous n'appelez pas la police !

—Je sais que je ne le fais pas, dit Tomek, en déverrouillant son appareil et en trouvant l'application d'enregistrement d'un œil. C'est parce que je suis la police.

—Ta gueule et donne-moi ce téléphone ! hurla Charlie, la voix tremblante.

Tomek appuya sur enregistrer et cacha l'écran avec sa paume. « Est-ce comme ça que vous avez parlé à Rick la nuit où vous avez assassiné Herbert ? »

—Rick ? Rick ? C'est qui ce putain de Rick ?

Tomek glissa discrètement son téléphone dans sa poche, espérant qu'ils étaient tous trop distraits pour prêter attention à ce qu'il faisait.

—Rick, c'est le sans-abri avec qui vous avez échangé les vêtements.

—Comment j'étais censé connaître son putain de nom ?

—Vous ne l'étiez pas. Je me demandais juste si c'était comme ça que vous lui parliez. Est-ce que vous l'avez traité comme de la merde aussi ?

Le visage de Charlie se tordit en une grimace. « De quoi tu parles, mec ? Tu dois la fermer et... »

—J'ai d'abord quelques questions à poser.

—Ah ouais, comme quoi ? dit Whitney, prenant le contrôle de la conversation.

—Comme si votre mère est vraiment morte ou non.

Whitney ricana. « Ouais, elle est morte. Tu ne peux juste pas le dire sous toute la merde en plastique qu'elle a dans la poitrine. »

Les yeux de Tomek volèrent involontairement vers la poitrine de Nora, puis il dit : « Je vais devoir vérifier par moi-même. Je ne peux pas partir d'ici en sachant qu'elle est peut-être vivante. »

Dès que Tomek commença à retrousser ses manches, Charlie protesta et fit un pas vers lui, mais il retint le jeune homme d'une main levée et d'un regard sévère. Ne tenant pas compte des protestations silencieuses, Tomek se déplaça vers le bord du lit, et tendit la main vers le cou de Nora, plaçant deux doigts sur sa peau. Il attendit, comptant. Rien. Il n'y avait pas de pouls, et son corps avait commencé à refroidir.

Nora Tucker était morte.

En se retirant, abaissant sa manche, son regard tomba sur Eleanor.

—Je suis désolé..., lui dit-il doucement. Elle avait l'âge de Kasia, et sa vue forma un nœud dans son estomac.

La jeune fille se tenait les bras croisés, serrant étroitement son corps. « De quoi êtes-vous... De quoi êtes-vous désolé ? » demanda-t-elle.

—Je suis désolé pour ce qui t'est arrivé. Je suis désolé pour ce que ton père t'a fait, à toi et à ton amie. Il n'aurait jamais dû pouvoir s'en tirer aussi longtemps.

—Je..., la voix d'Eleanor se brisa alors que ses yeux se posaient à plusieurs reprises sur Whitney. Je ne sais pas ce que... Je ne sais pas de quoi vous parlez.

—C'est bon, dit Tomek. Il n'est plus nécessaire de se cacher. Je connais la vérité. Je sais qu'il vous a agressées toutes les deux.

—Comment ? siffla Whitney. Comment pourriez-vous savoir ça ? Les seules personnes qui le savaient étaient Charlie, et...

—Et votre mère... Tomek fit une pause, faisant un pas en arrière pour que l'angle entre eux trois soit moins pénible pour son cou. Elle le savait quand c'est arrivé à toi Whitney, n'est-ce pas ?

Les yeux de Whitney fléchirent.

—Elle savait pour la nuit où elle était sortie avec ses amies. Pendant l'orage. La soirée pyjama avec Stacey. La nuit que tu as passée dans son lit. La main qu'il vous a fait embrasser toutes les deux. Elle savait tout et elle n'a rien fait.

Une fine ligne de larmes commença à se former sur la paupière inférieure de Whitney, et elle renifla pour chasser les larmes qui attendaient de jaillir.

—Elle ne s'est jamais souciée de moi. Elle ne s'est jamais souciée d'Eleanor. Elle ne s'est jamais souciée de nous. Aucun des deux. Ç'a toujours été nous contre eux deux. Nora n'était jamais à la maison, jamais là pour s'occuper de nous, alors j'ai dû le faire. Elle était toujours préoccupée par ses soirées entre filles, son agenda social et son apparence. Elle n'en avait rien à foutre de nous, même si elle avait essayé. Et quand elle a découvert ce qu'il avait fait à Stacey et à moi, elle nous a assises et nous a dit que nous ne devions rien dire. Que nous ne pouvions pas dire à qui que ce soit comment il nous avait fait sucer sa bite pour nous calmer. Nous étions toutes les deux terrifiées par l'orage et le tonnerre. Nous sommes allées dans sa chambre chercher du réconfort. Et nous en sommes sorties encore plus effrayées que lorsque nous y étions entrées. Pendant longtemps, j'ai eu peur du tonnerre, mais plus maintenant.

Tomek pinça les lèvres et baissa le ton. « Je comprends, dit-il doucement. Et quand il a fait la même chose à Eleanor et à son amie, tu as décidé que c'en était assez. »

Et alors les larmes vinrent. Lourdes, brutales. Ruisselant sur son visage. Entre les reniflements et les larmes qu'elle essuyait, elle dit : « J'ai essayé de la protéger pendant si longtemps, mais il a trouvé un moyen. Il a trouvé un moyen à l'époque, et il a trouvé un moyen maintenant. »

—Comment savez-vous ce qui est arrivé à moi et à Felicity ? demanda Eleanor, prenant Tomek par surprise.

—Ses parents, expliqua Tomek. J'étais avec eux il n'y a pas si longtemps. Ils sont venus m'expliquer ce qui était arrivé à Felicity. C'était courageux, ce que ton amie a fait.

—Est-ce que Stacey était là ? Stacey aurait dû être là, demanda Whitney, pleine d'espoir.

Tomek hésita alors qu'il se préparait. « Elle n'était pas là, non, lui dit-il. Elle voulait l'être, crois-moi. L'autre semaine, elle a parlé avec quelqu'un que je connais, un journaliste. Elle s'est manifestée pour dire que ton père l'avait violée, mais chaque fois que nous avons essayé d'organiser une rencontre, elle ne s'est pas présentée. J'ai appris ce matin que ses parents l'avaient découverte morte dans sa chambre la veille. Elle avait fait une overdose de paracétamol. Je suppose qu'elle ne pouvait plus y faire face. »

Après avoir appris la nouvelle que son amie, celle avec qui elle avait partagé ce traumatisme, s'était suicidée, la réaction immédiate de Whitney fut de tomber au sol, le dos pressé contre la balustrade, les genoux ramenés contre sa poitrine. Et puis elle devint inconsolable, sanglotant dans ses mains. Charlie et Eleanor ne perdirent pas de temps à se précipiter vers elle.

Tomek sentit une boule se former dans sa gorge alors qu'il les regardait s'étreindre, blottis ensemble comme une équipe sportive prête pour le coup d'envoi.

Ce qui était arrivé à ces filles était au-delà de l'inacceptable, incompréhensible. Que leur confiance et leur foi dans le monde aient été ruinées et détruites par leur père. Cette pensée le rendait malade. Il ouvrit la bouche pour parler dès que des images de Kasia apparurent dans son esprit.

—Je suis désolé pour votre perte, dit-il. Et je suis désolé pour ce qui vous est arrivé. Vraiment, je le suis. Mais je vais devoir vous arrêter. Vous avez tué deux personnes.

—Mais ils le méritaient ! cria Whitney.

—Je sais. Je sais. Mais vous avez enfreint la loi. Vous avez pris deux vies.

—S'il vous plaît...

Tomek le voulait. Au fond de lui. S'il avait pu ouvrir la porte pour les laisser sortir, il l'aurait fait. Mais il ne pouvait pas. C'était son devoir de les arrêter, de les retirer des rues. À eux trois, ils avaient tué deux personnes.

—La nuit de la mort de votre père, commença-t-il à nouveau. Que s'est-il passé ? Comment vous êtes-vous échappés ?

—Nous... commença Whitney, puis s'arrêta, sa bouche se fermant doucement.

—J'ai dit à Whit de venir chez moi plus tôt dans la journée, dit Charlie, sa voix plus profonde que dans les souvenirs de Tomek. Nous avons décidé que cette nuit-là serait celle-là. Nous ne savons pas pourquoi. Nous l'avons juste choisie. Alors nous avons attendu dehors son travail pendant des heures, assis, parlant, nous préparant mentalement.

—Mais évidemment, il était trop occupé à baiser cette pute dans son bureau ! cria Whitney, hystérique.

—Au moment où il a fini, nous commencions à nous endormir. Dès que je l'ai vu, je suis sorti de la voiture et je lui ai donné un coup de tête. Je jure que la bosse sur ma tête n'a pas diminué depuis.

Tomek ne l'avait pas remarquée la première fois qu'il avait rencontré l'homme, mais il réalisa alors qu'il ne l'avait pas cherchée.

—Nous l'avons attrapé pendant qu'il était au téléphone, continua Charlie. Il était sur le point de dire le nom de Whit quand nous l'avons mis dans la voiture.

Tomek rejoua l'audio de la conversation téléphonique dans son esprit.

Hé, Quoi - Qu'est-ce que tu fais ici ?

Tout ce temps, Tomek avait confondu *Whit* avec *quoi*.

Hé, Whit - qu'est-ce que tu fais ici ?

Et puis il avait été attaqué.

—Je l'ai mis dans la voiture avec l'ammoniac, puis nous l'avons emmené à la plage. L'ammoniac a fait tout le travail après ça.

—De qui était l'idée ? demanda-t-il. Où l'avez-vous obtenu ?

—Je suis jardinier indépendant, expliqua Charlie, mais je travaille avec un pote sur certains des plus gros chantiers.

Tomek inspira brusquement. « Je n'y crois pas. Aaron Howell-Jones ? »

—Comment... comment le connaissez-vous ?

—Ce n'est pas important. Quel a été son rôle dans tout ça ?

—Aucun. Honnêtement. Il n'a rien à voir avec ça. Je le promets.

Tomek n'était pas sûr de vouloir prendre cela pour argent comptant.

—Et puis..., il leva son regard vers la chambre. Que s'est-il passé ici ?

Tomek renifla fort, luttant pour cacher l'expression de dégoût sur son visage.

—Elle a eu ce qu'elle méritait, murmura Eleanor.

Son ton était monotone, sec, froid. Elle semblait avoir perdu une partie de son âme.

—C'est toi qui l'as tuée, Eleanor ?

—Ou...

—Non ! interrompit Whitney. C'était moi. Je l'ai fait. Je vous l'ai dit, Eleanor n'a rien à voir avec tout ça.

Tomek était sceptique. « Que s'est-il passé ? »

—Rien. Nous l'avons juste amenée ici, et...

—Recréé la photo à nouveau.

Les yeux de Whitney s'élargirent. « Comment connaissez-vous la photographie ? »

—J'ai trouvé l'original, répondit Tomek. Je suppose que c'était votre idée de faire croire que quelqu'un avec qui votre père avait couché dans le passé l'avait fait ?

—Après ce qu'il m'a fait, j'ai réalisé qu'il avait aussi fait embrasser sa main à ma mère. Et puis j'ai découvert qu'il avait fait faire la même chose à cette salope avec qui il a eu l'enfant, alors je savais que ça marcherait. En plus, c'était un dernier « va te faire foutre » à ce connard qui n'a jamais rien aimé plus que lui-même.

—L'enfant n'est pas de lui, au fait, lui dit Tomek.

—Quoi ?

—Il était de quelqu'un d'autre.

—Quand même. Elle était toujours une putain, comme toutes celles qui allaient à ce...

Avant que Whitney ne puisse finir, le bruit de pneus crissant sur le tarmac interrompit la conversation. D'un coup, les trois meurtriers se mirent en action. Il y en avait trop. Charlie fut le plus rapide à réagir et dévalait déjà les escaliers avant que Tomek n'ait eu le temps de remarquer ce qui se passait. Pendant ce temps, Whitney et Eleanor se blottissaient ensemble en haut des escaliers, s'étreignant comme si c'était la dernière fois.

Tomek poursuivit Charlie. Le jeune homme était beaucoup plus en forme et plus fort que lui, et au moment où Tomek atteignit le pied des escaliers, Charlie avait ouvert la porte d'entrée et sprintait à travers le tarmac.

Lorsque Tomek arriva à la porte, il aperçut les deux voitures de police en uniforme et un véhicule banalisé garés à l'entrée du côté droit. Grâce à sa voiture garée au milieu de l'allée, il y avait peu de place pour eux derrière lui, et l'un des véhicules avait été laissé en saillie sur la grande route très fréquentée.

Pendant ce temps, Charlie avait pris à gauche et courait vers la liberté – se dirigeant droit vers le Range Rover et le vaste champ de l'autre côté de la route.

—Arrêtez-le ! cria l'un des agents en uniforme en sortant du véhicule le plus proche.

Mais c'était inutile.

La poursuite était terminée dès qu'elle avait commencé.

Au moment où Tomek s'apprêtait à suivre l'agent, Charlie sprinta sur la route et ne vit pas, ou n'entendit pas, la Tesla qui fonçait vers lui à quatre-vingts kilomètres heure. En conséquence, son corps rebondit sur le capot, roula sur le pare-brise et s'effondra sur le sol. Il gisait immobile, parfaitement immobile, presque sans vie sur le tarmac.

Mais Tomek ne pouvait pas s'en préoccuper. Il y avait encore deux meurtriers dans la maison.

Immédiatement, il tourna le dos à la scène de l'accident et remonta les escaliers comme une fusée.

Par chance, il trouva les sœurs là où il les avait laissées, recroquevillées en boule, enlacées l'une dans les bras de l'autre. La grande sœur protégeant la petite sœur une dernière fois.

—S'il vous plaît..., dit Whitney entre des respirations hyperventilées en levant les yeux vers lui. S'il vous plaît, ne faites pas ça.

CHAPITRE
CINQUANTE-TROIS

Albert Patterson vivait au camping de mobile-homes de Sandy Bay sur l'île de Canvey. La zone abritait plus de quatre cents habitations fixes et était vendue exclusivement aux plus de cinquante ans et aux retraités. Située juste au bord du littoral, elle n'était protégée de la montée des eaux que par une digue en béton, et si aucun des résidents n'était assez courageux pour s'aventurer dans l'estuaire de la Tamise, il y avait toujours la possibilité de faire un petit plongeon dans la piscine près de l'entrée du domaine.

Tomek n'y avait jamais mis les pieds ; il en avait seulement lu des descriptions en ligne ou entendu parler, et sa première impression fut que l'endroit était aussi déroutant qu'une grille de sudoku. Des rangées et des rangées de maisons s'étendaient à perte de vue. Au-delà de la myriade de caravanes blanches se dressaient les imposants réservoirs de l'installation de stockage de liquides Oikos, qui dépassaient de l'horizon comme les picots d'une brique Lego. L'installation existait depuis les années 1930 et était devenue l'une des installations de stockage les plus avancées technologiquement en Europe, ce qui, au grand dam des habitants de Canvey, signifiait que cette horreur n'était pas près de disparaître. Lorsque Tomek se gara maladroitement devant le domicile d'Albert Patterson, il fut surpris de constater un silence de mort. Il s'était attendu à ce que l'installation grogne et murmure, comme un monstre terrifiant et menaçant tapi dans l'ombre, mais il n'y avait rien. Juste le bruit du vent qui sifflait à travers les caravanes.

Celle d'Albert Patterson était du côté le plus modeste, dans tous les sens du terme. C'était la plus petite, ne serait-ce que de quelques centimètres. C'était la plus délabrée et la plus sale, et elle avait désespérément besoin d'un lifting. Et c'était aussi la plus basse, plusieurs de ses supports s'effondrant sous le poids de l'habitation. Une chaise de plage en métal, rouillée et cassée au niveau des charnières, avait fondu sur la plateforme surélevée et semblait être là depuis la création du parc. La petite table métallique qui l'accompagnait était toutefois en plus mauvais état, avec un pied manquant et le panneau de verre brisé et cassé en plusieurs endroits.

Pauvre bougre, pensa Tomek en montant la marche et en frappant sur le bardage.

Quelques instants plus tard, une silhouette apparut, se traînant vers lui. Ce matin-là, Albert était vêtu d'un jean sale, d'un épais pull noir et d'une paire de gants en laine. L'hiver touchait à sa fin, mais il y avait encore de la fraîcheur dans l'air, et Tomek ne pouvait qu'imaginer à quel point il devait faire froid à l'intérieur de la caravane.

Il le découvrit un moment plus tard lorsqu'Albert lui fit signe d'entrer. D'une façon ou d'une autre, si c'était possible, il faisait encore plus froid à l'intérieur qu'à l'extérieur, et l'haleine de Tomek forma un nuage devant son visage tandis que ses doigts s'engourdissaient instantanément.

— Joli... joli petit endroit que tu as là, dit poliment Tomek.

— Non, ce n'est pas vrai, marmonna Albert en traînant les pieds vers le canapé. C'est un taudis, mais je suis coincé ici pour le reste de ma vie.

Il se laissa tomber sur le canapé, son corps s'enfonçant avec aisance dans le coussin à l'endroit où il s'était assis pendant des années.

— Tu veux t'asseoir ?

Tomek chercha un endroit sûr pour s'asseoir qui ne soit pas couvert de vieux magazines et journaux et d'épaisses couches de poussière. — Ça va, merci. Je ne resterai pas longtemps.

— Je te comprends.

L'homme en face de lui était complètement différent de celui qu'il avait vu dans la salle d'interrogatoire. Il était brisé, plus fragile, son visage abattu, presque déprimé.

— Tu as fini par découvrir qui l'avait fait ? demanda Albert, prenant Tomek par surprise.

— Oui, en effet.

— Est-ce que l'alliance a été utile ?

Tomek mit la main dans la poche de son manteau et fit glisser l'anneau métallique entre ses doigts.

— En fait, oui, mentit Tomek. Nous avons pu trouver de l'ADN dessus qui a aidé à prouver que le tueur était présent au moment du meurtre.

Un éclair de joie passa sur le visage d'Albert pendant un bref instant, avant de s'éteindre rapidement. — C'est formidable à entendre. Je ne dois pas l'avoir très bien nettoyée.

— C'est le problème avec l'ADN, il trouve toujours un moyen de s'accrocher. Ce que nos équipes de la scientifique peuvent faire avec de nos jours est effrayant.

— Rappelle-moi de ne jamais tuer quelqu'un alors.

Tomek sourit. — Je ferai de mon mieux.

Un moment de silence gêné s'installa entre eux. Tomek déplaça son poids d'un pied à l'autre en observant l'absence de confort domestique et d'effets personnels dans la caravane. L'homme possédait peu de choses, et ce qu'il avait se limitait au strict nécessaire, juste assez pour survivre au jour le jour.

— Je suppose que vous allez vouloir garder mon trésor, comme de sales pirates.

Tomek rit, serrant l'alliance dans son poing. — En fait... commença-t-il, libérant sa main. C'est pour ça que je suis là.

Il ouvrit son poing, révélant l'alliance dans la paume de sa main. — On m'a donné la permission de te la rendre-

Mais Tomek ne put terminer sa phrase. À la vue de l'alliance, Albert avait bondi de sa chaise comme s'il avait un pétard au cul et s'était précipité vers Tomek. Le vieil homme l'arracha et la serra dans ses mains comme si c'était son précieux.

— Tu me l'as rendue ! s'écria-t-il.

— Je suppose que ça fait de moi l'opposé d'un pirate ?

— Tu es le meilleur des pirates.

Avant que Tomek ne puisse répondre, l'homme lui sauta dessus, l'entourant de ses bras. L'odeur de transpiration, d'urine et d'humidité lui parvint aux narines, mais il n'y prêta guère attention. Tandis que Tomek enlaçait l'homme, il sentit sa silhouette mince et sous-alimentée. Sous l'épais pull, Albert tremblait. Que ce soit d'excitation ou de froid, Tomek ne pouvait le dire. Mais il espérait que c'était la première option. Qu'il avait donné à cet homme quelque chose qui l'excitait, une raison de vivre.

— Merci beaucoup, dit Albert en s'écartant. Tu n'as pas idée de ce que ça représente pour moi.

Tomek pencha la tête sur le côté. — Ce n'est pas un problème du tout.

Albert laissa alors tomber la bague dans une petite boîte en bois sur une étagère au-dessus de son téléviseur. Lorsqu'il se retourna pour faire face à Tomek, ses yeux étaient fous d'excitation. — Tu veux voir mon détecteur de métaux ?

— Euh...

— S'il te plaît. Je ne te laisserai pas partir avant que tu n'aies vu ma fierté et ma joie.

Tomek regarda sa montre. Ils étaient en retard maintenant.

— D'accord, dit-il. Je ne vois pas pourquoi pas.

Puis, juste au moment où Albert se précipitait vers l'autre bout de la caravane, une voiture s'arrêta dehors. Les bruits de portières qui claquaient et les pas qui suivaient étaient aussi clairs que si Tomek s'était tenu dehors pour les accueillir. Un instant plus tard, les visiteurs frappèrent à la fenêtre.

— Qui est-ce ? demanda Albert, soudain sur la défensive et protecteur. Avant d'ouvrir la porte, il retira la boîte en bois de l'étagère et la cacha dans l'un des placards de la cuisine au-dessus de l'évier.

Puis il se dirigea vers la porte.

De l'autre côté se tenaient un homme et une femme, élégamment vêtus sous leurs imperméables, qui lui souriaient agréablement.

— Bonjour, Monsieur Patterson, dit la femme.

— Qu'est-ce que c'est ? Qui êtes-vous ?

— C'est moi qui les ai appelés, dit Tomek. C'est une médecin. Elle est venue te parler pour obtenir de l'aide, et peut-être de la possibilité d'aller dans une maison de retraite.

— Une *maison de retraite ?* La fureur se lisait sur le visage d'Albert.

— Oui. Un endroit un peu plus chaud, avec de meilleures conditions.

— Mais... comment est-ce que je vais payer ?

— J'ai parlé avec le monsieur là-bas. Tomek désigna la silhouette derrière la médecin. Et en raison de l'aide que tu as apportée dans l'enquête sur le meurtre, il a accepté de te laisser séjourner gratuitement.

La tête d'Albert bougeait de droite à gauche. C'était beaucoup à assimiler d'un coup, alors ils lui laissèrent un peu de temps pour digérer l'information.

— Et la détection de métaux ? Comment pourrai-je continuer si je suis dans une maison de retraite ?

— Ce ne sera pas un problème, Monsieur Patterson, appela la silhouette depuis l'arrière. Vous pourrez rester avec nous et continuer à faire autant de détection de métaux que vous le souhaitez.

CHAPITRE
CINQUANTE-QUATRE

Tomek n'avait presque pas dormi à l'hôtel la nuit précédente. Se retournant sans cesse, transpirant, visualisant le visage du jeune homme, maintenant vieilli de trente ans, projeté sur le plafond.

Rejouant les événements encore et encore dans son esprit jusqu'à ce que cela devienne presque un cauchemar.

En fait, c'était un cauchemar.

Parce qu'aujourd'hui était le jour J.

Aujourd'hui, il allait revoir pour la première fois en trente ans le visage de l'assassin de son frère.

Tomek avait passé les derniers jours à essayer de se préparer mentalement à ce moment, mais rien n'y faisait. Rien ne pouvait faire taire les hurlements dans sa tête, ni apaiser la douleur qui tourbillonnait dans son estomac.

Il ferma la porte des toilettes derrière lui et se traîna vers le lavabo. C'était sa troisième selle nerveuse en à peine trois heures. Il se lava les mains avec du savon, puis retourna dans la salle d'attente. Il avait déjà visité des prisons plusieurs fois, mais cette fois-ci, c'était différent – totalement différent.

Auparavant, c'étaient des visites professionnelles, pour discuter de corruption, de suicides, et d'autres détenus impliqués dans des enquêtes pour meurtre. Maintenant, cependant, c'était personnel.

Dans la salle d'attente de la prison HMP Wakefield, il se trouva une place et balaya du regard la pléthore de visages présents. Parents âgés, épouses, petites amies, frères, sœurs, tous venus rendre visite aux monstres entre ces murs. Ceux qu'ils continuaient d'aimer malgré tout ce qu'ils avaient fait.

Tomek se demanda si Nathan recevait des visiteurs, si sa famille l'aimait encore, prenait soin de lui. Il espérait que non. Il espérait que l'homme pourrissait seul derrière les barreaux.

Mais avant qu'il ne puisse y réfléchir davantage, un membre du personnel pénitentiaire apparut et commença à leur donner des instructions, leur parlant comme à des enfants. Une fois qu'on leur eut rappelé les règles, ils furent autorisés à entrer dans la salle.

Tomek resta en arrière, laissant tout le monde passer devant lui. Non par galanterie ou par bonté d'âme, mais parce qu'il paniquait, ses cuisses tremblaient, son souffle vacillait.

Et puis il réalisa qu'il était inutile de passer en dernier. Qu'ils devraient de toute façon s'asseoir et attendre l'arrivée des détenus. Qu'il devrait rester assis là pendant quelques minutes, à agiter nerveusement sa jambe, à se ronger les ongles.

Il trouva une table au fond de la salle et tira la chaise. En s'y asseyant, son corps se sentait faible, ayant désespérément besoin de nourriture ou de sucre, d'électrolytes pour remplacer les fluides qui s'étaient échappés de lui déjà trois fois.

Une minute passa sans rien, à échanger des regards gênés avec les autres visiteurs, incapable de cacher la honte dans ses yeux.

Une minute devint deux.

Deux devint trois.

Tomek était incapable de se résoudre à regarder la porte par laquelle Nathan allait entrer. Il ne pouvait pas se résoudre à voir l'homme pénétrer dans la pièce.

Puis il entendit des cris et une bagarre éclater de l'autre côté de la porte. Cette perturbation prolongea l'attente.

Trois minutes devinrent quatre.

Quatre devint cinq.

Puis, alors que la trotteuse dépassait le douze, la porte s'ouvrit, et le groupe d'hommes entra. La plupart savaient où ils allaient, se dirigeant directement vers leurs visiteurs, tandis que d'autres traînaient à l'arrière, soit trop effrayés pour parler à leurs proches, soit désireux de retarder le processus autant que possible.

Et c'est alors que Tomek le vit.

Nathan Burrows.

Le dernier homme à entrer.

Marchant comme s'il était le maître des lieux.

Tomek le reconnut instantanément.

Les traits du garçon de quinze ans qu'il avait vu cette nuit-là étaient toujours là, à peine vieillis en trente ans. La seule preuve qu'il avait grandi était l'épaisse barbe sur son menton.

À part cela, il avait toujours le visage que Tomek voyait dans ses cauchemars.

Il avait toujours la même carrure que la silhouette qu'il voyait dans ses cauchemars.

C'était toujours le même adolescent qui avait tué son frère.

Trente ans plus vieux.

Une fois que tous les autres détenus eurent trouvé leurs visiteurs et se furent assis en face d'eux, Nathan croisa le regard de Tomek. Ces yeux sombres et perçants, remplis de malveillance et de cruauté, restaient implacables tandis qu'il se dirigeait nonchalamment vers lui.

Marchant toujours comme s'il était le maître des lieux.

Marchant toujours comme s'il était l'homme le plus puissant de la pièce.

Puis il tira la chaise de sous la table et s'assit, puis il s'avança avec arrogance jusqu'à la table et posa ses deux mains sur la surface. Tomek n'avait pas vu l'homme cligner des yeux une seule fois.

Alors qu'un sourire narquois se dessinait sur le visage de l'homme, il dit : — Bonjour, Tomek. Je me demandais si nous nous reverrions un jour.

FIN

Mais pas tout à fait. L'histoire continue dans Le Goût de la Mort, le troisième tome de la série :

Par un matin venteux et glacial, Morgana Usyk, propriétaire de l'un des repaires préférés du DS Tomek Bowen, le Café Morgana, visite Mulberry Harbour à un peu plus d'un kilomètre en mer. Peu de temps après, son corps est retrouvé dans les bas-fonds, flottant à côté du port. Les premiers rapports et les témoins oculaires affirment avoir vu le tueur s'enfuir des lieux. Mais lorsque la tempête Alisha arrive, emportant toutes les preuves, Bowen et son équipe se retrouvent bloqués. Maintenant, l'eau monte. Et celui de Morgana n'est pas le seul corps qu'ils vont y trouver.

Découvrez l'histoire de Le Goût de la Mort sur Amazon dès maintenant !
Cliquez ICI pour obtenir votre exemplaire !
Ou tournez la page pour lire un extrait exclusif.

LE GOÛT DE LA MORT - EXTRAIT EXCLUSIF

LAISSER UN AVIS

Et voilà. Fin.

Eh bien, je dis " nous "... je veux dire vous. Merci.

Merci d'être arrivé jusqu'ici et de m'avoir accompagné pendant que j'imaginais ces histoires folles et étranges, puis que je les traduisais sur papier (ou plutôt, en fichiers numériques).

Amazon regorge de millions de livres (littéralement, et je n'utilise pas ce terme à la légère), et il est donc souvent difficile de trouver sa prochaine lecture. On veut juste savoir quel livre se plonger. Mais parfois, on n'a pas le temps de tous les éplucher, alors que faire ?

Consultez les critiques, bien sûr.

On les utilise dans tous les aspects de notre vie.

Au restaurant. Au cinéma. Sur notre prochain téléviseur. Sur nos écouteurs. Presque tout est régi par les pensées des autres.

C'est fou, non ?

Mais que se passe-t-il quand on tombe sur un livre sans critique ? On risque de le fuir. Difficile de se fier à un livre.

Votre temps est précieux. Votre temps est précieux. Vous ne voulez pas perdre votre temps avec des histoires décevantes. Personne ne le souhaite. Et je ne vous le souhaite pas. Parfois, j'ai peur que la même chose arrive à cette histoire.

Mais il existe une solution.

Une critique est très utile. Et elle me donne la confiance nécessaire pour continuer à alimenter les pensées les plus folles qui me trottent dans la tête. Si vous avez un moment de libre, j'apprécierais vraiment que vous laissiez un commentaire. Il n'est pas nécessaire qu'il soit long ; juste quelques mots sur ce que vous avez pensé du livre.

Merci.

Votre aimable auteur,

Jack Probyn

ÉGALEMENT PAR JACK PROBYN

La série d'enquêtes criminelles du DS Tomek Bowen :

LIVRE 1 : LA JUSTICE DE LA MORT

Southend-on-Sea, Essex : Le Détective Sergent Tomek Bowen – déterminé, tenace et hanté par la mort de son frère – est appelé sur l'une des scènes de crime les plus choquantes qu'il ait jamais vues. Un homme a été rituellement assassiné et abandonné dans un jardin ouvrier près de l'aéroport local. Les premières investigations indiquent que cet homme avait un passé. Un passé qui lui a valu de nombreux ennemis.

Télécharger La Justice de la Mort

LIVRE 2 : L'ÉTREINTE DE LA MORT

Annabelle Lake pensait reconnaître la Ford Fiesta qui attendait devant son école, ainsi que son conducteur. Elle se trompait. Son corps est retrouvé quelque temps plus tard, suspendu à une balançoire dans une aire de jeux locale sur l'île de Canvey.

Télécharger L'Étreinte de la Mort

LIVRE 3 : LE TOUCHER DE LA MORT

Lorsque le brouillard se dissipe un matin de décembre dans l'Essex, le corps d'une adolescente est découvert gisant face contre terre dans un champ. L'affaire atterrit rapidement sur le bureau du DS Tomek Bowen qui, tout en essayant de jongler avec sa nouvelle vie de parent célibataire d'une fille de treize ans, doit déterrer l'enchaînement mortel des événements et faire éclater la vérité au grand jour.

Télécharger Le Toucher de la Mort

www.ingramcontent.com/pod-product-compliance
Lightning Source LLC
Chambersburg PA
CBHW010426170726
48283CB00011B/3078

9 781805 201502